# A un paso de ti

Hannah Bonam-Young

# A un paso de ti

Traducción de
Eva Carballeira Díaz

B

Papel certificado por el Forest Stewardship Council®

MIXTO
Papel | Apoyando la silvicultura responsable
FSC® C117695

Penguin Random House Grupo Editorial

Título original: *Out on a Limb*

Primera edición: febrero de 2025



*Printed in Spain* – Impreso en España

ISBN: 978-84-666-8046-2
Depósito legal: B-21323-2024

Compuesto en Llibresimes

Impreso en Black Print CPI Ibérica
Sant Andreu de la Barca (Barcelona)

B S 8 0 4 6 2

*Para Ben, por ser siempre mi mano derecha.*
*Siento que nunca ganes a piedra, papel o tijera.*
*Te quiero*

# Nota de la autora

Querido lector:

Solo cinco días después de que naciera mi primer hijo, publiqué el siguiente comentario en Instagram:

> Lo único que siempre pensé que no podría hacer con una sola mano era ser una buena madre. Por muy irracional que parezca, cada vez que oía el típico comentario de que a las madres les vendría bien tener «un par de manos extra», se me encogía el corazón. Cuando era pequeña, a veces los adultos no me dejaban coger a los bebés porque les daba miedo y se ve que acabé creyéndomelo. Esa inseguridad se me quedó grabada y no me he visto obligada a hacerle frente hasta esta semana. Y bueno, solo quería comentar que eso de tener diez dedos está sobrevalorado, porque de momento este niño y yo nos estamos apañando de maravilla.

Hacía menos de una semana que había sido madre y aun así me sentía como si hubiera experimentado todas las emociones existentes sobre la faz de la tierra. Me estaba recuperando física y mentalmente de un parto traumático y un embarazo difícil. Tenía los pezones irritados, me dolía todo el cuerpo y estaba convencida de que mis partes bajas nunca volverían a ser las mismas. Y sin embargo... estaba más contenta que unas castañuelas.

No solo por el bebé que nos habíamos traído a casa (que es una maravilla), sino porque estaba equivocada al tener miedo. Todos estaban equivocados. Era perfectamente capaz de ser una buena madre.

Yo, como Win, nací con una extremidad diferente. Tengo la mano derecha menos desarrollada, igualita a la suya, que se describe en este libro. Y aunque he hecho todo lo posible a lo largo de mi vida para que esto no sea un lastre, lo cierto es que ha sido todo un reto. Siempre intentaba hacer antes en privado cosas que luego iba a tener que realizar en público. Cosas tan simples como abrocharme un pantalón nuevo o tomar apuntes en clase con el portátil. Me pasaba horas y horas pensando en los obstáculos cotidianos, ideando pequeñas adaptaciones y planificando mi vida hasta el más mínimo detalle para evitar la vergüenza y el fracaso. Entonces me enteré de que estaba embarazada y de repente me dio por pensar que no estaba lista para ello ni de lejos. Sabía que nada podía prepararme para lo que se me venía encima y estaba muerta de miedo...

Quería escribir un libro para aquellos que han permitido que el miedo al fracaso los frene. No solo para los que hemos decidido tener hijos o para los que tenemos alguna discapacidad, sino para todos los que se han visto obligados a hacer algo nuevo que les ha sacado de su zona de confort hasta tal punto que ya ni se acuerdan del miedo que tenían antes. Quería escribir algo sobre dos personas que se quisieran tanto que fueran capaces de cambiar los pensamientos negativos a los que se aferraban y aceptar plenamente sus diferencias. Donde se mostrara un amor validador, amable, considerado, alegre, paciente y dulce.

En este libro, Win emprende un viaje hacia la maternidad a través del embarazo. Como se trata de un embarazo totalmente inesperado, he incluido conversaciones entre Win, el equipo médico y su red de apoyo sobre la opción del aborto. Es importante señalar que este libro se desarrolla en Canadá, donde el derecho al aborto no se encuentra actualmente amenazado, como sucede en otros lugares, y por ello las opciones con las que Win cuenta son menos limitadas. Aunque al final opta por tener el bebé, me parecía necesario incluir dichas conversaciones porque el derecho fundamental a tener acceso a un aborto seguro y legal es algo que se cuestiona de forma constante. La decisión de Win no es mejor que cualquier otra y tampoco se ve presionada para tomarla. La decisión de Win es solo eso: su decisión.

Para finalizar esta nota, solo quiero decir que sé que el embarazo en las novelas románticas es un tema controvertido. No es para todo el mundo, lo cual me parece perfecto. Pero este libro trata de algo más que de un rollo de una noche que acaba convirtiéndose en un bebé. Trata de aprender a permitir que los demás conozcan tu lado más oscuro y vulnerable. De aprender a que te quieran bien, tal y como eres, y de aceptar ayuda. De cuestionar expectativas y superar obstáculos. De una discapacidad feliz.

Algo que, en mi opinión, necesitamos ver más a menudo.

Espero que te gusten Bo y Win tanto como a mí.

Con cariño,

HANNAH BONAM-YOUNG

# Advertencias de contenido

- Contenido sexual explícito.
- Embarazo y síntomas de embarazo.
- Breve debate sobre el aborto (postura a favor del derecho a elegir, aborto no materializado).
- Capacitismo hacia personas con una extremidad diferente.
- Expareja verbalmente violenta (personaje no recurrente).
- Fallecimiento de un progenitor (pasado, alusión).
- Depresión y suicidio (pasado, alusión).
- Cáncer (pasado, no recurrente).
- Amputación (pasado, alusión).

# 1

—¿Sabías que esta canción habla de una orgía, creo? —le pregunto a la bruja que está al lado de la ponchera mientras señalo el altavoz.

—¿Qué? —exclama ella, apartándose la larga peluca plateada de la oreja con unas garras negras como el betún.

—La canción «Monster Mash». —Vuelvo a señalar el altavoz.

—¿Qué le pasa? —me pregunta, chillando más todavía.

—¡Una orgía! —grito, justo cuando la música para de repente y mi amiga y anfitriona de la velada, Sarah, se sube a una silla del comedor para dirigirse a sus invitados.

—No estoy interesada, gracias. —La bruja me fulmina con la mirada y se da la vuelta lentamente para dirigirse, por extraño que parezca, hacia el arco decorado con armas ensangrentadas.

—Más quisieras —murmuro entre dientes, mientras lleno el vaso de brebaje verde fosforito no identificado, evitando con éxito los ojos de caramelo flotantes.

Sarah, mi mejor amiga de toda la vida, está dando su discursito anual de «gracias por venir a mi fiesta de Halloween; es lo único que me importa en el mundo», al tiempo que yo me pregunto si alguien estará llevando la cuenta en secreto de los perritos calientes en forma de momia que me he zampado hasta ahora. Llego a la conclusión de que no y cojo otro.

—¡A la orden, capitana Winnifred!

Mierda, me han pillado. Meto la momia en el vaso y lo tapo con la mano.

—¿Estás bien? —me pregunta Caleb, el marido de Sarah, mirando mi copa con desconfianza.

—Mejor que nunca —contesto con candor—. Un año más de éxito —digo echando un vistazo a la casa, que está decorada con precisión profesional.

Caleb me imita y cuando veo en su cara un sutil gesto de orgullo y admiración por el trabajo de su mujer, apuesto la cabeza a que las siguientes seis palabras que saldrán de su boca serán...

—Por Sarah lo que haga falta —decimos al unísono. Él sonríe con la cerveza en la mano un pelín avergonzado y con cara de culpabilidad, pero sobre todo con convicción. Sarah y Caleb se conocieron en tercero de secundaria. Y ha estado cargando con sus libros de texto desde entonces, literal y metafóricamente hablando.

Adoro a Caleb. Es como un hermano para mí. O como un cuñado, si Sarah y yo fuéramos hermanas de verdad, como teníamos la cara de asegurar (véase: fingir) en el colegio. Es curioso, según una prueba de ADN que nos hicimos hace unos años, somos primas quintas. Desde entonces, siempre que tiene la oportunidad, Sarah dice simplemente que somos primas.

—Oye, ha venido mi amigo Robbie. Se me ha ocurrido que podría presentártelo —dice Caleb después de beber un buen trago de cerveza.

Ni de coña.

Llevo evitando con éxito a los tíos con los que Caleb quiere emparejarme desde la cita que tuve con uno de sus compañeros de trabajo. Winston se echó a llorar mientras describía a su madre —que estaba vivita y coleando— y el «precioso vínculo» que compartían. También me regaló una orquídea, lo cual podría haber sido un bonito detalle, dado que me encantan las plantas. Lo malo era que venía en un tiesto de cerámica enorme lleno de piedras y corteza que pesaba una tonelada. Como no podía dejarla en el suelo porque algún camarero podría tropezar con ella y morir de forma prematura, tuve que ponerla en la mesa en medio de los dos, lo que impedía que nos viéramos. Después de una cena aburridísima, tuve que llevármela a casa sentada conmigo en el asiento de atrás del taxi, mientras le escribía a Winston un mensaje diciéndole amable pero claramente que era mejor no repetir.

De hecho, esa cita no hizo más que reafirmar mi deseo de seguir optando por las relaciones esporádicas y de limitarme a las aplicaciones de contactos, en las que puedo elegir yo misma a los hombres.

—A lo mejor más tarde —le respondo a Caleb—. Estoy esperando para hablar con la anfitriona. —Señalo con la barbilla a Sarah, que se ha disfrazado de la princesa Buttercup. Caleb va de Westley.

—Como quieras, pero este es distinto. Además, su madre murió —añade con demasiado entusiasmo.

—¡Anda, qué suerte! —exclamo siguiéndole el rollo—. Me encanta cuando no tienen madre. Facilita mucho el tema de las vacaciones.

Caleb se ríe mientras se gira para echar un poco de ponche de lima en un vaso.

—Toma. —Me lo ofrece antes de coger mi copa momificada y tirarla a la basura—. Y come todo lo que quieras, Win.

Lo acepto y me acerco un poco más a él.

—Creo que eso es lo más erótico que me has dicho nunca, Caleb.

Justo entonces, alguien me da una palmada en el culo.

—¿Ya está tonteando contigo otra vez? Por favor, os lo he dicho un millón de veces: si vais a tener una aventura, al menos sed discretos.

—¡Buttercup! Qué bien que te unas a nosotros —digo, con una sonrisa de oreja a oreja.

—Bonito disfraz..., una vez más. —Sarah suspira, dejando la muñeca muerta para señalar con ella mi elaborado traje de pirata.

—Hasta que me salga otra mano, seguirá teniendo gracia. —Le pincho una teta con el garfio hasta que la hago reír y ella me la aparta de un manotazo.

—Tenemos que ir a hablar con la gente, pero ¿quieres quedarte a dormir esta noche? He preparado la habitación de invitados y...

—Claro que os ayudaré a limpiar. Lo hago todos los años, guapa —digo sin dejarle acabar la frase—. ¡Fuera! A entretener a las masas.

Sarah pronuncia de carrerilla la frase «gracias, eres la mejor» mientras tira de Caleb como si fuera un perrito sumamente obediente atado por una correa.

—Qué disfraces más chulos —farfulla una chica borrachísima que va vestida de cera de color rojo.

—Seguro que ganáis el concurso de parejas —comenta la cera azul que va con ella al pasar a mi lado.

«¿Disfraces en pareja? ¿Yo? ¿Winnie la soltera? Por favor».

Deben de haber confundido a Caleb con un pirata y a mí con su novia. Al fin y al cabo, Westley era el temible pirata Roberts, así que no es una suposición tan descabellada. Aunque mi estilo de pirata encaja más con el clásico putón. Llevo las tetas prácticamente de pendientes y tengo las medias de rejilla rotas después de años reutilizándolas, lo que les da ese rollo perfecto de zorra casual. Llevo un cinturón ancho de cuero falso ceñido a la cintura y un pañuelo rojo atado sobre la media melena negra. Esa es una nueva incorporación que añadí después de haber perdido el sombrero de pirata en la bacanal del año pasado. Descanse en paz.

Seguiré llevando este disfraz hasta que la broma esté demasiado vista. Lo decía en serio. Y también porque —seamos realistas— me queda que te cagas. Además, estoy demasiado pelada como para comprarme uno nuevo. Pero mejor no hablemos de eso.

He ahí otra demostración de la genialidad de Sarah. La tía va y se pilla al friki de la informática más guapo de todos lo antes posible, hace que se enamore por completo de ella y espera a que se haga asquerosamente rico. Ahora Sarah es la amiga divertida a jornada completa. Anfitriona de fiestas, organizadora de eventos, lectora voraz, ama de casa sin hijos y con empleada doméstica. Ahora está intentando decidir la temática de la fiesta de mi trigésimo cumpleaños, para el que todavía faltan dieciocho meses.

—Perdona —dice una voz grave y sarcástica detrás de mí que hace que me gire.

Vaya, ahí está. El otro pirata con el que me han emparejado sin saberlo. Aunque a este no se me ocurriría hacerlo caminar por el tablón.

¿Qué es lo primero que me viene a la cabeza? Que es muy alto. Altísimo. Como si hubieran estirado su cuerpo con un rodillo antes de meterlo en el horno mágico de los niños bien en el que lo cocinaron. Lleva el pelo revuelto y con la raya al medio; el típico peinado de chico de *boy band* de los noventa que de repente vuelve a estar de moda. Y, aunque es rubio oscuro, creo que podría perdonárselo. Tiene una sonrisa mordaz que dice «corre mientras puedas», una nariz no torcida, pero sí irregular, y unos ojos dulces. La combinación de todo ello resulta absolutamente irresistible.

—Lo siento mucho, pero uno de los dos tiene que ir a cambiarse —bromea.

—Madre mía —digo, alisándome la falda y poniendo los brazos en jarras—. Qué vergüenza... No me lo puedo creer.

—Ya te digo, así ninguno de los dos ganará el concurso individual de disfraces y... yo no llevo nada debajo —susurra el desconocido, agachándose para acercarse más a mí, aunque sigue siendo más alto que yo.

Me aguanto la risa porque no quiero que esto termine ya. Rara vez aparece alguien nuevo con el que charlar. Y mucho menos tan guapo.

—Vaya, qué mala suerte. Deberías haberlo pensado antes. Yo llevo varios disfraces debajo.

La comisura de sus labios se crispa, pero el pirata se resiste a mostrar cualquier otro tipo de reacción. Reto aceptado.

—¿Por ejemplo? —me pregunta, cruzando los brazos sobre el pecho.

—De vikinga —respondo.

—Ahora que lo dices, sí veo asomar un trocito de cuerno —dice, señalando el lateral de mi cabeza con un dedo doblado.

—En realidad, ese es un detalle típico de los súcubos de Satanás, pero es normal que te líes.

—Qué inquietante. ¿Qué más?

—De criada sexy, por supuesto —respondo, batiendo las pestañas.

—Vaya, ese tengo que verlo —responde demasiado rápido.

Creo que en ese momento es cuando gano el concurso de quién aguanta más sin reírse que fingimos no estar disputando. El efecto sorpresa siempre triunfa.

—Pero me temo que debo insistir en quedarme con el disfraz de pirata. Verás... —Suelto el mango interior del garfio y me lo quito con la mano izquierda, dejando al descubierto la derecha, más pequeña y menos desarrollada, que está debajo—. Necesito un garfio. —Lo saludo cómicamente con la mano, agitando como puedo esos dedos pequeñitos y enroscados que no llegan ni hasta el primer nudillo.

Él no se ríe como pretendía, pero sí sonríe con malicia. Su mirada burlona está empezando a atraerme a una velocidad preocupante. Me sentiría frustrada si su expresión no fuera tan enigmática. Hay algo en su cara de guasa que indica que puede que vaya un paso por delante de mí.

—¡Anda! Pues entonces... a lo mejor podemos llegar a un acuerdo —dice, extendiendo un pie hacia mí.

«Tiene que ser una broma».

# 2

Tiene una pierna ortopédica. La ha recubierto con un vinilo de esos que imitan la madera y que se usan para forrar los estantes de la cocina, lo que hace que parezca la pata de palo de un pirata que asoma por debajo de los pantalones negros que lleva atados a la rodilla con un cordón fino de cuero.

—¡No jodas! —exclamo. Lo que por fin le hace reír. A carcajadas, de hecho. Un sonido atronador, sincero y profundo sale del fondo de su garganta, tensándole la mandíbula y haciéndole vibrar el cuello. Es una risa totalmente desinhibida. Y me atrevería a decir que muy sexy—. Estaba convencida de que iba a ganar este asalto —digo con voz temblorosa.

Él sigue riéndose; más que yo. Es algo a lo que no estoy acostumbrada y la verdad es que resulta reconfortante. Suelen decirme que tengo una risa muy escandalosa. Algunos hasta han llegado a compararme con una cría de foca llamando a su madre. Y cuando digo «algunos» me refiero a que más de una persona, en concreto en dos ocasiones distintas, me han dicho exactamente lo mismo.

—Este es un disfraz de pareja. Las ceras de colores tenían razón —digo sin aliento partiéndome de risa.

Él se pone una mano en el pecho como para tranquilizarse, mientras por fin se le empieza a pasar la risa. Entonces me regala una sonrisa infantil y pícara, al tiempo que me da un repaso de pies a cabeza con una mirada honesta.

Me pregunto si le estará gustando lo que ve. O más bien espero que le esté gustando. Porque sin duda a mí sí me gusta lo suyo. Cuanto más me mira de arriba abajo, más convencida estoy de que le complace mi aspecto.

La media melena negra, ni muy lisa ni muy rizada. Las cejas finas, depiladas sin piedad en la adolescencia. La nariz afilada, con un sencillo piercing dorado en la fosa nasal izquierda, situada entre unos ojos azules como dos glaciares. Y mi cuerpo, embutido en este disfraz que realza mis tetas y me afina la cintura, aunque no sea más que una ilusión óptica.

Yo diría que tengo un físico del montón. Me gusta dar paseos largos, nadar y bailar, pero también adoro pasarme los días de lluvia tirada en el sofá, los pasteles y los cafés con demasiado azúcar. Tengo los brazos y la espalda fuertes y definidos por años de entrenamiento a mariposa y a braza, pero mis caderas y mi barriga delatan los caprichos de una mujer bien alimentada y cómoda. No pretendo obligar a mi cuerpo a ser nada, ni privarlo de ningún placer. Simplemente es como es. Y me encanta así.

Pero ¿qué aspecto tendrá un día cualquiera este espécimen aparentemente perfecto que tengo ante mí? Yo diría que ha sido guapo desde niño, a juzgar por el discreto gesto de arrogancia de su barbilla y la ingenua dulzura de su sonrisa, que ojalá no fuera tan seductora. Debe de medir unos treinta centímetros más que yo y no puedo evitar preguntarme con qué fuerza tendría que tirar de su blusa plisada de pirata para acercar sus labios a los míos.

—Me llamo Bo —dice extendiendo la mano izquierda, pero mi cuerpo escucha un «¿quieres que te folle?», porque no hay nada que me resulte más incómodo que saludar a alguien con la mano derecha, ni más atractivo que un hombre que se haya anticipado a eso.

Le estrecho la mano con entusiasmo.

—Yo Win.

—¿Es un diminutivo de algo? —me pregunta, al tiempo que retira la mano y se la mete en el bolsillo del pantalón.

—De Winnifred, pero nadie me llama así. ¿Y tú? —Estiro el

cuello de una forma un tanto exagerada, mirándolo como si fuera el gigante de un cuento de hadas—. ¿Por qué eres tan alto?

Ahora parece que no puede parar de reírse. Y yo no puedo parar de querer sacarle una sonrisa.

—¿Qué? —me pregunta con los ojos brillando de alegría.

—En serio, ¿cuánto mides? ¿Tres metros?

—Uno noventa, más o menos.

—¿Noventa y cuánto?

—Noventa y ocho.

—Eso es totalmente innecesario para la vida diaria. ¿Juegas al baloncesto?

—Jugaba. —Su sonrisa flaquea un poquitín, pero a mí no me pasa desapercibido. También me fijo en que, quizá inconscientemente, se agacha para frotarse la rodilla justo por encima de donde empieza la prótesis.

Pongo cara de circunstancias.

—Lo siento —le digo directa—. Yo nací con la mano así y soy tan boba que se me olvida que hay gente que...

—No te preocupes —dice interrumpiéndome, mientras sonríe levantando la barbilla.

—Ahí la he cagado. Pero hasta ahora la cosa iba bien, ¿no?

Él aparta la vista y sonríe con timidez, mirando hacia otro lado y balanceando el cuerpo un poco.

—Y puede seguir así. Si quieres, puedo igualar el marcador burlándome de tu mano —me propone de broma, obviamente.

—Sí, por favor. Eso sería muy útil —digo siguiéndole el rollo.

Él se gira hacia mí, mirándome fijamente con los ojos entornados y con una sonrisa cada vez más amplia que hace que la sangre se me agolpe en la superficie de la piel. Levanto una ceja en señal de desafío mientras él se plantea los siguientes movimientos, con la cabeza inclinada hacia un lado.

—Vale. —Bo extiende la palma de la mano y me llama con dos dedos para que me acerque—. Pues déjame verla.

Entrecierro los ojos con picardía mientras levanto mi minimano y la poso sobre la suya, que es casi el doble de grande. Trago saliva al sentir el impacto; el roce de nuestra piel hace que mis venas echen chispas.

—Joder… —susurra él. Me encanta cómo me agarra por la muñeca para darle la vuelta—. Es preciosa —declara, observándola con atención. Luego chasquea la lengua y la suelta, casi apartándola a un lado—. ¿Qué se supone que debería decir?

—¿A que sí? —digo, dándole la razón con los brazos levantados—. Es imposible reírse de ella. Es demasiado mona. Ya es oficial: te he aguado la fiesta.

—Lo mejor que se me ha ocurrido es un «me recuerda a *Buscando a Nemo*», en plan sarcástico, pero eso es más bien entrañable, ¿no?

—Nemo es un icono —respondo.

—Me encantaba ese pececito. —Bo se frota la nuca, mirando hacia el arco y el pasillo que están a nuestra izquierda—. ¿Te apetece sentarte?

Asiento y lo llevo al sofá amarillo de dos plazas que hay en el estudio de Sarah. Las paredes están llenas de libros y mapas de lagos del norte de Ontario. Es una habitación de inspiración campestre; porque la gente rica tiene fiestas y habitaciones temáticas.

—¿De qué conoces a Sarah y a Caleb? —le pregunto, sentándome sobre mis piernas frente a él. Desde esa distancia, veo que los ojos de Bo son de color avellana con manchitas verdes diminutas. Además, tiene más barba de la que creía, porque le nace más clara que el pelo. Y huele muy bien. Como a canela mezclada con algo almizclado, cálido y delicioso. Es el olor de alguien capaz de encender una hoguera y, a la vez, hacerte una tarta de cumpleaños. Sigo analizándolo sin reparo. No puedo evitarlo, así que tampoco me resisto. Y cuando por fin logro apartar la vista de su colección inusitadamente interesante de anillos de fantasía y de sus uñas pintadas de negro, me doy cuenta de que tiene los ojos clavados en el escote de mi blusa. Me está mirando el canalillo descaradamente.

Sonrío para mis adentros. El orgullo me hace echar hacia atrás los hombros y, por consiguiente, sacar pecho. Permito que me siga mirando con lujuria unos segundos más, antes de aclararme la garganta con delicadeza.

—Perdón —dice él sobresaltándose—. ¿Qué has dicho? —pregunta con cara de culpabilidad, al ver que lo he pillado in fraganti.

—¡Qué poca vergüenza! —exclamo riéndome—. Me estabas comiendo con los ojos.

Él se ríe nervioso.

—Ya, joder, lo siento. Nunca... Bueno, nunca había olvidado disimular cuando le doy un repaso a alguien —dice, muerto de vergüenza, con las comisuras de los labios todavía curvadas hacia arriba.

—Tranquilo, para algo me he puesto este disfraz. —Me encojo de hombros, jugueteando con el dobladillo de la falda.

—Lo siento muchísimo. No pretendía...

—¿Qué te parecen? —le pregunto interrumpiéndolo.

Él mira hacia el cielo como en busca de alguna deidad que lo ayude a tratar conmigo, lo cual me encanta.

Lo observo mientras esboza una sonrisa traviesa y se muerde la esquina del labio inferior.

—Pues increíbles, como el resto de tu cuerpo —dice con cautela. Ahora le toca a él aclararse la garganta mientras yo lo miro fijamente y me sonrojo—. Pero... ¿qué me habías preguntado?

Tartamudeo, incapaz de recordar lo que le estaba diciendo. Pero cuando echo un vistazo a la habitación, parpadeando para concentrarme en lo que me rodea, recuerdo en casa de quién estoy y, por consiguiente, lo que le había preguntado.

—¿De qué conoces a Sarah y a Caleb?

Bo se recuesta en el sofá, jugueteando distraído con el cuello desabrochado y arrugado de la camisa y abriéndoselo un poco más.

—Caleb y yo nos conocimos a través de un amigo común hace seis años, más o menos. Recuperamos el contacto a principios de este por un tema de trabajo. Es muy buen tío. ¿Y tú?

—Conozco a Sarah de toda la vida. Nuestras madres eran amigas íntimas en el instituto y las dos se quedaron embarazadas de penalti durante el último curso. Nos criaron juntas, como si fuéramos hermanas.

—Caray, así que conoces a Caleb desde…

—Tercero de secundaria, sí —digo, sin dejarle acabar la frase—. Hemos ido todos al mismo instituto. Soy la tercera en discordia desde entonces.

—La tercera en discordia —repite él—. Así que no tienes… —Su sonrisa se tuerce hacia un lado—. Iba a preguntarte si habías venido con alguien, pero lo diré de otra forma: ¿hay alguien que pueda darme un puñetazo por mirarte como acabo de hacerlo?

—No. —Doblo el dedo índice y me acaricio el labio con el nudillo, ocultando mi sonrisa, antes de volver a recuperar la confianza—. Nadie. Ni aquí ni en ninguna otra habitación. —Eso ha sonado mucho más sugerente de lo que pretendía, pero juega a mi favor y Bo sonríe un poco más mientras desvía la mirada hacia mis labios por un instante.

—Ni en ninguna otra habitación —repite, asintiendo con la barbilla levantada—. Tomo nota.

—¿Y tú qué? ¿Alguna novia de la que debería estar informada? —le pregunto antes de tragar saliva.

Parece ofenderle que insinúe siquiera semejante cosa y levanta las cejas con brusquedad.

—¡Claro que no!

—No serías el primer tío no disponible que actúa como si estuviera completamente libre —replico. Mi ex, por ejemplo, lo hacía a menudo.

—Cierto —reconoce—. No, no tengo novia. Ni aquí ni en ninguna otra habitación —bromea.

—Vale. —Me pongo cómoda, recostándome en el sofá y juntando los pechos, algo en lo que Bo se fija durante una décima de segundo—. Pues entonces… háblame de ti. ¿Quién eres?

—¿Por qué será que esa pregunta resulta siempre tan intimidante? —Bo se acaricia la mejilla con los nudillos, pasándose el pulgar por la mandíbula.

—Porque la experiencia humana no puede resumirse en un par de frases —contesto—. Pero aun así es de buena educación intentarlo.

Él asiente, mirándome de reojo de una forma supercuriosa e

incitante que, aunque parece que a él no le plantea ningún esfuerzo, a mí me pone el corazón a mil.

—Está bien —dice—. Tengo veintinueve años y soy analista financiero. —Levanta una mano para impedir que lo interrumpa, cosa que iba a hacer—. Ya lo sé, una elección fascinante, pero la verdad es que a mí me encanta. —Se rasca la nariz con el dorso del pulgar, mientras mira a su alrededor por el rabillo del ojo—. Soy hijo único —añade—. Mi padre vive en Francia, así que no lo veo muy a menudo. Pero, aunque suene patético, es mi mejor amigo. Mi madre murió cuando era niño. —Se ríe sin ganas, como si no tuviera claro si está hablando más de la cuenta—. Eh... Trabajé de barista cuando estaba en la universidad y eso me convirtió en un friki del café. Cuando era adolescente, leí un libro sobre hábitos mentales saludables y ahora hago un sudoku todos los días porque tengo la paranoia de que si no se me va a pudrir el cerebro. Mis animales favoritos son los perros, pero nunca he tenido ninguno. Mi color favorito es el morado... —Vacila, como si no tuviera claro cuándo parar.

—Ha estado genial, gracias —digo.

—¿Sí? ¿He aprobado?

—Sí, muy revelador. Aunque tengo algunas preguntas al respecto.

—¿No deberías hablarme de ti antes? —señala Bo levantando una ceja.

—Ah, claro, vale —contesto cogiendo el vaso que he dejado en la mesa, delante de los dos.

Bo espera a que empiece a hablar mirándome fijamente, mientras se recuesta un poco más en el sofá.

—Tengo veintiocho años. —Le doy un trago a la copa—. Trabajo en una cafetería, así que también soy un poco tiquismiquis con el café. Además, en verano soy socorrista, algo que me encanta. Me pasaría la vida al aire libre si pudiera. Mi madre me llamaba cariñosamente «ardillita», por eso y porque tengo tendencia a acumular cosas. Actualmente, plantas. Ahora mismo, mi madre vive en Florida con una retahíla de novios bastante majos... Intento visitarla una vez al año, pero no estamos muy unidas. No conocí a mi padre. Y... —Intento pensar en una última cosa—. Mi color favorito es el verde.

—Bueno, encantado de conocerte, Fred.

—Por favor, no me llames así —le digo poniéndome muy seria, medio en broma.

—¿Qué? ¿Por qué no? —me pregunta, haciéndose el ofendido de una forma muy cómica.

—Porque no es un nombre muy sexy que digamos. No es que «Winnifred» sea muy bonito, pero ¿«Fred»? Suena al típico tío repulsivo al que nunca invitas en Acción de Gracias.

—Si tú lo dices...

—Imagínate gritando «Fred» en la cama. —Él sonríe todavía más y lo fulmino con la mirada, decidida a dejar claro mi punto de vista—. ¡Fred! —gimo—. ¡Sí, Fred! —grito, probablemente demasiado alto, con falsa lujuria—. Es horroroso. —Algunos de los otros invitados de la fiesta, confusos y puede que un poquitín molestos, se giran hacia nosotros. Les hago un saludo militar sin despegar la vista de Bo, antes de que vuelvan a sus conversaciones.

Aunque es un tópico tremendo, tiene una sonrisa radiante, mucho más deslumbrante que el sol. Me siento florecer con ella, como si fuera mi versión personal de la fotosíntesis.

—¿Por qué me miras así? —le pregunto, tímida de repente.

—Es que eres muy graciosa —replica él con naturalidad, sin cambiar de expresión.

«Ah». Hago un esfuerzo sobrehumano para apartar la vista y mirar a mi alrededor, fingiendo que el resto de invitados y sus disfraces de pronto me parecen mucho más interesantes. Soy muy consciente de que me estoy sonrojando por el cumplido y necesito con desesperación dejar de hacerlo. Cuando por fin vuelvo a mirarlo, Bo está concentrado en el capitoné del respaldo del sofá. Tiene la mano apoyada en el borde superior de mi lado y acaricia una y otra vez con el pulgar uno de los botones de tela con un pequeño movimiento circular. No debería afectarme y lo negaré si alguna vez me lo preguntan, pero hay algo inherentemente sexual en ese movimiento. Observo, demasiado fascinada, cómo rodea el botón con suavidad. Se me pone un nudo en la garganta y entreabro los labios al imaginarme su pulgar acariciándome de forma similar. Hace meses que las citas no van tan bien como para dejar que un hombre me toque así y la última vez que alguien lo hizo tampoco fue nada de otro mundo. Aun así, a juzgar por la respiración entrecortada que traquetea en mi pecho, creo que a Bo le dejaría intentarlo.

—Así que... no has venido con nadie —comenta Bo, haciéndome desviar la vista del botón a su cara.

—¿Es una pregunta? —digo recuperando la voz, que suena llamativamente ronca.

Él pone los ojos en blanco. Eso también me gusta.

—Supongo —responde alargando la palabra—. La cuestión es: ¿por qué?

—¿Ha llegado el momento de la noche en el que desvelamos nuestros defectos? —le pregunto.

—Estaba pensando más bien en cómo es posible que alguien como tú no tenga pareja. Pero sí —contesta.

—Ah, vale, gracias. —A pesar del sarcasmo, noto que me empieza a arder la cara de nuevo y me maldigo por ello. ¿Ruborizarse tres veces en una noche? Debe de ser un récord. Uno que espero no batir nunca—. En realidad la respuesta no es nada interesante. No busco nada serio. Según Sarah, soy extremadamente independiente.

Lo que no le cuento es que, cuando era pequeña, mi madre traía a casa a un desgraciado tras otro, aun sabiendo a la perfección que todas estaríamos mejor sin ellos. A sus ligues les bastaban unas cuantas semanas de relación para empezar a actuar como si tuvieran algún tipo de autoridad sobre su vida; o mejor dicho, sobre la nuestra. Normalmente empezaban por algo pequeño, como cambiar la marca de café favorita de mi madre por la suya. Luego, poco a poco, la cosa iba a más. Nuestros maratones nocturnos de telenovelas se convertían en un «Oye, cariño, el partido ha comenzado. ¿Por qué no acabas los deberes en tu habitación?». O en un «No, esta noche no vamos a comer tacos. A (insertar aquí el nombre del novio en cuestión) no le gustan». Luego acababan marchándose y volvíamos a empezar. Sarah, su madre y yo disfrutábamos del breve intervalo hasta que llegaba el siguiente rollete de mi madre y luego la consolábamos cuando la relación, invariablemente, se volvía a ir a la mierda. Como consecuencia, aprendí muy pronto que, para conservar el tipo de vida que quería, era mejor no invitar a ningún hombre a entrar en ella.

Pero, como la mayoría de bobas románticas empedernidas, a los veintipocos olvidé la regla de oro que me había autoimpuesto y me fui a vivir con mi novio Jack, que quería hacerlo todo a su manera, con independencia de cómo tuviera que actuar para conseguirlo. Lo cual, por supuesto, también acabó fatal. Y llevo recuperándome desde entonces. Mi autoestima y mis planes de futuro siguen siendo, básicamente, un desastre.

—¿Y tú? —le pregunto—. ¿Estás buscando a tu futura esposa?

—No. —Bo se ríe y levanta la vista un instante hacia el techo—. Para nada.

—Bueno, eso es... compatible. —Me muerdo el labio inferior, esperando que capte la indirecta, por cierto nada sutil.

En efecto, él la pilla y se me queda mirando durante un buen rato. Tanto que empiezo a sentir los latidos del corazón en el cuello. Sin duda era la respuesta que quería, pero no sé por qué, al venir de Bo, hace que me sienta un poco abrumada. Puede que sea por la forma en la que escudriña mi cara, como si estuviera tratando de ubicarme. Como si nos conociéramos de algo. O tal vez como si no pudiera creer que no sea así.

Signifique lo que signifique esa mirada, necesito que pare de una vez. Está haciendo que me suba demasiada sangre a la cabeza, y eso me sofoca y me marea.

—Me gusta tu pierna de pirata —comento, en un intento malísimo de desviar la atención de mí misma—. Me refiero al disfraz. No solo a la pierna, obviamente. A todo el conjunto —digo titubeando.

—Uf, menos mal. Por un momento he temido que solo me quisieras por la pierna —bromea.

Decido ignorar su uso frívolo del verbo «querer» y cambio de tema bruscamente para dejar atrás mi metedura de pata.

—¿Te ha pasado alguna vez? —le pregunto, cogiendo la copa con la esperanza de que me calme un poco—. Yo la semana pasada recibí un mensaje flipante por Instagram, de un tal Reese24. Decía que su polla parecería enorme en mi manita de bebé.

—Por favor. —Bo tuerce el gesto riéndose horrorizado.

—Ya.

—Hace falta estar pirado.

—Y tanto.

—Aunque... —Bo levanta las palmas de las manos, simulando una balanza inclinada.

—No —digo riéndome sorprendida—. No. Ni se te ocurra.

—A ver... —Se encoge de hombros con una mirada burlona—. Tiene razón. Seguramente lo parecería.

—Por favor.

—Sería un buen chute de ego. Puede que Reese24 no vaya tan desencaminado.

—Qué horror —farfullo entre risas—. Sois los dos asquerosos. —Frunzo los labios y los acerco hacia la nariz, como si la habitación apestara, mientras Bo se recuesta cómodamente y vuelve a apoyar el brazo por detrás de mí.

Seguimos charlando tanto tiempo que en la lista de reproducción de Sarah vuelve a sonar «Monster Mash». Bo se ríe de mi teoría sobre la canción, a diferencia de la bruja, y al final decide que va a investigar por su cuenta cuando llegue a casa para analizar a fondo la letra. La fiesta empieza a decaer al mismo ritmo que nuestra conversación. Un silencio agradable se va instalando entre nosotros y voy a buscar una tercera ronda de copas.

Sin embargo, por extraño que parezca, ese paréntesis en la conversación no me resulta incómodo. He tenido muchas citas en las que la conversación deja de fluir y es más fácil cortar por lo sano o irse a casa de alguno de los dos que esperar a que surja el siguiente intercambio de ocurrencias. Pero esta noche no hay escasez de temas, ni miedo a una conversación forzada y aburrida.

Estas pausas tranquilas parecen más bien intermedios. Como si estuviéramos actuando el uno para el otro. Turnándonos para ser la fuente de entretenimiento y el entretenido. Haciéndonos reír. Manteniéndonos alerta. Es tan divertido que reconozco que me gustaría tener más tiempo antes de que Sarah y Caleb echen a todos de casa esta noche. Aunque a lo mejor puedo convencerlo para que se quede un poco más.

Teniendo en cuenta todo lo que he aprendido sobre Bo hasta el momento, voy a tener que tomar la iniciativa. Es tan poco consciente de su propio encanto que hasta resulta cómico. Incluso roza la timidez. Puedo imaginármelo pidiéndome el número de teléfono, pero dudo que se atreva a proponerme que me vaya con él a casa.

Algo que acabo de decidir que quiero hacer.

—¿Es una peluca?

Cuando me doy cuenta, Bo me está rozando la mejilla con el dorso de un dedo para coger un mechón de mi pelo entre el pulgar y el índice y juguetear con él distraído.

—No, es natural. —Trago saliva cuando acaricia con el pulgar la parte inferior de mi barbilla.

Retuerce mi pelo entre los dedos, enroscándolo en el dorso de los nudillos como si fuera una serpiente a la que ha encantado. Reprimo las ganas de subirme a su regazo y ponerme a ronronear.

—Lo siento —susurra, humedeciéndose los labios. Pero sigue sin soltarlo.

—No me molesta —respondo en voz baja. Aunque lo que en realidad quiero decir es: «Sigue tocándome. Donde te dé la gana».

—Es precioso —dice, y me mira tan serio que resulta inquietante. Luego suelta el mechón y se recuesta en el sofá, exhalando un largo suspiro que le hincha las fosas nasales—. Creo que he bebido demasiado ponche.

—En serio, no me ha molestado. —Me acerco a él, intentando que me mire a los ojos. Tratando de suplicarle en silencio, de pedirle más. Pero es inútil. Es guapísimo, pero está claro que no tiene ni idea. Resulta tan entrañable como frustrante.

Así que decido que ya está bien. Puedo tomar yo la iniciativa. Soy una mujer moderna, qué narices. Puedo ir a por lo que quiero, aunque esa no sea precisamente una filosofía que practique a diario. Pero puedo hacerlo.

—Bo, ¿te apetece acompañarme arriba? —le pregunto, con

una voz un poco más aguda de lo previsto, dado que estoy intentando hablar con confianza.

Él abre un poco más los ojos sorprendido y ladea la cabeza.

—¿Arriba?

No esperaba tener que repetirlo. Ni aclararlo. Me entran ganas de taparme la cara con un cojín del sofá, pero a la mierda. Ahora ya está.

—¿Por casualidad te apetecería acostarte conmigo? Tengo una habitación aquí —le explico, haciendo lo posible por mantener la columna recta para no encogerme. La clave es transmitir seguridad.

—¿Aquí? —Bo frunce el ceño, un poco perdido.

—Sí.

—¿Vives aquí?

—No, pero me quedo a dormir muchas veces. —Guardo silencio durante unos segundos, con la esperanza de que me saque del atolladero, pero parece confuso y un poco aturdido. ¿De verdad lo he malinterpretado todo? No sería la primera vez que me equivoco, pero tanto... Si parecía que ya estaba hecho.

Bo suelta una risita nerviosa y agacha la cabeza.

—Ah..., pues la verdad es que...

«Échale la culpa al ponche fluorescente», me digo.

—Perdona. Olvida lo que acabo de decir. —Voy a mentirme a mí misma para superar esto. «Bo es virgen. Practica el celibato porque ha hecho un voto solemne de por vida. Yo he sido la oferta más tentadora que ha tenido, pero debe ser fuerte. Yo no soy el problema. ¡No lo soy! No soy...».

—No —dice con demasiado ímpetu—. No... No quiero olvidarlo. Perdona, es que... —Niega con la cabeza—. No lo hago desde... —Baja la vista hacia la rodilla, justo al punto en el que empieza la prótesis.

«Ah».

Debería pensar. Debería pensar antes de hablar. Pero no lo hago. Rara vez lo hago, por desgracia.

—¿Te ha afectado al...? —termino esa frase que no debería haber empezado señalando su entrepierna.

«Winnifred June McNulty, no puedes ir por ahí preguntándole a la gente si le funciona bien el instrumento. Pero ¿de qué vas?».

—Qué va. Para nada. Está en plena forma. —Hace una mueca de desagrado por las palabras que ha elegido. O tal vez por la conversación en general.

Tengo que solucionar esto. Yo no soy así, no soy de las que tantean el terreno y luego se echan atrás, haciendo que la gente se sienta incómoda con su cuerpo o con sus diferencias. No puedo ser así. Eso me convertiría en una hipócrita tremenda.

Me acerco lentamente a él y pongo una mano sobre la suya.

—Entonces seguro que no cambia mucho. —Vacilo, mientras espero a que establezca contacto visual conmigo—. Estoy dispuesta a intentarlo, si tú también lo estás. Podría ser muy divertido.

Se gira para dirigirme una mirada triste, con las pupilas dilatadas y el ceño fruncido.

—¿Por qué me pone tanto lo que acabas de decir? —me pregunta en un susurro, casi con incredulidad.

«Sí, señor», pienso, recuperando una pizca de orgullo.

—Estoy deseando hacer esto desde que me estrechaste la mano con la izquierda. —Disimulo una sonrisa—. A lo mejor a ti te pasa algo parecido. En cierto modo, sabes que te entiendo.

Bo vuelve a bajar la vista hacia mis labios, asintiendo fascinado y con los ojos brillantes.

—Entonces ¿qué? —le pregunto, acercándome lo suficiente como para contar el número exacto de pecas que tiene en las mejillas y que se extienden sobre su nariz formando un puente entre ambas—. Porque como tenga que preguntártelo una vez más, a lo mejor intento ahogarme en la ponchera.

Sin dudarlo un segundo, Bo acorta distancias y me besa, tierna y fugazmente, poniéndome una mano en la mandíbula. Sus labios son suaves y cálidos, casi embriagadores.

—Sí —dice inhalando con fuerza, con la frente pegada a la mía. Luego se ríe en voz baja y me coloca un mechón de pelo detrás de la oreja, antes de acariciarme con esa misma mano el cuello, el hombro y el brazo—. Vamos —dice agarrándome de la mano para levantarse.

—Espera —le digo, y tiro de él hacia atrás—. Mejor subo yo antes. Voy a asegurarme de que nadie más haya tenido la misma idea y se lo esté montando en el cuarto de invitados. Tú ve a la cocina a por un poco de agua... o algo así. Es la última puerta a la izquierda.

—Vale. —Bo asiente entusiasmado, demasiadas veces para mi gusto. Me recuerda a la actitud de perrito faldero de Caleb y eso hace que un brusco escalofrío de pánico recorra mi cuerpo.

No puedo con otro tío que se empeñe en ser delicado conmigo en la cama. Tengo que asegurarme de que esta química que hay entre nosotros no desaparezca en cuanto lleguemos arriba.

—Bo, ¿me prometes una cosa? —le pido.

Él echa un poco hacia fuera el labio inferior mientras vuelve a asentir, esta vez con menos ímpetu.

—Claro.

—Necesito que me prometas que los dos vamos a disfrutar esta noche. Este año he tenido un montón de polvos pésimos y, como tenga que fingir un orgasmo más, las autoridades me van a obligar a hacerme monja, o algo así. —Me muerdo el labio, temiendo estar pidiéndole demasiado a alguien que es prácticamente un perfecto desconocido.

Él ni siquiera pestañea, pero su sonrisa reaparece en todo su brutal esplendor.

—Win, si sales de esa habitación caminando mejor que yo, lo consideraré un fracaso.

¿Un chiste de piernas? «Tranquilízate, corazón mío».

Me tapo la boca escandalizada, soltando una risita.

—No puedo creer que hayas dicho eso.

—Pues lo he hecho —replica Bo, y vuelve a recostarse en el sofá. Acerca de nuevo una mano a mi pelo y juguetea con él mientras su mirada, tan excitada como burlona, se posa una vez más sobre mis labios—. Venga..., sube y espérame allí.

# 3

—Qué gustazo. —Suspiro aliviada, tirando el cinturón al suelo del cuarto de baño. Abro el cajón que hay debajo del lavabo y que Sarah mantiene abastecido con una cantidad ingente de artículos de aseo y encuentro todo lo que necesito para refrescarme rápidamente.

Cojo hilo dental, enjuague bucal, desodorante y unas toallitas desmaquillantes para una limpieza rápida de bajos. Puede que me desequilibre el pH, pero eso es problema de la Win de mañana.

Oigo unos golpecitos suaves seguidos del chirrido de una puerta que se abre y se cierra en la habitación de al lado.

—¡Ahora salgo! —grito, quitándome parte del maquillaje oscuro con el que me he embadurnado los ojos antes de la fiesta.

—¿Esta es la habitación de invitados? —exclama Bo al otro lado de la puerta, claramente impresionado.

—Tú te dedicas a las finanzas, ¿no? ¿Cuánto crees que vale esta casa? —le pregunto, antes de engullir un trago de enjuague bucal y pasármelo por toda la boca, para luego intentar escupirlo en silencio.

Él se ríe, pero no me sigue el rollo echándose a adivinar.

Inclino la cabeza hacia delante, usando el antebrazo y el pliegue de la muñeca junto con la mano izquierda para recogerme el pelo en una cola alta. Me quito la falda de cuero y las botas, pero me dejo la blusa blanca —desabrochándome algunos botones más— y las medias de rejilla.

Respiro hondo unas cuantas veces para centrarme, me echo brillo en los labios, los froto el uno contra el otro e intento reunir la seguridad necesaria para abrir la puerta del dormitorio.

El cuarto de invitados de Sarah está decorado con un lóbrego papel de pared gris, tiene el suelo oscuro y una pequeña lámpara de araña en el centro. He bajado la intensidad de las luces para conseguir una iluminación tenue y favorecedora antes de salir corriendo como una loca hacia el baño. En medio de la habitación hay una cama de matrimonio cubierta por un edredón blanco inmaculado, una manta de punto de color topo y unos cuantos cojines.

Bo está sentado en el borde del colchón, delante de la puerta de la que todavía no me he movido. En cuanto me ve, baja automáticamente la mano al regazo y se coloca los pantalones. Algo que le sienta estupendamente a mi ego.

—Joder —dice apretando la mandíbula. Se inclina hacia delante, riéndose entre dientes en un tono agónico y agridulce, antes de mirarme con los ojos entornados. Me sorprende la sensación de poder que me transmite su mirada hambrienta. Tengo la impresión de que si le dijera «salta», se limitaría a preguntarme «¿hasta qué altura?».

—Me he quitado... algunas cosillas —digo, agarrándome al marco de la puerta para mantener el equilibrio.

—Ya lo veo. —Bo se humedece los labios mientras se frota los muslos arriba y abajo con las manos, como si necesitara tocar algo—. Está muy bien. —Se aclara la garganta, acomodándose lentamente—. Genial... Estás genial. —Sonríe, pero sus ojos no lo acompañan... Siguen mirándome fijamente hipnotizados.

Doy cinco pasos hacia él de puntillas y me detengo entre sus rodillas separadas. Me pone las manos en la parte de atrás de las piernas, justo por debajo del culo. Siento la tensión que hay en ellas mientras me acaricia la piel cubierta por las finas medias de red. Aunque está sentado, mi cara solo está un poco más arriba que la suya.

—Imagino que lo del disfraz de criada sexy era una broma

—comenta, acariciándome desde la parte de atrás de las rodillas hasta el pliegue de debajo de las nalgas, antes de enredar los pulgares en los hilos que entrecruzan mis muslos, como si fueran un arpa.

—¿Decepcionado? —le pregunto, inclinándome hacia delante. La punta de mi coleta roza su mejilla. Bo acerca la nariz a ella y cierra un instante los ojos mientras inspira.

—Solo un poco. —Cambia una mano de la parte de atrás de mi muslo a mi nuca y me acerca a él, inclinando la mandíbula hacia arriba para acercar sus labios a los míos.

—Tal vez el año que viene —susurro, justo antes de que nuestras bocas se encuentren.

Al principio nos besamos tanteando el terreno. Con suavidad, pero con firmeza. Aunque cuando Bo me pone la otra mano en la cintura, la cosa se calienta: dientes que muerden, manos que aprietan, bocas que chocan. Me siento en su regazo, a horcajadas sobre sus caderas, y se me escapa un gemido cuando él se impulsa hacia arriba echándose hacia atrás, lo que hace que lo sienta justo entre los muslos.

—Joder, me encanta Halloween —dice, prácticamente gruñendo sobre mis labios sin dejar de sonreír.

Solo se me ocurren frases en modo imperativo.

Quítame la ropa.

Fóllame.

Ayúdame a dejar de pensar.

—No soy capaz de desabrochar botones ajenos —digo excitada, besándolo desde la mandíbula hasta la oreja—. Es decir, sí soy capaz, pero... muy despacio.

—Tómate todo el tiempo que quieras —responde él, intercalando las palabras con unos besos en el cuello tan suaves que tengo que cerrar los ojos, presa de un deseo embriagador.

Le pongo la mano izquierda en el centro del pecho y busco el primer botón de su camisa. Desde ahí, empiezo a bajar uno a uno, desabrochándolos lo mejor que puedo.

Bo empieza a quitarme la blusa. Al principio creo que está intentando provocarme con su cadencia lenta y seductora. Pero luego me doy cuenta de que está siguiendo mi ritmo a propósito, sin duda yendo mucho más despacio de lo que es capaz para favorecerme. Lo cual me resulta tan atractivo como si me estuviera provocando. Tal vez incluso más.

También es, trágicamente, uno de los detalles más románticos de mi vida.

Una vez que logro abrirle la camisa, se la bajo por los hombros y se la quito por los brazos, besándolo apasionadamente durante el proceso.

Una vez que él me despoja de la mía, me echo hacia atrás y le acaricio el pecho con las manos, comiéndomelo con los ojos. Tiene algunas pecas en la parte superior de sus gigantescos hombros y del pecho que se dispersan por los bíceps y acaban reducidas a unas cuantas manchitas en los antebrazos.

Las acaricio con la mano, como si estuviera dibujando constelaciones en el cielo nocturno, mientras me acerco para besarlo de nuevo. Él me lo impide agachando la cabeza y chupándome uno de los pezones, que se me ha salido por encima de la copa del sujetador.

Gimo y acerco las tetas hacia él. Bo me mira, observando mi reacción cuando me besa por todo el pecho. Mi respiración se vuelve entrecortada y superficial mientras me mordisquea, agarrándome las caderas con más fuerza.

Le pongo la mano derecha en la nuca, en un intento desesperado de agarrarlo del pelo para que no se mueva. Pero la vergüenza puede conmigo. Aparto la mano pequeña de la cabeza y la oculto detrás de su hombro, mientras escucho con claridad en mi mente las palabras de mi ex: «Así no. Con la otra mano».

—Me gusta —dice Bo, con la boca y la nariz pegadas a la parte inferior de mi clavícula, mientras va subiendo hacia el cuello sin dejar de besarme. Me vuelve a poner la mano donde la tenía antes, entre su cabello. Le paso los dedos pequeñitos por el pelo como puedo, agarrando tanto como me es posible entre el pulgar y el lateral de la palma de la mano para tirarle de él.

Bo responde con un gemido, así que repito la operación mientras me lame el punto donde se encuentra el pulso debajo la oreja, rozándome suavemente la barbilla con el pelo.

—Hueles genial —digo, consciente de que nuestros jadeos son cada vez más urgentes.

—Tú también. Como a manzanas cubiertas de caramelo. —Pega la nariz al nacimiento de mi pelo y los labios al borde de mi mandíbula—. Me entran ganas de... —Se pone tenso, abre la boca y arrastra con delicadeza los dientes por mi barbilla—. Di-os —dice, dividiendo la palabra en dos sílabas y riéndose con rigidez.

—Te necesito —digo sin aliento.

—¿Podrías tumbarte? —me pregunta Bo con dulzura, con la boca pegada a mi mejilla—. Quiero verte entera.

Asiento recatadamente, abandonando su regazo para ponerme en el centro de la cama. Me tumbo y disfruto del tacto de mis brazos y mi espalda desnudos sobre el suntuoso edredón. Es tan delicado que me excita todavía más. La suavidad de las sábanas sobre mi piel y el sonido de las almohadas de plumas me envuelven. Bo se levanta y se pone a los pies de la cama, vestido únicamente con los pantalones negros. Observo cómo se quita tres anillos sin apartar los ojos de mi cuerpo. Estos repiquetean en el suelo a sus pies, pero a él no parece importarle dónde caigan. Me incorporo sobre los codos y sonrío satisfecha al ver que tiene todo el pelo revuelto. Vuelve a pasarse las manos por la cabeza, despeinándolo todavía más. No me puedo creer que esté perdiendo la cabeza *por mí.*

—Win —dice pronunciando mi nombre como si fuera una súplica desesperada, mientras niega con la cabeza—. Joder, estás buenísima.

—¿Sí? —pregunto con falsa inocencia, sonriendo con más ganas. No le he prohibido tocarme o acercarse a mí y aun así está consternado. Necesita todo su autocontrol para hacer que esto dure tanto como ambos queremos.

Reconozco que me encanta esta sensación. El poder que he adquirido al tumbarme bocarriba. La forma en la que mi cuerpo es capaz de volver loco a alguien. Nunca me he sentido más poderosa, salvo en la torre de salvamento de la playa.

Bo señala mis rodillas con ambas manos.

—Ábrelas para mí, cielo.

«¿Cielo?». Mmm, creo que me gusta.

Hundo los talones en el colchón y levanto las rodillas mientras separo las piernas.

—¿Así? —le pregunto con dulzura.

—Sí —responde Bo, mordiéndose los nudillos—. Justo así —dice con lentitud, antes de apartarse el pelo de los ojos.

Extiendo los dedos sobre la cinturilla de las medias y recorro la costura lateral hasta las caderas. Luego sigo el recorrido de uno de los hilos, que cruza mi muslo por la parte más ancha.

—¿Quieres quitármelas? —le pregunto, jugueteando con ellas.

Bo asiente como si estuviera poseído y se inclina sobre la cama para ponerme las manos en la cintura. Me baja las medias de un tirón y las lanza hacia atrás, echándoselas al hombro. Creía que había sido sin querer y que iba a tirarlas al suelo, pero las agarra con fuerza mientras sube la otra mano por el interior de mi pierna.

—Win, ¿quién eres? —me pregunta, casi con un jadeo.

Hacía años que no estaba tan cachonda y eso que ni siquiera me ha tocado todavía.

—Bo —susurro excitada, aferrándome al edredón que tengo debajo. Quiero decirle que deje de acariciarme la pierna y que acerque la mano, la boca, la polla o cualquier otra parte de su cuerpo al mío—. Ven aquí, por favor —digo en vez de eso, mordiéndome el labio inferior.

Bo rodea la cama y solo suelta las medias cuando se sienta para desvestirse. Entonces las deja caer al suelo. Me arrastro hacia el lado derecho de la cama mientras él se queda en calzoncillos. Una vez se ha quitado los pantalones y el resto del disfraz, puedo ver mejor su pierna ortopédica. Tiene un aspecto más futurista de lo que esperaba: es metálica, con bisagras y goznes plateados que emergen de un cabezal de plástico gris. Entonces recuerdo lo que me ha dicho abajo, que no se había acostado con nadie desde... desde lo que sea que le haya pasado. Quiero que se sienta con libertad absoluta para decidir lo que quiere hacer a continuación, pero este es territorio desconocido para ambos.

—Puedes quitarte la prótesis o dejártela puesta. Lo que te resulte más cómodo —le digo, intentando que suene lo más natural posible y esforzándome por mantener un tono de voz sensual para que no piense que estoy menos excitada que hace un momento.

Bo asiente de espaldas a mí, antes de ayudarse con los brazos para girarse sobre la cama. Luego se levanta y se sienta con la espalda apoyada en el cabecero y las dos piernas extendidas hacia delante. Me pongo otra vez al lío sin perder tiempo, pasando la boca sobre su bíceps hasta el hombro y yendo un poco más allá. En cuanto levanto la pierna y la paso por encima de su regazo para colocarme de nuevo a horcajadas sobre él, nos desatamos. La maravillosa sensación de que lo único que nos separa son dos finas capas de algodón negras es superexcitante.

—Vuelve a llamarme «cielo» —le pido, frotándome contra su erección.

—¿Te ha gustado? —susurra con arrogancia—. Pues se me ha escapado.

No le contesto. Bueno, sí que lo hago. Pero no con palabras.

Volvemos a besarnos instintivamente. Con brusquedad y ansia, pero también de forma coordinada, sin choques de narices ni tropezones incómodos de lenguas contra los dientes. Solo como dos personas que suben cada vez más alto con la esperanza de acabar cayendo, estrellándose y prendiéndose fuego.

Sigo frotándome contra él, encantada de que no parezca tener demasiada prisa. Eso de magrearse por encima de la ropa está muy infravalorado.

Estoy empezando a sentir cómo mi cuerpo sale flotando hacia ese instante perfecto cuando Bo extiende los brazos por detrás de mi espalda y me desabrocha el sujetador. Dos manos enormes aterrizan de inmediato sobre mis tetas y juegan con ellas hasta obligarme a jadear y a moverme sobre él como una marioneta colgada de sus hilos. Baja la boca hacia mi pecho mientras yo colaboro arqueando la espalda. Me pellizca un pezón con el índice y el pulgar antes de chuparlo y acariciarlo con la lengua.

—Sí —susurro, empezando a mover más rápido las caderas.

Gimiendo sobre mi piel, Bo extiende los dedos sobre la parte baja de mi espalda para apretarme contra su cuerpo mientras cambia la boca de un pecho a otro con avidez.

—Incorpórate —me ordena entre dientes y me pone una mano en la nuca.

Me levanto sobre las rodillas sin rechistar, separándome de su regazo. Él se desliza suavemente por el colchón hasta quedarse tumbado bocarriba, con la cara perfectamente encajada entre mis muslos.

—Vale —dice, arañándome la cara interna de estos con su barba incipiente mientras me aparta las bragas hacia un lado con una rudeza inesperada—. Ahora siéntate encima de mí..., cielo. —Añade el «cielo» al final como para suavizar la orden. Pero no necesito más persuasión. Todavía no me ha dado tiempo a bajar del todo cuando Bo me agarra por las caderas y tira de mí hacia su cara. Me clava los dedos en los costados con tal fuerza que casi me hace daño.

—Relájate —susurro mientras hunde la cara en mí, pero mi suficiencia no dura mucho. Ahogo un grito cuando empieza a lamerme. Las rodillas me tiemblan y acaban fallándome por completo, haciendo que me quede literalmente sentada sobre la cara de Bo y aferrándome al cabecero como si me fuera la vida en ello, mientras él presiona con la lengua exactamente donde yo quiero—. Sí, sí, sí —susurro excitada.

Él extiende los brazos y me quita las manos del cabecero de la cama para ponérmelas detrás de la espalda y sujetarlas con un agarre fuerte e implacable. Mi cuerpo está por completo a su merced y me da igual.

Jadea con la boca pegada a mí como respuesta a todos los sonidos que salen de mis labios. Un gruñido gratificante y orgulloso retumba en su garganta cada vez que susurro, gimo o grito.

No es el primer hombre que me come el coño, ni muchísimo menos, pero sí el primero que lo hace así, como si de verdad se estuviera muriendo de ganas. Como si lo disfrutara tanto como yo.

Mi placer va en aumento hasta que por fin alcanzo el clímax y dejo escapar un largo gemido de agradecimiento al llegar al orgasmo.

Me inunda un torrente de alivio y placer a partes iguales.

Bo me suelta las manos con suavidad mientras sigue lamiéndome, provocándome escalofríos con cada lánguido lengüetazo. Me limpio el sudor de la frente con la muñeca y me estremezco mientras me acaricia delicadamente con la lengua.

—No puedo más —susurro, intentando levantarme y quitarme de encima de él.

Bo niega con la cabeza entre mis muslos y emite un gruñido de disgusto cuando intento moverme. Trata de sujetarme con una mano por detrás de la rodilla, pero yo me zafo.

Me muerde —no me mordisquea, me muerde de verdad— la parte más suave de la cara interna del muslo cuando levanto una pierna para alejarme de él. Chillo, riéndome sorprendida, pero vuelvo a ponerme seria al momento, sentándome al lado de las almohadas.

—Pero ¿usted qué se ha creído, señor? —exclamo con incredulidad.

Lo miro y, por un instante, me quedo extasiada. Tiene los labios entreabiertos, brillantes por la humedad y ligeramente hinchados, por no hablar de su mirada de satisfacción.

—Oye, me encanta eso —exclama riéndose—. Definitivamente, podría acostumbrarme a que me llamaras «señor».

Pongo los ojos en blanco, pero no puedo evitar sonreír.

Me tumbo a su lado intentando recuperar el aliento. Bo se aparta un mechón de pelo de la cara antes de incorporarse sobre el antebrazo y acercarse a mí para besarme tranquilamente. Me excita notar mi sabor en sus labios y, a juzgar por la forma en la que enreda la lengua con la mía, a él también.

Poco después, empiezo a acariciar su erección por encima de los calzoncillos.

—¿Puedo? —Deslizo el pulgar bajo el dobladillo—. Señor —digo para premiarlo, con un pelín de sarcasmo.

—Adelante, cielo —bromea él con arrogancia, tumbándose de espaldas con las manos detrás de la cabeza.

# 4

Bo la tiene enorme. Debería habérmelo imaginado, teniendo en cuenta su altura y lo que he notado al tocarlo por encima de los calzoncillos, pero no he tenido mucho tiempo para pararme a pensar.

—¿No te has planteado dedicarte al porno? —le pregunto alucinada.

—¿Piensas seguir mirándola mucho rato? —replica Bo con desgana.

—Tú acabas de mirarme. Ahora me toca a mí —protesto.

—Me siento un poco expuesto, aquí desnudo y tumbado —dice levantando las manos a los costados.

—Si quieres, puedo atarte —le propongo—. Alguna vez me ha ayudado a vencer mi timidez en la cama. —Echo un vistazo a mi alrededor—. Aunque tendría que encontrar algo que hiciera de cuerda.

—Yo no soy tímido —declara Bo—. Pero ahora no paro de imaginarte atada. —Me pone una mano en la nuca para acercarme a él, pero yo me alejo, sin tener todavía muy claro qué hacer con esta sorpresita.

—Cállate y déjame calcular si esto me va a caber. —Me pongo de rodillas y me siento al lado de sus caderas. Él suspira y se lleva una mano a la frente, tapándose un poco los ojos—. Con todas las cosas que me quedan por hacer... —me lamento.

—¿Qué? —dice Bo, riéndose con exasperación y pasándose una mano por el pelo.

—Quería viajar, tal vez tener hijos, aprender a hacer mis propias velas..., y aún no he acabado de ver las nueve temporadas de *The Office*. Pensaba que me quedaría más tiempo.

—¿Estás insinuando...?

—¿Que esta polla me va a matar? Sí —digo acabando la frase por él.

—Ay, Dios —gime.

—¿No se te cansan las manos al sujetarla cuando haces pis?

—Creo que me voy a largar de aquí —murmura—. Me voy —decide definitivamente cuando pongo el antebrazo al lado de su entrepierna para compararlos.

—Perdona. Vale, lo siento. No te vayas. Ya lo resolveré.

—No es un cubo de Rubik, es mi pene.

—¿Podrías no decir «pene»? No es una palabra muy sexy que digamos.

—Claro, porque el resto de la conversación desde que me he desnudado ha sido muy sexy.

—Tienes razón.

—Gracias —replica Bo indignado.

—Solo una preguntita rápida... ¿Cómo...?

Bo murmura entre dientes, me pone la mano en la nuca y tira de mí con tanta fuerza que inmediatamente me vuelvo plastilina en sus manos.

—Se acabaron las preguntas. —Me pasa el pulgar por la boca hasta que entreabro los labios. Luego mueve el dedo entre ellos y lo aprieta contra mi lengua, haciendo fuerza para abrirme la mandíbula—. Mucho mejor —dice, inhalando bruscamente.

«Ay, mi madre».

—¿Preparada? —me pregunta mirándome a los ojos.

Asiento, enredando la lengua en su pulgar. Su sonrisa malvada se vuelve más feroz antes de hacerme bajar la cabeza hacia su entrepierna. Me agarra por la coleta mientras me pone la otra mano en la mejilla.

Vale, sí que cabe.

Y, definitivamente, Bo no es delicado conmigo.

Creo que voy a tener que replantearme la segunda parte del término «rollo de una noche».

Emite un gemido entrecortado mientras lo engullo.

—Cuánto silencio —bromea, todavía sin aliento. Yo lo fulmino con la mirada, pero, curiosamente, no tiene el efecto esperado con su polla metida hasta el fondo de la garganta. Sigo chupándosela, lamiéndola y recorriendo cada una de sus venas. Entonces succiono y Bo se tensa mientras me tira del pelo con tal fuerza que emito un quejido—. Joder, lo siento —dice, soltándome casi del todo.

Me la saco de la boca con un sonido húmedo, sin dejar de acariciarla con la mano.

—Pues no lo sientas. —Esbozo una sonrisa diabólica mientras la lamo desde la base hasta la punta—. Puedo soportarlo.

Lo que quiero decir es que «estoy harta de que los hombres me traten como si fuera de cristal por culpa de lo de la mano. No me voy a romper. Y, definitivamente, tampoco estoy estropeada. Úsame. Déjame llevarte a hacer cosas inconfesables. Déjame tener ese poder sobre ti. Soy capaz de hacerlo».

Los minutos transcurren entre rítmicas subidas y bajadas. Bo parece estar en el cielo, con mi boca alrededor de él. No deja de pronunciar mi nombre y de alabarme, como si estuviera dispuesto a poner su vida a mis pies.

Me suelta el pelo para agarrarme las nalgas, amasarlas y apretarlas. Arqueo la espalda y pongo el culo en pompa para él.

—Joder —murmura, agarrándome las bragas y tirando de ellas hacia abajo. Me ayuda a quitármelas y, una vez añadidas al montón de ropa cada vez mayor que hay en el suelo, me mete la mano entre las piernas y me agarra de forma posesiva y lujuriosa. Se lo agradezco gimiendo sobre su polla y aumentando la velocidad y la intensidad de mi boca.

Bo se estremece exhalando un largo suspiro y sisea mientras vuelvo a subir, después de sentir una arcada. Pasa un dedo alrededor de mi entrada húmeda e inmediatamente tiemblo de excitación.

—Para —me ordena, poniéndome una mano en la nuca para apartarme. Luego se sienta y extiende los brazos hacia mí—. Te necesito. —Me agarra por la cintura con ambas manos, me levanta y me pone sobre su regazo.

Yo me río cuando mi pecho choca contra el suyo.

—Qué impaciente —digo, levantando una ceja mientras bajo la vista hacia el punto en el que su reluciente y húmeda erección está pegada a su abdomen.

—Me vuelves loco... —reconoce, riéndose en voz baja y sacudiendo la cabeza de un lado a otro—. Completamente loco.

Me muerdo el labio, intentando no sonrojarme ni sonreír mientras me inclino hacia la mesilla de noche. Me pongo a rebuscar en el cajón y mis pechos captan la atención de Bo. Me lame y me mordisquea los pezones mientras meto la mano distraídamente en la caja de condones. Vuelvo a hacerlo una segunda vez. Pero... no hay nada.

«No... No. No. ¡No!».

—Mierda. —Me siento, obligando a Bo a dejar de tocarme las tetas, para mirar dentro de la caja totalmente vacía.

—¿Qué? —me pregunta, repartiendo su atención entre mi cara de incredulidad y el cajón de la mesilla de noche.

—¿Tienes un condón? —le pregunto.

Él se frota el hombro derecho con la mano contraria, haciendo que el bíceps se le tense delante del pecho, lo cual no me ayuda en absoluto a concentrarme.

—No. Mierda, lo siento. Es que... no me esperaba esto, la verdad.

—Joder —murmuro, arrodillándome a su lado en la cama. No puedo pensar como es debido estando encima de él.

Podría ponerme algo de ropa y cruzar corriendo el pasillo hasta la habitación de Sarah y Caleb..., pero me juré no volver a hurgar en su cajón después del traumático descubrimiento de una colección de juguetes sexuales en 2019. Me muerdo la pequeña uña del pulgar derecho con nerviosismo, valorando cuál es la segunda mejor opción.

Bo me mira fijamente con cierta preocupación y hace algo inesperado. Me aparta la mano pequeña de los dientes y se la lleva a los labios. Luego besa todos y cada uno de mis deditos, uno por uno.

Nadie lo había hecho jamás.

Nunca me había molestado en imaginar que alguien pudiera tocarlos de forma tan íntima.

El remolino que siento en el pecho indica que no sé si ese nivel de vulnerabilidad me parece bien. Aun así, no lo detengo. No quiero hacerlo. Me limito a observarlo, tan asombrada como confusa.

Bo me acaricia la palma de la mano con los dientes y me besa la muñeca con delicadeza, sin dejar de mirarme a los ojos. Estoy un poco aturdida. Siento que el corazón se me acelera y se llena de un tipo de cariño olvidado que no había sentido en años. Probablemente nunca.

—¿Tenemos que parar? —me pregunta en voz baja.

«No», respondo mentalmente con todas mis fuerzas.

—Estoy tomando la píldora —contesto de inmediato.

Él asiente pensativo.

—Yo me he hecho pruebas desde la última vez. Todo en orden —dice Bo, con una voz de desesperación evidente.

—Yo también. —Hundo la cara en su cuello mientras me rodea la cintura con las manos y vuelve a sentarme encima de él—. No quiero parar —le digo, mientras empieza a besarme la clavícula.

—Yo tampoco —responde él.

Arrullada por sus ardientes besos, acabo descendiendo sobre él completamente a pelo. Al principio, ambos nos quedamos inmóviles mientras yo me adapto a la tensión de tenerlo dentro de mí. Lo siento más adentro de lo que creía posible y, aunque no es exactamente incómodo, me deja sin aliento y me produce un escalofrío, dando lugar a un deseo agudo y voraz.

Lo que hacemos es algo que está entre follar y hacer el amor. Algo nuevo y un poco desconcertante, diferente a cualquier polvo de una noche que haya tenido. No es amable, pero tampoco es del todo hedonista.

Encajamos a la perfección. Yo con las piernas alrededor de su espalda y él como una sólida columna, sentado en medio de la cama. Bo sube y baja las manos por mi espalda, agarrándome las caderas, el culo y el cuello. Las mías se recrean en su pelo, le acarician la mandíbula y se aferran a sus hombros.

Todo mientras seguimos besándonos apasionadamente. Mordiéndonos los labios, los hombros y las mandíbulas cuando nos sentimos desbordados. Intercambiamos jadeos y gemidos ahogados, respirando sobre la piel ruborizada y el pelo del otro.

Al final acabamos a la vez cuando me aprieta el clítoris con el pulgar y me araña violentamente la mandíbula con los dientes pidiéndome —o más bien exigiéndome— que me corra. Es alucinante.

Y aun así, cuando vuelvo del baño de asearme, Bo está ya medio vestido y buscando a tientas sus cosas, que están tiradas por la habitación.

—Toma —digo, dándole uno de los anillos que había lanzado al suelo con indiferencia a los pies de la cama.

—Gracias —responde él, sonriendo con timidez y bajando la vista mientras se lo pone.

No es que esperara que se quedara a dormir. Ambos teníamos claro lo que buscábamos. Sobre todo yo. No quería nada serio ni estable. No quería nada a largo plazo. Y sigo pensando lo mismo.

Pero... no puedo evitar que una sensación de angustia me inunde el pecho y me recorra todo el cuerpo ante la idea de dormir sola después de haber compartido este momento tan íntimo. No puedo evitar preguntarme si para él no habrá sido tan extraordinario que el polvo haya sido tan bueno. Si no le habré parecido tan maravillosa como él a mí.

Me tapo con la sábana mientras observo cómo se abrocha tranquilamente la camisa.

Una vez vestido, se queda inmóvil. Se palpa los bolsillos del pantalón en busca del teléfono, las llaves o la cartera y asiente ensimismado. Finalmente, me mira con inseguridad.

—Gracias —me dice, agarrándome la mano izquierda. Se inclina para besarla y me mira a los ojos—. No soy capaz de explicar lo que esto ha significado para mí. —Traga saliva—. Pero gracias, Win...

Asiento sin saber qué decir. Temo que se me escape la palabra «quédate» si le contesto. Me agacho para sentarme en el colchón mientras él coge una última cosa de la silla que hay en el rincón más alejado de la habitación y va hacia la puerta sin mirar atrás.

Después de apagar las luces, me dejo caer sobre las almohadas y empiezo a autoconvencerme de que esto es lo mejor, sin ninguna duda. La última vez que tuve esta conexión tan inmediata con alguien, que me sentí tan a gusto, que experimenté este subidón de excitación rematado por un buen polvo, acabé en una situación terrorífica.

Al principio, Jack también era encantador. Dulce. Divertido. Complaciente en la cama. Si fuera un horror de persona no le habría dado la oportunidad de machacarme como lo hizo. Así es como los hombres te atrapan. Te proporcionan una falsa sensación de seguridad y de repente ¡toma! Diez meses después te encuentras diciéndole a la gente que tienes alergia para evitar explicarles por qué vuelves a tener los ojos rojos.

Además, yo soy demasiado blandengue, como mi madre. Suelo empeñarme en ver el lado bueno de las personas. Me engancho demasiado como para conseguir retirarme a tiempo. Me da demasiado miedo la soledad. Y me preocupa muchísimo la posibilidad de pasar sola el resto de mis días. Razón de más para seguir así, en mi opinión. ¿Acaso hay algo peor que una mujer incapaz de disfrutar de su propia compañía? La independencia es una virtud que es mejor adquirir antes de llevarse demasiados palos.

Mi cabeza siempre tendrá que vérselas con mi ingenuo y pobre corazón. Pero creo que al final ganará la cabeza. Puedo hacer que lo consiga.

Así que cierro los ojos con la intención de dormir bien. Decidida a no perder el sueño por ningún hombre. Por muy maravilloso que parezca.

# 5

*Seis semanas después*

—¿Embarazada? —pregunto con una risa histérica. La doctora Salim me mira cada vez más preocupada, mientras yo entro en pánico—. No puede ser. No. No, no, no. Compruébelo otra vez. Vuelva a poner las cintas. Haga un recuento de votos. Tiene que ser un error.

La doctora respira hondo y endereza la espalda, con la serenidad propia de la pedazo de mujer que es. Al menos finge volver a mirar los papeles que tiene en la mano, un historial que debe de haber confundido con el mío.

—Win, los análisis de sangre no mienten. Si tu último periodo fue el 16 de octubre, estarías de ocho semanas.

—Winnifred McNulty es un nombre más común de lo que cree —digo señalando el encabezado de las analíticas. Trago saliva nerviosa—. Seguro que los del laboratorio han confundido mis resultados con los de otra persona.

Eso es. Tiene que ser eso.

Nos interrumpe el sonido de unos golpecitos rápidos en la puerta, que se entreabre para dejar paso a la aparición de una mano sin cuerpo, presuntamente unida a la enfermera que me acaba de obligar a hacer pis en un vaso. Le pasa otra hoja de papel, que precisamente hoy no parecen estar de mi parte.

—El análisis de orina también ha dado positivo —dice la

doctora añadiendo otra hoja al historial, que no para de crecer—. Win. —Deja la carpeta sobre la mesa y cruza una pierna sobre la otra antes de entrelazar con fuerza las manos sobre la rodilla—. Parece que no te lo esperabas.

—Estoy tomando la píldora —digo. Mi voz suena muy lejana. Puede que esté por ahí con mi cuerpo. Con mi cuerpo no embarazado. Con el que tenía hace solo unos minutos.

—Ningún anticonceptivo es cien por cien eficaz contra el embarazo.

—También uso preservativo —añado.

—¿Siempre?

Mierda, es verdad.

—Bueno, menos... una vez. —Antes de Halloween, tenía un expediente inmaculado. Hasta que apareció Bo. El tío que llevo intentando quitarme de la cabeza desde entonces.

—¿Una vez, hace unas cinco o seis semanas? —me pregunta la doctora Salim, perdiendo por un instante la paciencia.

—Pues sí, más o menos —le contesto, de forma más borde de la que pretendía—. Joder, perdón —susurro, tapándome la cara con las manos—. Me ha dejado preñada un pirata... —digo, con la voz amortiguada por ellas.

—¿Perdona? —El tono de la doctora revela lo raro que es lo que acabo de decir.

La miro separando los dedos.

—Fue en Halloween. Iba disfrazado de pirata.

—Ah. —La doctora suspira—. ¿Intimaste con alguien más ese mismo mes, o poco después?

—No, solo con él.

—¿Con el pirata?

—Sí, mi capitana —gimo en voz baja.

Ella me mira con una cara de «este no es el momento» que hasta ahora solo le había visto poner a mi madre.

—Bueno, tienes la suerte de saber exactamente cuándo fue la concepción, así que sales de cuentas... —Coge un artilugio circular de cartón de la mesa y empieza a pasar fechas—. El 24 de julio.

—Vale. —Asiento, buscando algún punto de la pared para

serenarme. Un trocito de pintura desconchada se convierte en mi foco de atención mientras las paredes se hinchan, cerrándose sobre mí.

El 24 de julio. Es un día bastante anodino. ¿Qué estoy haciendo normalmente el 24 de julio?

Suelo pasarme los veranos trabajando como socorrista en la playa del camping local, en Westcliff Point. El año pasado también hice turnos como extra en la cafetería para poder pagarme el viaje e ir a visitar a mi madre a Florida a finales de verano. Mientras estuve allí con ella, cenamos todas las noches al aire libre, escuchando el sonido del viento silbar entre las hojas de las palmeras y las insistentes voces de las ranas. Tenía la piel como el cuero, lo que hizo que me preocupara más aún por su costumbre de tomar el sol. Pero no sucedió nada importante.

Nunca había sucedido nada así de importante.

No puedo ser socorrista estando embarazada de nueve meses.

No puedo ir a visitar a mi madre con un recién nacido.

¿Qué puede hacer una persona embarazada de nueve meses, aparte de... esperar?

—La buena noticia es que, en esta fase del embarazo, tienes todas las opciones a tu disposición. Estamos a tiempo de decidir cuál es la mejor solución.

Parece que «vale» es la única palabra de la que dispongo.

—¿Hay alguien a quien puedas llamar para que te ayude a asimilar la noticia? ¿Algún amigo? ¿El... padre, quizá?

—Sí —murmuro, sacando el teléfono para mandarle un mensaje a Sarah. Ahora mismo no llamaría a Bo aunque tuviera su número, pero el hecho de no tenerlo de repente me resulta humillante cuando menos.

—¿Por qué no fijamos otra cita para dentro de una semana? Si te decides antes, llámame y actuamos en consecuencia. Si no, podemos hablar un poco más de las opciones que tienes.

—Sí, vale —digo, con los ojos clavados en la pequeña balanza que hay en un rincón de la habitación, llena de folletos y anuncios con fotos de bebés regordetes en la portada.

—También voy a programar una ecografía para dentro de unas semanas, porque los huecos se llenan rápido. Si ya no estás embarazada, la cancelamos y listo. Pero así podrás hacerte una ecografía en el primer trimestre, tal y como recomendamos.

—Una ecografía, claro. —Me imagino la pequeña mancha negra y gris en la pantalla. El sonido de un latido, como los que se oyen en la televisión. Solo que ahora sería el del habitante de mi tripa en el monitor de algún ecógrafo. Pienso en la sonda pegada a mi vientre.

Levanto la mano izquierda del regazo y la poso sobre el mono de pana que me cubre la barriga. No hay ningún cambio perceptible en su forma, tamaño o dureza. Y sin embargo, todo ha cambiado.

Me llega un mensaje al móvil. Es Sarah, diciendo que viene de camino. Sin pensárselo dos veces y sin hacer preguntas. Como nos enseñaron nuestras madres. «Primero vas y luego preguntas», nos decían siempre.

Recuerdo a nuestras madres juntas en aquel pisito, hace casi treinta años. Eran tan jóvenes cuando nos tuvieron a Sarah y a mí... Mucho más jóvenes que yo. Nos pasábamos horas sentadas en el viejo sofá granate, hojeando álbumes de fotos mientras nos contaban historias. Había un montón de ellos, llenos de fotos de nuestras madres vestidas a la moda de los terribles años noventa, con las barrigas cada vez más grandes, bajo jerséis de colores pastel con estampados imposibles. Pienso en el color verde pálido con el que pintaron la habitación infantil que Sarah y yo compartimos. En el techo que recubrieron de papel pintado con dibujitos de patos. En que tuvieron que hacerlo todo ellas solas y aun así consiguieron que fuera especial para nosotras.

A diferencia de ellas, yo estoy en una etapa de la vida en la que muchas de mis amigas han decidido quedarse embarazadas. Este año he ido ya a tres *baby showers*. Y en el fondo siempre he querido tener un hijo. Algún día. Cuando tuviera la vida encauzada.

Aunque, a decir verdad, no puedo evitar preguntarme si alguien está preparado alguna vez para tener un hijo.

A pesar de que eso me consuela un poco, creo que nunca me había sentido tan juzgada como ahora. No por la doctora Salim, obviamente, sino por el mundo en general. Casi puedo sentirlo: es como si varios millones de ojos invisibles estuvieran clavados en mí.

No pasa un día sin que se hable del derecho a decidir en un embarazo, sin que este se difunda y se luche por él de un modo u otro. Aun así, nunca me había planteado cómo sería estar en primera línea. Me siento como si fuera a encontrarme a los periodistas fuera, intentando adivinar cuál será mi siguiente paso. O a manifestantes y políticos rondando por los pasillos para valorar si actúo de forma moralmente correcta o incorrecta. Son demasiadas opiniones para este despacho tan pequeño.

Así que intento olvidarme de ellas.

Aquí solo estamos la doctora Salim y yo. Como debe ser.

—A ver, algunos de los síntomas que podrías tener antes de la próxima cita son... —La doctora Salim empieza a enumerar una serie de posibilidades terroríficas. Dolor de tetas, náuseas, aumento de la salivación, irritabilidad, agotamiento...—. Pero hay otros que no serían normales... —Se trata de cosas aún peores. Sangrado, dolores de barriga fuertes, visión borrosa, episodios extremos de depresión—. Si te pasa algo de eso, me llamas, ¿de acuerdo? —Asiento totalmente agotada—. Si todavía no tienes claro cuál va a ser el siguiente paso, te sugiero que de momento actúes como si fuera un embarazo viable. —La doctora se levanta para coger algo en el armario de pared que hay encima de la mesa—. Toma vitaminas prenatales una vez al día. No es recomendable fumar, beber, ni consumir drogas. En la sala de espera hay un folleto sobre los alimentos que deberías evitar. —Esboza una pequeña sonrisa y me da un frasco de vitaminas—. Aunque tengo que reconocer que yo comí sushi y me tomé alguna copa de vino durante mi segundo embarazo y fue todo bien. La moderación es la clave.

Pero ¿qué está diciendo? ¿Sushi? ¿Tan delicados son los bebés que no puedes comer un puñetero maki roll?

—Vale —digo levantándome mientras la doctora Salim me abre la puerta.

—Nos vemos dentro de una semana, pero puedes llamarme antes si quieres —me recuerda.

La abrazo. Estoy segura de que no es apropiado, pero lo hago. Ahora mismo, ella y yo somos las únicas personas en el mundo que conocemos este secreto, y me siento como si hubiéramos forjado una especie de vínculo.

La doctora Salim acepta mi abrazo extrafuerte y me da unas palmaditas en la espalda antes salir detrás de mí y cerrar la puerta. Nos quedamos de pie en el pasillo vacío mientras veo cómo su máscara de profesional se descoloca un poco y una compasión amable y cansada se apodera de sus facciones.

—Sé que probablemente no te sirva de consuelo, pero las pacientes con embarazos planificados también se sienten abrumadas. Hay demasiadas cosas que procesar. Eres más que capaz de hacerlo, Win. Decidas lo que decidas, será lo correcto. Tienes todo mi apoyo en cualquiera de los casos.

Estoy a punto de volver a darle las gracias y puede que otro abrazo cuando oigo que me llaman desde el vestíbulo. El tono de preocupación de Sarah es evidente.

Me doy la vuelta e inmediatamente se me cae una lágrima al ver a mi amiga. Tiene un aspecto un poco desaliñado, con unos pantalones de chándal y un moño despeinado sujeto con una pinza. Se nota que lo ha dejado todo para presentarse aquí cuanto antes.

—Gracias por venir —digo, seguramente solo para mis adentros, mientras ella corre hacia mí con los brazos abiertos. Nos fundimos en un abrazo.

—¿Qué pasa? —susurra por encima de mi hombro con cautela, como si temiera oír la respuesta. De inmediato pienso en su madre, Marcie, que en cierto modo también fue un poco la mía, y en que, cuando se acercaba al fin de sus días, cada noticia que recibíamos de los médicos era como un nuevo mazazo.

—Estoy bien —digo para tranquilizarla—. Te lo prometo —añado retrocediendo un poco—. ¿Podemos hablar en tu coche? —Me limpio las lágrimas con la manga.

—Claro, cariño. Vamos.

Sarah me lleva hacia la salida, agarrándome con fuerza por la muñeca. Miro hacia atrás y le doy las gracias en silencio a la doctora mientras nos vamos.

# 6

—Te vienes a vivir con nosotros. —Sarah me aprieta el antebrazo con fuerza. Ha reaccionado ante esta noticia tan repentina y trascendente como siempre: intentando tomar el control. Así somos nosotras.

—Sar, no digas tonterías. Ya tengo mi piso. Además, Caleb y tú ni siquiera queréis tener hijos. —Exhalo por la nariz mordiéndome el labio—. Y todavía no sé lo que voy a hacer.

—Te lo vas a quedar, Win. Las dos lo sabemos.

Seguramente tenga razón.

En cuanto he salido de la consulta —antes incluso de armarme de valor para contárselo a Sarah—, me he tomado las vitaminas prenatales y he apuntado un recordatorio en el móvil, pulsando «repetir» durante los siguientes nueve meses sin pensármelo dos veces.

Pero podría borrarlo. Sería muy fácil. Podría hacerlo.

—Debería plantearme la opción de abortar, ¿no? —digo.

—¿Lo has hecho? —me pregunta Sarah sin juzgarme.

—Todavía no.

Nos quedamos sentadas en silencio, mirándonos abstraídas.

Empiezo a redactar mentalmente una lista llamada «Razones para no tener este bebé». Y aunque Sarah no debería ser tan esnob, tiene razón. Mi edificio es una mierda. Hemos tenido prácticamente todas las plagas existentes y, cuando consiguen eliminar una, siempre acaba apareciendo otra.

Mis vecinos son ruidosos y maleducados. Pasa un tren a las cuatro de la mañana todos los días y hace tanto ruido que las paredes tiemblan. Y hay un montón de moho debajo del fregadero de la cocina que, según mi casero —al que nunca se le ve el pelo—, son «bacterias tan sanas como el yogur». Pero hay niños que han crecido en sitios peores. Sarah y yo lo hicimos. Y salimos bien..., más o menos.

También añado mi trabajo a la lista de cosas en contra del bebé. En la cafetería me pagan poco más del salario mínimo y creo recordar que, en Canadá, durante la baja de maternidad se cobra más o menos el cincuenta por ciento del sueldo. No sé si podría sobrevivir con eso. Ya voy justita ahora. Y, si me cambiara de piso, seguramente el alquiler sería más caro, lo que haría que tuviera menos dinero todavía. Además, tendría otra boca que alimentar, un segundo cuerpo que vestir y muchos pañales que comprar.

Pero nuestras madres siempre se las apañaron con lo mínimo. Y criarte sin dinero te refuerza el carácter. Creo. Espero.

Por supuesto, también está el factor del otro progenitor. Aunque la noche que pasamos juntos fue breve, no me pareció que Bo tuviera pinta de ir por ahí dejando tiradas a las madres de sus hijos. Aunque es cierto que tampoco lo conozco de nada. Ni tenía intención de llegar a conocerlo. En cierto modo, ese era el objetivo de lo que hicimos. Aun así, ¿me ayudaría? Antes tendría que contárselo. Lo que significaría que tendríamos que vernos de nuevo. Algo que podría no interesarle.

Y algo que a mí *sí* me interesa, lo cual es otro motivo de preocupación.

Después de darle unas cuantas vueltas, me cuesta dar con algún obstáculo insalvable. Me queda claro el bando en el que se ha posicionado mi corazón en este debate cuando me doy cuenta de que estoy intentando por todos los medios no encontrar ninguna razón para no seguir adelante con el embarazo.

Con indecisión, aunque sea en la intimidad de mi propia mente, me permito decirlo. «Quiero tener este bebé». En el fondo, en lo más profundo de mi ser, sé que es lo correcto. Así que me lo repito una y otra vez, analizando mi reacción. Esperando que me entre un poco de pánico, o que el miedo se apodere de mí. Pero nada. Lo único que hay es... determinación. Y una chispa de emoción, a decir verdad.

Siempre he tenido claro que me gustaría tener un par de hijos. Lo que no tenía tan claro era lo de la pareja, después de lo de Jack. Puede que esta sea la manera de obtener lo mejor de ambos mundos. Un bebé accidental para una vida intencionadamente independiente.

—Me lo quedo —digo en voz alta, esperando que me siga pareciendo bien. Asiento y lo repito con un poco más de convicción—. Voy a tener este bebé.

—¿Estás segura? —me pregunta Sarah con dulzura.

—Sí. —La miro, sonriendo por primera vez desde que he recibido la noticia, aunque todavía no se me han secado las lágrimas.

—Win —dice Sarah, cambiando la sonrisa amable por una incómoda—. Estoy intentando encontrar una forma delicada de preguntarte esto, pero... ¿quién es el padre?

Ay, sí. El elefante de la cacharrería. O más bien del coche.

—Tengo que contarte una cosa —digo con cara de circunstancias.

Sarah se endereza y se aferra al volante, aunque todavía seguimos en el aparcamiento.

—A ver, ¿qué has hecho? —murmura con un brillo de malicia en los ojos—. ¿Estás liada con alguien? ¿Con un tío mucho mayor que tú? ¿Con un mafioso? ¿Con tu mejor amigo de la infancia? Uy, espera..., esa soy yo.

Tanta lectura le está reblandeciendo el cerebro.

—Fue en Halloween —confieso.

—Ay, la leche. —Su cara se ilumina—. ¿Te tiraste a alguien en mi fiesta? —me pregunta boquiabierta—. ¿Tu bebé fue concebido en mi casa? —Se ríe echando la cabeza hacia atrás, como si no pudiera creerlo—. ¿Cómo te llevaste a un tío al piso de arriba? ¿Lo subiste a escondidas? ¿Es así como se sentían nuestras madres cuando estábamos en el instituto? ¡Estás metida en un buen lío, jovencita!

—En la habitación de invitados no quedaban condones —me lamento, apoyando la coronilla sobre el reposacabezas del asiento del copiloto.

—¿Lo ves? Te ríes de mí, pero por eso me tomo tan en serio lo de reponer las cosas que se han acabado.

—Pues la próxima vez mejor céntrate en los artículos de higiene esenciales, en vez de tener en el cajón seis minibotes de champú.

—A Caleb y a mí nos gusta enrollarnos en esa habitación de vez en cuando y fingir que estamos en un hotel. Perdóname la vida. Espera, esto significa que nosotros también conocemos al padre del bebé... ¿Quién es? —Sarah se inclina hacia delante atravesándome con la mirada, como si intentara leerme la mente.

—Un amigo de Caleb que no conocía. Un tal Bo.

—¿Quién coño es Bo? Caleb no tiene amigos que yo no... ¡Ay, madre! —exclama ahogando otro grito—. ¡Te tiraste a uno que se coló en la fiesta!

La fulmino con la mirada.

—Oye, me dijo que había conocido a Caleb a través de un amigo común y... —Me siento mal porque también se han referido a mí así muchas veces y no me gusta nada, pero es la forma más fácil de explicarle quién es—. Tiene una pierna ortopédica.

—Espera. —Sarah se ríe con sorna—. ¿Robbie?

—¡No! —exclamo—. ¿El amigo con el que Caleb quería liarme?

—Esto le va a encantar —dice Sarah sonriendo de oreja a oreja—. Yo ni siquiera lo conozco.

—¿Me he tirado a un tío que se llama Robbie?

—Vas a tener un hijo con un tío que se llama Robbie, cariño.

—Lo de «con» todavía no está tan claro.

—Tendrás que contárselo a Robbie. Lo sabes, ¿no?

—Deja de llamarlo así.

—Sabes que tendrás que contárselo a Bo, ¿no? —repite Sarah con severidad.

—Sí —refunfuño.

—Pronto.

—Ya. —Levanto las manos hacia el cielo, antes de cruzarlas delante del pecho. Ambas nos recostamos en nuestros asientos y exhalamos a la vez un largo suspiro. Miro hacia el techo solar y observo cómo el viento agita las ramas marchitas y desnudas del árbol que tenemos encima. Han dado nieve para mañana, pero mi cerebro sigue en el mes de julio. En el próximo, quiero decir—. Salgo de cuentas el 24 de julio —comento con timidez.

—Tenemos tiempo de sobra —opina Sarah, extendiendo el brazo sobre la consola central para agarrarme de la mano, tirar de mí hacia ella y apoyar la cabeza en mi hombro. Dejo caer la mía sobre la suya. Ninguna de las dos aparta la vista de lo que hay encima de nosotras—. Apuesto a que nace el 1 de agosto —declara muy seria. Reconozco que no recordaba el día exacto en el que había fallecido Marcie, la madre de Sarah, hasta que ella lo ha comentado. La echo de menos casi todos los días, así que puede que ese en concreto haya perdido significado—. A mamá le habría encantado que ese fuera un día bueno —añade al ver que no digo nada—. Le encantaría tener una nieta a la que mimar.

—A mí también me habría encantado. —Le doy un beso en la coronilla—. Pero aún no sabemos si va a ser niña.

—Si es niña, deberías llamarla Sarah.

—¿Y si es niño? —pregunto.

—Sarah… yan —propone.

—Precioso —digo.

—Lo llamaremos Ryan para abreviar.

—¿Te importaría irte a casa y quedarte preñada tú también? —susurro, no del todo en broma.

—Ni de coña. —Sarah se acurruca contra mí.

—Qué borde —resoplo.

—No tengo madera de madre. Ya lo hemos hablado. —Me da unas palmaditas en la mejilla, se incorpora y su mirada dulce me tranquiliza—. Pero pienso ser la mejor tía del mundo.

Vuelvo a sentirlo de nuevo. El estómago me da un vuelco, como justo antes de que llegue una ola grande, cuando de repente me doy cuenta de lo que se avecina.

—Voy a tener un bebé, Sarah.

—Pues sí, eso parece.

—Hay un niño flotando aquí dentro —digo señalando mi tripa—. Un ser humano.

—Deberíamos descargar una de esas aplicaciones para averiguar qué está pasando.

—¿Qué?

—Ya sabes, para saber qué tamaño tiene. Si es como una semilla de manzana o como una papaya.

—Seguramente será muy pequeño ahora mismo. —Pensar en ello me produce una molesta sensación de temor. «¿Cómo de pequeño? ¿Cómo de frágil?». Intento alejar esos pensamientos, pero persisten en silencio. La idea de que, aunque decida tener este bebé, puede que no llegue a buen término me arrolla como un tren de mercancías.

—Voy a averiguarlo —dice Sarah sacando el móvil.

Exhalo un suspiro y resoplo al mismo tiempo.

—Que conste que estaba tomando la píldora —digo, aunque Sarah está a lo suyo y pasa de mí.

Empiezo a mover rápidamente la pierna mientras pienso en todas las cosas que he hecho en las últimas semanas y que una mujer embarazada no debería hacer bajo ningún concepto. Tomarme una copa en casa de Sarah el fin de semana pasado, comer carne de dudosa procedencia de la furgoneta de comida que hay delante del supermercado, ir la sauna del gimnasio después de nadar hace un par de noches, y fumarme un porro después de un turno muy largo hace unos cuantos días. Hoy ni siquiera he bebido agua. De hecho, creo que me he dejado la botella en el autobús ahora que lo pienso.

Esto podría explicar lo espesa que he estado las últimas semanas.

Sarah resopla con sarcasmo, como diciendo «sí, claro».

—He visto con estos ojitos cómo te olvidas de tomarte la píldora cada vez que te quedas sin batería en el móvil antes de las nueve de la noche.

—Estaba mejorando —digo a la defensiva.

Sarah se gira hacia mí para mirarme con elocuencia la barriga, antes de levantar la vista hacia mi cara, en una secuencia lenta y sarcástica.

—Ya veo.

—Ahora tienes que ser buena conmigo. Estoy embarazada —replico levantando la nariz con dramatismo.

—¡Eh! —exclama Sarah mientras señala el teléfono—. Es del tamaño de un grano de café —dice emocionadísima, y me enseña la pantalla del móvil—. Vas a tener que tomar menos cafeína. Lo sabes, ¿no?

—Sí —contesto con brusquedad.

—Sigue sin gustarme que vayas a seguir viviendo en tu piso. ¿No podrías darle una vuelta a lo de mudarte?

—Gracias, madre Teresa, pero mi apartamento está estupendamente.

—Lo fumigaron hace dos meses —me suelta Sarah.

—Lo que significa que el problema debería haber desaparecido. —Busco el cinturón de seguridad por detrás del hombro y me lo pongo.

—Bueno, tú piénsatelo. —Ella coge también el cinturón y deja el móvil en el portabebidas que hay entre ambas—. ¿A dónde vamos? —me pregunta.

—A donde quieras. He pedido todo el día libre en el trabajo. Estaba convencida de que me iba a morir porque no me bajaba la regla.

—Sí, claro. Eso era mucho más probable que lo del bebé. —Sarah se queda inmóvil—. Un momento, ¿cuánto tiempo llevas preocupada por esto? ¿Por qué no me has dicho nada?

—Solo una semana. No quería que te agobiaras.

Sarah frunce el ceño. Solemos discutir por eso. Desde que Marcie murió hace nueve años, me siento todavía más responsable de ella. Solo le llevo tres meses, pero de niña asumí el papel de hermana mayor para protegerla.

Cierto es que ahora tiene más dinero que yo y un marido maravilloso con el que compartir la carga, pero Sarah es un ser de luz. Es extrovertida, un poco ingenua y tiende a acabar en situaciones en las que la gente se aprovecha de su buena fe. Además, ha sufrido mucho. Demasiado. No me gusta verla preocupada. Y mucho menos por mí.

—La próxima vez cuéntamelo. —Enciende el motor y se dispone a salir de la plaza de aparcamiento.

—Un momento, ¿a dónde vamos? —le pregunto.

Ella sonríe, comprobando el ángulo muerto mientras cambia de carril.

—A mi casa. Caleb va a flipar.

Durante el breve trayecto en coche a casa de Sarah, leo unos cuantos folletos en voz alta que nos convencen de que el embarazo y los bebés son absolutamente aterradores, a la par que mágicos.

También pienso en Bo.

Me pregunto dónde estará y cómo será un día normal de trabajo para él. Qué aspecto tendrá sin el disfraz de pirata, pero vestido. Teniendo en cuenta a lo que se dedica, puede que tenga que llevar traje. Y eso es algo que no me gustaría perderme.

Me pregunto si le horrorizará o le alegrará saber que va a ser padre o, lo que es más probable, si se encontrará en un punto intermedio entre ambas cosas.

Me pregunto si querrá estar presente para el bebé, a diferencia de mi padre o el de Sarah.

Me pregunto si yo quiero que lo esté, o si prefiero hacerlo todo sola y reducir las posibilidades de una decepción, del impacto del rechazo para mí o para este niño en un futuro.

Cuando llegamos, le concedo a Sarah el honor de contarle la noticia a su marido. Se lo suelta en cuanto Caleb entra en la cocina para saludarnos, dejándolo alucinado.

—Se ha quedado de piedra. —Me giro hacia mi mejor amiga, que se ríe mirando el móvil mientras hace fotos de su marido estupefacto—. Te lo has cargado —le digo.

—No, te lo has cargado tú. —Vuelve a reírse—. Solo se está reiniciando. Lo hace de vez en cuando. —Sarah se guarda el teléfono en el bolsillo trasero—. Caleb —pronuncia su nombre con voz cantarina—. Vuelve con nosotros, cari.

—¿Por qué nadie más está flipando? —pregunta él sentándose en uno de los taburetes de la cocina.

—Yo creo que aún no lo he asimilado. —Me encojo de hombros y como un poco de queso rallado directamente de una bolsa que hay en la nevera.

—Tenía el presentimiento de que esto acabaría ocurriendo.

—Típico de Sarah. Le encanta ir por ahí asegurando que nada le pilla por sorpresa gracias a unas presuntas habilidades psíquicas muy poco demostradas. Es algo que a mí me resulta extrañamente reconfortante.

—¿Y qué... qué hacemos? —pregunta Caleb—. ¿Qué vamos a hacer? —exclama al borde de la histeria.

—A ver, tú nada —contesto—. Por muy incestuoso que parezca esto a veces, no eres el padre.

—Es que se me hace rarísimo. Siempre hemos estado los tres solos. —Se pellizca el puente de la nariz con el codo apoyado en la encimera.

—Ay, cariño... —dice Sarah con falsa dulzura—. Tú siempre serás nuestro primer bebé. Te queremos muchísimo.

—¿Quién es el padre? —pregunta Caleb, que ignora a su mujer y se gira hacia mí, que estoy cerrando la nevera tras haberme hecho con un buen alijo de aperitivos variados.

—Díselo —me pide Sarah con suficiencia, poniéndose al lado de Caleb.

La fulmino con la mirada y dejo caer mi botín sobre la encimera.

—Bo —respondo sin rodeos.

—¿Quién narices es...?

—Robbie —dice Sarah interrumpiéndolo, incapaz de aguantar más—. ¡Robbie!

—Mierda... —dice Caleb con cara de circunstancias.

Sarah y yo nos giramos para mirarnos aterrorizadas.

—¿Qué? ¿Cómo que «mierda»? ¿Es que es un delincuente? —pregunta Sarah, girándose hacia Caleb.

—¡No! Es que... Bueno, es que es...

—Eras tú el que quería presentarnos, Caleb —le suelto, con una rabia que aumenta a cada sílaba—. ¿Cómo que «mierda»?

—¡Creía que os caeríais bien! —exclama levantando las manos en un tono de voz increíblemente alto—. ¡No imaginé que pasaría esto!

—¡Suéltalo de una vez, hombre! —grita Sarah.

—Es el ex de Cora.

Sarah ahoga un grito, como si estuviera en una de nuestras telenovelas favoritas.

—¿Qué? —digo con un hilillo de voz.

Cora, la hermana mayor de Caleb, es un engendro de Satanás. Solemos decir de broma que él es tan bueno porque ella se quedó con todo el ADN maligno al salir del útero. Le dijo a Sarah que tenía cara de cansada el día de su boda. Y a mí me pide que le recuerde mi nombre cada vez que coincidimos en algún evento, aunque hace casi quince años que soy una más de su familia.

Dejando a un lado esa personalidad encantadora, lo único que he sabido de ella en los últimos años es que hace poco estuvo prometida con un hombre que la abandonó y que se llamaba... Robert.

—¿Por qué tiene tantos nombres distintos? —susurra Sarah, verbalizando exactamente lo que yo me estoy preguntando—. ¿Por qué me dijiste que se llamaba «Robbie» y no «Robert»?

—«Robert», «Robbie» y «Bo» son la misma persona —aclara Caleb, como si no nos hubiéramos dado cuenta—. Cora se empeñaba en llamarlo Robert. Mi padre empezó a llamarlo Robbie, así que yo también empecé a hacerlo. Pero creo que ahora casi todo el mundo lo llama Bo.

—Entonces ¿estamos hablando del Robert que dejó plantada a su prometida? ¿Es ese Robert? —pregunta Sarah, caminando en pequeños círculos.

Caleb hace una mueca de desagrado, pero asiente.

—Qué guay, mola. ¿Estáis diciendo que el papaíto de mi bebé tiene fama de enamorarse de mujeres que tienen pinta de comer niños... —inhalo bruscamente y mi voz se entrecorta—... para luego dejarlas tiradas como si fueran una mierda pinchada en un palo?

—Bueno, a ver... —dice Sarah, inclinándose sobre la encimera para acercarse más a mí—. Algunas mujeres son una mierda pinchada en un palo.

—¡Eh, que es mi hermana! —protesta Caleb.

—La conoces perfectamente —replica Sarah apretando los dientes.

—Y tú, ¿cómo no sabías quién era? —le grito.

—¡Huyo de Cora como de la peste! ¡Ya lo sabes! ¡Si ni siquiera lo he visto nunca!

—Creo que voy a vomitar —digo, sintiendo una arcada. Pero nadie me hace caso. Sarah y Caleb están frente a frente gritándose.

Ella le clava un dedo en el pecho y él retrocede lentamente.

—¿Por qué coño querías liar a Win con el ex de Cora?

—No es tan grave como parece. Robbie es un buen tío. Es...

—¡Te tengo dicho que tienes que consultar todas tus decisiones con tu mujer!

—Un momento... —digo en voz demasiado baja como para que puedan oírme, mientras poso la palma de la mano sobre la piel húmeda de la frente.

—Ni siquiera pensaba que fuera a venir a la fiesta. Pero creí que él y Win tenían muchas cosas en común. ¡Y está claro que tenía razón!

—Claro, ¿porque los dos tienen una discapacidad? Menudo gilipollas.

Nadie más parece darse cuenta de que la habitación está dando vueltas sobre un eje inclinado. Me acerco al grifo y pruebo a echarme agua fría en la cara.

—¡No solo por eso, obviamente!

—¿Y por qué, entonces? ¿Qué te poseyó para que hicieras eso?

«Definitivamente voy a vomitar, está más claro que el agua».

—¡Te acabo de decir que es un buen tío! Lo único malo es lo de Cora. No...

Sarah y Caleb se interrumpen al oírme vomitar en el fregadero de la cocina.

# 7

Cuando me fui de casa de Sarah, Caleb seguía en terreno pantanoso y se había visto obligado a contarnos todo lo que sabía sobre Robert, Robbie y Bo.

Según él, Bo y Cora se conocieron haciendo prácticas en una financiera. Pero no intimaron hasta que, un año más tarde, les tocó pelear por un puesto fijo. La verdad es que parece el principio de una de las novelas románticas de Sarah, lo cual me ha cabreado todavía más. Sé que a mí este tío no me debe nada, pero tampoco es que me haga ilusión que tuviera un romance *enemies-to-lovers* con el Anticristo.

Al parecer, salieron durante varios años de forma intermitente. Caleb dice que tuvieron un montón de altibajos hasta que, de repente, anunciaron su compromiso. Eso fue hace poco menos de dos años. Parece ser que ya habían empezado a organizar la boda y, al cabo de unos meses, Cora le dijo a su familia que Bo la había plantado. Caleb no hizo más preguntas. Porque es lo peor, claro.

Bo y Caleb volvieron a coincidir por casualidad en el trabajo la primavera pasada. Lo que sí tenía Caleb era un porrón de información sobre el proyecto para el que habían contratado a Bo como consultor que ni a Sarah ni a mí nos interesaba lo más mínimo. Desde entonces son más o menos amigos —al parecer, básicamente porque van al mismo gimnasio, Caleb no ha sido muy claro al respecto— y nunca han hablado de Cora ni de la ruptura.

Los hombres son rarísimos.

Caleb no tenía mucho más que contar. Ignoraba lo que le había pasado a Bo en la pierna, por ejemplo. Según él, la última vez que lo había visto con Cora no llevaba ninguna prótesis. Pero cuando empezó con el proyecto para la empresa de Caleb, ya la tenía. A él le pareció de mala educación preguntárselo y supongo que con razón. Pero eso quiere decir que lo que le pasó es bastante reciente. Lo cual, aunque apenas lo conozco, hace que se me encoja el corazón. Tiene que ser un cambio enorme y durísimo. Y Bo todavía no tiene ni idea del resto de cambios que se avecinan.

¿Será esto demasiado para un tío? Lo entendería perfectamente. A mí ni siquiera me hace gracia que mi jefa añada algo nuevo a la carta de la cafetería.

Después de subir los seis tramos de escaleras que conducen a mi casa, llego a la puerta un poco fatigada y todavía con algunas náuseas. Mis vecinos están discutiendo otra vez y las luces del pasillo parpadean como en una película de terror, pero mi apartamento es mi pedacito de cielo. Bueno..., puede que se parezca más al purgatorio.

Este piso era el único que podía permitirme pagar sola después de dejar a Jack y, en aquel momento, cualquier sitio me habría parecido bien. Fue la solución imperfecta para un problema mucho mayor. Aunque yo creía que sería más bien algo temporal. Desde luego, no pensaba seguir aquí cuatro años después. Aun así, le he sacado el máximo partido posible.

Para hacer frente a los crudos inviernos canadienses, tengo más plantas de interior que cualquier invernadero. Las considero una inversión excelente. Me sirven de pasatiempo, de decoración y de purificadores de aire, todo en uno. Bueno, en uno no. En varias decenas. La mayoría las tengo delante del ventanal cuadrado que hay detrás del sofá, que también hace de cama. No es que duerma en un sofá, es que si tiras de él, se convierte en una cama de estas que se sacan.

Ja. Lo de «sacar» cosas es algo que a lo mejor debería haber puesto en práctica antes.

Dejo las llaves en la mesa del comedor, que está llena de paños de cocina con platos secándose encima, y pulso el interruptor de la lámpara que hay al fondo de la habitación, sobre la cómoda morada. Obviamente, estamos hablando de un estudio con baño que mide menos de treinta metros cuadrados. Encima las paredes están un poco amarillentas por culpa del inquilino fumador que me precedió. Y debajo del sofá hay unas manchas en la moqueta, de quién sabe qué, imposibles de limpiar. Y supongo que no me vendría mal tener unas ventanas que pudieran abrirse, para dejar entrar un poco de aire fresco. Pero es mi casa. Y eso es lo que importa.

Fue la primera cosa para la que ahorré en mi vida. El primer contrato de alquiler que firmé por mi cuenta. La primera casa en la que he vivido sola. Sobre la que he tenido el control total.

Cojo un vaso de agua, me lo bebo de un trago y lo vuelvo a llenar antes de seleccionar en el móvil la lista de reproducción que suelo poner al bañarme y conectarlo al altavoz del baño. Sigo el sonido de la voz de Carole King, quitándome la ropa por el camino y dejando tras de mí un rastro compuesto por unos calcetines tejidos a mano, un jersey azul, un mono de pana naranja, unas bragas beis y un sujetador a juego que me sienta fatal.

«En caso de duda, a la ducha», solía decir mi madre. «Y en caso de agobio, a la bañera», añadía Marcie. Siempre hablaban así, en tándem, dándonos pequeñas dosis de consejos vitales entrelazados unos con otros.

Mierda. Voy a tener que contarle a mi madre lo del bebé.

No. No voy a pensar en eso todavía. Primero el baño.

Mejor dicho, primero muchas otras cosas.

De hecho, casi todo lo demás, antes de contárselo a mi madre.

Nunca se me ha dado muy bien hablar con ella de mi vida privada. A partir de los once años, empecé a ser más una amiga y una confidente que una hija. Nunca había suficiente espacio en la conversación para los problemas de dos personas y parecía que los suyos siempre eran más importantes.

A decir verdad, creo que se sentía sola. Aparte de Marcie, no tenía muchos amigos, ni familia. Sus padres le dieron la espalda en cuanto yo entré en escena y es hija única. Además, creo que algunas personas se sienten solas por naturaleza. Muchas veces parecía que no había atención suficiente en el mundo capaz de llenar el vacío que tenía en su interior.

Me preocupa ser consciente de ello por la posibilidad de que yo también pueda tenerlo.

Además, oía lo que la gente decía de ella. Las otras madres la llamaban «descarada», «verdulera», «ordinaria»... Bromeaban diciendo que era mejor encerrar a sus maridos cuando ella andaba cerca. Pero June McNulty siempre fue ella misma. Eso hay que reconocérselo. Y yo la quiero con locura.

Me habría gustado que me despertara menos veces por las noches cuando entraba en casa trastabillando después de una mala cita. De hecho, si volviera atrás le pediría que me diera menos detalles sobre las citas buenas, porque ninguna hija debería oír hablar a su madre de esas cosas. Pero sé que lo hizo lo mejor que pudo. Esa era su forma de comunicarse: compartir su vida conmigo y probablemente esperar que yo hiciera lo mismo. Sin embargo, nunca fui capaz. Confiaba más en Marcie. Ella me daba espacio para reflexionar, para acudir a ella cuando lo necesitara. Y me escuchaba sin interrumpirme y sin sacar conclusiones precipitadas.

En cualquier caso, siempre me he sentido querida. Aunque hubiera preferido que mi madre me demostrara su amor de otra forma.

Enciendo una vela y espero a que se llene la bañera mientras me lavo la cara en el lavabo para eliminar la suciedad y la mugre de todo el día, buscando consuelo en el tacto de las manos cálidas y húmedas sobre las mejillas. Permitiéndome respirar profundamente mientras el limpiador facial de árbol de té desaparece con el vapor.

Me meto en la bañera, pongo las manos sobre la tripa y observo fijamente esa zona que suelo evitar mirar durante demasiado tiempo. No es que no me guste mi físico, o concretamente mi barriga. Es solo que me parece que hay menos riesgo de que asomen las inseguridades si finjo no tener cuerpo.

Yo, como la mayoría de las mujeres de mi edad, he aprendido a odiarme lo justo para que los demás se sientan cómodos. Si te gusta demasiado tu aspecto, te dicen que le vas a caer mal a la gente. Te tachan de egocéntrica, egoísta o engreída. Pero lo hacen a propósito, para ponernos a unas en contra de las otras. El consumismo exige que estemos insatisfechas con nuestro aspecto. Si todas nos gustáramos, un montón de industrias se vendrían abajo como Babilonia. Para que esas fábricas sigan funcionando, tenemos que desear una solución para todos y cada uno de los males que nos aquejan. Para que los hombres sigan haciéndose ricos.

¿Acné? Maquíllate como una puerta para empeorarlo más todavía.

¿Estrías? Hay una crema para eliminarlas, y otra más cara si es necesario.

¿Manchas en los dientes? ¡Olvídate de ellas con estas tiras blanqueadoras! Pero no preguntes qué llevan.

¿Demasiado gorda? Aquí tienes una dieta tan cara que no podrás permitirte ni comer.

¿Demasiado delgada? Ponte este sujetador que te levanta las tetas, porque aun así necesitas tener unas tetas enormes.

Pero yo me di cuenta, probablemente demasiado joven, de que algunas cosas no se podían «arreglar». No había artículos en las revistas de adolescentes titulados: «Diez formas rápidas de que te salgan más dedos». Ni cremas que disimularan, arreglaran o corrigieran mi mano. Solo bolsillos profundos, mangas largas y poses estratégicas que evitaban que se me viera. La mantenía oculta, como deberían mantenerse todos los defectos.

Y aunque en el momento casi me muero de vergüenza, tengo que darle las gracias a Marcie por haberme sacado de la clandestinidad. El día que cumplí catorce años, quedé con todas mis amigas en la piscina municipal. Estábamos haciéndonos fotos de grupo con la cámara desechable de una de ellas cuando Marcie vino indignada desde las tumbonas en las que ella y mi madre llevaban tiradas desde primera hora.

—Winnifred June McNulty, ¿qué estás haciendo? —gritó.

—Nada —respondí con una dosis de actitud considerable.

—Cariño... —dijo riéndose sin ganas—. Todas las chicas están levantando las manos. Los dos brazos y las dos manos. Sabes contar, ¿no? ¿Dónde están las tuyas? —Yo estaba mirando enfadada a Sarah, como diciendo «llévate de aquí a tu madre», cuando Marcie metió la mano entre una de mis amigas y yo y me subió el brazo derecho, sosteniéndolo en alto mientras me lo agarraba con fuerza—. Tú eres así, cielo. Así de maravillosa. —Luego retrocedió y nos miró a todas con una dulzura que se me quedó grabada en el corazón—. No vas a conseguir cambiar nada ocultándolo. Y si lo hicieras, cuando echaras la vista atrás te darías cuenta de que intentabas anularte. Y eso sería muy triste.

Fue la forma en la que dijo «triste» lo que me impactó. Todavía hoy puedo oírlo con claridad. Hizo que sonara como «patético». Lo cual, para una adolescente, es un golpe que no se olvida en mucho tiempo.

Hasta entonces no me había dado cuenta de que hacía eso, ocultar las pruebas de la existencia de mi mano como si en el futuro pudiera mirar atrás y olvidar que era diferente. Después de aquello, intenté, en la medida de lo posible, ir dejando de anularme.

Al principio me costó mucho. Me pillaba muchas veces in fraganti y tenía que rectificar. Pero luego, poco a poco, con el tiempo, me fue resultando más fácil. Hasta que llegó un momento en el que ya no tenía que recordarme a mí misma que no debía esconderme, al menos por fuera.

La lucha interna fue más difícil de superar. La vergüenza y el terrible juego de la comparación me persiguieron durante la mayor parte de la adolescencia y los primeros años de la edad adulta. Muchas veces ni siquiera intentaba hacer las cosas por temor a fracasar. Decían que no pasaba nada porque me costara hacer tareas sencillas, pero a la vez me llegaban historias de personas... extraordinarias.

De la élite de los discapacitados, por así decirlo.

La del surfista con un solo brazo, la del alpinista sin piernas, la del batería con una sola mano...

En el fondo, sabía que debía estar orgullosa de ellos. Formaban parte de mi comunidad y se esforzaban por borrar el estigma para el resto de nosotros. Pero yo no estaba orgullosa. Estaba resentida. Y celosa. Enfadada porque no solo eran un gran surfista, un alpinista que batía todos los récords y un baterista de éxito. Para mí eran un recordatorio de que el mundo siempre me vería como alguien diferente, de que siempre me pondrían en un grupo distinto, aunque me subiera a un pedestal.

No quería conseguir nada a pesar de ser como era. No quería desafiar nada. Solo quería sentirme normal. Dejar de sobrecompensar a diario. Quería que se me diera mal hacer cosas y que la gente se riera de mí porque así es la vida. No quería inspirar lástima.

Y cuando era buena en algo, como en la natación, no quería que elogiaran mi espíritu de superación. Simplemente quería ser buena.

Es una mierda competir contra las bajas expectativas. Nunca tienes la sensación de haber ganado.

Pero, como la mayoría de la gente, acabé superando mis inseguridades, hasta cierto punto. Encontré mi propio ritmo. Averigüé quién era, más allá de las limitaciones y del resentimiento. Empecé a construir mi identidad basándome en cosas que aumentaban mi seguridad. Basándome en quién era, en lugar de en quién no era o no podía llegar a ser. Dejé de esconder partes de mí misma.

Y entonces llegó Jack.

Que minó mi autoestima más que nada en el mundo.

Al principio, Jack quería ser el héroe de la película. Me cogía de la mano más pequeña en público, pero me sonreía en silencio, como diciendo «no hace falta que me des las gracias». La verdad es que todas esas cosas típicas de novios que hacía por mí —pequeños detalles que en cierto modo eran de esperar, como llevarme las bolsas o abrirme las puertas— no eran por amabilidad. Siempre había algún motivo oculto. Una actitud muy fea que yo prefería ignorar por miedo a que todo acabara.

Yo era su buena obra.

Me quería «a pesar de», no «porque».

Al final creo que se hartó. Para él yo era una inútil. No me esforzaba lo suficiente. Y entonces decidió convertirse en el malo de la película. Y hay que reconocer que se le daba genial.

Una noche que llegábamos tarde a la fiesta de compromiso de su amigo, estuve peleándome con la pulsera de los tacones unos minutos más de lo normal, creo.

«¡Esfuérzate de una puta vez, Win! —me gritó Jack cabreadísimo—. La gente no va a pasarse la vida pendiente de ti. Deja de ser una puñetera inútil».

De repente, volví a ser aquella niña de catorce años con la mano en la espalda que deseaba cambiar desesperadamente, que deseaba esconderse.

Para intentar ser una carga menos pesada, planificaba mi vida con minuciosidad, asegurándome de no tener que pedirle que hiciera nada por mí. Pero él siempre encontraba algo por lo que gritar.

E incluso después de haber conseguido dejarlo, durante el año siguiente, en los momentos de bajón, cuando me sentía más insegura, seguía agradeciendo haber estado con Jack. Porque había descubierto que había gente capaz de quererme. Que alguien podía amarme.

Y eso me dio muchísimo más miedo que el mal humor de Jack. El poder que le había dado para validar mi atractivo. El poder que podría llegar a darle a cualquier otra persona si seguía siendo así de tonta. Así que decidí no otorgarle a nadie ese poder nunca más. Al menos hasta que me quisiera lo suficiente a mí misma como para que la buena o mala opinión de otros dejara de afectarme.

Me llevó casi cuatro años recuperar la estabilidad y volver a aceptarme, más o menos. Algunos días, como en Halloween, me siento guapa. Por dentro y por fuera. Otras veces, oigo la voz de Jack en mi cabeza, la crueldad de su voz fría y melancólica, diciéndome lo inútil que soy..., y me lo creo.

Pero en su día aprendí a no fiarme de esos pensamientos y puedo volver a hacerlo. Debo volver a hacerlo. Porque el que se avecina es un reto completamente nuevo. Uno que requerirá toda mi autoconfianza. Lo mejor de mí.

A partir de mañana, me daré permiso para probar y fracasar. Empezaré a planificar y a devanarme los sesos ideando estrategias para la maternidad que sean adaptables. Empezaré a hacer acopio de ropita de bebé con cierres fáciles, investigaré sobre fulares y portabebés que me permitan tener las manos libres y me organizaré para probar carritos y sillitas de coche.

Pero hoy voy a permitirme fingir que no va a haber ningún tipo de problema. Voy a permitirme sentirme como cualquier otra mujer que acaba de descubrir inesperadamente que está embarazada. Voy a estar emocionada, muerta de miedo y nerviosa por las razones habituales, sin añadir ninguna más. Puedo regalarme este día.

Haciendo exactamente eso, me hundo más en la bañera y empiezo a soñar despierta. Con los ojos cerrados y el pelo flotando a mi alrededor como tinta en el agua. Con los oídos bajo la superficie bloqueando los ruidos de los apartamentos circundantes y amortiguando el sonido de «Songbird», de Fleetwood Mac, hasta convertirla en una suave canción de cuna.

Me imagino a un recién nacido pequeñito y supermono tumbado sobre mi pecho aquí dentro, conmigo. Pienso en todos los baños que nos daremos. En todas las cosas maravillosas que haremos juntos. En las noches sin dormir, en las rabietas, en la dentición y en el resto de cosas que preocupan a los padres. Pero, sobre todo, pienso en lo bueno. En los cuentos antes de dormir y en las mañanas tranquilas y soleadas. En los paseos por el parque para coger dientes de león o lanzar piedras en la playa. En los mimos, en el cariño y en la magia de querer a alguien más que a mí misma.

Y me digo una y otra vez que puedo hacerlo. Hasta que al final acabo creyéndomelo, al menos un poco.

# 8

## Embarazada de nueve semanas
## El bebé es del tamaño de una uva

Casi tengo que taparme la nariz mientras me acerco al final de la barra para recoger el pedido. Toda la carta de la cafetería me ha parecido asquerosa, como la mayoría de la comida esta última semana. Y lo mejor del caso es que, aunque mi cerebro apruebe algún alimento, acabo vomitándolo igualmente.

La doctora Salim dice que son «náuseas matutinas», como si no me tirara así todo el puñetero día. Me ha dicho que lo más probable es que desaparezcan en el segundo trimestre y espero que tenga razón.

Pero las náuseas de hoy no se deben al bebé diminuto que está creciendo en mi interior. No, esto es el resultado de una semana dándole vueltas a una conversación imaginaria con Bo y aun así no tener ni idea de qué decirle cuando llegue. De no saber cómo responderá o cuál será mi reacción a su respuesta.

Es verdad que mis emociones están un poco revueltas últimamente —otra cosa que era de esperar—, pero esta conversación es de las que dan tanto miedo que te revuelven el estómago y te hacen sudar frío.

Llevo desde la semana pasada intentando calmarme y visualizando una apacible imagen que me he sacado de la manga. Me imagino en la playa en julio, con una barriga enorme que sobresale muy por encima del biquini, los pies en la arena, las uñas pintadas de un color chillón y una brisa cálida que me retira el pelo de la cara. Tengo las dos manos sobre la tripa y siento al bebé dando pataditas como loco mientras las gaviotas vuelan por encima de mí y las olas rompen en la orilla.

Creo que en el fondo me estoy recordando a mí misma que, pase lo que pase, todo irá bien. Seguiré contando conmigo misma, con la playa y con este bebé cuando llegue el verano, aunque Bo reaccione mal. Aunque no quiera saber nada de nosotros. Seguiré estando en paz. Solo, tendré que esforzarme un poco más para alcanzarla.

Le doy las gracias al barista y me llevo el té con leche a una mesita redonda oculta en el rincón más íntimo de la cafetería. Me siento mirando hacia la entrada y espero a que llegue el gigante rubio, conteniendo las ganas de escaparme por la puerta de atrás o por una de las ventanas del baño.

Me ha dado un poco de corte tener que pedirle a Bo que se tome un café conmigo, teniendo en cuenta que la última vez que estuvimos juntos se vistió y se largó poco después de haber estado dentro de mí.

Estoy segura de que él pensó lo mismo que yo: que no volveríamos a vernos ni a saber nada el uno del otro. Nada de seguir en contacto, ni de citas, ni mucho menos de quedar para tomar un café un domingo cualquiera por la mañana, casi dos meses después. Pero ha accedido a venir, lo cual ya es algo. Y además lo ha hecho con mucho entusiasmo.

Hola, Bo, soy Win. La otra pirata de Halloween...
Te apetecería tomarte un café este fin de semana?

Hola, Win. Me bastaba con el nombre, me acuerdo perfectamente de ti
Claro que me apetece lo del café
Conoces Saints, en Cosgrove Avenue?
El domingo a las diez?

La campanilla de la puerta de la cafetería tintinea y entra el incauto futuro padre. Joder, es aún más guapo cuando no va vestido de espadachín. Lleva un abrigo largo informal de color beis, una bufanda y un jersey verde de punto por debajo, además de unos vaqueros y unas botas, ambos negros. Tiene la barba un poco más larga que en Halloween y el pelo igual de rebelde. Me saluda desde la puerta mientras se sacude la nieve de las botas con una amplia sonrisa. Luego señala la barra y me pregunta por señas si quiero algo.

Levanto la taza a modo de respuesta. Me hace un gesto con el pulgar y se gira hacia el barista para pedir.

El pobre no tiene ni idea de que está a punto de cambiarle la vida.

De repente me doy cuenta de que, en este momento, yo soy la doctora Salim. Tengo que intentar conservar la calma, ser objetiva y compasiva. Mierda, no sé si podré. Yo también estoy flipando aún. Y me pone nerviosa estar cerca de él. No es la primera vez que me encuentro sin querer con algún tío con el que me he enrollado. Esta ciudad no es tan grande. Aun así, siempre he sido capaz de fingir que no pasaba nada. Pero ahora mismo me resulta imposible. Aquí la serenidad y la tranquilidad brillan por su ausencia.

Al final, Bo se acerca con una taza enorme y un plato con tres bollos distintos. Aprieto los dientes, preguntándome si deseará haberlos pedido para llevar.

—He traído esto para compartir —dice dejando el plato en medio de la mesa—. Por cierto, hola —añade afable, se sienta frente a mí y se quita la bufanda marrón—. Ha sido una sorpresa muy agradable.

—Hola —consigo articular. Mi voz ya suena a «lo siento mucho»—. ¿Cómo estás? —le pregunto.

—Bien. —Bo ladea la cabeza y pone la lengua en la comisura de los labios, mirándome con escepticismo.

Sé que tengo pinta de estar nerviosa, así que no me sorprende que me mire tan preocupado. Me estoy mordiendo los labios en contra de mi voluntad y me tiemblan un poco los ojos, así que seguramente estaré parpadeando demasiado. Además, parece que no puedo estarme quieta. Intento esbozar una sonrisa forzada, pero me doy cuenta de que es poco convincente cuando Bo junta las cejas con sutileza. Este se aclara la garganta con el puño cerrado delante de la boca y continúa.

—Con mucho trabajo. Siempre hay más lío cuando se acercan las Navidades. Luego la cosa se relaja un poco. Pero la verdad es que no tengo mucho más que contar. —Se ríe sin entusiasmo, analizando un poco más mi expresión.

—Ya —digo.

Bebe un trago largo de café y desvía la mirada hacia la rodilla que no puedo dejar de mover al lado de la mesa.

—Win, ¿estás...?

—Estoy embarazada —digo en voz demasiado alta interrumpiéndolo. Me quedo sin aire en los pulmones en cuanto esas palabras salen de mi boca.

Bo se pone pálido y deja caer los hombros, como si hubiera olvidado cómo soportar su propio peso.

—¿Qué?

—Lo siento, no podía aguantar más —susurro.

—¿Que estás...? —Bo traga saliva y baja la vista hacia la mesa que tenemos delante. Luego se quita las manos del regazo para apoyarlas sobre ella, encorvándose—. ¿Has dicho... que estás embarazada? —Levanta la cabeza para mirarme con los ojos muy abiertos, sin pestañear.

—Sí. Eso es.

Asiente. Después repite la acción tantas veces que parece que se le va a romper el cuello.

—Vale. De acuerdo. Vale. Y supongo... supongo que me lo estás contando porque... —Respira profundamente, de forma entrecortada, sin dejar de asentir.

—Sí. Lo eres —respondo.

—Caray. —Se pellizca el puente de la nariz y vuelve a respirar hondo. Luego se balancea suavemente en la silla, con la palma de la mano sobre la boca y los dedos apoyados en la cara—. Vale —dice contra la mano—. Vale —repite antes de bajarla.

—Ya sé que es muy fuerte. —Me retuerzo las manos sobre el regazo y miro hacia la mesa de al lado, preguntándome cuántas veces en la vida habré estado sentada tan tranquila al lado de conversaciones trascendentales sin tener ni idea—. Lo siento —vuelvo a decir.

—No..., es que... —La respiración de Bo se vuelve un poco más agitada mientras coge el café y le da otro sorbo largo—. Caray —dice tragando saliva.

—Ya —digo. Miro hacia el final de la barra y veo una jarra con unos vasos—. ¿Quieres un poco de agua? —le pregunto. Me muero por levantarme de la mesa, aunque solo sea unos segundos.

—Ah, sí, vale. Gracias.

Me pongo de pie y lleno dos vasos, aliviada por la distancia pasajera que he interpuesto entre mí misma y la bomba que acabo de soltar.

—Toma —le digo a Bo, dejando uno de los vasos delante de él antes de volver a sentarme.

Se lo bebe de un trago.

—Joder, perdona. ¿Tú cómo estás? ¿Qué tal te encuentras? ¿Qué tal... qué tal te sientes?

—Bien —respondo con sinceridad—. Últimamente tengo el estómago muy revuelto, por las náuseas. Pero estoy bien. Estamos... Estamos bien. —Me pongo una mano en la barriga por debajo de la mesa, fuera de su campo de visión.

«Pequeñajo, te presento a tu padre».

—La verdad es que no me lo esperaba. —Bo deja por fin de mirar a todas partes para fijarse en mí, por completo aturdido. Está concentradísimo. Casi puedo ver cómo repasa en su mente la noche que pasamos juntos y el momento exacto en el que llega a cuando descubrimos que no hay condones.

—Ni yo. —Me aclaro la garganta—. No... No te mentí cuando te dije que tomaba la píldora.

—No, no estaba pensando en eso. —Frunce el ceño mientras sacude rápidamente la cabeza.

—No pretendía..., bueno..., quedarme embarazada ni nada de eso.

—Ya.

—A veces estas cosas pasan. —Me encojo de hombros, fingiendo que no estoy preocupada, cuando en realidad lo estoy y mucho. Muchísimo.

Bo se pasa las dos manos por la cara y arrastra la piel a su paso.

—Entonces... ¿nos... nos casamos?

—¿Qué? —Retrocedo de golpe—. ¡No! ¿Qué? ¿Por qué íbamos a casarnos? ¡Si ni siquiera nos conocemos!

Bo pone la espalda recta, exhalando un suspiro.

—Perdona, no sé qué me ha pasado.

—Pues que te ha poseído el fantasma de tu bisabuelo, obviamente —replico.

—Pero entonces ¿qué hago? ¿Cómo puedo ayudar? ¿Qué puedo...?

—Bo, he decidido tener el bebé —digo interrumpiéndolo—. No espero nada de ti pero, si estás interesado, podemos colaborar. Me parece bien que te involucres en la medida que quieras, pero que sepas que si decides formar parte de su vida, será para siempre. No quiero que mi hijo tenga que jugar al escondite con su padre. ¿Quieres al bebé? Pues también tendrás que estar ahí para el niño, el adolescente y el adulto. ¿Entendido?

Esa es la única parte que he ensayado. Me ha salido un poco diferente a lo que tenía previsto, pero me he quitado un peso de encima al haber dicho lo que quería decir. Al menos una parte. Ahora el resto depende de él.

—Vale —dice con los labios ligeramente entreabiertos y mirando de nuevo al infinito.

No sé por qué, la misteriosa expresión de su cara capta mi atención. Parece agobiadísimo, como si estuviera preocupado por algo todavía más serio. Más serio que esto. Me gustaría preguntarle de qué se trata, pero quizá no sea asunto mío. Al fin y al cabo, apenas nos conocemos.

Aun así, me da lástima. Está reaccionando relativamente bien y, por lo que sé hasta ahora, parece un buen tío. Puede que haya sido un poco dura.

—No tienes que decidirlo ahora, obviamente —le digo con suavidad, intentando atenuar el golpe.

Él baja de las nubes con una mirada firme y segura, y entrelaza los dedos sobre la mesa.

—No, me apunto. De la forma que quieras. De la forma que mejor te venga a ti. Me apunto, lo tengo claro.

—Ah —susurro sin darme cuenta—. Vale.

—Lo siento —dice Bo con un suspiro.

—No es culpa de nadie. —Me muerdo el labio recapacitando—. Bueno, en realidad es culpa nuestra. De los dos. Es una culpa compartida. Yo soy un desastre para tomarme la píldora cuando me toca, ninguno de los dos teníamos condones y supongo que tú podrías haber intentado sacarla.

—Es que pensaba que... —Bo hace una pausa para darle un mordisco de pitón a un bollo de chocolate que tiene en el plato y empieza a masticar, asintiendo para sí mismo. Luego le da otro bocado y se lo acaba entero. Coge otro bollo y repite la operación—. Creía que no podía —dice con la boca llena.

—¿Que no podías qué? —le pregunto. ¿Practicar sexo? Me dijo que no lo había hecho desde que había perdido la pierna, pero está claro que sucedió. Ya sé que esa era la razón de que no llevara preservativos, si se refiere a eso.

Bo se traga todo lo que tiene en la boca de golpe.

—Win, hay algo que creo que debería contarte... —Coge otro bollo, vaciando el plato en un tiempo récord. Llego a la conclusión de que está comiendo por estrés cuando se mete en la boca el último bollo entero y se pelea con él hasta que lo ingiere. Después bebe un sorbo de café para bajarlo—. Hace unos años, mi vida se torció y no... —Mira a un lado y a otro como si prefiriera que se lo tragara la tierra antes que decir lo que viene a continuación. Hasta entonces no me doy cuenta de que casi no cabe en la silla de la cafetería y de que es mucho más grande que ella. Para ser tan corpulento, ahora mismo parece minúsculo. Está encogido y su rostro parece más aniñado. Cuando por fin deja de resistirse, estira el cuello hacia los lados, endereza la espalda y eleva el pecho en una inspiración larguísima—. He tenido cáncer —dice bruscamente—. Cáncer de huesos. En fase tres. Me lo diagnosticaron poco después de cumplir veintiocho años y me operaron el octubre pasado. Ha sido... Fue una época muy difícil para mí. No congelé esperma antes del tratamiento. No pensaba que fuera a seguir aquí para usarlo, ni que me interesara hacerlo. Acababa de salir de una relación y lo veía todo bastante negro.

—Ah —digo sorprendida—. Lo siento mucho, yo... —Dejo la frase a medias. ¿Qué voy a decir? Nada útil. Nada capaz de reflejar lo mucho que desearía que no hubiera tenido que pasar por algo así.

Intento encajar el cáncer en la línea temporal que he empezado a crear en mi cabeza, llena sobre todo de datos inútiles aportados por Caleb. Me doy cuenta de que fue en la época del compromiso repentino y la posterior ruptura con Cora.

Levanto la vista de la esquina de la mesa para mirarlo a la cara.

—Bo, lo siento mu...

—Es que... no creía que esto fuera posible —dice interrumpiéndome, mientras se seca una lágrima de la parte superior de la mejilla. De la mejilla sonriente—. Joder, lo siento —dice tosiendo—. Es que...

Esta es una conversación mucho más intensa de lo que me esperaba. Se me parte el alma por el hombre que tengo enfrente y, al mismo tiempo, me siento reconfortada. Aliviada por su expresión de asombro y esperanza.

Extiendo la mano por encima de la mesa para posarla en su codo. Al sentir mi contacto, Bo aparta la mano de la cara y me coge la mía, se lleva mi muñeca a la boca y acerca los labios al punto en el que está el pulso.

No es un gesto para nada sexual. Tiene como objetivo dar y recibir consuelo, porque ninguno de los dos sabe qué decir a continuación.

—Voy a ser sincera. No me esperaba lágrimas de alegría —bromeo, esforzándome por esbozar una sonrisa tranquilizadora mientras él posa nuestras manos en la mesa que tenemos delante.

Se ríe en un tono agridulce.

—Ni yo —reconoce aclarándose la garganta—. Perdona, no pretendía robarte el protagonismo.

—Ya fui la estrella del espectáculo en la consulta de la doctora. Y desde entonces sigo siéndolo a diario —replico.

—Pareces muy... ¿tranquila? —comenta. O más bien pregunta.

—Mmm, sí. La verdad es que lo estoy. Me siento bien. Cuando no estoy vomitando. En realidad me daba pavor contártelo, pero aparte de eso, me siento extrañamente serena. Siempre he querido tener hijos, aunque nunca imaginé que sería algo tan inesperado. —Bo asiente, observándome como si memorizara mis palabras. Casi hace que me sienta abrumada. Me mira como si yo tuviera la solución para este lío en el que nos hemos metido—. Además, en lo que a padres se refiere, mi bebé tiene un ADN estupendo —declaro, volviendo a centrar mi atención en él mientras aparto la mano de la suya y la vuelvo a poner sobre el regazo.

—Menos por lo del cáncer —dice Bo con resignación, mirándome fijamente, como si quisiera transmitirme una disculpa.

Entonces caigo en la cuenta. Ya sé por qué parecía ausente hace un rato: por la incertidumbre de si podrá comprometerse a estar presente en todas las futuras etapas.

—¿Sigues enfermo? —le pregunto prudente, con el corazón en un puño.

—No. Ya no. Me hacen pruebas cada pocos meses y hace más de un año que estoy bien. Pero... —Coge aire entre dientes y se revuelve en la silla—. Siempre existe la posibilidad de que se reproduzca en otra parte. —Las náuseas regresan—. Lo siento —dice bajando la cabeza y frunciendo el ceño incómodo—. Sé que estaría bien tener ciertas garantías.

—No, Bo... No digas eso. —Niego con la cabeza y bajo la vista hacia la mesa—. Nadie tiene ninguna garantía. Por eso debemos aprovechar al máximo el tiempo del que disponemos —digo levantándola para mirarlo.

Veo que le tiemblan un poco la nariz y los labios y una sonrisa inesperada hace acto de presencia.

—Parece que nos ha dado por los clichés, ¿eh? —bromea.

Hago un gesto burlón, aunque mi propia sonrisa se vuelve más amplia.

—Qué tonto —susurro riéndome—. Lo siento. No hay ningún manual de instrucciones para cuando descubres que el padre de tu bebé sorpresa tiene cáncer. No sé cómo actuar. Creía que hoy iba a ser yo la de la noticia bomba.

—No, si te lo agradezco —dice Bo con ironía—. Pero prueba a añadir algo más como «Las cosas siempre pasan por algo».

—Pongo los ojos en blanco—. ¡Ya sé! O «Qué valiente eres». Esa siempre me ha encantado.

—¿Sabes qué te digo? Que solo era una broma pesada. No estoy embarazada. Mejor me voy. —Me cruzo de brazos, recostándome en la silla y sonriendo satisfecha.

—¡No me digas! —exclama—. Vaya, eres una caja de sorpresas.

—Es que me aburría y pensé que a lo mejor así conseguía un café gratis. Pero no vale la pena. Eres demasiado insufrible.

Bo se humedece los labios con la lengua. El brillo travieso de sus ojos indica que está pensando en la próxima pullita. Espero impaciente mientras recuerdo lo divertida que es la dinámica que hay entre nosotros. Entonces él parpadea y su expresión cambia por completo.

—¿Cuándo te enteraste? —me pregunta en voz baja.

Uy, es verdad. Supongo que tenemos cosas más importantes de las que hablar.

—La semana pasada. Salgo de cuentas el 24 de julio. —Bajo la vista hacia el plato vacío que tenemos delante, lleno de azúcar glas y migas—. Y tengo una ecografía el próximo viernes.

—¿El viernes? —pregunta Bo cogiendo el móvil—. ¿A qué hora?

—Sí. A las cuatro.

—¿Dónde? —Levanta la vista, con los pulgares listos para teclear.

—En la clínica de la Novena Oeste. Es un edificio azul.

Lo apunta en el móvil asintiendo antes de guardárselo en el bolsillo delantero.

—¿Quieres que te recoja en casa?

—¿Vas… a venir? —le pregunto.

—Claro.

—No..., ya nos vemos allí.

—Bueno... —Bo sonríe tímido, respirando hondo y calmándose un poco—. Y ahora ¿qué?

—¿Puedes ir a por algo más de comer? —le pido, señalando los restos mortales de la bollería—. Tengo hambre.

La rapidez con la que se levanta y va hacia la barra para pedir me hace negar con la cabeza y esbozar una pequeña sonrisa. Un sentimiento peligroso brota en mi pecho. Una especie de afecto absurdo por este hombre me inunda. Lo reprimo y culpo a las hormonas, a algún rasgo primitivo de mi ADN que me recomienda no separarme del tío con el que he procreado.

Bueno, ya que parece que vamos a tener que seguir en contacto para siempre, al menos no es demasiado insoportable.

# 9

## Embarazada de diez semanas
## El bebé es del tamaño de una fresa

—¿Lágrimas de felicidad? —me pregunta Sarah, poniendo una silla patas arriba encima de una de las mesas para que yo pueda barrer por debajo.

Lleva años pasándose por la cafetería cuando acabo el turno. Es como un gato callejero que viene todos los días porque sabe que hay que darle salida a la bollería que ha sobrado. Aunque suele acabar ayudándome a limpiar. Me gusta tomarle el pelo diciéndole que se está haciendo pasar por una mujer que tiene que pagar sus propias facturas. Ella me devuelve la pulla contestando que se gana el sustento en el dormitorio, algo que me resulta de lo más perturbador.

—Lágrimas de felicidad, Sar. —La miro emocionada, con la mano apoyada en el palo de la escoba—. Te juro que era lo último que me esperaba.

—Pero eso es bueno, ¿no? —Sarah levanta la silla de enfrente y la coloca bocabajo sobre la mesa.

—En el momento me pareció bien, pero...

—Pero te fuiste a casa y empezaste a comerte el tarro —me interrumpe Sarah. La fulmino con la mirada. Ella suspira y me mira con cierta paciencia, aunque tiene cara de estar harta—. Win, a veces las cosas buenas son solo cosas buenas. Bo se ha alegrado de lo del bebé. Y eso hay que celebrarlo.

Suelto un gemido gutural de escepticismo.

—Jack también parecía encantador al principio y lo hacía todo bien.

Siempre me fijo en que, cada vez que hablo de Jack, Sarah me mira por el rabillo del ojo. Se trata de una comprobación rápida para saber hasta qué punto me altera el mero hecho de oír mencionar su nombre. De oírme a mí misma mencionar su nombre, ojito.

—Bo no es Jack —replica con cautela.

—Si ni siquiera lo conoces —señalo.

—A Caleb le cae bien y yo me fío de mi marido —declara cogiendo otra silla para levantarla por mí.

Dejo de barrer, pensando en lo mucho que me he equivocado en el pasado. En lo bien que ocultan algunos hombres su cara más desagradable y en lo rápido que pueden cambiar.

—Tengo que conocerlo mejor, ¿vale? A ver, él quiere involucrarse, acompañarme a las citas médicas y todo eso. Pero básicamente somos dos desconocidos. ¿Y si quiere entrar en la sala de partos? Lo verá todo —digo, poniendo cara de circunstancias.

—Precisamente dejar que Bo lo viera todo es lo que te ha hecho acabar metida en este lío —replica Sarah, que señala bruscamente mis caderas con la mano abierta. Luego me quita la escoba, porque al parecer he perdido la capacidad de hablar y barrer al mismo tiempo—. Lo superarás.

Me estremezco.

—Hay una gran diferencia entre un guaperas desconocido en un dormitorio en penumbra después de unas cuantas copas y uno en una habitación de hospital, plantado entre mis piernas despatarradas por los estribos y mirando hacia el ojo del huracán.

—¿Acabas de llamarle a tu vagina «el ojo del huracán»?

—¿En la sala de partos? Sí. Eso es lo que será.

—No tiene por qué estar presente si no quieres. Pero que te quede clara una cosita. —Sarah hace una pausa y me pone firmemente una mano en el hombro—. Yo te adoro, pero no pienso acompañarte.

—Sarah, tú te desmayas cuando a alguien le sangra la nariz. No pienso dejar que te acerques mientras estoy de parto.

—Solo con imaginármelo me pongo enferma —susurra mirando al infinito por encima de mi hombro.

—Vale, gracias. —La miro perpleja—. Eso me ayuda mucho.

Ella pone los ojos en blanco, me sigue hasta la siguiente mesa y barre la zona del mostrador, que está al lado, mientras yo la limpio.

—La ecografía es el viernes por la tarde, ¿no? Si no tiene nada que hacer después, invítalo a nuestra casa. Podemos organizar una noche de juegos. Si nos aliamos todos contra él, podemos ver cómo reacciona al perder. Es como un test básico de estabilidad emocional.

—Supongo que se irá el fin de semana para pasar las Navidades fuera. Su padre vive en Francia.

—¿Ves? ¡Sí que sabes cosas de él! —exclama Sarah, barriendo la suciedad hacia el recogedor—. Tú invítalo. Si no puede, pues no puede. Pero dudo que se niegue a pasar un poco más de tiempo con la atractiva mamaíta de su bebé. —Menea los hombros hacia mí, subiendo y bajando las cejas—. A lo mejor intenta dejarte embarazada otra vez.

—De eso ni hablar.

—¿Qué es lo que te preocupa? ¿Tener gemelos? La cosa no funciona así.

—Tenemos que... —digo intentando encontrar las palabras adecuadas, mientras Sarah baila sensual pegada a mí—. Tenemos que mantener una relación estrictamente profesional. Ahora somos como compañeros de trabajo.

Ella deja de bailar en pleno movimiento pélvico.

—¿«Compañeros de trabajo»?

—Bueno, no literalmente, pero tú ya me entiendes. Tenemos que seguir llevándonos bien dentro de nueve meses. Qué narices, tenemos que seguir llevándonos bien durante los próximos dieciocho años. Como mínimo.

Sarah asiente, se levanta despacio y cruza los brazos sobre el pecho.

—Pero... ¿tan malo sería que fuerais padres platónicos con

derecho a roce? —me pregunta con cautela—. Está claro que hay química entre vosotros. Y el sexo estuvo bien.

—Yo nunca he dicho que el sexo estuviera bien.

Me señala la cara con el dedo, deteniéndose cuando está a punto de pincharme con la punta de la uña postiza.

—Pero esto sí. Siempre que hablas de Bo, te pones roja. Una vez más te han traicionado esas mejillas tan monas y flexibles.

—No digas cosas raras como «mejillas flexibles» estando tan cerca de mí. —Le aparto la mano de una torta—. Vale —reconozco—. El sexo estuvo bien. —Posiblemente fuera el mejor de mi vida. Aunque eso no lo digo en voz alta—. Pero aun así complicaría las cosas —aseguro.

—¿O las haría más divertidas? Tal y como yo lo veo, Bo es un bombón que viste bien, llora de alegría cuando le dicen que va a tener un bebé, tiene un gran sentido del humor, un buen trabajo y casa propia. Todo eso lo has dicho tú, no yo. —Sarah echa los hombros hacia atrás y levanta la nariz, como si fuera un personaje de una comedia televisiva de los años cincuenta—. ¡Santo cielo, qué embrollo! ¡Espero que no te enamores de un caballero como ese!

Reprimo las ganas de darle un manotazo en la nariz.

—Lo tuyo no tiene remedio.

—Y tú no te estás planteando todas las opciones, nena. —Sarah se sienta en la barra y se sacude las manos—. No te cierres a conocerlo más a fondo —añade, sorprendentemente seria—. Mereces que te pasen cosas buenas. Veamos si él es una de ellas. Eso es lo único que digo.

—Claro que es algo bueno, Sar. Para el niño. —Me subo a la barra para sentarme a su lado—. Ha decidido involucrarse y eso es lo único que necesito de él.

—Si tú lo dices... —Sarah se queda en silencio unos segundos para darle más dramatismo, pero sé que aún no ha terminado. Rara vez se rinde—. Pero... —Ahí está—. Dime que pare cuando me acerque al tamaño de su polla. —Junta las palmas de las manos delante del pecho y empieza a separarlas con lentitud. Cuanto más aleja las manos, más abre la boca.

—Ya. Así —digo con una sonrisa de satisfacción.

—¿En serio? —susurra Sarah con una mirada traviesa.

—En serio —contesto, sintiéndome superorgullosa de mí misma por algo que, obviamente, no es ningún logro. Y ni mucho menos mío.

—No me extraña que te quedaras embarazada. ¡El tío tenía acceso directo a tus ovarios! ¡Fue un tiro a bocajarro!

—Te voy a regalar un libro de anatomía por Navidad.

—La culpa es de nuestra profesora de Ciencias de la Salud —dice Sarah suspirando.

—No metas a la señora Forestein en esto. La pobre hizo lo que pudo.

Echo un vistazo a la cafetería. Ya está limpia y preparada para el turno de la mañana siguiente. Sin embargo, todavía no tengo ganas de irme. En ocasiones nos quedamos hasta mucho después de cerrar. Reconozco que a veces la vuelta a casa puede ser dura. En ella me siento un poco sola.

—Lo invitaré a lo del viernes. —Intento sin éxito bajarme con elegancia de la barra y estoy a punto de torcerme un tobillo—. Pero no hagas nada raro. No quiero sorpresitas.

—Será una mera labor de investigación en nombre de mi futura sobrina —dice Sarah, poniéndose las manos sobre el corazón.

—O sobrino —añado dándole la mano para ayudarla a bajar.

—Oye... —dice Sarah, con una timidez nada propia de ella, mientras observa nuestras manos entrelazadas—. ¿Te has planteado si tendrá también una mano pequeñita?

—¿El bebé? —pregunto—. Ah, pues no. Creo que es aleatorio, no genético.

—Ya, pero en teoría fue por el útero de tu madre, ¿no? ¿No se te había quedado la mano pegada a él porque su útero tenía una forma rara o algo así?

—Eso era lo que mi madre decía siempre, pero... ¿quién sabe?

—¿Y los úteros se heredan genéticamente? —murmura.

—No lo sé —digo mirando distraída más allá de su hombro—. No tengo ni idea.

Sarah esboza una sonrisa pequeña pero tranquilizadora mientras vuelve a mirarme.

—Tendríais unos saludos secretos supermolones.

Respiro hondo volviendo a la realidad. Supongo que es así de sencillo. No tiene sentido preocuparse porque no se sabrá hasta que llegue el momento y, aunque sea así, no es nada malo..., ¿no?

—Pues sí —contesto.

—Venga, te llevo a casa. —Sarah me rodea los hombros con un brazo y me acompaña a la puerta de atrás.

# 10

He tenido que salir pronto del trabajo para llegar a tiempo a la ecografía.

Por suerte, la dueña del café, Lisa, está claramente colocada la mayoría de los días y no le importan mucho la vida personal, los intereses y, de forma habitual, ni siquiera los nombres de sus empleados. Ni se molestó en preguntarme para qué era la cita antes de darme permiso para marcharme.

Llevo trabajando en la cafetería el tiempo suficiente como para haberme ganado ese nivel de confianza. O al menos el necesario como para escaquearme al final del turno. En teoría no soy la encargada, pero asumo algunas tareas adicionales de vez en cuando si me lo piden.

Soy la que organiza los horarios, sobre todo para poder controlar quién cierra la noche anterior del día que a mí me toca abrir. También formo a los nuevos empleados cuando Lisa no está. Pero no quiero el cargo de subgerente, aunque ella me lo ha ofrecido varias veces. Se supone que eso implica que vas a quedarte y yo nunca he tenido intención de estar mucho más tiempo allí. Tengo un pie fuera desde que empecé. Aunque tampoco es que haya hecho nada para sacar el otro.

La nieve acaba de empezar a caer cuando me bajo del autobús y echo a andar hacia la enorme clínica azul que está al otro lado de la calle. En cuanto cruzo la puerta principal, veo a Bo en el vestíbulo. Está de pie bajo un cartel indicativo, mirando el móvil. Tomo nota rápidamente de que la sala de ecografías está en la segunda planta, antes de acercarme a él sin dejar de mirarlo.

Lleva una chaqueta de ante marrón y unos vaqueros azules. Un atuendo mucho más informal que el de la semana pasada en la cafetería, pero aun así va mucho más combinado que yo, que llevo unas mallas negras de yoga y un jersey verde azulado que tejí el invierno pasado, bajo un plumífero morado hasta la rodilla y una bufanda extralarga que está a punto de asfixiarme.

¿Había mencionado que odio el invierno?

—Anda, qué casualidad encontrarte aquí —digo desenroscándome la bufanda del cuello.

Cuando Bo levanta la vista, ya está sonriendo.

—Ay, hola. —Se guarda el teléfono en el bolsillo de atrás—. Qué embarazoso, no paramos de tropezarnos —dice, orgullosísimo de sí mismo.

—¿En serio? ¿«Embarazoso»? —Levanto una ceja.

Bo se encoge de hombros, con una sonrisa burlona que no le cabe en la cara. En esa cara absurdamente atractiva.

—¿Preparado? —le pregunto señalando las escaleras con la barbilla.

Él asiente y me sigue de inmediato en cuanto me dispongo a subir al segundo piso.

—Espera —dice de repente agarrándome por una mano. Me acerca a él con un tirón de muñeca y doy un respingo, sorprendida por que me haga detenerme tan bruscamente—. Perdona. Antes de que se me olvide. —Vuelve a sacar el móvil del bolsillo y lo pone delante de los dos, girando la cámara para que ambos salgamos en la pantalla—. Tres, dos... —Clic.

Sonrío automáticamente al ver mi propio reflejo, pero no paro de preguntarme por qué nos hemos hecho una foto juntos en medio del vestíbulo mientras Bo se guarda el móvil en el bolsillo y echa a andar hacia las escaleras como si nada.

—¿Y eso? —le pregunto, medio riéndome, medio confusa.

Bo hace un mohín para tomarme el pelo, como diciendo «pobrecita mía».

—Es un móvil, cielo.

—Gracias. Hasta ahí llego. Pero ¿por qué nos has hecho una foto? —«Y no deberías llamarme "cielo". Me hace sentir cosas raras en el estómago. Como si estuviera dando una voltereta en el espacio».

—¡Para inmortalizar el momento! Estamos a punto de conocer a nuestro hijo. No quiero que se me olvide nada.

—Vale. —Sonrío, aunque no puedo evitar mirar a este tío tan rarito con los ojos entornados—. Está bien. —Subo las escaleras y, cuando llego al primer rellano, me agobio al darme cuenta de que Bo va todavía por la mitad porque no le queda más remedio que caminar a su propio ritmo.

Me muerdo la lengua para no pedirle disculpas y atraer más la atención sobre nuestra diferencia de velocidad, y finjo que me fascina el mural cutre del rellano hasta que Bo vuelve a alcanzarme. Entonces empiezo a andar más despacio, a su ritmo, hasta que llegamos a la sala de ecografías.

Le doy mi nombre y mi número de carnet a la recepcionista antes de sentarnos en la sala de espera, junto a una mujer embarazadísima y su pareja. Las paredes son de color azul intenso y la iluminación fluorescente es horrible. Hay pegatinas de mariposas y animalitos del bosque medio despegadas por las paredes y en un rincón se encuentran amontonadas unas cuantas revistas que la mujer mucho más embarazada que yo está hojeando.

Tiene pinta... de estirada. Se frota la barriga como si fuera la bola de cristal de una adivina y sonríe levantando la nariz, como si evitar la extinción de la especie humana dependiera exclusivamente de ella.

—¿Es el primero? —me pregunta con voz melosa señalando mi tripa, antes de volver a poner el dedo donde lo tenía y levantar los hombros, asombrada y emocionada. Asiento y esbozo a regañadientes una sonrisa educada—. La primera vez es muy especial. Aunque debes de estar muerta de miedo —dice con un pucherito muy falso. ¿En serio?—. Pobrecita —murmura con lástima frunciendo el ceño.

¿Es que le he contestado? Miro a Bo, que de repente está concentradísimo pellizcándose la rodilla para quitarse una pelusa imaginaria de los vaqueros. Su discreta mirada de reojo y su sonrisa mordaz revelan que también está oyendo las chorradas que está diciendo la diosa de la fertilidad. Aunque, a juzgar por su tono de voz, puede que le gustara más el apodo de Virgen María.

—Seguramente esta será nuestra última ecografía —comenta la mujer, posando en la barriga una mano con un anillo de diamantes tan grande que me preocupa que ponga ese peso sobre la placenta—. Estamos de treinta y nueve semanas. —Apoya la otra mano en el hombro de su marido. Él le sonríe con orgullo, mirándola fijamente. Se parece muchísimo a Ned Flanders, con ese bigote tan poblado y esa pinta de santurrón.

—El bebé puede llegar en cualquier momento —le dice Ned a la diosa, lo bastante alto como para que toda la sala pueda oírlo.

—Anda, si casi no se le nota —replico señalando la barriga de su mujer con una sonrisa socarrona que podría pasar por amable.

—Uy, qué graciosa es —dice la diosa de la fertilidad, señalándome y mirando a Bo—. Espero que sea algo genético.

—«Esposa graciosa, vida dichosa», siempre lo digo —añade Ned a su lado.

Bo me echa un vistazo rápido, preguntándome un centenar de cosas con la mirada. Yo respondo afirmativamente a todas ellas.

—Pues ni idea, la verdad. Acabamos de conocernos en el vestíbulo. Quería saber a qué venía tanto alboroto y me ha dejado acompañarla —dice él en tono inexpresivo.

—Soy Guinivere, por cierto —digo, tendiéndole la mano a Bo—. Perdona, había olvidado presentarme.

—Lance —replica él, mirando a la pareja que tenemos enfrente.

—¿Y vosotros sois…?

—Melissa —contesta ella, de pronto inusitadamente tímida.

—Ted. —«Uy, casi».

—Encantado de conoceros —dice Bo, que los saluda con la cabeza desde el otro lado del pasillo—. Y a ti también —añade, guiñándome un ojo sin que lo vean nuestros nuevos amigos, para que no nos descubran.

—Entonces... ¿tú no eres el padre? —le pregunta Ted (anteriormente conocido como «Ned»).

—¿El padre de quién? —exclama Bo estupefacto.

—Del bebé. —Ted me mira con la boca entreabierta, haciendo una mueca. El pobre hombre no entiende nada.

—¡Ah! ¿Del bebé de Gwen? —Bo me señala con el pulgar.

Me está costando tanto no soltar una carcajada que me tiembla la nariz.

—Sí —aclara Ted cada vez más desconcertado. Pobre. Melissa se limita a mirarse las cutículas con cara de malas pulgas.

—No —confirmo con voz temblorosa—. Pero si estás disponible, el trabajo puede ser tuyo —digo girándome hacia Bo.

—Caramba. —Bo se pone una mano en el pecho y me mira a los ojos. Tengo que esforzarme muchísimo para no partirme de risa—. Sería un honor...

Melissa se aclara la garganta para reclamar nuestra atención.

—Oye, si no te apetecía hablar, podías haberlo dicho. No hacía falta ser grosera.

Ted, que al parecer no se está enterando de nada, sigue fascinado por nuestra pequeña actuación.

—¿Así que no sabes quién es el padre?

—Me temo que es una situación tipo *Mamma Mia* —respondo.

—*Here we go again* —murmura Bo entre dientes, mientras Melissa tira de Ted hacia ella y le susurra algo al oído. Después de decirle a su marido que deje de interactuar con nosotros, extiende la mano y coge un ejemplar de la revista *People* de principios de la década de los 2000 con actitud agresiva.

Bo y yo evitamos establecer contacto visual, pero noto cómo le tiemblan los hombros pegados a los míos mientras se aguanta la risa y la transforma en un par de respiraciones entrecortadas. Hasta el momento solo había hecho el tonto en público de esta forma con Sarah, porque sé que ella siempre me sigue la corriente. Supongo que puede considerarse una buena señal que hacerlo con Bo me haya resultado tan fácil.

Aunque me siento un poco mal por Ted. Pobrecito, es un pedazo de pan.

—¿McNulty? —grita la ecografista fuera de nuestro campo visual, apareciendo justo cuando giro la cabeza hacia la voz.

—¡Sí! —Cojo impulso para levantarme y de repente noto las piernas mucho más flojas que cuando he subido las escaleras. Agradezco sinceramente a Melissa, Ted y Bo la distracción que me han proporcionado hasta ahora. He estado nerviosísima en el trabajo todo el día y anoche casi no pude dormir.

No porque crea que le ha pasado algo malo al bebé. Los síntomas han sido bastante normales, aunque sigo teniendo náuseas todos los días. La doctora Salim asegura que tener que llevar una bolsa para vomitar en el bolso y dejar galletas al lado de la cama es una buena señal de que el pequeño está creciendo fuerte y sano.

El miedo, creo, se debe a lo real que me parece todo de repente. Como si con cada paso que doy hacia la camilla que está al final del pasillo me estuviera comprometiendo de nuevo a elegir este camino. Como si fuera un recordatorio de que he tomado esta decisión tan importante con muy poca lógica y mucho instinto. Tener este bebé me parecía algo abstracto en cierto modo. En cuanto entremos en esa habitación, se convertirá en algo tangible y pasará a ser mi bebé. Nuestro bebé.

Bo camina al lado de la ecografista delante de mí, más rápido de lo que me permiten las piernas. Mira hacia atrás para sonreír y guiñarme un ojo de forma dulce y alentadora, antes de volver a girarse.

No puedo evitar preguntarme si él también estará sintiendo lo mismo. La solemnidad de este momento. La inmensa presión. La sensación de inminencia, como si hubieran eliminado la gravedad del edificio y fuéramos flotando por el pasillo. O más bien precipitándonos a toda velocidad hacia esa nueva realidad.

Seguramente no.

Pero mientras estoy tumbada en la camilla en medio de la habitación, subiéndome la camiseta para destaparme la barriga, que sigue igual que siempre, miro hacia la izquierda en busca de consuelo. Y Bo me lo proporciona, ofreciéndome la mano para que se la apriete.

—Todo irá bien —me dice. Su voz me recuerda a la forma en la que los padres tranquilizan a sus hijos antes de que un avión despegue. Tiene ese tono de «no somos los primeros en hacer esto, no hay de qué preocuparse», pero en el fondo hay un pequeño atisbo de inquietud, como si pensaran «aunque los accidentes de avión existen»—. Te lo prometo —añade juntando las cejas al tiempo que asiente, con una expresión más segura y firme. Se me debe de notar lo asustada que estoy para que él tenga que recurrir a una expresión como esa.

A mi derecha la ecografista no para de hablar, aunque yo solo me entero de la mitad de lo que dice porque sigo centrada en Bo. Ver cómo la escucha con atención mientras asiente me impide perder más el control. Al menos él está presente. Se quedará con toda la información que podamos necesitar.

La ecografista me pone la mano sobre el hombro derecho para que me gire hacia ella y hacia la máquina que tiene delante.

—Le voy a aplicar el gel, está un poco frío. Lo retiraremos al acabar. —Me enseña un bote y yo asiento, esbozando una pequeña sonrisa.

Aprieto con fuerza la mano de Bo. Él estrecha la mía rítmicamente, como si intentara imitar los latidos de mi corazón. Por un momento, deseo haberme traído también a Sarah. Así no estaría aferrándome tan desesperadamente a este tío.

Noto el gel frío sobre la tripa y siento la presión cuando la ecografista posa la sonda y aprieta con más fuerza de la que me esperaba. Es como si estuviera escarbando. Tras unos segundos largos y agónicos, empieza a preocuparme que no pueda encontrar al bebé. Que tal vez ya no exista.

El miedo me baja por la espalda como un chorro de agua helada mientras mil y una posibilidades terroríficas toman a mi cerebro como rehén. De repente tengo la sensación de que hace más frío en la sala. Siento una brisa fresca que me recorre todo el cuerpo, poniéndome los pelos de punta y la piel de gallina. Todas mis terminaciones nerviosas envían la señal de que ha llegado el momento de entrar en pánico. Pero el grito ahogado de Bo me aleja del abismo.

Lo miro mientras él, con los ojos como platos y la boca abierta, observa atentamente la pantalla que tengo detrás y que a mí me da demasiado miedo mirar. Exhala un suspiro tembloroso y la alegría se apodera de sus facciones. Se inclina hacia delante y susurra algo que no entiendo bien y que ni siquiera sé si pretendía decir. Luego se queda inmóvil mientras la sonda vuelve a moverse presionándome la tripa.

Veo cómo el leve asombro de Bo se transforma en una sonrisa radiante que este intenta contener mordiéndose el labio y negando con la cabeza.

—Winnifred —dice la ecografista a mi espalda—. ¿Quiere verlo también?

Me giro con lentitud, preparándome para el impacto con los ojos entrecerrados y los labios fruncidos.

Pero allí, en la pantalla en blanco y negro, hay una cosita pequeña y perfecta con forma de judía.

Mi bebé.

No «el bebé». Sino «mi bebé».

Y no me da tanto miedo como pensaba hacerme a la idea de que es mío. La verdad es que me parece una puta pasada. Un honor. Algo asombroso, increíble, espectacular, sublime.

Me quedo mirando mientras el bebé hace unas pequeñas rotaciones temblorosas. La sensación de alivio me calienta la piel y los sentidos, como cuando te da el sol en un día nublado, mientras el corazón se me llena de alegría de tal forma que parece que va a estallar.

La ecografista sonríe con dulzura, presionando más con la sonda para intentar conseguir una imagen mejor en la pantalla.

—Es un bebé muy activo —comenta—. Van a tener trabajo a manos llenas.

—Mmm —murmuro. «Precisamente las manos son la cuestión, señora».

El bebé vuelve a moverse en la pantalla. Da un saltito que me recuerda al de una pulga. Y me olvido del mundo.

«Hazlo otra vez», grito para mis adentros, imaginando que mis venas y la sangre que corre por ellas son unos radiotransmisores y esperando como una boba que el bebé pueda oírme de alguna manera.

Bo se ríe con voz profunda y grave cuando este da otro saltito, escondiéndose de la sonda.

—Parece que quiere un poco de intimidad.

—¡Papá, mamá, haced el favor de dejarme en paz! —exclamo como una adolescente picajosa.

—¡Sois un coñazo! —añade Bo, inventándose su propia queja.

Qué petardos somos. Me encanta. Probablemente más de lo que debería.

La ecografista teclea en el ordenador mientras pincha encima de la imagen, tomando notas y medidas. Su cara de concentración podría implicar simplemente eso: concentración. Pero también podría tratarse de preocupación. Tal vez haya algo que no esté del todo bien y que solo un experto puede apreciar.

—¿Está bien? —Las palabras se me escapan antes de que me haya planteado siquiera hacer la pregunta.

—Yo diría que sí —responde la ecografista, dejando de mirar la pantalla para girarse hacia mí—. ¿Quieren oír el latido?

—Sí, por favor —respondemos Bo y yo al unísono.

Tras pulsar unos cuantos botones y girar unos cuantos mandos, se empieza a oír un ruido sordo. Al subir el volumen, el latido del bebé llena la habitación, resonando contra las paredes a un ritmo perfecto. Es el sonido más increíble y maravilloso del mundo. Lo único que puedo escuchar. Por encima de mi respiración entrecortada. Por encima de los alegres murmullos de asombro de Bo, aparentemente involuntarios. Por encima de todo. De los ruidos de la ciudad fuera, de la voz nerviosa de mi cabeza, del sutil crujido de mis costillas tensándose bajo el peso de todo este cambio.

Bum-bum, bum-bum, bum-bum. Como un tren en marcha.

Bum-bum, bum-bum, bum-bum. No ha sido un error.

Bum-bum, bum-bum, bum-bum. Ha sido un afortunado accidente.

—Qué fuerte. —Exhalo mientras las lágrimas me humedecen las pestañas inferiores.

—El ritmo cardiaco es de ciento sesenta y siete —dice la ecografista tecleando.

—¿Está bien? —pregunta Bo en voz baja, como para no estropear el momento.

—Sí, tal y como debería estar.

Él exhala un suspiro de alivio y posa sus labios cálidos sobre el dorso de mi mano. Dejo de mirar la pantalla para girarme hacia él, sorprendida por el gesto. Algo que podría parecer absurdo, teniendo en cuenta todo lo que hemos hecho.

—Gracias por dejarme estar aquí —dice. O puede que me lo haya transmitido sin palabras, no estoy segura. Lo único que soy capaz de oír es el latido regular del corazón.

—¿Puedes grabarlo? —le pido con voz ronca, con la emoción atenazándome la garganta.

Bo me suelta la mano para coger el móvil y levantarlo al cabo de unos instantes con la grabadora de voz parpadeando en rojo.

Después de un rato, la enfermera baja el volumen lentamente y apaga las máquinas.

—Les imprimiremos algunas imágenes. La doctora la llamará en los próximos días y... —La ecografista deja la frase a medias—. Bueno, como solo faltan dos días para Navidad, lo más probable es que no la llame. Pero... puedo asegurarle que no hay absolutamente nada de qué preocuparse —me susurra acercándose un poco más—. Que quede entre nosotras —añade guiñándome un ojo.

—Gracias —respondo.

—Les daré un par de minutos —comenta, entregándome una toalla caliente—. Para lo del pringue —dice al tiempo que señala mi barriga, antes de rodear la camilla y marcharse.

—Ha sido la leche —comenta Bo mientras me limpio la tripa—. Aunque tiene mucha menos forma humana de lo que me esperaba.

—Es como una judía pequeñita —digo sonriendo con dulzura.

—Y se movía muchísimo —añade él incrédulo—. Puede ir de un lado a otro por ahí dentro, tan tranquilo. Qué pasada.

—Sí, parece que se siente como en casa. —Me incorporo, y me bajo la camiseta—. Qué fuerte —repito, porque lo es.

—Ya... —dice Bo con un largo suspiro, completamente de acuerdo, esbozando una sonrisa torcida.

—Un bebé —digo mirándolo alucinada.

—Un bebé —repite él negando con la cabeza.

—Vaya tela.

Él suspira y se pasa una mano por la cara.

—Es la hostia —declara. Luego vuelve a mirarme. Compartimos una sonrisita nerviosa antes de que me baje de la camilla y luego vamos hacia el mostrador de recepción.

Después de que la ecografista nos entregue un sobre con dos imágenes idénticas, bajamos las escaleras hasta la entrada en medio de un agradable silencio. Al llegar a la planta principal, veo que la nieve está empezando a caer con más fuerza, bajo la única luz de las farolas del exterior.

—Ostras —digo mirando hacia fuera. Debe de hacer un frío que pela. Me enrosco la bufanda alrededor del cuello.

—¿Quieres que te lleve a casa? —me pregunta Bo, abrochándose la chaqueta, antes de detenerse y observarme atentamente por un instante—. En realidad no es negociable. Te llevo a casa.

Pongo los ojos en blanco con cariño.

—No estaría mal. Gracias. —Entonces recuerdo la propuesta de Sarah—. Por cierto..., ¿tienes planes para esta noche?

Bo termina de abrocharse la chaqueta y se mete las manos en los bolsillos.

—No. —Arquea una ceja sonriendo—. ¿Qué me propones?

—¿Quieres venir a casa de Caleb y Sarah conmigo? Vamos a organizar una noche de juegos.

Él asiente con entusiasmo.

—Sí, claro. Me encantaría. Tengo el coche ahí al lado.

Bo abre la puerta principal y nos adentramos en la tormenta. Me acompaña hasta su vehículo, poniéndome una mano en la cintura mientras el viento silba a nuestro alrededor. Me abre la puerta del copiloto y la cierra cuando entro. Estoy intentando recuperar la serenidad y calentarme las manos con mi propio aliento cuando él abre un segundo la puerta del conductor para entrar apresuradamente.

Tiene un coche precioso. No entiendo mucho de estas cosas, pero con esa pantalla del tamaño de una tablet en el centro del salpicadero y los asientos forrados de cuero con botones para calentarlos, supongo que le habrá costado un ojo de la cara.

—Vaya cochazo —le digo, como una auténtica cateta.

Él esboza una pequeña sonrisa, mientras pulsa un botón, y el coche empieza a emitir pitidos, se encienden varias luces y se oye el rugido suave del motor.

—Gracias.

—¿Recuerdas cómo llegar a casa de Sarah?

—Creo que sí. Me parece que todo lo relacionado con esa casa está grabado a fuego en mi memoria. —Bo sale de la callejuela, con los limpiaparabrisas funcionando a todo trapo.

Al principio pienso que lo dice por lo bonita que es la casa, o que se trata de una alusión al dinero que obviamente tienen Sarah y Caleb. Pero luego caigo en la cuenta de cómo lo ha dicho. Como si fuera un lugar infame, refiriéndose sutilmente a la última vez que estuvimos los dos allí. Siento el calor del rubor en las mejillas y doy gracias a la luna por no brillar demasiado.

—Me alegra que me hayas invitado a acompañarte. La verdad es que no sé muy bien cómo hacerlo, pero creo que estaría bien que pasáramos más tiempo juntos. No en plan romántico, sino para conocernos mejor. Ya que vamos a… —Bo se queda callado mientras mira hacia atrás para cambiar de carril.

—¿Tener que apechugar el uno con el otro? —propongo.

—Iba a decir algo así como «trabajar por un objetivo común», pero me ha parecido demasiado frío.

—El otro día le dije a Sarah que éramos como compañeros de trabajo y se quedó ojiplática.

—¿«Ojiplática»?—repite en tono burlón.

—Bueno, que se quedó a cuadros, vaya.

—Es que no hay ningún término específico para esto —dice, dándome la razón.

—«Copadres», supongo.

—Pero lo de «padres» suena más a cuando el hijo ya está presente físicamente —dice Bo—. Sin ofender —añade, hablándole a mi barriga.

—¿Nos quedamos con «amigos»? —propongo.

—Amigos que van a tener un bebé juntos.

—Eso. Amigos con derecho a feto.

—Un tipo de roce totalmente nuevo. —Bo se ríe—. Pero sí. «Amigos» me parece bien.

—Genial —digo.

—Te vas a cagar con lo buen amigo que voy a ser, Freddie McNulty.

—Qué agresivo —comento riéndome.

—Creo que es uno de los rasgos de mi carácter que deberías conocer. Soy supercompetitivo. Hasta en cosas que benefician a ambas partes. Así que prepárate para ser mi amiga. Lo vas a flipar.

—Eso sí que suena raro. —Pongo la espalda recta y me cruzo de brazos—. Pues que sepas que yo también soy muy competitiva. Así que lamento informarte de que no vas a ganar. Me voy a convertir en tu mejor amiga tan rápido que alucinarás. Sin embargo, tú... no vas a conseguir ser más que un mero conocido para mí.

—Reto aceptado —replica Bo.

—Y no me llames Freddie —digo cruzándome de brazos.

—Como quieras, Frederick.

# 11

—¿Qué coño está pasando? —exclama Sarah en un susurro, mientras coge más nachos de la despensa.

Ambos nos hemos aliado en todas las partidas de *Catán* desde que Bo y yo llegamos hace tres horas, y aun así seguimos sin acercarnos lo más mínimo a la victoria. A Bo se le dan de maravilla los juegos de mesa y Caleb tampoco ayuda al concederle todo lo que le pide.

—Si lo supiera, el Gigante Verde no nos estaría dando una paliza. La culpa es de Caleb —replico sacando un bote de salsa de la nevera.

—Bo negocia con una tranquilidad pasmosa. Es como si pudiera leerte la mente. Resulta... ¿extrañamente excitante? —dice Sarah, quitándome el bote con una mueca de preocupación.

—Uf, menos mal. Creía que solo me estaba pasando a mí —murmuro—. No para de hacer ese gestito arrogante de rascarse la barbilla cada vez que construye un nuevo asentamiento y... —Dejo la frase a medias—. Madre mía, pero ¿qué estoy diciendo? ¿Qué nos está haciendo?

—Cariño, ¿necesitáis ayuda? —pregunta Caleb desde la entrada en arco de la cocina.

—Sí, necesitamos ayuda —le suelta Sarah furiosa—. Pero para entender por qué le has cambiado a ese tío seis minerales por una puta oveja.

—Si te digo la verdad, no tengo ni idea —dice Caleb—. Es como si me los hubiera quitado de las manos.

—Tenemos que ponernos de acuerdo y hacer frente común contra él. Nos está machacando. —Sarah suspira, pasando el brazo por delante de mí para coger un cuenco del armario y echar en él patatas fritas—. A lo mejor deberíamos dejar los juegos de mesa y pasar directamente al interrogatorio. ¿Quién es ese tío? ¿Qué ha sido de la arpía? ¿Por qué rompió el compromiso? ¿Cuáles son sus intenciones con Winnie? Caleb, tú harás de poli bueno. Obviamente.

Estoy a punto de protestar cuando se oyen unos pasos por el pasillo.

—¿Estáis todos aquí? —pregunta Bo, que entra tranquilamente en la cocina con una mano en el bolsillo de los vaqueros. Mira a su alrededor, observando nuestras caras con una sonrisa perpleja—. ¿Ha pasado algo?

—¡No! Va todo de maravilla —responde Sarah, en un tono varias octavas por encima de lo normal.

—Les molesta un poco que ganes todo el rato —le suelta Caleb, el muy rastrero.

—Te lo advertí —dice Bo, señalándome con una sonrisa demasiado radiante—. Soy muy competitivo —declara mientras se encoge de hombros.

—Este nivel de competitividad no es normal —replico, señalándolo yo a él.

Se acerca a mí mirando fijamente el dedo que tengo extendido, sin detenerse hasta que la punta de este tropieza contra sus duras costillas. Ignoro el vuelco que me da el corazón al verlo sonreír con insolencia mientras baja la vista hacia el punto en el que estamos en contacto.

—Esto no es como volcar el tablero del *Monopoly* cuando vas perdiendo o hacer trampas al tirar los dados. Es una especie de estrategia de control mental, en plan *jedi* sexy. —Le doy un puñetazo en las costillas antes de volverme hacia los taburetes de la cocina y sentarme en uno de ellos con una pequeña rabieta.

—¿Sexy yo? —Bo se lleva la mano al pecho mientras una sonrisa le ilumina la cara.

—Has sacado la palabra de contexto.

—No sabemos cómo lo estás haciendo, pero en cuanto lo averigüemos estás acabado —dice Sarah, poniéndose a mi lado y rodeándome los hombros con un brazo.

—¿Y si jugamos a otra cosa? ¿A las cartas? —sugiere Caleb con la boca llena de nachos y salsa.

«Tres, dos, uno…».

—¿Al *strip poker*? —propone Sarah, sonriendo de oreja a oreja mientras cruza la cocina para reunirse con su marido.

—Sarah. —Caleb exhala un leve suspiro, dejando caer la cabeza—. No —dice con hastío. Niega mientras ella hace un mohín, contoneándose de un lado a otro en una súplica silenciosa.

—Yo siempre estoy dispuesto a echar una partidita de *strip poker* —dice Bo sonriéndole a mi amiga.

—Ay, madre —exclama Caleb con cara de espanto, sin dirigirse a nadie en particular—. Ahora ya son dos.

—Aquí nadie se va a desnudar —declaro mirando primero a Caleb y luego a los otros dos agitadores—. La última vez que me quité la ropa en esta casa me fui con un regalito muy caro y para toda la vida. Así que ni hablar, gracias.

A Bo se le escapa la risa entre los labios apretados.

—Tienes razón. —Extiende la mano sobre la encimera para coger un nacho, lo lanza al aire y lo atrapa con la boca.

—¡Ah! Hablando de regalitos… —Sarah va hacia el otro extremo de la cocina, entra en la despensa y se pierde de vista—. Os he comprado un regalo —dice, regresando con una cesta que le cubre medio torso. Está envuelta en celofán transparente y tiene un gran lazo rojo en la parte de arriba.

—Sarah —protesto mientras deja el regalo en el extremo opuesto de la isla—. Faltan dos días para Navidad. No era necesario.

Sarah mira a Bo enderezando la espalda y fingiendo que le ha dolido.

—Win odia los regalos. Se siente incómoda porque nosotros tenemos dinero y ella no. Aunque le he dicho un montón de veces que es mi forma de demostrarle mi amor, intenta sabotearme constantemente. ¿Tú qué opinas de los regalos, Bo? Y por favor, piénsatelo bien, porque de eso dependerá que me caigas bien o no.

—Me encantan —exclama Bo, acercándose a la encimera y mirando el regalo con cautela—. Gracias.

Sarah emite un gemidito de orgullo.

—Judas —susurro mirándolo.

—¿En serio no vas a abrir el regalo conmigo? —me pregunta, jugueteando con el lazo y fingiendo que lo va a desatar. De pronto me viene a la cabeza una imagen impactante de él haciendo lo mismo con mis bragas, que rápidamente se va por donde ha venido.

—Le he dedicado mucho tiempo —añade Sarah, con la misma voz lastimera que él.

La de estos dos es una combinación peligrosa e inaguantable.

—Vale —digo, y me bajo del taburete para ponerme al lado de Bo.

Tiro sin miramientos de la cinta y le hago un gesto para que él haga el resto una vez la he quitado. Retira el celofán y deja al descubierto la cesta verde de mimbre que hay debajo, llena hasta los topes de cosas, algunas envueltas y otras no, además de una caja blanca del tamaño de una tarjeta con algo escrito encima.

«Veinte preguntas para enamorarse», leo.

Me giro hacia Sarah, que está rebosante de alegría y malicia.

«¿En serio?», le pregunto sin palabras, mirándola con el ojo derecho entrecerrado.

—He visto un vídeo sobre ese juego en internet. El nombre es un poquito... sugerente..., pero en realidad solo son veinte preguntas para conocer a fondo a una persona en poco tiempo. Me ha parecido que podría resultaros útil... —Pronuncia la última palabra mirándome con mordacidad—... ahora que tenéis que poneros las pilas en lo de conoceros un poco más con la ropa puesta.

Hago un esfuerzo para no burlarme de ella repitiendo en voz alta sus últimas palabras en un tonito infantil.

—Qué detalle, gracias —dice Bo, como dándome ejemplo

para que lo imite. Estoy a punto de poner los ojos en blanco cuando sigue hablando—. Justo estábamos comentando cuando veníamos de camino que teníamos que conocernos más. Así que esto nos viene genial.

—Cierto —digo cediendo un milímetro—. Gracias.

Bo coge la caja de las cartas y le da una vuelta en la mano.

Yo asiento con una sonrisa educada mientras busco otro regalo que pueda sacar.

—Qué fuerte —susurra Caleb con dramatismo, rodeando la encimera para ponerse a mi lado—. Si os hacéis una pregunta cada día, podrías enamoraros en menos de tres semanas.

Le arreo un golpe en la cabeza con la maravillosa almohada de baño que Sarah ha elegido.

—Gracias por el regalo, Sarah —digo con elocuencia, fulminándolo con la mirada.

—También he repuesto los condones de la habitación de invitados en tu honor. Con unos extragrandes, por cierto —dice ella, guiñándole un ojo a Bo.

Él se atraganta y tose, algo que me resulta profundamente gratificante.

—Lo siento —murmuro, mirando hacia el espacio que nos separa y apretando los labios para disimular una sonrisa.

—No pasa nada —responde él solo para mis oídos. Luego mete la mano en la cesta que tengo al lado mientras yo saco algo suave y de color blanco.

—Ayyy —dice Caleb al ver el pelele que tengo en la mano.

—Qué pequeñito. —Bo lo observa parpadeando lentamente.

—Los bebés suelen serlo —replico acariciando el suave algodón con la mejilla.

—Bo, ¿cuánto mediste al nacer? —le pregunta Sarah fijándose en su altura.

—Uf, la verdad es que no lo sé —contesta él, encogiéndose de hombros, antes de sacar unos bombones y señalarlos con entusiasmo—. Joder, estos me encantan.

—Pues pregúntale a tu madre. Estoy preocupada por las partes bajas de mi amiga —dice Sarah. Caleb emite un gemido que capta la atención de Sarah desde el otro lado de la encimera—. ¿Qué? —pregunta ella mirándolos a ambos.

—Mi madre murió cuando era muy pequeño —dice Bo tranquilo, sacando una caja de galletas—. Anda, si son mis favoritas. —Las abre con energía y le da un fuerte mordisco a una, asintiendo con la cabeza mientras mastica, como si escuchara su canción preferida.

«¿Quién tiene unas galletas favoritas?».

—Lo siento —dice Sarah avergonzada.

—No pasa nada. —Bo le sonríe mientras traga—. Gracias otra vez por todo esto. Y por dejar que me acople a la noche de juegos. —Luego se gira hacia Caleb—. A ti también, tío.

—De nada —responde Caleb, mientras Sarah rodea la isla para ir hacia él y ponerle un brazo alrededor de la cintura—. Nos gusta mantener el contacto con todas las parejas que conciben un bebé en nuestra casa.

—Sí, es una tradición —añade Sarah.

—No sabía que fuera algo tan frecuente. ¿Hay algún grupo de apoyo? ¿Algún foro? —pregunta Bo.

—Sí, se reúnen aquí los martes a las once —contesta Sarah—. Y les servimos un pequeño piscolabis.

—Maravilloso. Cuenta con nosotros —dice Bo sacando el último regalo—. Vaya —exclama riéndose entre dientes—. No creo que esto sea para mí.

Miro la caja que tiene en la mano y se la quito de un manotazo. En cuanto cae al suelo de la cocina, le doy instintivamente una patada tan fuerte que sale volando por la habitación, cruza la entrada y desaparece en el pasillo. Bo se queda allí de pie un poco rojo, con la mirada clavada en el suelo y mordiéndose el labio.

—Sarah Abilene Linwood —pronuncio apretando los dientes. «Me prometiste no hacer ninguna de las tuyas», le digo telepáticamente fulminándola con la mirada.

Ella se tapa la boca con las manos, pero eso no le ayuda a contener la risa.

—Vale, en mi defensa he de decir que esto empezó siendo un regalo solo para ti y puede que olvidara que estaba ahí.

Caleb me mira con malicia, se baja del taburete y se escabulle hacia el pasillo. Le lanzo una mirada asesina mientras retrocede de puntillas, con pinta de villano de dibujos animados.

No tengo energía para intentar llegar antes que él a la caja, así que ignoro las risitas que se están echando mi ex mejor amiga y el traidor del futuro padre, y empiezo a repartir todo lo que nos han regalado en dos montones. Las cosas de Bo a la derecha y las mías a la izquierda.

—«Clit-Stim 9000»... —Caleb vuelve a la cocina, dándose unos golpecitos con la caja en la palma de la mano—. ¿Este lo tenemos? —le pregunta a su mujer, que al menos tiene la decencia de aparentar un poco de culpabilidad mientras sonríe con los labios apretados.

—¿Han tenido que hacer nueve versiones? —pregunta Bo.

—Lo habrá hecho un hombre, si han tenido que hacer nueve intentos para averiguar cómo satisfacer como es debido a una mujer —digo poniendo un libro titulado *Papá primerizo* en su montón, con un golpe no demasiado sutil.

Bo asiente con un brillo de arrogancia en los ojos, empujando el interior de la mejilla con la lengua.

—No todos los hombres necesitan nueve oportunidades, si mal no recuerdo. —Vuelve a dejar en mi montón los bombones que había puesto en el suyo y se acerca más a mí—. Algunos solo necesitamos una —susurra.

Luego elimina de un plumazo la tensión que me atenazaba la garganta como un corsé al morder la galleta con una agresividad deliberada, se gira hacia Caleb y agita una mano en el aire.

—Pásamelo —le pide.

Caleb le lanza la caja y Bo la atrapa antes de darle una palmadita con la mano.

—Toma —dice dejándola al lado de mi montón.

—Mi héroe —respondo con frialdad.

—Puedes quedártelo todo —dice Bo, mirando los dos montones—. Bueno, menos el libro y la camiseta de «Llámame papi». —Levanta la prenda negra con letras blancas esbozando una sonrisa pícara, mientras sube y baja las cejas de forma sugerente.

—Sarah es una pervertida —digo.

—¡Te he oído! —exclama ella, cogiendo al pasar una galleta de la caja que Bo acaba de abrir.

La fulmino con la mirada mientras ella y Caleb empiezan a descorchar juntos una botella de vino.

—Quédate con tu parte —le digo a Bo—. Los he repartido equitativamente.

—Pues a mí esto no me parece muy equitativo —dice señalándonos a ambos—. Desde mi punto de vista, tú estás haciendo todo el trabajo. Yo soy como el típico chaval que pide que le enseñen el proyecto del grupo el día antes de la presentación.

Me quedo mirando su montón pensativa.

—Vale, de acuerdo. Yo me quedo con esto y tú con eso. —Cojo unos caramelos de jengibre que, ahora que lo pienso, seguramente sean para las náuseas, y le doy la caja de las veinte preguntas—. Puedes encargarte tú de hacerlas. Así tienes un poco de responsabilidad.

—Genial —dice sonriendo.

Me acerco al fregadero un tanto sofocada y cojo un vaso para llenarlo de agua.

—¿Estás bien? —me pregunta Sarah.

—Sí, solo es esa sensación de que el estómago se me pone del revés. —Cierro el grifo y me llevo el vaso a los labios.

—¿Qué sensación? —Bo se acerca, mirándome preocupado con los ojos entornados.

—Náuseas —digo en un intento por beber despacio—. A veces aparecen de repente. —Noto la piel húmeda, la tensión alta y el pulso acelerado. De pronto todo me huele raro y es como si la lengua no me cupiera en la boca. Las señales habituales de que debería ir inmediatamente al baño—. Ahora vuelvo. ¿Tú estás bien? —le pregunto a Bo.

Echa un poco la cabeza hacia atrás, sorprendido por la pregunta.

—Sí, claro. Estoy bien. Vete, yo...

Salgo corriendo hacia el aseo de la planta baja sin dejarle acabar de hablar para impedir que el vómito que me sube por la garganta se me escape antes de tiempo.

# 12

Oigo unos golpecitos, ahogados por el sonido de la cisterna del inodoro.

—¿Estás bien, campeona? —me pregunta Sarah desde el otro lado de la puerta. Gimo mientras apoyo la frente en la fría pared de azulejos que hay al lado del váter—. ¿Necesitas algo? ¿Agua?

—Sí —digo con la garganta seca, cogiendo papel higiénico para limpiarme la boca—. Agua, por favor.

—Vale, Bo va a entrar.

¿Qué? ¡No! No puede verme de...

—Hola —dice Bo con lástima, abriendo la puerta y cerrándola de inmediato.

Me lamento para mis adentros mientras imagino el aspecto que debo de tener, encogida en posición fetal contra la pared. La aversión de Sarah a las cosas sangrientas y asquerosas está resultando de lo más inconveniente. Al menos podría haber mandado a Caleb.

—Te he traído agua y algunos de esos caramelos de jengibre. Sarah ha dicho que a lo mejor te venían bien. —Me da el vaso y desenvuelve un caramelo—. ¿Quieres uno? —Asiento evitando el contacto visual, y extiendo la palma de la mano hacia él. Bo deja caer en ella el dulce dorado y luego tira el envoltorio al cubo de la basura que hay junto al retrete—. ¿Y esto te pasa a diario? —me pregunta, abriendo uno de los cajones que hay debajo del lavabo.

—Últimamente varias veces al día.

—Vaya mierda, Win. Lo siento —dice. Oigo que abre el grifo y lo miro. Está sosteniendo una toalla pequeña debajo del agua para que se empape. Al cabo de unos segundos, cierra el grifo y la escurre dos veces antes de doblarla en un rectángulo perfecto. Luego se agarra con fuerza a la esquina del lavabo para no caerse, mientras se agacha y dobla una rodilla—. Toma —me dice, y me aparta el pelo con delicadeza para ponerme el paño frío en la nuca.

Tengo que admitir que es una sensación maravillosa. Aunque el cuerpo demasiado grande de Bo está demasiado cerca del mío en el aseo demasiado pequeño de Sarah. No sé si las náuseas que siento son residuales, si son una señal de que se acercan más o si tan solo me siento abrumada por la imponente proximidad de Bo.

—¿Puedes abrir la puerta? —le pido, permitiéndome mirarlo directamente mientras le quito la toallita y me la pongo en la mejilla. Tiene unos ojos preciosos. Superdulces—. Creo que necesito un poco de... espacio.

—Sí, claro. —Se gira para ponerse de pie con un gemido—. Avísame cuando estés lista para irte. Sarah ha recogido todas tus cosas y yo estaré ahí fuera por si necesitas algo más, ¿vale?

—Vale, gracias —digo mientras él agacha la cabeza y cierra la puerta.

Me pongo la toalla fría en la frente y la dejo caer también sobre los párpados cerrados y el puente de la nariz. Otro síntoma curioso. Cada vez que vomito, me empieza a doler la cabeza. Al final, el dolor de cabeza se transforma en una presión detrás de los ojos que me hace ver borroso y percibir los sonidos con demasiada intensidad.

Mi próxima cita con la doctora Salim es dentro de cinco semanas. Me he fijado esa fecha como límite para seguir soportando el sentirme como una fábrica de vómitos ambulante. Si la cosa se alarga más, me limitaré a dejar que la enfermedad se apodere de mí, me iré a la costa, como solían hacer todas las mujeres enfermas o un poco locas, y me obligaré a soportarlo o a disfrutar de una muerte prematura.

O puede que le pida a la doctora Salim que me recete las pastillas que me sugirió.

Una de dos.

Cuando por fin se me asienta el estómago y me he bebido todo el vaso de agua, me levanto lentamente, me lavo las manos y me enjuago la boca. Salgo del baño y me despido de Sarah y Caleb con un murmullo cariñoso, mientras Bo se lleva todas mis cosas al coche.

El aire frío del invierno me viene bien y ni siquiera intento ponerme el abrigo antes de sentarme en el asiento del copiloto, disfrutando del aire fresco sobre la piel húmeda y caliente.

—¿No estás poco abrigada? —me pregunta Bo, que cierra la puerta mientras un puñado de nieve cae dentro del coche y se derrite al instante.

—Es para compensar —respondo apoyando la mejilla en el reposacabezas.

—Vale. Dale a los botones para acomodarte —dice Bo abriendo el GPS en la pantalla. Le doy mi dirección y nos ponemos en marcha.

En algún momento del trayecto de veintipocos minutos que hay entre mi casa y la de Sarah me quedo dormida.

Me despierta el ruido de la grava bajo los neumáticos, en el aparcamiento trasero de mi edificio. Despego la frente de la ventana e intento limpiarme con disimulo la baba de la barbilla. Bo aparca en una de las plazas para las visitas mientras yo abro los ojos como un animalillo asustado.

Pero la siestecita y el aire fresco me han sentado bien. Ya estoy mucho mejor.

—Perdón, me he quedado frita.

—Ya, me he dado cuenta cuando iba por la mitad de la historia de cuando vomité en público en el instituto. —Me sonríe con la mano en la palanca de cambios—. Seguramente ha sido mejor así —dice aparcando.

—Vaya, pues la dejamos para la próxima. —Me desabrocho el cinturón y miro hacia el asiento de atrás, donde están todas mis cosas—. Gracias por traerme —digo, empezando a hacer cálculos mentales para ver cómo voy a conseguir llevarme la cesta del regalo, el bolso y la planta que Sarah me ha suplicado que me traiga y resucite. A estas alturas ya soy toda una profesional; es sorprendente lo que se puede hacer con una mano y media y la tozudez de una mula.

—Te acompaño —dice Bo, apagando el coche. No me molesto en discutir, aunque probablemente debería hacerlo. Entre el agotamiento y las no tan mañaneras náuseas, hace semanas que no limpio el apartamento más allá de lavar los platos y hacer la colada. El trabajo absorbe casi toda mi energía y, cuando llego a casa, lo único que me apetece es dormir. Apenas logro reunir las fuerzas necesarias para darme un baño.

Nos abrimos paso a través del gélido aire nocturno para ir hacia la entrada trasera, una puerta de metal gris con un cristal agrietado en un lado que lleva sin arreglarse desde que me mudé. Empiezo a sentirme abochornada al pensar en el estado de los pasillos y el vestíbulo del edificio. El olor a humo, el suelo levantado, las luces que parpadean, el... Mierda.

El ascensor averiado.

—Gracias. —Trato de quitarle la cesta, pero fracaso a la hora de equilibrarla con el bolso, el teléfono y las llaves, que llevo en una sola mano. «Vale, baraja de nuevo». Guardo el móvil en el bolso y uso el llavero para enganchar las llaves en el pulgar de la mano pequeña. Ya está, ahora tengo una mano libre para la cesta. Así de fácil—. Bueno, me voy. —Cojo la cesta y la apoyo en la cadera izquierda—. ¡Buenas noches! —exclamo con demasiado entusiasmo.

Bo saca la lengua y entorna ligeramente los ojos para mirarme, antes de echar un vistazo al vestíbulo.

—No hay ascensor, ¿verdad?

Hago una mueca avergonzada.

—En teoría sí. Pero hace cuatro años que no funciona. Así que no, lo siento.

—¿Qué piso es? —me pregunta Bo mirando hacia las escaleras.

—El sexto —respondo con timidez.

Él coge un poco de aire que hace que se le hinchen las fosas nasales.

—Esto va a ser todo un reto —dice con una risa sarcástica, mientras se rasca una ceja y se pone una mano en la cadera.

Miro hacia el banco de metal que hay al lado del ascensor inservible y lo señalo con la cabeza para que Bo me siga. Me siento, dejo la cesta y la planta en el suelo, y cruzo un pie por delante del otro, revolviéndome nerviosa en el asiento.

—Estoy muy cansada desde que me enteré de lo del bebé, pero pensaba buscar otro piso —digo bajando la vista hacia el suelo—. Este edificio es una mierda, la verdad. Y tampoco me apetece subir seis tramos de escaleras estando superembarazada. Podría acabar dando a luz en ellas. —Bo se ríe en voz baja, o más bien suspira—. Y, obviamente, ahora también es necesario que tú puedas entrar en cualquier sitio en el que viva —digo, y me incorporo poco a poco para mirarlo. Él inclina la cabeza lentamente hacia mí. Me observa con inseguridad, pero también con agradecimiento, creo—. Ya sé que no hemos hablado mucho de cuál va a ser el plan, ni de nada más, en realidad..., pero deberías poder venir de visita cuando quisieras y...

—No quiero venir solo de visita, Win. Quiero... —Bo niega con la cabeza respirando hondo—. No sé cómo decir esto sin que parezca una exigencia, pero también me gustaría tener al bebé en mi casa. Por las noches, o los fines de semana. Me gustaría implicarme en su día a día tanto como tú.

Vale, las náuseas han vuelto.

Un intenso sentimiento de posesividad maternal se apodera de mí. Sé que voy a necesitar ayuda con el bebé, pero hasta ahora no se me había ocurrido considerar a Bo más que un apoyo. Lo que me está pidiendo es mucho más que eso. Respiro hondo entre el torrente de emociones que me invaden, esperando a calmarme antes de contestarle.

Lógicamente, sé que lo que pide es justo. Este bebé es tan suyo como mío. Pero, quizá siendo un poco egoísta, no había imaginado en ningún caso que yo no fuera a ser la progenitora principal y Bo el complementario. El segundo padre de apoyo que no todos tenemos.

—No... No sé cuándo será posible —digo tartamudeando—. Espero poder darle el pecho. Durante los primeros meses, el bebé no podría estar lejos de mí más de unas cuantas horas.

—Bueno..., a lo mejor... ¿podríamos compaginar ambas cosas? ¿El biberón y el pecho? —pregunta tímidamente—. Aunque creo que yo solo puedo hacer una de las dos —aclara con una risilla nerviosa.

—Dicen que el cambio puede confundir a los bebés, que puede afectar a la producción de leche materna y... —Respiro brusca y profundamente—. Vale, vamos a dejarlo así. No tenemos que resolverlo todo ahora. Iba a decir que me centraré en conseguir otra casa. Algo accesible y más bonito si me da para pagar el alquiler. Este apartamento era el único asequible que quedaba en la ciudad hace cuatro años, así que dudo que encuentre algo mucho mejor, pero lo intentaré. Empezaremos buscando algo accesible y a ver dónde acabamos.

—¿Cuánto ganas en la cafetería? Si... Si no es indiscreción.

—Poco más de veinte mil al año netos. Y suelo sacarme unos seis mil en verano trabajando de socorrista.

Bo apoya los codos en las rodillas y dobla los brazos para ponérselos a ambos lados del cuello, concentrado en sus pensamientos. Tiene el ceño fruncido, con una profunda arruga en el centro de la frente, y aprieta la mandíbula haciendo rechinar las muelas.

—Hablaremos de todo esto, Bo. Te lo prometo. Será justo para los dos. No quiero excluirte...

—Vente a vivir conmigo —me dice interrumpiéndome, con una mirada vacilante pero a la vez segura—. Tengo una habitación libre y un despacho que podríamos convertir en el cuarto del bebé. Mi casa es pequeña, pero está bien. Si te mudaras, podrías ahorrar dinero durante el embarazo para buscar otro piso y podríamos pasar juntos la etapa de recién nacido. No me gustaría que tuvieras que soportar tú sola tantas noches sin dormir. Y tampoco quiero alterar tu rutina, ni el horario de tomas del bebé, así que... eso. ¿Qué te parece?

—Que no te conozco de nada —digo sin querer desconcertada.

—Pero no será así por mucho tiempo, ¿no? ¿Qué mejor forma de conocer a alguien? —Bo se aclara la garganta—. Además, muchos perfectos desconocidos se van a vivir juntos. Se llama «ser compañeros de piso».

—¿Y si no nos gusta? ¿Y si es una pesadilla vivir conmigo? ¿O al revés?

—Pues... podrías irte a vivir con Sarah y Caleb. O, qué narices, podrías quedarte en mi casa y yo me busco un hotel o algo.

—No sé. ¿No crees que ya estamos bastante desbordados como para encima ser compañeros de piso?

—Piénsatelo todo el tiempo que necesites, pero yo creo que tiene sentido. —Bo traga saliva, baja la vista hacia mi tripa y hace una pausa larga e incómoda—. Ahora mismo no puedo hacer mucho más —dice en voz baja—. No puedo ayudar de ninguna otra forma, pero puedo darte un lugar donde vivir que nos venga bien a los tres. Si te mudaras el mes que viene, podríamos fijar un plazo de un año. Seis meses de embarazo y seis con el bebé. Y después podríamos reconsiderarlo. Podrías ahorrar mucho dinero durante ese tiempo. Puede que incluso te dé para pagar la entrada de algo. O a lo mejor quieres quedarte un poco más, o irte antes..., no sé. Lo que tengo claro es que quiero ayudar todo lo que pueda y esta me parece una buena forma de hacerlo.

Pienso en la última vez que me fui a vivir con un tío. Lo que me dijo Jack también tenía mucho sentido. Que sería el inicio de toda una vida juntos. Que ahorraríamos mucho dinero compartiendo todos los gastos. «¿Qué podríamos perder?», me preguntó con sus oscuros ojos muy abiertos por un entusiasmo que no solía demostrar y el pelo negro completamente revuelto. A veces parecía que Jack tenía tanta energía que la transmitía en forma de descargas eléctricas. Era tan capaz de recargarme como de electrocutarme. Dependía de él qué opción elegir cada día.

Solo llevábamos unas cuantas semanas viviendo juntos cuando Jack me gritó por primera vez. Ya habíamos discutido antes, pero nunca de esa forma. Se me quemó la cena y, tres horas después, seguía regañándome por desperdiciar su comida y ahumar su casa. A partir de entonces, fue siempre así. Aunque me tocaba a mí pagar la mayoría de las facturas, eran su casa, su comida, sus muebles y su rutina. Yo era una intrusa. Una intrusa en mi propia casa.

—Me gustaría pagar alquiler. Aunque solo sea una cantidad simbólica —digo mirando hacia todas partes mientras pienso—. Y también que constara por escrito. Algo legalmente vinculante que diga que nos comprometemos a compartir piso al menos un año y que, si ocurre algo por lo que alguno de nosotros tenga que marcharse antes, le ayudaremos con los gastos para mudarse o buscarse otra cosa. —Me refiero a mí. No voy a permitir que este tío se mude a un hotel para evitar echarme de su casa.

—Claro, con lo que te sientas más cómoda.

—Y me gustaría poder invitar a mis amigos. A Sarah y a Caleb. Me gustaría sentir que también es mi casa.

Bo vuelve a fruncir el ceño y ladea la cabeza.

—Pues claro, Win. —Se me queda mirando unos segundos más de la cuenta—. La casa sería tan tuya como mía. Por mí como si quieres pintarla toda de verde fosforito —dice riéndose—. Bueno, preferiría que me lo preguntaras antes. Pero no me importaría.

—Voy a consultarlo con la almohada —digo cogiendo la cesta de regalo. Esbozo una sonrisa tensa mientras me levanto—. Pero te agradezco la oferta. Gracias.

—Estamos juntos en esto, Win.

—Lo sé —digo sin pensar. No sé realmente si lo creo. Ahora mismo no tengo nada claro. Nada en absoluto.

—Avísame cuando hayas llegado sana y salva —me pide señalando las escaleras.

—¿Al sexto piso? —le pregunto con frialdad.

—Sí. —Bo se recuesta contra la pared—. Pienso quedarme aquí sentado hasta que me avises —declara obstinadamente.

Pongo los ojos en blanco mientras recoloco la cesta sobre la cadera.

—Vale. —Cruzo el portal y, al llegar al primer escalón, me giro para hacerle una pregunta—. ¿Tienes lavadora y secadora en casa?

Él esboza una sonrisa traviesa pero ilusionada.

—Sí.

Asiento.

—¿Y te gustan las plantas?

—Me encantan —responde sin vacilar.

—Bien —digo antes de volver a darme la vuelta y prepararme para el ascenso que tengo por delante.

—Bien —repite él. Su voz optimista resuena en el vestíbulo—. ¡Esto me da muy buena espina, Fred!

—No me digas. —Dudo mucho que vaya a convertirse en mi compañero de piso en un futuro próximo, pero no está de más darle una vuelta.

# 13

## Embarazada de quince semanas
## El bebé es del tamaño de una manzana

—¡Día de mudanza! —grita Sarah entusiasmada en cuanto abro la puerta.

Caleb está de pie detrás de ella con dos desconocidos altos, musculosos y con unos hombros que casi no caben por la puerta. Los hombres sonríen y asienten educadamente mientras entran en mi casa.

—¿Quiénes son esos? —le pregunto a Sarah en voz baja, que me aparta para entrar, deja una caja de fruta poco profunda delante de la ventana y se gira hacia mí. Lleva puestas unas mallas y un jersey enorme muy chulo en el que pone «Velaris». Creo que es de su libro favorito, pero como le pregunte no salimos de aquí en la vida.

—Michael y Levi —murmura entre dientes. Detrás de nosotras, Caleb se pone en marcha y les señala a los hombres la cómoda morada. Ellos la levantan como si nada y salen antes de que me dé tiempo a admirar sus… habilidades.

—¿Has contratado a una empresa de mudanzas? —le pregunto molesta. Le pedí expresamente que no lo hiciera.

—¡No! —Sarah tiene el descaro de hacerse la ofendida—. Son amigos nuestros.

Por eso le gusta tanto jugar al *strip poker*: porque miente fatal. De ahí que tuviera que sacarla desnuda y borracha de tantas fiestas de adolescente, mientras Caleb estaba en casa estudiando.

La miro con el ceño fruncido.

—Te dije que no contrataras a nadie para la mudanza, Sar. Si pudiera permitírmelo...

—Déjese de historias, señora embarazada. No puedes tirarte todo el día subiendo y bajando seis tramos de escaleras. Además, Caleb y yo no estamos lo que se dice en forma, así que, ¿qué esperabas que hiciéramos? ¿Sufrir? Me he gastado esos pocos cientos de dólares en cosas mucho menos necesarias.

—Soy perfectamente capaz de subir y bajar escaleras —protesto.

Sarah pone los ojos en blanco y empieza a desenredar las hojas del poto.

—¿Hoy ya has vomitado? —me pregunta. Su coleta se balancea con brusquedad mientras se gira hacia mí y me mira de forma inexpresiva, como diciendo: «¿Quieres que abramos ese melón?».

Abro la boca para protestar, pero respiro hondo y me muerdo la lengua. La verdad es que estaba temiendo que llegara este día por todas las veces que iba a tener que subir y bajar las escaleras. Ya ha sido bastante agotador pasarme las últimas semanas metiendo todo en cajas. Como también lo ha sido revisar todas mis pertenencias, llevarme lo que era para donar y comprar todo lo necesario. Sarah ha estado pasando por aquí casi todos los días, así que no debería ser tan desagradecida. Se ha esforzado mucho para ayudarme a dejar el piso antes de fin de mes. Aunque ojalá pudiera haber pagado yo el servicio de mudanzas para no haberlos metido en esto a ella y a Caleb. Odio ser una carga.

—Vale, pero no les dejéis tocar mis plantas.

—Si son la mitad de tus pertenencias —replica Caleb, que me rodea los hombros con un brazo—. Feliz día de la mudanza —añade, dándome unas palmaditas en el brazo—. No puedo decir que no me alegre de no tener que volver a ver esta casa.

—Esnobs —bromeo tendiéndole una mano a Sarah. Ella se

acerca y acabamos los tres enredados como las plantas enmarañadas del alféizar de la ventana—. Gracias, chicos —susurro sobre el hombro de Sarah—. Os quiero un montón y agradezco muchísimo vuestra ayuda. Siento que se me dé tan mal aceptarla.

—Nosotros también te queremos —responden ellos al unísono.

—Venga, enséñanos a transportar tus plantas de forma segura para evitar que acabes asesinando a nuestros simpáticos nuevos amigos de las mudanzas —dice Sarah.

El resto de la mañana transcurre sin sobresaltos. Michael y Levi desmontan pieza a pieza mi pequeña colección de muebles y Caleb los ayuda con el sofá cama, que es un mamotreto. Lo dejan en la acera hasta que le encontremos un nuevo hogar, porque en la habitación libre de Bo hay una cama de matrimonio.

Sarah, Caleb y yo hacemos dos viajes con las plantas mientras ellos bajan el resto de las cajas. Han cargado todas mis pertenencias en poco más de dos horas. Caleb les paga y espera al lado del camión mientras Sarah y yo subimos a echar un último vistazo.

—Joder con las escaleritas —exclama esta, quitándole el tapón a la botella de agua en el rellano del cuarto piso—. La madre que las parió —dice sin aliento doblada por la cintura.

—Ya es la última vez —digo, y me enderezo para coger un caramelo de la riñonera. Está llena de galletas saladas, caramelos de jengibre, pastillas para el ardor de estómago y chicles, un montón de truquillos para las náuseas que he ido descubriendo en las últimas seis semanas. Aunque ninguno de ellos me está ayudando ahora mismo. Últimamente había empezado a sentirme mejor, pero hoy no estoy muy allá.

Al final, nos desplomamos en el suelo junto a la puerta, sobre el linóleo desconchado de color beis y marrón que han utilizado para cubrir los escasos metros cuadrados de la entrada y la minicocina. Bebo unos sorbitos de agua de la botella de Sarah e intento concentrarme en la respiración, pero es inútil. Parece que me va a tocar vomitar aquí una última vez.

Antes de salir del baño, miro alrededor del lavabo y debajo

de él para ver si me he dejado algo. Cómo no, encuentro otra horquilla más y me la guardo en el bolsillo, pero el resto de cosas han desaparecido. Las he vendido, donado o están fuera, en el camión.

—Parece que está pasando de verdad, ¿eh? —dice Sarah, dando una palmada en el suelo a su lado mientras me acerco.

—Pues sí —digo, y deslizo la espalda por la pared hasta sentarme.

—¿Cómo te sientes?

—Ahora mejor —contesto metiéndome un chicle en la boca.

—Por irte a vivir con Bo, digo.

—Ah... —Ya, eso.

—¿Sigues preocupada? —me pregunta Sarah.

—Sí. —Suspiro—. Como para no estarlo.

—Al menos vas a vivir más cerca de nuestra casa. Lo he comprobado. Solo está a dieciocho minutos andando. —Asiento distraída mientras mastico como si me estuviera vengando del chicle—. Puedes venirte a vivir con nosotros cuando quieras si es necesario. Pero yo creo que esto es positivo. Puede que sea incómodo al principio, pero así os resultará más fácil conoceros. Y cuando llegue el bebé, te vendrán bien un par de manos extra. —Hago una mueca—. Perdona..., ya sabes lo que quiero decir.

Asiento sonriendo tranquila.

Cuando hace cinco semanas me di cuenta de que no podía seguir viviendo en este piso, me planteé aceptar la oferta de Sarah de mudarme a su casa. Pero al final decidí que no podía. Sarah y Caleb decidieron conscientemente no tener hijos. Habría tenido la sensación de estar fastidiándoles su existencia libre de niños. Me habría sentido demasiado culpable.

—Podría haberlo hecho sola —afirmo para darle a mi orgullo el consuelo que está pidiendo a gritos.

Sarah me pellizca la nariz.

—Claro que sí. Pero la cuestión es que no te hace falta. Nuestras madres se tenían la una a la otra, ¿no? Pues piensa que Bo es Marcie y tú June.

—No es tan sencillo.

—¿Porque te has tirado a Marcie? ¿Porque quieres volver a hacerlo? —me pregunta Sarah con voz sugerente.

«También, pero no solo por eso».

—La culpa es de las hormonas.

—¿Las que tenías en Halloween o las del embarazo?

—Las dos.

—Deberías confiar más en ti misma. —Sarah apoya su hombro en el mío—. Pero entiendo que no quieras complicar más las cosas ahora mismo.

—No es solo porque me haya acostado con él. También está «el efecto Jack». Solo he vivido una vez con un tío.

—No va a pasar lo mismo, Win. Te lo prometo —dice Sarah, muy seria, antes de beber otro trago de agua.

—Sé que suena absurdo porque Bo es encantador, me está apoyando un montón y me voy a ir a vivir con él como si no me preocupara absolutamente nada, pero no puedo evitar pensar que, en cuanto baje la guardia, se volverá contra mí, como hizo Jack.

—¿Quieres que juguemos al peor de los casos? —me pregunta Sarah. Marcie jugaba con nosotras a eso cuando nos preocupaba algo de niñas. Que, echando la vista atrás, eran cosas por las que no merecía la pena preocuparse. Asiento respirando hondo—. Imagina que te vas a vivir con Bo y que todo va bien. Hasta que una noche, salta. Cambia como el doctor Jekyll y mister Hyde. Como Jack. —Pronuncia su nombre con un desprecio absoluto—. ¿Qué harías?

—Largarme de inmediato. Irme a tu casa, andando o en taxi.

—¿Y luego?

—Pues... —Intento imaginármelo, como nos enseñó su madre. Fingir que está ocurriendo de verdad y adentrarme en los rincones y recovecos de mi mente para construir un supuesto realista—. Seguramente Caleb iría a buscar las cosas que necesitara con urgencia. Tú y yo volveríamos a por el resto cuando Bo no estuviera en casa o algo así.

—¿Y después?

—Mi hijo no tendría padre. O tendría un padre que me da miedo. Y estaría siempre preocupada. Estaría nerviosa cuando lo visitara, cuando lo recogiera y se lo llevara. Y si la cosa fuera a más, tendría que contratar a un abogado y pagar para ir a juicio. Y podría perder el caso porque Bo tiene más dinero y podría permitirse un abogado mejor. Podría ser yo la que saliera peor parada. La que tuviera un régimen de visitas.

—Vale —dice Sarah con dulzura, frotándome lentamente la espalda en círculos—. Ese sería el peor de los casos, ¿no? ¿Ya está?

Asiento y me limpio una lágrima caliente de la mejilla.

—Vale. Y eso... ¿te parece probable? —me pregunta con sinceridad.

—No —respondo directamente—. No... no me lo parece.

—¿Qué crees que va a pasar en realidad?

—Esa es la cuestión. No lo sé. No me imagino a Bo causándome ningún problema, pero tampoco lo conozco lo suficiente como para saber cómo será en realidad. Cuando nos vemos, bromeamos y es divertido y fácil, pero eso es lo único que sé.

—Así que hay que esperar a ver qué pasa.

—Una vez más, se trata de conocernos mejor.

—Cierto, por eso creo que irte a vivir con él es una buena opción. Quiere involucrarse, y confiar en él hasta que te dé una razón para no hacerlo me parece lo más sano.

Pienso en Bo y en la última vez que nos vimos en persona, la noche que me propuso esta idea. En el jersey azul marino de ochos que llevaba por debajo del abrigo de ante desabrochado, en los vaqueros azules y en los calcetines de color verde chillón asomando por debajo. No tenía un aspecto nada imponente, lo cual es increíble teniendo en cuenta su altura. También pienso en los mensajes que hemos intercambiado desde entonces. En que no puedo evitar sonreír cada vez que su nombre aparece en la pantalla, porque sé que está a punto de surgir algo gracioso o bonito. En sus preguntas diarias sobre mi estado, en los agradecimientos y en las disculpas por lo mal que me encuentro. En las cosas curiosas que está aprendiendo gracias a ese libro para padres primerizos.

Me he ido convenciendo poco a poco y día a día durante las últimas semanas de que esto es una buena idea, pero creo que hasta cierto punto voy a tener que aceptar la incertidumbre. Seguramente siempre albergaré cierta desconfianza, teniendo en cuenta lo que he vivido. Al fin y al cabo, el instinto de supervivencia convive con la duda. Sarah me pone una mano en la rodilla. Parece sumida en sus pensamientos.

—Pero no estás sola en esto, Win. En el peor o en el mejor de los casos, yo estaré aquí. Nos tienes a Caleb y a mí. Nos quieras o no.

—Antes era yo la que te protegía, ¿te acuerdas? —Me pellizco las mallas frustrada.

—Es verdad. Y sigo teniendo esa sensación. —Sarah se recuesta contra mí y dejo en paz la tela de la rodilla—. Pero ahora es tu turno. Porque solo son eso: turnos.

Estoy a punto de decirle que deberíamos irnos antes de que venga el casero a revisar el apartamento, cuando una voz resuena en el pasillo.

—¡Sarah! —grita Caleb desde la escalera, tan angustiado que resulta cómico—. No me contestáis al teléfono. ¿Estáis bien?

Saco el móvil al mismo tiempo que ella y nos miramos con cara de circunstancias. Entre las dos tenemos una docena de llamadas perdidas y mensajes.

—Lo siento —me susurra ella—. ¡Perdona! ¡A Win le está dando el bajón y la estoy consolando! ¡Ahora vamos!

Caleb aparece en la puerta, colorado y sudoroso.

—Por favor, no lo dejéis por mí —dice riéndose, antes de tirarse al suelo delante de nosotras—. Yo me tumbaré aquí a esperar la muerte.

—Menos mal que habéis decidido no procrear. No quiero ni pensar en lo dramático que sería vuestro hijo.

—Esperemos que el ADN de Bo compense lo tuyo —dice Caleb, abriendo un ojo para mirarme. Le tiro el envoltorio del chicle a la cara.

Nos quedamos sentados un rato en silencio. Observo el apartamento vacío, que de repente me parece mucho más pequeño, mientras Caleb se echa un sueñecito en el suelo y Sarah le acaricia el hombro.

En los cuatro años que he pasado aquí, mi único objetivo ha sido subsistir. Buscarme un trabajo para pagar las facturas, esperar a que llegue el verano para sentirme un poco más yo misma, sin presionarme para hacer nada más o ser nada más, porque tenía miedo. No he hecho ningún avance real. Me he estado conformando con una vida estática y mediocre, quizá demasiado segura. Mucho más insignificante que la que me gustaría vivir, en constante evolución. Puede que este sea el borrón y cuenta nueva que necesitaba para ponerme las pilas.

Puede que un poco de incomodidad me venga bien.

# 14

Sarah y yo nos adentramos en una calle tranquila, ligeramente nevada y bordeada de pintorescas casas antiguas desiguales mientras seguimos a Caleb, que va en el camión de mudanzas. Hoy ha salido el sol y brilla sobre el tejado negro cubierto de hielo de la casa número catorce. La casa de Bo.

En teoría iba a ir a verla hace unas cuantas semanas, pero entre que Bo estaba dirigiendo un proyecto nuevo en el trabajo, mi nivel general de agotamiento y unas cuantas tormentas invernales, al final nos quedamos sin tiempo.

No puede ser más mona. Se trata de un chalecito de estilo Tudor con un tejado picudo a dos aguas en el lado derecho y un entramado de madera marrón oscuro sobre la fachada de piedra blanca.

—No me dijiste que vivía en la casita de Blancanieves —dice Sarah dejando el coche delante de la casa. Caleb aparca en el camino de acceso que hay a la derecha de la vivienda y empieza a abrir la puerta trasera del camión antes de que salgamos y nos reunamos con él.

—Me pregunto si los siete enanitos vendrán a ayudarnos —comenta Caleb, que se gira hacia nosotras mientras nos acercamos a él por la espalda.

—Justo acabo de hacer el mismo chiste —dice Sarah con voz empalagosa dándole una palmada en el culo a su marido—. Un momento, ¿es que Bo no está? —me pregunta mirando hacia la entrada y la puerta principal.

—Tiene un congreso de trabajo todo el fin de semana, una reunión anual o algo así. Vuelve mañana. Ha pensado que estaría bien darme un poco de espacio para que me instale.

Sarah me entrega una caja de plantas que le ha pasado Caleb desde la parte de atrás del camión de mudanzas.

—Perfecto. Eso significa que podemos fisgonear —dice ella, subiendo y bajando las cejas con una sonrisa traviesa.

Cojo la caja y voy hacia la puerta principal por el camino de grava. Introduzco el código que me ha mandado Bo y la puerta pita y se abre sola. Un pequeño recibidor con un suelo precioso de mosaico de azulejos azules y un felpudo negro me dan la bienvenida. En la pared blanca encalada veo una hilera de perchas con un banco de madera oscura debajo para zapatos.

Hay una puerta estrecha justo delante de mí, que debe de ser un armario, y un arco a la izquierda por el que se entra al salón. Este parece sacado de una casita de campo, con una ventana de marco grueso que da a la parte delantera de la propiedad y una chimenea meramente decorativa con la repisa vacía. Esos detalles, sumados a las vigas de madera de los techos abovedados, añaden un toque acogedor a una estancia en la que, por lo demás, la decoración brilla por su ausencia.

Parece que Bo no tiene muchos objetos personales. Hay algunos libros en la mesa de centro y un juego de apliques a ambos lados de la chimenea, pero, aparte de eso, las paredes están desnudas. En el centro de la habitación hay un sencillo sofá gris, un clásico en las casas de la mayoría de los hombres solteros con los que me he cruzado, y un sillón orejero a juego al lado de la ventana. Me pregunto si podré usar el espacio que queda al lado para poner la estantería de las plantas. Ahí les daría mucho el sol.

Sigo explorando la casa y entro en la habitación de al lado, concebida como comedor. Actualmente, solo hay un escritorio al fondo con una pantalla y varios montones de hojas de papel, además de un aparador de nogal que alberga una colección de vinilos impresionante. Debe de haber cientos de discos, organizados aprovechando las ranuras que están debajo de los altavoces y del tocadiscos que hay sobre el mueble.

Hasta ahora no me había planteado que el hombre con el

que voy a tener un hijo pudiera tener un gusto musical pésimo. O, peor aún, que fuera una de esas personas a las que no les gusta nada la música. Sin duda ese debería ser un factor determinante a la hora de considerar con quién vas a mezclar tu ADN. Así que, cuando veo un disco de Nat King Cole junto al de *Grandes Éxitos* de Fleetwood Mac, le doy las gracias en silencio a Bo por tener gusto, por el bien de nuestro hijo.

A la derecha del aparador, más allá de otro gran arco, está la cocina de Bo, que tiene pinta de ser la habitación más moderna de la casa. Bajo unas largas ventanas rectangulares que dan al gran jardín cubierto de nieve, hay una pared con armarios inferiores de color gris oscuro y encimeras de mármol blanco, interrumpidas por una cocina de gas de acero inoxidable. Entre esos armarios y el lugar donde me encuentro hay una isla sin saliente para sentarse. En el centro de esta hay un fregadero negro mate. Los armarios de la pared del fondo forman una ele y acaban justo antes de un arco más estrecho que conduce a un pasillo muy luminoso. Entre los armarios y el arco se encuentra un frigorífico de acero inoxidable con dispensador de hielo.

Sí, sí. ¡Un puñetero dispensador de hielo! Ese es ahora mi nivel.

—Vale, es un lienzo muy en blanco pero muy mono —dice Sarah, dejando una caja sobre la encimera de la cocina, detrás de mí—. Con tus plantas y unos cuantos arreglillos, esta casa será absolutamente perfecta. —Me rodea la cintura con un brazo dando un saltito de emoción—. ¿En qué estás pensando? ¿A qué viene esa cara tan larga?

—Lo de poder tener hielo siempre a mano me ha tocado la fibra sensible —digo, y levanto lentamente un dedo para señalar la nevera.

—Un orden de prioridades irreprochable, como de costumbre —dice Sarah, apartándome para ir hacia el pasillo—. A ver cómo es tu habitación.

Yo la sigo y acaricio la nevera con ilusión al pasar.

—Ha dejado todas las puertas abiertas para que puedas echar un vistazo. Qué majo —dice Sarah girando la cabeza hacia atrás, antes de colarse en el último dormitorio.

Me asomo a la primera puerta de la izquierda y veo una habitación cuadrada de un tamaño bastante decente, con las mismas paredes blancas y el mismo suelo oscuro que el resto de la casa. Al fondo de todo, bajo una ventana con persianas, hay una sencilla cama de color nogal y poco más, aparte de una lámpara de techo con pantalla de cristal. Mi nuevo dormitorio, supongo.

Al lado hay un cuartito más pequeño con paredes claras, una larga ventana vertical que da al jardín trasero y un armarito empotrado a la izquierda. También está completamente vacío, salvo por algunos cables de internet enredados en la esquina más alejada, un rúter wifi y una caja medio vacía en la que pone «donar».

Al darme cuenta de que esa va a ser la habitación del bebé, me apoyo en el marco de la puerta y la contemplo con más detenimiento, observando cómo el sol de la tarde crea un pequeño arcoíris en la pared que está más cerca del armario. Me pregunto qué le parecería a Bo pintar la habitación de amarillo. Creo que le sacaría partido a esos rayitos de sol vespertinos y la haría aún más luminosa.

Cuando doy media vuelta para ir a la habitación de al lado, me encuentro detrás de mí a Caleb muy callado. Está mirando fijamente más allá de mi hombro. Poco a poco, vuelve a centrarse en mí. Nos sonreímos con timidez e ilusión.

—¿El cuarto del bebé? —me pregunta sin más. Asiento—. ¿Te gusta?

—Sí —digo, a punto de echarme a llorar.

—Es una habitación preciosa.

—¿Tú crees? —pregunto con voz temblorosa. Me río de mí misma, secándome una lágrima—. Madre mía, estas puñeteras hormonas —me quejo—. Pero es bonita, ¿verdad?

—Oye —dice Caleb, extendiendo un brazo. Me acerco y apoyo la cabeza en su pecho. Él me da unas palmaditas en el hombro antes de agarrarme y sacudirme unas cuantas veces con una risa burlona pero dulce—. Has hecho lo correcto, Win. Es una casa preciosa y esta habitación es perfecta. No estés triste. No llores.

—No estoy triste. Es que es un cambio enorme —digo zafándome y retrocediendo—. Y creo que me ha impactado ver la habitación en la que va a dormir el bebé. Solo es eso.

—Ya. Pero...

Sarah aparece en el pasillo completamente despeinada, como si hubiera estado corriendo, y deja a Caleb con la palabra en la boca.

—He encontrado condones. Nuevecitos, con el envoltorio de plástico y todo —anuncia como si fuera una reportera.

Vaya, menudo cambio de tercio. La miro extrañada, observando sus ojos desorbitados y su expresión enloquecida.

—¿En mi cuarto? —le pregunto sin entender nada.

—Pues claro que no. En tu cuarto solo hay una cama y un colchón, literalmente. En el de Bo. —Sarah vuelve a entrar corriendo en la habitación de la izquierda.

—¡Sarah, no! ¡Sal de ahí! —grito siguiéndola—. Deja de cotillear... —Pero en cuanto entro en la habitación de Bo, me resulta imposible seguir riñéndole. A diferencia del resto de la casa, esta habitación encaja totalmente con él. Está llena hasta los topes de arte y objetos personales.

La pared del cabecero, de listones de pino, está pintada de verde oscuro. El edredón es de un color beis grisáceo y hay un banco rústico de madera a los pies de la cama, encima de una gran alfombra de fibras naturales que llega justo hasta las dos mesillas de noche con baldas abiertas y cajones estrechos en la parte superior.

En el de la derecha hay un montoncito de publicaciones que a primera vista podrían parecer revistas guarras. Pero en realidad son...

—Cómics —dice Sarah riéndose.

—He visto lo que lees en el Kindle. No eres la más apropiada para juzgar a nadie.

Ella levanta un dedo para protestar, pero al final lo baja y acepta desolada lo que le he dicho asintiendo.

—¿Creéis que me prestaría esto? —pregunta Caleb, que sale del vestidor de Bo con la pechera de una armadura de caballero y un casco.

—Dejadlo ya. No deberíamos estar aquí ni tocar sus cosas.

—¿Creéis que le gusta interpretar otros papeles en la cama? —pregunta Sarah, prácticamente abalanzándose sobre su marido para acariciarle la pechera metálica—. Eso podría ser muy interesante —dice girando la cabeza hacia mí y sonriendo con picardía.

—Señora —dice Caleb, y se acerca para besarla. Ella suelta una risita tonta mientras sus labios se encuentran.

—Madre mía, ¿en serio? ¿Ahora vais a montároslo con sus cosas?

—Que se aguante —dice Caleb, quien se quita el casco y lo apoya en la cadera—. Nosotros no somos capaces de enrollarnos en el cuarto de invitados desde que descubrimos que tiene una especie de energía mágica para hacer bebés.

—Las cosas no funcionan así —farfullo—. Por favor..., volved a dejar todo en su sitio.

—Win, creo que el papaíto de tu bebé es un friki de campeonato —dice Sarah, acercándose de nuevo a mí mientras Caleb se escabulle.

Me quedo mirando una lámina sepia que hay enmarcada detrás de ella, al lado de la puerta del armario. Es un dibujo a lápiz de la patente de la nave Enterprise de *Star Trek*.

—Bueno, para eso estoy aquí, ¿no? Para conocerlo.

Definitivamente es un friki.

—Exacto..., y por eso he revisado sus cajones.

—Hay que joderse —susurro, mientras me pellizco el puente de la nariz—. Eso no es lo mismo.

—Dime, Winnifred June, ¿para qué compran condones los hombres?

Me levanto la camiseta y señalo el amago de tripa de embarazada que está empezando a salirme. Aunque lo que tengo entre estas caderas flácidas y blandengues más bien parece el resultado de haberme zampado un buen burrito.

—¿Para evitar esto, tal vez?

—Ya, pero no los ha usado. La caja aún está envuelta en plástico.

—Sarah, ¿a dónde quieres llegar? Tenemos un camión entero que vaciar y, la verdad, no creo que debamos estar en la habitación de este tío, ni hablando de su vida sexual. —Miro hacia atrás al oír un golpe procedente del armario donde está Caleb—. ¡Deja de hacer lo que sea que estés haciendo ahí dentro! —le grito.

—No se acuesta con nadie más —dice Sarah con una sonrisa felina.

Caleb suelta una carcajada dentro del vestidor y juraría que oigo el sonido de una espada láser encendiéndose.

—O ha follado tanto que se le han acabado y ha tenido que comprar más —replico. De repente Sarah se pone seria. El mero hecho de pensar que Bo pueda estar acostándose con otras le hace sentirse tan traicionada que casi me siento culpable por sugerirlo—. Sar, sé que tienes buenas intenciones, pero Bo y yo no somos los protagonistas de una de tus novelas. Si pensara acostarse conmigo no necesitaría eso, ¿no?

—Con este razonamiento me ha salido el tiro por la culata. Lo admito.

—Además, yo no pienso acostarme con él, que es otro factor que parece que estás obviando.

En ese momento, Caleb sale del armario de Bo con algo en las manos, riéndose con maldad.

—¿Creéis que es alpinista o...?

La garganta se me cierra y se me seca al ver la sedosa cuerda negra.

Caleb se la pone sobre los hombros, como si fuera una boa de plumas cutre.

Sarah ahoga una carcajada mientras hojea un cómic al lado de la cama.

—¡Pon eso en su sitio ahora mismo y espera en el camión! —grito furiosa—. Y tú... —digo señalando a Sarah, pero me quedo en blanco—. Tú... acompáñame a ver el baño. No quiero que ninguno de los vuelva a entrar aquí, ¿entendido?

Ambos ponen los ojos en blanco. A regañadientes, Caleb vuelve a entrar en el vestidor y Sarah hace un mohín mientras deja el cómic en el montoncito. Les hago salir de la habitación antes de comprobar por última vez que todo está en su sitio.

Luego cierro la puerta y sigo a Sarah al cuarto de baño, que está al otro lado del pasillo.

Nos metemos las dos dentro como unas sardinas en una lata, porque hay una ducha enorme con mampara de cristal que ocupa la mayor parte del espacio. Las baldosas negras hexagonales del suelo quedan genial con las paredes blancas que, dentro de la ducha, son de azulejos, igual que el banquito de obra. Debajo del lavabo hay un armario pequeño con un poco de espacio de almacenamiento y encima un botiquín con espejo.

—Creo que vas a tener que venir a bañarte a mi casa —dice Sarah sentándose sobre la tapa del váter.

He de admitir que no esperaba que me afectara tanto que no hubiera bañera, pero la realidad es así de dura. Bañarme es la forma que tengo de relajarme, procesar las cosas y desconectar. Y, en el último mes, también es la manera de calmar mi cuerpo cansado y dolorido.

—Puede —digo con un mohín, abriendo y cerrando una y otra vez el grifo del lavabo.

—O instalar una bañera. Está claro que Bo tiene dinero. Y hay espacio suficiente.

Me río en voz baja.

—Claro, empezaré a redactar una lista de exigencias. —Echo los hombros hacia atrás para convertirme en la peor versión de mí misma—. Bo, gracias por dejar que me mude aquí porque no me ha dado la gana de convertirme en una adulta de éxito y por haber dejado que me hagas un bombo. ¿Qué te parece si renovamos el baño? Por cierto, ya que estamos, ¿podrías construirme una torre para dormir?

Sarah me sonríe.

—Bueno, vale —dice poniéndose a mi lado. Nos miramos en el espejo y suspiramos con nostalgia.

—Además, puede que lo de la ducha sea por necesidad —añado señalando las múltiples agarraderas que hay instaladas—. Echaré de menos los baños, pero no los necesito.

—No lo comparto, pero lo entiendo —dice Sarah al tiempo que se mira en el espejo y se arregla el pelo con los labios fruncidos y las cejas levantadas. Yo la imito, ahuecándome el flequillo para que me quede mejor—. Antes hacíamos esto todos los días —dice con nostalgia, mirándome a los ojos en el espejo.

—¿El qué?

—Arreglarnos juntas, compartiendo espejo. A veces lo echo de menos. Extraño muchísimo aquel apartamento cochambroso.

Yo también lo echo de menos. Echo de menos ver a Marcie y a mi madre juntas, bailando en la cocina y riéndose como colegialas con sus copas de pinot grigio. Echo de menos el caos de cuatro mujeres intentando compartir un baño y un coche. Echo de menos ser joven, despreocupada e ingenua. Desperdicié mucho tiempo deseando ser mayor. Esperando con impaciencia irme de casa y vivir mi propia vida. Pero en realidad eso nunca llegó a ocurrir. Simplemente me hice más vieja. Y ahora aquí estoy. Sin haber conseguido nada.

—Me robabas todo el maquillaje —replico, ignorando la nostalgia que inunda mi pecho.

—Ya, pero a cambio siempre te hacía trenzas —señala Sarah, y juguetea con un mechón de mi cabello. Se frota los labios entre sí, mirando fijamente mi hombro mientras me retuerce el pelo, con la mente en otra parte—. Por cierto, anoche hablé con June.

—Ah. —No me sorprende demasiado que mi madre haya llamado a Sarah, teniendo en cuenta que hace más de un mes que no le devuelvo las llamadas. Lo que sí me sorprende es que esta haya tardado tanto en contármelo. Suele mandarme un mensaje inmediatamente, protestando y diciéndome que deje de usarla como intermediaria—. Está preocupada. Dice que no sabe nada de ti.

—Ya.

—Entiendo que te resulte difícil, Win. Sé cómo es. Pero tienes que contárselo. Te echa de menos, y tampoco creo que vaya a reaccionar tan mal. Sería una hipócrita si lo hiciera.

—Ya. Tengo... Tengo que hacerlo. Es que he estado muy ocupada desde que me enteré. Primero asimilando todos los cambios y luego haciendo las cajas para mudarme. Pero te prometo que lo voy a hacer. La llamaré esta noche.

—Vale —dice Sarah dejando caer el mechón de pelo que ha transformado en una trenza apretada al lado de mi oreja—. Bien. —Nos sonreímos con dulzura en el espejo—. Creo que deberíamos ir a ayudar a Caleb —declara con una sonrisa más amplia.

Yo me río y pongo cara de circunstancias.

—Mierda, es verdad. Se me había olvidado totalmente que sigue ahí fuera.

Dicho lo cual, salimos pitando hacia el jardín delantero.

# 15

Después de varias horas descargando, desembalando y moviendo muebles por la habitación, decidimos dar por terminado el día. Sarah y Caleb se han ido en cuanto ha llegado la pizza, dejándome con la caja entera para mí sola en una casa inquietantemente silenciosa.

Después de varios intentos, al final he conseguido encender el tocadiscos. Ahora Frank Sinatra está cantando algo sobre triunfar en el mes de abril mientras yo meto las sábanas en la secadora, canturreando a grito pelado para que la casa no parezca tan vacía. Sin ningún vecino al otro lado de la pared del que preocuparme, coreo la letra con soltura. Y me parto de risa cuando mi querido Frank dice que en otros tiempos fue un pirata, porque eso es exactamente lo que me ha hecho acabar aquí.

Y, qué narices, yo también pienso resurgir de mis cenizas, tal y como recomienda el señor Sinatra.

Me paseo por la casa, bailando tranquilamente un vals con una mano encima de mi incipiente barriga de embarazada y haciendo demasiadas pausas para comer hielo picado. Cuando las sábanas terminan de secarse en la secadora, justo al acabar la última canción de la cara B, hago la cama y me meto en ella.

Saco el móvil y miro de inmediato los mensajes de Bo. Me pregunta si estoy a gusto, me explica cómo usar el grifo de la ducha —que al parecer instalaron al revés y puede ser un poco caprichoso— y me dice que volverá mañana antes de comer.

Le contesto rápidamente antes de abrir el chat de mi madre. Empiezo a escribir varias disculpas, pero al final decido llamarla.

El teléfono suena una sola vez antes de que conteste.

—Estás viva —dice a modo de saludo.

—Hola, mamá. Lo siento. Últimamente he estado muy ocupada. Te he echado de menos.

—Lo mismo me ha dicho Sarah, aunque no me ha contado mucho más. Sigue guardando tus secretos tan bien como siempre. Supongo que por eso me has llamado, porque ella no ha querido hacer de mensajera.

—¡No! Bueno, sí, me ha dicho que la habías llamado. Pero es verdad que he estado muy liada. Y sí..., hay algo que quiero contarte. —Miro hacia el techo, esperando que me salgan las palabras. O que tenga lugar una invasión extraterrestre, o cualquier otro acontecimiento apocalíptico igual de oportuno—. Estoy embarazada —digo.

Dos palabras. Ya está. Así de fácil. Ya lo he soltado. No hay vuelta atrás.

Se hace el silencio al otro lado de la línea. Un silencio terrible.

—¿Mamá?

—Estoy aquí.

—¿Lo has oído?

—¿Si he oído qué? Perdona, estoy viendo la novela.

—¿*La Reina del Sur*? Mamá, es de Netflix, puedes pararla. —Hay tradiciones que nunca cambian, como la de ver telenovelas los domingos por la noche. Seguramente eso es lo que Sarah estará haciendo ahora mismo en la cama. Era algo que las dos solían hacer juntas, aunque a veces nos invitaban a Marcie y a mí a sumarnos. Pero solo si no hacíamos demasiadas preguntas como «¿No estaba muerto?». «¿Quién es esa?». «¿Ha tenido tiempo para una aventura entre masacre y masacre?». «¿Ese no era su padrastro?».

Mi madre refunfuña y oigo el chirrido del sillón mientras coge el mando a distancia.

—Vale, vale. Es que me has pillado en un momento muy emocionante. Teresa acaba de llamar a...

—Estoy embarazada —digo interrumpiéndola.

—¿Tú? —dice bruscamente riéndose sorprendida.

No sé por qué me ofende su asombro, pero así es.

—Sí, yo.

Suelta una especie de resoplido. En parte como si le hiciera gracia y en parte como si la sorprendiera.

—Bueno..., ¿y quién es el padre?

Cómo no. Ni «¿cómo te encuentras?», ni «¿de cuánto estás?», ni... Vale, supongo que la siguiente pregunta podría ser «¿quién es el padre», pero las dos primeras son mucho más importantes.

—Se llama Bo. Es un amigo. Nos liamos en una fiesta y..., bueno, el resto acabo de contártelo. —No es del todo mentira. Mi madre no necesita saber que me lo tiré nada más conocerlo. Hay cosas que no tengo por qué compartir con la mujer que empezó a sermonearme sobre las bondades de la abstinencia cuando tenía diez años—. Anticonceptivos cero, mujeres McNulty dos —bromeo sin ganas.

—¿Y? ¿Es un sinvergüenza o es buena persona?

Echo un vistazo a este dormitorio tan bonito de su casa, mientras me siento en la nueva cama que él me ha proporcionado asintiendo para mí misma.

—Es buena persona. De hecho, estamos viviendo juntos.

Oigo un gemido al otro lado de la línea, como de alivio o alegría, mezclado con un suspiro de satisfacción.

—Eso es maravilloso, Winnie. Realmente maravilloso, de verdad.

A lo mejor debería mencionar el contexto en el que nos hemos ido a vivir juntos, pero ¿para qué molestarme? Paso de tener una conversación más complicada de lo necesario.

—Siento no haberte llamado antes, es que no he parado. He tenido muchísimas náuseas y...

—¿Y cómo es?

—¡Pff! —No puedo evitar resoplar.

—¿Qué? —pregunta ella.

—Mamá. —Intento parecer menos molesta de lo que estoy—. Te estoy contando que vomito todos los días y tú me interrumpes para preguntarme por él. Bo es muy majo. Un encanto. Pero a tu hija le vendría bien algún consejo maternal.

—Perdona, tienes razón. Yo también tuve muchas náuseas contigo, bichito. Es horrible, pero muy pronto todo habrá merecido la pena.

—¿Algún consejo?

—A mí lo único que me funcionó fue atiborrarme a diario de zarzaparrilla y *pretzels* salados. Los médicos seguramente te desaconsejarían ese método hoy en día.

—¿Crees que por eso tengo así la mano?

—¡Winnifred June!

Me río a través teléfono. Mi madre también, pero lo disimula, como siempre.

—Salgo de cuentas el 24 de julio —digo cuando dejamos de reírnos.

—Anda, entonces... ya estás de unos cuantos meses.

Hay un tono inconfundible de dolor en su voz del que, obviamente, yo tengo la culpa. No me gusta que esté enfadada, pero tampoco puedo decir que eso me haga pensar que ojalá la hubiera llamado antes. Si no hubiera esperado, si se lo hubiera contado antes de decidir irme a vivir con Bo, esta conversación sería una monserga y una retahíla de tópicos rebosantes de decepción. «Creía que habías aprendido de mis errores. Yo no te crié para esto. ¿Cómo piensas mantener a ese bebé tú sola, trabajando en una cafetería? ¿Qué hombre te va a querer ahora?».

Y, obviamente, estoy usando a Bo como red de seguridad sin que él lo sepa al dejar que mi madre piense que estamos juntos. Pero, ojos que no ven, corazón que no siente.

—Ayer hice quince semanas. —Me quedo callada, sintiendo una punzada de culpabilidad—. Es que he estado ocupadísima, en serio.

—Bueno, pues gracias por contármelo ahora al menos.

—Lo siento, mamá. Es que me resultaba difícil decírtelo. Todavía no estaba preparada para considerarlo algo real.

—Y ahora, ¿te parece real? —me pregunta.

—No —respondo con sinceridad.

Mi madre suspira y su tono de voz recupera algo de dulzura.

—¿Yo también me sentía así. Hasta que te pusieron en mis brazos llorando, tan pequeñita, me parecía todo de mentira.

—¿Y luego te pareció maravilloso? ¿Lo más bonito del mundo? ¿Un regalo del cielo? —le pregunto con voz teatral.

—Pues claro que sí. Y luego aterrador. Y luego otra vez maravilloso. Y luego otra vez aterrador. El bucle se repite una y otra vez... eternamente. Pero, si tienes mucha suerte, algún día ese bebé te llamará un domingo de febrero cualquiera por la noche y te dirá que vas a ser abuela.

—¡Sorpresa! —susurro con voz cantarina.

—Supongo que este verano me tocará a mí ir a verte, ¿no?

—Sí, por favor. Me encantaría.

—Imagino que tendrás la agenda bastante libre —dice riéndose.

—Sería mejor en agosto, para asegurarnos de que el bebé ya haya nacido cuando vengas. Prefiero que no estés cuando salga de cuentas, no vaya a ser que el bebé tenga pánico escénico. —«Y no quiero ni que te acerques a la habitación de hospital», pienso.

—Bueno, déjame preguntarle a Duncan cuál sería el mejor momento para ir.

—¿Tienes un vidente nuevo? ¿Qué ha sido de Maureen?

—No, cariño, Duncan es mi *beau*.* Llevamos juntos cuatro meses. Ya te había hablado de él. ¡Anda! —dice riéndose encantada—. Yo tengo un *beau* y tú un Bo.

«¿Duncan?». No me suena de nada. Pero no puedo decírselo a mi madre sin arriesgarme a tener otra discusión como la que tuvimos el julio pasado por lo de Travis. A mi madre le molesta mucho mi falta de interés por su vida amorosa y mi incapacidad para estar al tanto de los hombres que entran y salen de su vida.

Sé que eso me convierte en una hipócrita porque, aunque me importa una mierda que mis amigos se acuesten con todo lo que se menea o que sean unos monógamos en serie, odio que mi

* En francés, «novio». *(N. de la T.)*.

madre sea así. Siempre lo he odiado. No quiero que se vuelque en un hombre durante unas cuantas semanas o meses y que luego se sienta vacía cuando la deje tirada.

—Ah, Duncan. Sí, claro. ¿Es piloto o es que tiene buen ojo para elegir el momento ideal para viajar? —le pregunto con un poco de mala baba, he de admitir.

—No puedo dejarlo solo así sin más, Winnie. —Mi madre se ríe de la tontería tan obvia que acabo de decir.

—Ah, ¿no? ¿Ni siquiera para visitar unos días a tu única hija y a tu nieto?

—Ya te he dicho que se lo preguntaré, Win. Deja de acosar a tu madre.

Tomo aire y exhalo lentamente sin dar crédito.

—Bueno. Pues ya me dirás, ¿vale?

—Sí. —Mi madre hace un ruido con los labios, buscando otro tema de conversación, pero es obvio que no se le ocurre ninguno—. Bueno, te dejo, entonces.

—Vale, mamá. —Podría seguir tirándole de la lengua. Podría contarle lo mucho que me asusta todo esto. Hasta qué punto me gustaría poder avanzar y a la vez retroceder en el tiempo. Cuánto me gustaría recibir uno de sus abrazos largos y fuertes. Pero no puedo—. Te quiero —me limito a decir.

—Yo también, cariño. Espero que descanses mucho. Dile a mi nieto que te trate un poquito mejor.

—Vale. Adiós.

Cuelgo y aprieto el teléfono contra la barbilla antes de darme la vuelta para tumbarme bocarriba y quedarme mirando el techo. Repaso mentalmente la conversación y me siento aliviada al darme cuenta de que con mi madre —que es la reina de las emociones impredecibles— la cosa podría haber ido mucho peor. Y bueno, al menos ya lo sabe. Puedo eliminar eso de la lista infinita de cosas que tengo que hacer antes de que nazca el bebé. Una lista que, ahora que lo pienso, debería escribir.

Estoy a punto de considerar este día como un éxito, darme la vuelta y quedarme frita en mi comodísimo colchón nuevo, cuando me doy cuenta de que he olvidado comprobar si he cerrado la puerta con llave. Y aunque la cama me está pidiendo a gritos que me quede y me acurruque en su interior, no me hace demasiada ilusión que me muelan a palos mientras duermo o que entren a robar en casa mi primera noche. Así que me levanto a regañadientes y me dirijo dando tumbos a oscuras hasta la entrada.

Veo desde lejos que el cerrojo está echado, pero aun así voy hasta allí y compruebo la manilla. Piso sin querer un montón de cartas que hay en el suelo y que deben de haber echado por la ranura de la puerta.

«Robert Durand», leo en el sobre de arriba del todo. Supongo que este es tan buen momento como cualquier otro para descubrir el apellido del padre de mi bebé... ¿Qué leches estoy haciendo?

Entre la colección de folletos y sobres anodinos hay un cómic, todavía medio doblado por la entrega. Lo recojo todo con la única intención de ponerlo en la encimera y volverme a la cama. Pero cuando dejo el correo encima, el cómic resplandeciente y flexible me mira fijamente con sus tipografías llamativas y unos colores demasiado interesantes como para ignorarlos. Llego a la conclusión de que no me vendrá mal leer un poco antes de dormir y me lo llevo a la habitación.

Me vuelvo a meter en la cama, ahuecando las almohadas antes de tumbarme sobre ellas. Es el número trescientos noventa y dos de *El Aniquilador*. Me pregunto si Bo tendrá los trescientos noventa y uno anteriores en alguna parte. A diferencia de Caleb, yo no me he atrevido a entrar en su armario para ver qué había. Podría tener muchas cosas que ignoro. Como más cuerdas, por ejemplo.

No. Es peligroso imaginarse esas cosas. Definitivamente, no voy a seguir por ese camino.

Por supuesto, otra cosa que ignoro es quién viene siendo el Aniquilador, o por qué le cabrea tanto que el rey del infierno haya sido derrocado por esa tal Serinthina que va medio en pelotas. Joder, esta mierda engancha desde el minuto uno.

Entre estos dos «enemigos» hay muchísima tensión sexual y estoy devorando el cómic. También he deducido que hay una especie de deidad inmortal que ambos temen y que solo pueden destruir uniendo sus fuerzas. A regañadientes, por supuesto. Pero como no he leído los números anteriores, tampoco sé mucho más. La mitad de estos términos, nombres y lugares no significan nada para mí. Aun así… me encanta. En la última página, en medio de una conversación maravillosa después de la batalla, Serinthina insinúa claramente que se enrollaron en Borgue, el Planeta de Hielo. Culpo a las hormonas calenturientas del embarazo mientras cojo el móvil a la velocidad del rayo para buscar en Google en qué número sale eso.

Y luego me gasto tres dólares y pico en descargarme el número ciento ochenta y uno en el móvil. Con el único objetivo de conocer mejor a Bo y sus aficiones, por supuesto.

No para ver follar a dos alienígenas cachondos.

# 16

Me he pasado media noche leyendo números antiguos de *El Aniquilador* y lo he pagado por la mañana cuando ha sonado el despertador y no era capaz de abrir los ojos. Hoy no tengo que ir a trabajar, pero esta mañana debería dedicar unas cuantas horas a desembalar e instalarme antes de que Bo llegue a casa. Una cosa es tener cajas o plantas amontonadas en mi habitación y otra muy diferente es que invadan la cocina o el salón, ocupando demasiado espacio y estorbándole.

Y justo cuando estoy metiendo en el lavavajillas la última taza de la última caja de la cocina, la puerta principal pita y zumba al abrirse, anunciando el regreso de Bo.

—¡Hola! —grita él cerrando la puerta.

—¡Hola! —contesto, mientras echo el detergente y sonrío para mis adentros—. ¡Estoy en la cocina! —añado.

Cuando cierro el lavavajillas y me doy la vuelta, Bo está apoyado en el arco, con el abrigo doblado colgado del brazo y una bolsa de viaje de lona en la mano.

—Hola, compi de casa —me dice con una sonrisa radiante y tremendamente contagiosa.

—Bienvenido al hogar —digo, haciendo una reverencia absurda de la que me arrepiento inmediatamente—. Tienes una casa chulísima.

Bo echa un vistazo por encima de mi hombro y se queda mirando las plantas que he colgado delante de la ventana de la cocina.

—Me gustan esas plantas de ahí —dice—. Y las de allí también —añade refiriéndose al salón, mientras señala hacia atrás con el pulgar.

—¿No te parecen demasiadas? —le pregunto con timidez haciendo una mueca.

Él se encoge de hombros, como fingiendo indiferencia, pero un rápido movimiento de los labios lo delata.

—Para nada —dice finalmente, no muy convencido.

—Madre mía... Son demasiadas.

—Desde luego, son más de las que me esperaba, pero me encantan. En serio.

—Intenté advertírtelo —digo, cogiendo un vaso lleno de hielo—. Por cierto, esta ha sido una sorpresa muy agradable.

—¿La nevera? —pregunta cambiando la bolsa de mano.

Suelto una carcajada.

—No, zoquete. La máquina de hielo.

—¿Acabas de llamarme «zoquete»?

—El que se pica, ajos come. —Pero ¿qué coño estoy diciendo? No debería intentar hacerme la graciosa, ni tontear con Bo, cuando apenas he pegado ojo en toda la noche. No es que quiera tontear con él. Eso sería una estupidez por mi parte..., ¿no? Sí.

Bajo la vista hacia su bolsa y, cuando vuelvo a mirarlo a la cara, me doy cuenta de que tiene ojeras.

—Perdona. Mejor te dejo deshacer el equipaje. ¿Te apetece un café si preparo una cafetera?

Bo responde con un murmullo alegre.

—Sí, mucho. Gracias. ¿Necesitas pasar al baño antes de que me duche?

—No, tranquilo.

Veinte minutos después, acabo de prepararle a Bo un café solo doble con la ayuda de su cafetera supersofisticada. Como si lo hubiera olido, él aparece enseguida recién duchado, con unos pantalones cortos de baloncesto grises, una sudadera con capucha beis y unas gafas. Unas gafas de montura negra fina, sobre cuya parte inferior derecha le está goteando el cabello oscurecido por la humedad.

Estoy a punto de caerme de culo.

Ya solo me faltaba añadir unas gafas al polvorín de hormonas en el que se ha convertido mi cuerpo.

—Su pedido está listo —digo, entregándole el café en una taza de cristal transparente.

—Eres la mejor, gracias. —Bo bebe un buen sorbo y echa la cabeza hacia atrás con un gemido—. ¿Es doble?

—Tenías cara de cansado —digo tímidamente, mientras él gime para volver a darme las gracias.

—En serio, eres la mejor.

—¿Qué planes tienes para hoy? —le pregunto, y saco de la nevera unos palitos de zanahoria para picar que echo en un cuenco.

—Tengo el día libre porque prácticamente he estado trabajando todo el fin de semana. ¿Y tú?

Me tapo la boca para no escupirle trocitos de zanahoria al hablar.

—La cafetería cierra los lunes. Estaba pensando en dar un paseo por la playa, antes de quedar con Sarah. ¿Sabías que solo vives a diez minutos andando de una de las playas más bonitas y con el agua más contaminada de *E. coli* del sur de Ontario? —le pregunto.

—Los peces tienen un ojo de más, pero el paisaje es espectacular —responde Bo, dando media vuelta para salir de la cocina.

—Por cierto, tengo que confesarte una cosa —le digo, siguiéndolo al salón con un vaso de agua en una mano y un cuenco de palitos de zanahoria sujetos con la muñeca de la otra. Él se sienta en el sillón de la esquina y aparta con cuidado una hoja de mi helecho que le roza el cuello hasta colocarla por detrás de la butaca, antes de ponerse cómodo. Yo me apodero del sofá—. Te he birlado el correo.

—¿Un robo el primer día? A eso se le llama empezar con buen pie —dice sonriendo—. Qué nivel.

—*El Aniquilador* —digo extendiendo los brazos para darle un efecto más dramático—. Curiosamente me ha parecido buenísimo.

La sonrisita de Bo se convierte en una gran sonrisa irónica, mientras sus ojos revolotean por mi cara.

—¿De verdad lo has leído?

—Pues sí. Y acabé enganchándome y leyéndome no sé cuántos más antes de caer rendida ayer por la noche. Tuve que descargarme una aplicación de lectura en el móvil y todo. Me lo tomé muy en serio.

—Están todos en mi habitación. Podrías haberte ahorrado el dinero.

—Ah, bueno, no... No quería invadir tu espacio. Más de lo que ya lo he hecho... —digo con una mueca.

Él frunce el ceño con sorna.

—No estás invadiendo nada. —Le da un trago largo al café y me complace enormemente ver cómo se balancea de un lado a otro mientras se lo bebe, como si fuera lo más delicioso que hubiera probado en su vida—. Pero si todavía no te has arriesgado a entrar en mi habitación, tengo que advertirte que soy...

—¿Un friki total? —digo sin dejarle acabar la frase.

—Vale, eso ha dolido —dice riéndose.

—Sarah entró en tu habitación a fisgonear. Y Caleb y yo la seguimos. Intenté sacarlos de allí, pero eran como dos niños en una juguetería. Lo siento.

—Dejé la puerta abierta a propósito, Win. Sabía que seguramente entrarías. Escondí toda las cosas que no quería que vieras.

—¿Cómo qué? —Mi curiosidad gana por goleada a cualquier vestigio de educación.

—Bueno, vale, solo escondí una cosa.

—Qué intrigante...

—Al menos déjame tener un secreto —dice sonriendo dentro de la taza.

Muy interesante. Sea lo que sea, debe de ser más fuerte que lo de la cuerda, dado que no se molestó en esconderla. «No hables de la cuerda, Win. Cambia de tema antes de que se te escape».

—La verdad es que al principio me sorprendió que fueras un friki, pero cuando empecé a atar cabos... todo acabó encajando

—digo mientras cruzo las piernas en posición de loto y me recuesto en el respaldo del sofá.

—Necesito averiguar qué significa eso.

—A ver, te encantan las matemáticas. Eres demasiado guapo para ser una persona tan humilde, lo que significa que o bien de adolescente no estabas tan bueno, o no eras de los guais. Imagino que serías como Caleb, el típico tío que maduró tarde y al que le gustaban un montón de frikadas que espantaban a las chicas.

—Pues a él le funcionó —dice Bo con una ceja levantada, mientras bebe pensativo un buen sorbo de café—. Sarah es genial.

—A ver, ¿tengo razón?

—Para mi desgracia, sí. En el instituto era el típico friki que tocaba en la banda de música, además de un empollón. La combinación perfecta. —Niega con la cabeza y sonríe bajando la vista—. Reconozco que pensaba que tardarías un poco más en desenmascararme. Creía que era más misterioso.

—Y lo eras. Hasta que descubrí la habitación de la vergüenza.

—La habitación de la vergüenza... Vale... —Bo se muerde el interior de la mejilla, mirándome con picardía—. ¿Insinúas que si en Halloween hubiéramos acabado aquí en vez de en el cuarto de invitados de Sarah y hubieras visto los escasísimos objetos de coleccionista que tengo, el desenlace podría haber sido distinto?

—Yo no he dicho eso. —Me inclino hacia atrás, cruzando los brazos con confianza.

—Entonces ¿qué eres? ¿Una cazadora de frikis?

—Simplemente una salida, supongo.

Bo se ríe y su nuez se balancea.

—Bueno, me alegro de que el plan de conocernos mejor esté funcionando.

—Yo, sin embargo, sigo siendo un misterio —digo, subiendo y bajando las cejas.

—Pues habrá que solucionarlo —dice él mientras baja la vista hacia mi jersey—. Primera pregunta..., ¿de verdad fuiste a Harvard?

Hace tanto tiempo que me compré este jersey que había olvidado lo que ponía en la parte delantera.

—No, no fui a Harvard, fui a Lakehead. Estudié Gestión de Actividades Recreativas al Aire Libre y Turismo y me especialicé en Ocio Terapéutico en Entornos Naturales. Básicamente, tengo un grado en llevar a la gente en canoa en beneficio de su salud mental.

—No hagas eso —me regaña Bo.

—¿El qué? —le pregunto, parpadeando al doble de velocidad de lo normal.

—Infravalorarte de esa forma. A mí me parece una puta pasada, además de algo importantísimo. No restes importancia a tus logros.

—Ah, bueno..., gracias.

—¿Qué querías hacer al acabar la carrera?

—Mi sueño era abrir un campamento de verano para niños con discapacidad. Un lugar diseñado para enseñarles a adaptar el equipamiento y dedicarles el tiempo y la paciencia necesarios para aprender que no les habían dedicado en ningún otro sitio. Pero, obviamente, eso nunca ocurrió.

—¿Por qué?

—¿Por qué, qué?

—¿Por qué no ocurrió? A mí me parece que tiene mucho sentido.

—Ah —digo con inseguridad, cogiendo el agua para beber un sorbo—. Supongo que por circunstancias de la vida. —Bo espera a que continúe, mirándome a los ojos con calidez. Empiezo a sentir una opresión en el pecho que me sube por la garganta. Pero para esto estamos aquí, ¿no? Para conocernos. Le contaré la versión resumida. No necesita saberlo todo—. Estuve con un tío que se llamaba Jack...

—Ya lo odio —dice Bo sonriendo.

—Pues tienes buen ojo —digo con una risa nerviosa—. Nos conocimos en clase de Biología, en segundo. Él estudiaba Kinesiología. Parecía que teníamos mucho en común, compartíamos muchos amigos, lo típico. Al final, una noche, después de unas cuantas cervezas de más alrededor de una hoguera, nos liamos y empezamos a salir. Acabamos a la vez la universidad, pero él decidió hacer un máster. —Me revuelvo en el sofá, evitando mirar a Bo a la cara—. Me pidió que me fuera a vivir con él y le dije que sí. La relación hasta entonces había ido bien. Aunque es verdad que había algunas señales de alarma que decidí ignorar. Total..., que él iba a seguir dedicándose exclusivamente a estudiar y alguien tenía que pagar el alquiler. Así que busqué un trabajo de administrativa para salir adelante y desperdicié los dos años posteriores a la graduación manteniéndolo. Ingenua de mí, creía que éramos un equipo y que luego me tocaría a mí cumplir mis sueños, pero... Bueno, en fin. Cuando lo dejamos, volví a mudarme aquí, desesperada por alejarme de todo. Tuve que empezar de cero y no podía permitirme tener más aspiraciones que trabajar en la cafetería y ser socorrista en verano. El tiempo fue pasando..., pero yo me estanqué, supongo.

—Menudo capullo, Win. Lo siento.

—Fue hace mucho tiempo —digo encogiéndome de hombros.

Se hace un largo silencio. Intento por todos los medios no mirarlo a la cara, aunque siento sus ojos clavados en mí. Después de lo que me parece una eternidad, decido ceder, más que nada para tranquilizarlo con una sonrisa. Pero cuando por fin me giro hacia él, no sonrío. No soy capaz.

Bo me está mirando como si hubiera oído más de lo que yo he querido contarle. Como si estuviera viendo todas las cicatrices invisibles que he intentado ocultar.

—No se portó bien contigo. —Lo dice como si fuera un hecho. Así de simple, triste y cierto. Niego con la cabeza con la suficiente sutileza como para que una parte de mí pueda fingir que no le he contestado. Bo aprieta los dientes y baja la vista un instante, antes de negar con la cabeza—. Lo siento.

Inhalo de forma entrecortada, mordiéndome el interior de la mejilla.

—Como te he dicho, fue hace mucho tiempo. —Él asiente y se rasca la nariz con un nudillo doblado. «Cambia de tema», grito para mis adentros—. ¿Tú fuiste a la universidad?

Bo se humedece los labios mientras asiente. Su alegría habitual ha desaparecido.

—Sí, a Waterloo. Contabilidad y Gestión Financiera.

—Qué divertido —bromeo. Él pone los ojos en blanco con ironía, aunque su sonrisa sigue desaparecida en combate. Es como si tuviera la mente en otra parte. Me pregunto... si tal vez... estará pensando en ella—. ¿Tú también tuviste algún Jack? —le pregunto.

Bo suspira mientras se pasa la mano por la boca.

—¿Qué te ha contado Caleb? —me pregunta, mirándome como si me hubiera calado.

Yo resoplo.

—Me has pillado —susurro, e intento disimular una risa nerviosa—, pero Caleb no me ha contado gran cosa. —Nada útil, al menos—. Creo que Cora y él no se llevan muy bien.

—Las cosas con Cora se complicaron. No quiero insinuar que...

—Que sepas que Sarah y yo la llamamos «el engendro de Satanás» constantemente y delante de Caleb —digo interrumpiéndolo—. Se ha portado fatal con Sarah. Así que si estás intentando ser diplomático, por mí no te molestes.

—No deberíais llamarla así —dice Bo con dulzura, inclinándose hacia delante en el sillón y luego entrelazando las manos para ponerlas entre las rodillas—. Es decir... Perdona. Podéis llamarla como queráis. Es que... —deja la frase a medias.

Siento una punzada de culpabilidad e inquietud que me hace fruncir los labios.

—Lo siento —me limito a decir.

Así que no ha superado lo de su ex. El pinchazo de tristeza repentino que noto en el pecho me resulta inesperado. No creo que sean celos. Al menos no exclusivamente. Es más complicado que todo eso. Tiene que ver con el hecho de preguntarme si, durante una de las experiencias sexuales más importantes de mi vida y sin duda la más placentera, el tío con el que estaba pensaba en otra persona. Si le habría gustado que fuera alguien distinto. Si simplemente se acostó conmigo porque... estaba ahí. Disponible. Excesivamente dispuesta. Acosándolo hasta que cedió. Tiene que ver con el peso abrumador de preguntarme si hubiera preferido que yo fuera ella. Que el bebé fuera suyo.

Que estuvieran viviendo juntos. Eso me hace sentir como una intrusa. Como alguien inferior.

—No debería haberla llamado así. No deberíamos llamarla así. Tienes razón.

Veo que Bo intenta elegir con cuidado las palabras mientras deja la taza vacía sobre la mesita de centro.

—No sé por qué me molesta, la verdad. No teníamos precisamente una buena relación. Ella, eh, Cora... Las cosas entre nosotros no iban muy bien.

Ya que la situación se ha puesto tensa, al menos voy a intentar sacar algunas respuestas.

—Caleb me dijo que estabais prometidos. —En cuanto lo suelto, Bo se pasa las manos por la cara, frotándose nervioso la barbilla, las mejillas y la frente.

—Sí —dice arrugando la nariz—. En teoría, sí.

—¿En teoría? —le pregunto cuando levanta la vista hacia mí.

—Vale. Conque esas tenemos —murmura—. Sacando la artillería pesada el primer día —dice riéndose sin ganas.

—Perdona —digo, y cambio de actitud—. No tenemos por qué...

—¿No querías que fuéramos a dar un paseo por la playa? Me resulta más fácil hablar de cosas serias mientras camino.

Lo sé. Para eso fui a la universidad, en cierto modo.

—Sí, claro. —Asiento y me levanto del sofá—. Dame unos minutos para cambiarme.

Al cabo de un rato estamos ya a medio camino de la costa, con la ropa de abrigo puesta. Hasta el momento hemos caminado prácticamente en silencio, haciendo comentarios esporádicos sobre lo bonitos que son los perros que pasan a nuestro lado o sobre qué bien sienta el buen tiempo después de un invierno de lo más desapacible.

Cuando llegamos a la playa, nos la encontramos vacía. La arena tiene un color similar al del barro, está húmeda y parcialmente cubierta de charcos medio helados en las zonas más hundidas. La orilla pedregosa está oculta bajo la nieve, que ya ha empezado a derretirse bajo el sol dorado de este día. El hielo del lago es lo bastante fino como para ver a través de él y se está resquebrajando por todas partes. El cielo es de un azul brumoso con nubes ligeras y difuminadas, como si un pintor hubiera limpiado un pincel en el horizonte.

Un día perfecto de finales de invierno.

Uno de esos esperanzadores que te recuerdan que la primavera está más cerca de lo que crees.

Siento cómo todo ello relaja mi cuerpo agotado. El sol, el canto de los pájaros, la brisa que ya no es tan gélida como para hacerme daño en la piel. Una señal de todo lo bueno que vendrá cuando acabe el invierno. Cuando pueda pasar los días al aire libre, sintiéndome más yo misma.

Hasta que nos detenemos en la orilla, parece que Bo no empieza a ordenar de nuevo sus pensamientos. Esta vez, espero pacientemente a que me cuente lo que quiera. No debería haber sido tan indiscreta, teniendo en cuenta todas las cosas que yo tampoco estoy preparada para contarle sobre mi última relación, así que no pienso volver a preguntar.

Cojo unas cuantas piedras de la orilla y se las ofrezco en silencio en la palma de la mano. Bo elige una, sonríe amablemente y la lanza. Observamos cómo resbala sobre una placa de hielo antes de caer al agua. Yo lanzo otra, que aterriza directa en una zona del lago en la que no hay hielo. Observo las ondas que se forman y se desvanecen.

—Me lo diagnosticaron unos meses después de que Cora y yo cortáramos por tercera vez —dice Bo en un tono de voz raro pero firme—. Ella... Ella y yo estuvimos en frecuencias distintas durante la mayor parte de la relación. Seguíamos... Bueno, yo seguía empeñado en luchar contra la evidencia de que éramos incompatibles. Empezamos a salir a los veintitrés y todo era más sencillo cuando simplemente éramos dos personas centradas en sus carreras laborales que trabajaban en lo mismo e intentaban salir adelante. Pero al final siempre estábamos intentando averiguar cómo encajábamos el uno en la vida del otro fuera del trabajo y acabamos reconociendo que no éramos demasiado compatibles. —Bo se humedece los labios y contempla el agua con el ceño fruncido, con una concentración estoica—.

Joder, es patético reconocerlo en voz alta, pero... creo que es posible que... ¿no me quisiera tanto como yo a ella?

Lo dice como si fuera una pregunta y me mira como si yo pudiera tener la respuesta. Pero no la tengo. Es imposible que la tenga. De hecho, creo que ya he hablado demasiado. He convertido a Cora en la mala de la película, sin tener en cuenta que es una persona con la que Bo compartió varios años de su vida. La verdad es que, dejando a un lado la forma en la que nos ha tratado a Sarah y a mí, no la conozco demasiado. Pero está claro que Bo sí. Como también está claro que la quería.

—He de reconocer que había muchas razones por las que no debería haberla llamado el día que me enteré de que estaba enfermo, pero... lo hice. Estaba acojonado y... muy solo. Nunca me había sentido tan solo. —Se ríe sin ganas, pasándose una mano por la mandíbula mientras aprieta los dientes. Recojo algunas piedras más y le ofrezco una. Él asiente bruscamente con la cabeza antes de cogerla y lanzarla tan lejos que tengo que entrecerrar los ojos para ver dónde cae—. Supongo que podría haber llamado a cualquiera de mis amigos. Pero no tenía claro si alguno de ellos sabría cómo ayudarme. Necesitaba compañía. Necesitaba recibir cariño, pero sin miramientos, algo en lo que Cora era experta.

Le doy otra piedra y él la lanza, pero esta vez con menos vigor y energía. Luego se mete las manos en los bolsillos, separa un poco las piernas y exhala un largo suspiro.

—Pensé en llamar a mi padre, pero no quería agobiarlo. Había perdido a mi madre décadas antes de que me diagnosticaran la enfermedad y seguía sin superarlo. No me atrevía a contarle que era posible que también perdiera a su único hijo. Cora estuvo ahí cuando no tenía nadie más a quien recurrir y siempre le estaré agradecido por haberme ayudado.

—Yo también me alegro de que te apoyara —digo en voz baja. Y lo digo de corazón. A pesar de la punzada que siento en el pecho, no sé si de culpabilidad o de celos. O más bien de ambas cosas.

—Al mes de empezar con el tratamiento, Cora decidió que íbamos a casarnos. Sé que parece de idiotas, pero le seguí la corriente. Toda mi vida me parecía inestable e insegura y, de repente, la mujer a la que quiero me dice que quiere seguir conmigo. Yo anhelaba esa estabilidad. —Siento una especie de corriente eléctrica que me recorre de pies a cabeza. Me asesta un golpe suave pero perceptible en el pecho. «Que quiero». En presente. Bo quiere a Cora—. Pero la quimioterapia no funcionó y el cáncer se extendió, así que la amputación se convirtió en la única opción. Y… aun así, las expectativas no eran muy esperanzadoras.

Echamos a andar de nuevo tranquilamente y con naturalidad hacia el muelle, donde hay un pequeño faro y varios embarcaderos vacíos en los que los lugareños atracan sus barcos durante los meses más cálidos.

—Llegados a ese punto, creo que la situación la superó. Dejó de acompañarme al médico. Dejó de venir a verme. Con el tiempo, también dejó de responder a mis llamadas. Me mandó un mensaje en el que me decía que necesitaba alejarse de todo y no hemos vuelto a hablar desde entonces. Ya sé que no es un cierre propiamente dicho, pero… en parte creo que es lo mejor, de verdad. Ella estuvo ahí cuando la necesitaba y… creo que me hizo un favor… a largo plazo.

—No creo que te hiciera un favor dejándote cuando más la necesitabas. Es bastante cobarde. Al menos podría haberte dicho a la cara que no podía con ello. Permitirte pasar página como es debido.

Bo se encoge de hombros.

—En realidad fue ella la que quiso dejarlo las otras veces. Yo era el que siempre intentaba arreglarlo, por eso volvíamos. Puede que ella supiera que debía terminar así. Que tenía que hacerme daño para que la dejara marchar. Y dudo que mucha gente se hubiera quedado cuando la peor de las hipótesis parecía inevitable.

«Yo lo habría hecho», pienso, pero me reprocho enseguida haberme situado moralmente por encima de Cora, aunque solo haya sido en mis pensamientos. En realidad no sé lo que haría en esa situación. Aunque dudo que lo hubiera dejado. La verdad es que no entiendo que alguien sea capaz de hacer algo así. El mero hecho de imaginar cómo debió de sentirse Bo hace que me entren ganas de llorar, de agarrarlo de la mano o de estrecharlo contra mi pecho y acariciarle el pelo. De protegerlo y ampararlo, como si pudiera cambiar el pasado.

—¿Cuándo se lo contaste a tu padre? —le pregunto.

—Unas seis horas previas a la operación… —dice, antes de humedecerse los labios y desviar la mirada con timidez.

Suelto un gemido.

—Uf.

—Ya…, la cagué un poco.

—¿Y cómo se lo tomó?

—No muy bien —dice Bo en un tono más agudo de lo habitual, aunque parece que está recuperando un poco el sentido del humor—. Me puso a caer de un burro en su lengua materna y cogió el primer vuelo que consiguió. Se quedó conmigo tres meses después de la operación. No habría podido volver a casa sin su ayuda. No sé lo que habría hecho sin él.

—Parece muy buen padre —digo, mientras Bo se agacha y se guarda en el bolsillo algo que ha encontrado en la arena de la orilla—. Y sabía que vivía en Francia, pero no que era francés.

—Sí, mi madre era de aquí y mi padre es de un pueblecito de las afueras de París. Coincidieron porque tocaban en la misma orquesta en Toronto y se casaron a los diez días de conocerse.

—Estás de broma —digo exhalando con fuerza por la nariz.

—No. A los diez días, con diecinueve años. No me tuvieron hasta una década después.

—Pero qué fuerte —digo.

—Mi padre dice que, en cuanto vio a mi madre, lo tuvo claro. Que la miró y pudo imaginarse cómo sería el resto de su vida. —Bo se queda callado, me dedica una mirada dulce y nostálgica, y me sonríe con suavidad. Imagino que estará pensando en Cora y en lo que podría haber sido.

—Debes de echarla mucho de menos —digo refiriéndome a su madre, aunque soy consciente de que también podría creer que estoy hablando de su ex. A veces nuestros fantasmas siguen vivos. Eso también lo sé de buena tinta.

—Sí —reconoce Bo, vira hacia el camino—. Aunque era muy pequeño cuando murió.

—Lo siento —digo alcanzándolo—. ¿Tienes muchos recuerdos de ella?

—No —dice sin rodeos—. Pero mi padre me contaba muchas historias y me enseñaba fotos. Se quedó con todas sus pertenencias, como la colección de vinilos. La mayoría de los discos que tengo en casa eran suyos.

Bo se detiene, extendiendo un brazo para impedirme dar el siguiente paso. Miro hacia el camino, a la espera que salga de entre los arbustos una mofeta o algo peor. Pero no aparece nada.

—¿Has oído eso? —me pregunta alarmado en voz baja. Luego se gira y mira nervioso a nuestro alrededor.

—No —susurro, apartándome para que no me dé un golpe con los brazos—. ¿Qué...?

—Mierda, ¿dónde está?

—¿Quién? —le pregunto en voz un poco más alta.

—He oído un ganso.

Me freno en seco, arañando las suelas de los zapatos con las piedras del camino. Lo miro incrédula, con una sonrisa en los labios que me veo obligada a reprimir antes de que se convierta en una carcajada.

—Estamos en una playa de Canadá, Bo. Claro que oyes gansos —digo volviendo a susurrar por alguna razón absurda.

—Me odian. —Bo gira la cabeza al oír un ruido encima del agua a nuestra izquierda y los hombros se le suben hasta las orejas.

—Te odian...

—Siempre van a por mi pierna. No sé si es porque brilla y los atrae, o porque son unos cabrones que odian a las personas con discapacidad, pero siempre intentan atacarme.

Trato de contener la risa. Lo hago con todas mis fuerzas. Pero fracaso estrepitosamente y acabo explotando.

—¿Perdona? —digo mientras Bo se agacha para coger una piedra del tamaño de la palma de la mano y se prepara para atacar—. Deja eso —le suelto, quitándole la piedra y tirándola al suelo. Nuestros dedos se rozan fugazmente, aunque por la forma en la que me late el corazón, más bien parece que Bo me ha inmovilizado contra el árbol más cercano y me ha arrancado las mallas. Malditas hormonas—. Hoy no te vas a cargar ningún ganso, colega. Yo diría que es la ley más sagrada de Canadá y no pienso llevar al bebé a visitarte a la cárcel.

Bo me hace callar, mirando hacia el agua y girando sobre sí mismo, como un guardaespaldas al acecho.

Me río de él, esta vez con más ganas.

—¡Para! —se queja Bo, que empieza también a reírse—. ¡No tiene gracia!

Niego con la cabeza y echo a andar hacia su casa.

—Vamos, yo te protejo de los gansos asesinos —digo adelantándome unos cuantos pasos.

—Si es necesario, te usaré como escudo —dice.

—Antes tendrás que alcanzarme.

# 17

Cuando llegamos a casa después del paseo por la playa, Bo se fue a su habitación a hacer una llamada mientras yo me arreglaba para salir. Aún seguía al teléfono cuando me fui de expedición con Sarah a comprar algún cuadro nuevo para mi cuarto y algo para comer. Y obviamente, como suele suceder cuando te vas de compras a una tienda de segunda mano, encontré lo que buscaba y un montón de cosas que no sabía que necesitaba.

Entre ellas, un rompecabezas apilable monísimo de un arcoíris para el bebé y varios adornos para la repisa de la chimenea del salón: algunas acuarelas enmarcadas, unos cuantos candelabros de cerámica y unas velas bonitas para poner en ellos, además de un marquito de conchas azul turquesa en el que encaja a la perfección la foto de la ecografía y que he puesto en el medio de la repisa, justo encima del hogar vacío.

Parece que a Bo no le han molestado las nuevas incorporaciones. Después de colocar el último objeto y retroceder para contemplar la chimenea, me he dado la vuelta y me lo he encontrado detrás de mí. Estaba apoyado en la pared, como tantas otras veces, sonriendo con cariño. No por mí, sino por la pequeña foto y su nueva ubicación.

Me ha parecido buena idea ponerla en algún sitio. Para que recordemos por qué estamos haciendo esto.

Después, me he llevado a mi habitación el montón de cómics que Bo me ha dejado y he estado leyendo durante horas.

Cuando iba por el sexto de ocho, el estómago me ha informado de que era hora de cenar. Y he empezado a rayarme.

Ya sé que el tema de la cena parece una tontería, pero no lo es en absoluto. Va a ser la primera vez que cenemos bajo el mismo techo y creo que lo que pase esta noche sentará una especie de precedente. No tengo ni idea de lo que come Bo. Hasta ahora solo le he visto engullir bollería, galletitas saladas y patatas fritas.

¿Comerá solamente alimentos de color beis y marrón? ¿Odiará las verduras? ¿Le gustará el picante? ¿Será alérgico a algo? ¿Me lo cargaré sin querer si uso huevos, soja, frutos secos o marisco?

Y ¿sería un atrevimiento cocinar para los dos? ¿O sería de mala educación hacerlo solo para mí? ¿A qué hora suele cenar él? ¿Será ya demasiado tarde? ¿O demasiado pronto? Llevo en mi habitación desde las cuatro, así que puede que ya haya cenado. Aunque no me llega ningún olor de la cocina, y eso que mi sentido del olfato desde que me quedé embarazada es infalible. Ahora soy como un sabueso. Podrían contratarme para resolver crímenes; los casos abiertos que llevan décadas sin solucionarse.

Si Bo ha cenado sin mí, ¿me sentará mal? Me da igual que vayamos cada uno por nuestro lado, pero no estaría mal que decidiéramos cuál va a ser la rutina habitual, ¿no?

Además, también está la cuestión de cómo comprar la comida antes de cocinarla. ¿Vamos a hacer la compra juntos? ¿Por separado? ¿Qué resulta más económico? ¿Cambiaremos el sistema cuando yo esté de baja por maternidad y mis ingresos se reduzcan a la mitad?

—¿Win? —Bo llama a la puerta con dos golpecitos rápidos.

—¿Sí? —contesto intentando parecer tranquila. Suena poco convincente.

—¿Tienes hambre? He hecho una sopa —dice él abriendo un poco la puerta para entrar.

Me aparto el pelo de la nuca y trago saliva, sintiendo un calor repentino en el pecho y en el cuello. Todo esto es demasiado. Hay demasiadas cosas que no hemos hablado. Expectativas que desconozco y que inevitablemente no cumpliré. Jack no soportaba que la cena no estuviera lista al llegar a casa. Era así de particular. Se tiraba el rollo con sus discursitos sobre que la sociedad estaba pensada para perjudicar a las mujeres y luego me hacía sentir todo el rato como si tuviera que cumplir determinados roles y expectativas en casa. Todo en Jack era pura fachada.

¿La sopa de Bo lo será también? ¿Estará fingiendo?

—¿Te encuentras bien? —me pregunta mientras analiza mi expresión y se agarra con fuerza a la parte superior del marco de la puerta.

Dejo de morderme el labio y empiezo a mover rápidamente la pierna.

—¿Tienes alguna alergia? —le pregunto.

—No. —Bo entra en la habitación, apoya un hombro en la pared, al lado de la cómoda, y se cruza de brazos—. ¿Y tú?

—Tampoco. ¿Sueles cocinar o pedir comida a domicilio? ¿A qué hora cenas? ¿A esta?

—Me gusta cocinar, pero no soy ningún experto. Suelo cenar sobre las seis, porque salgo de trabajar a las cinco. ¿Te encuentras bien? Pareces un poco…

—Puede que me esté agobiando un pelín. Te agradezco que cocines, obviamente, pero no sé cuáles son las expectativas de cara al futuro. Hace tiempo que no vivo con nadie y…

Bo asiente pensativo con la mirada fija en la lámpara de la mesilla.

—Yo diría que te estás rayando por lo mismo que yo hace una hora. —Señala la cama y asiento, apartando los pies para que pueda sentarse a mi lado—. No quiero sobrepasarme —dice Bo, apoyando los antebrazos en las rodillas y retorciéndose las manos entre las piernas abiertas—. Si quieres que vivamos como compañeros de piso, comprando cada uno nuestra comida, cocinando por separado, compartiendo algunas cosas básicas y pagándolas a medias, me parece bien. Pero creo que tendría más sentido hacer las cosas de otra forma.

—¿De otra forma? —pregunto.

—Más en común, quiero decir. Creo que he encontrado una

solución para lo de las facturas y el dinero. En cuanto a las tareas domésticas, cocinar y todo eso, creo que deberíamos turnarnos.

—¿Te refieres a hacer la cena un día cada uno, por ejemplo?

—Aunque a veces a ti te toca cerrar la cafetería, ¿no? Entonces ¿qué te parece si me encargo yo de cocinar, que tengo siempre el mismo horario?

—¿Y yo qué hago?

—¿Recoger la cocina después de cenar?

—¿Y el resto de la casa? ¿Te gusta que esté muy limpia? ¿Tienes alguna costumbre que debería conocer? ¿Algo que no soportes con lo que podría meter la pata?

—Después de la operación, contraté a una empresa para que me enviara a alguien a limpiar una vez a la semana, así que básicamente solo tenemos que limpiar lo que ensuciamos.

Lo añado a la lista de gastos y me pregunto cuánto costará mantener esta casa y el estilo de vida de Bo. ¿Comprará en esos supermercados que tienen carnicería y productos orgánicos o en los que puedes comprar muebles de jardín además de leche? Eso podría ser un factor determinante para elegir cómo proceder. ¿Puedo permitirme pagar la mitad de su vida?

—¿Y qué hay del dinero? A mí me parece bien pagar todo a medias, pero no sé a cuánto ascienden los gastos.

—Mi propuesta es algo más complicada. —Levanto una ceja, esperando a que continúe. Bo se incorpora un poco de la cama para coger el móvil en el bolsillo trasero—. Sé que te gustaría pagar todo a medias y no quiero descartarlo, pero creo que podríamos llegar a un acuerdo con esta solución. —Pone el teléfono entre los dos y me enseña un gráfico circular con una serie de números debajo que no significan absolutamente nada para mí.

Lo miro fijamente durante un buen rato, antes de darme por vencida.

—¿Qué es eso?

Bo se acerca más a mí y nuestros muslos se tocan, mientras me enseña con entusiasmo la pantalla.

—A ver, estos son nuestros ingresos anuales totales —dice

rodeando el gráfico circular con el dedo—. Y este es el porcentaje que yo aporto a esos ingresos —añade señalando la porción más grande del gráfico, de color morado. Bo me roza la rodilla con la suya y necesito volver a centrarme para escuchar lo que dice. Menos mal que mis profesores de Matemáticas no eran tan guapos como él, o nunca me habría graduado—. Con este sistema se divide todo de forma proporcional. He introducido los gastos mensuales previstos, incluidas dos cuentas de ahorro adicionales que he creado y a las que ambos contribuiremos. Una es para los futuros gastos de tu vivienda y la mudanza, independientemente de lo que decidas. Y la otra es para el bebé: muebles, pañales, ropa y todas esas cosas. Luego he multiplicado los gastos totales por cada uno de nuestros porcentajes, para ver cuánto debería aportar cada uno en total.

Asiento mirando hacia la pantalla y veo mi nombre debajo del gráfico, resaltado en verde.

—Entonces, esta cifra, seiscientos setenta y cuatro, ¿es la mía?

—Sí —responde Bo.

—Eso es demasiado poco para la casa, la comida, las facturas y todo lo demás. No puede ser.

—Los porcentajes no mienten.

—¡Pues está claro que has amañado los números!

Bo se ríe por lo bajo.

—Te juro que no. Puedo repasar las cuentas contigo, pero los únicos gastos que he dejado aparte han sido los del coche, porque no sabía si querrías usarlo o no. Pero puedo incluirlos también, si quieres.

—¿Y qué hago con todo el sueldo de la cafetería que me sobra? Está claro que debería aportar más, porque me va a sobrar un montón.

—Bueno, no he incluido la factura del móvil porque no sabía cuánto era. Tendrás más dinero para gastos, supongo. Abre otra cuenta de ahorro. O invierte un poco, si quieres. —Se encoge de hombros, como si le importara un comino—. Y cuando estés de baja por maternidad, rectificaremos los porcentajes de nuestros ingresos para que todo siga siendo justo.

Le quito el teléfono y me desplazo por la pantalla hasta que veo su cantidad debajo de la mía.

—¡Robert! ¿Tres mil novecientos noventa y dos? —Suspiro mirándolo—. Esto no me parece equitativo ni de lejos.

Bo levanta las cejas y abre mucho los ojos.

—¿«Robert»? —dice con una sonrisa burlona—. ¿Así que ahora soy «Robert»?

—¡Bueno, «Bo» me suena demasiado informal ahora que voy a ser tu mujer florero según parece! —exclamo exasperada. Él pone los ojos en blanco—. Lo digo en serio. Quiero que esto sea justo. —No es la primera vez que se aprovechan de mí. Sé lo que se siente. Lo rápido que puedes empezar a odiar a alguien por todo lo que no hace.

—Es completamente justo, Fred. Son cifras proporcionales. Se trata de equidad, no de igualdad. Créeme. Si por mí fuera, tu cantidad sería mucho menor. Cero. Tus ingresos equivalen más o menos al quince por ciento del total, ¿no? Pues los gastos de que te hayas mudado aquí solo han supuesto seiscientos treinta dólares más, lo cual ya queda cubierto por tu parte. Algo que no me parece nada justo, teniendo en cuenta que eres tú la que lleva dentro a nuestro hijo. Así que ya estoy transigiendo mucho.

Gimo mientras me fijo en la gran diferencia que hay entre las dos cantidades. Yo solo aporto el quince por ciento de los ingresos totales. Evidentemente no se me dan muy bien las matemáticas, pero eso quiere decir que Bo debe de ganar más de cien mil al año. No esperaba sentirme tan avergonzada. Qué poco tengo que ofrecer.

—Bo, ¿estás completamente seguro? Porque a mí me parece demasiado.

—Sí —insiste asintiendo con energía—. Absolutamente, definitivamente, completamente y cualquier otro adverbio que se te ocurra.

Su inocente sonrisa me tranquiliza un poco. Y la forma en la que ladea la cabeza para hacer que lo mire a los ojos, asintiendo como si pretendiera que yo hiciera lo mismo. Todo esto parece tan... insignificante para él. Como si de verdad le importara un pito.

—Soy una gorrona —digo suspirando, mientras nos miramos a los ojos con las caras tan cerca como nos permiten la anchura de nuestros hombros y la diferencia de altura.

—No eres ninguna gorrona. Eres un activo. —Bo me da un golpecito en el hombro con el suyo y me arranca una sonrisa.

—¿Un activo? —le pregunto sorprendida.

—Claro. Sin duda has revalorizado la casa con la decoración y dándole un aire nuevo a esta habitación tan aburrida. Por no mencionar que vas a aumentar el número de miembros de la familia en un cincuenta por ciento. Además, eres positiva para la moral —bromea guiñándome un ojo.

—¿Para la moral?

—Sí. El buen rollo que aportas vale varios cientos de dólares como mínimo.

—De acuerdo —digo con un suspiro mientras me pongo una mano en la tripa, que no para de rugir. Bo sigue el movimiento de mi mano con la mirada y se queda mirando fijamente mi barriga con ternura.

—Oye, sé que aún no nos conocemos muy bien y que no tienes motivos para confiar en mí, pero te prometo que esto es justo. Si quieres podemos repasarlo otra vez en el ordenador, pero en cualquier caso no me sentiría cómodo aceptando más dinero de ti. Soy muy bueno en mi trabajo y suelo ser honrado, pero reconozco que se me pasó por la cabeza falsear los números cuando vi lo que ganabas. Me gustaría facilitarte las cosas todo lo posible, Win. Si por mí fuera, dejarías de trabajar y te relajarías durante los próximos meses.

—Tú lo que quieres es una mantenida —me burlo.

—Claro que quiero mantenerte, pero a mi lado. —Bo se queda cortado en cuanto esas palabras salen de su boca—. Quiero decir, en esta casa. En esta casa, feliz y...

—Vale —digo interrumpiéndolo—. Está bien. Acepto tu propuesta, pero si algo cambia... Si en algún momento empiezas a odiarme o...

—Eso es imposible.

—Bueno, por si acaso.

Bo deja caer los hombros con una larga exhalación.

—Gracias.

—No sé por qué me das las gracias. Ahora soy rica. Tengo una máquina de hielo y mil pavos más al mes para hacer lo que me dé la gana.

Él se ríe mirando hacia el techo.

—Vale, manirrota. Y ahora que lo hemos aclarado... ¿Una sopita? —me pregunta, y se levanta y me tiende una mano para que lo acompañe.

Le ofrezco la mía más pequeña y me fijo en la forma en la que sonríe con la mirada mientras la envuelve con la suya, cubriéndola por completo.

Y el tío decía que no era un cocinillas. Cuando acabo el tercer plato de sopa de calabaza completamente casera que Bo ha hecho, me pongo a recoger.

Sé que puede parecer absurdo porque hay lavavajillas, pero he decidido lavar los platos a mano. Supongo que en el fondo me ha parecido que hacerlo a la vieja usanza era lo más adecuado, dado que Bo acaba de hacer la sopa como una abuelita.

Mientras estoy fregando los platos, en la habitación de al lado empieza a sonar un estridente solo de guitarra que va aumentando poco a poco de volumen.

—¿Esto te parece bien? —me pregunta Bo, asomando la cabeza por la puerta.

—¡Sí! —grito por encima de la música, asintiendo con la cabeza—. ¿Quién es?

—Rush. Era uno de los grupos favoritos de mi madre.

—Tu madre tenía buen gusto —comento sonriendo por encima del hombro mientras friego el cuenco de sopa.

Bo se fija en mis manos y levanta una ceja con curiosidad, pero no dice nada. Lo cual le agradezco. Detesto que controlen todo lo que hago. Aunque lo que esté haciendo no tenga sentido. Ahora mismo necesito pequeñas dosis de control.

Dejo el cuenco en el escurridor y cojo un vaso de la encimera. Sonrío para mis adentros mientras meto la mano pequeña dentro con un estropajo. Básicamente, esa es la mayor ventaja de tener una mano poco desarrollada. Si esto fuera un publirreportaje, diría que tengo un cepillo de fregar incorporado. O, si yo fuera un juguete, diría que siempre estoy preparada para dar un golpe de kárate.

—Cuando termines, había pensado que a lo mejor podríamos hacernos alguna pregunta de las tarjetas que nos regaló Sarah —dice Bo rascándose la nuca—. Si no estás muy cansada, claro.

—¡Genial! —contesto mirando hacia atrás para sonreírle.

Me digo a mí misma que estamos arrasando. Aún es el primer día y ya hemos definido los términos de este acuerdo, nos hemos sincerado sobre nuestros ex y hemos establecido una rutina. No puedo evitar sonreír mientras sigo fregando, al tiempo que tarareo al ritmo de la música hasta que termino.

Me seco las manos y hago una parada rápida en mi habitación para ponerme unos pantalones de chándal. De momento mi cuerpo no ha cambiado mucho, pero sí noto que los vaqueros me aprietan por las noches.

Después de ponerme cómoda, voy al salón, donde me encuentro a Bo sentado y pensativo, con un libro de sudokus en la mano. El tocadiscos se ha detenido cuando la aguja ha llegado al final y solo se oye el suave zumbido eléctrico de los altavoces.

—¿Quieres que le dé la vuelta al disco? —le pregunto acercándome al sofá.

—Ah, hola, perdona. —Bo deja con cuidado el libro y el lápiz sobre la mesita de centro—. No te he oído entrar. No, tranquila.

—No hace falta que pares por mí —le digo sentándome en el extremo opuesto del sofá.

—Ya he hecho uno. Solo estaba pasando el rato.

—He comido tanta sopa que ahora mismo podría morir feliz.

—¿Qué tal te encuentras últimamente?

—Mucho mejor, sin contar el día de la mudanza. Creo que subir y bajar escaleras tantas veces me sentó mal, pero luego he vuelto a recuperarme. Ni rastro de náuseas.

—A lo mejor están remitiendo. Fue lo que dijo la doctora, ¿no? Que en el segundo trimestre podían desaparecer. —Bo se acomoda en el sofá y extiende los brazos a ambos lados del respaldo. Me pongo de lado para mirarlo, sentándome encima de los pies.

—Ojalá. —Lo observo expectante y me fijo en las cartas que tiene detrás—. ¿Empezamos? —le pregunto.

Bo coge la caja blanca de veinte preguntas que está sobre el brazo del sofá, ya sin el envoltorio. La abre, saca las instrucciones y las lee por encima.

—Sugieren seguir un orden determinado. ¿Les hacemos caso?

—Bah, mejor a lo loco. Baraja y coge una.

Él sonríe asintiendo, mientras empieza a barajar las cartas. Y ya sé que es absurdo, pero tiene una forma de barajar muy sexy. Sus manazas hacen que las cartas parezcan enanas. Las mezcla tranquilamente con el pulgar, antes de ponerlas en un montón. Un *strip poker* podría ser divertido.

No. No, Win.

—Muy bien —dice cogiendo la carta de arriba del todo—. ¿Preparada?

—Preparadísima —contesto tirando del cuello de la camiseta hacia un lado antes de entrelazar las manos sobre el regazo.

—¿Te gustaría ser famoso? Y si es así, ¿de qué forma? —lee Bo—. ¿Yo primero? —dice.

—Vale.

—No, no me gustaría ser famoso. No me tomo demasiado en serio mis opiniones y creo que hoy en día se espera que los famosos se pronuncien sobre todo tipo de temas. Hace veinte años, los famosos eran solo famosos. Ahora van a las Naciones Unidas y hablan de ecologismo, como si no hubiera gente más cualificada para hacerlo.

—Yo creo que utilizan su fama y su posición para ayudar, ¿no? Para captar la atención del público. ¿Por qué no aprovecharlo?

—A ver, no hay nada malo en intentar ayudar... y entiendo que tienen mucha influencia sobre la opinión pública, así que supongo que está bien que lo hagan. Pero creo que a mí no me gustaría ser el centro de atención. Preferiría ser multimillonario pero sin ser famoso, para poder donar dinero por los cauces adecuados. A las personas que sabrían sacarle el mayor partido. Me gustaría más estar entre bambalinas. —Asiento despacio, mirando fijamente hacia abajo mientras me replanteo mi respuesta—. A menos que... pudiera ser Andy Serkis —dice Bo, consiguiendo que vuelva a levantar la vista hacia él.

—¿Quién narices es Andy Serkis?

—Exacto —dice Bo con una sonrisa mordaz—. Es un actor conocido sobre todo por sus papeles de captura de movimiento para personajes generados por ordenador. Fue Gollum en *El Señor de los Anillos* y Snoke en *Star Wars*. También ha participado en muchas películas de Marvel. Ha interpretado un montón de papeles alucinantes, pero seguro que puede pasear tranquilamente con su familia porque nadie lo conoce.

—Tendrían que sacarte a rastras de los sets de rodaje —digo.

—Me quedaría allí, viviendo de extranjis. O robaría todo lo que no estuviera clavado al suelo.

—Madre mía. No quiero ni imaginarme tu dormitorio con todas esas piezas de colección.

—¿Lo ves? Podría ser peor. —Bo exhala un pequeño suspiro sin dejar de sonreír—. ¿Y tú?

—Creo que sí me gustaría tener fama, pero más por algo creativo y no tan conocido. Ser directora, guionista o algo así, para poder ir a todos los eventos y conocer a gente molona, pero poder centrarme sobre todo en el trabajo sin la notoriedad de ser famosa. Como tú has dicho, eso es exponerse demasiado a la opinión pública.

—Te pegaría ser directora —dice Bo.

—¿Ah, sí? ¿Por qué?

—Porque transmites seguridad.

Resoplo.

—¿Yo?

—Sí, tú —dice Bo entrecerrando los ojos con picardía—. Eres una persona serena. Sabes mantener la calma bajo presión y eso es algo que admiro.

—¿Mantener la calma? —digo con incredulidad—. ¿Yo? ¿Es que te has perdido el numerito que he montado por la cena hace unas horas?

—Esa es la cuestión. Lo has verbalizado y nos hemos puesto de acuerdo. Y hemos mejorado como equipo. Eso es lo que hace un buen director.

—Claro y tú lo sabes por toda la experiencia que tienes en los sets de rodaje.

—Exacto.

—¿Ya está, entonces? —digo mirando las cartas que Bo vuelve a guardar en la caja—. ¿Ya hemos acabado con la primera pregunta?

—Sí —contesta él dejando la baraja en la mesita de centro—. Supongo que en diecinueve preguntas más estaremos enamorados —dice mientras sube y baja las cejas de forma sugerente antes de mirar el reloj—. ¿Te apetece ver una película o algo? —propone—. Puedo traer el portátil.

—Vale —digo—. Puedes presentarme a este tal Andy.

—Pero ¿cuál de sus películas no has visto? —Yo lo miro con cara de póquer—. ¿Cuál no has visto, Win? —me pregunta Bo preocupado. Frunzo el ceño y miro hacia el techo—. ¿Es que no has visto... *El Señor de los Anillos*? —dice lentamente con un hililllo de voz.

Niego con la cabeza y se me escapa una risita al ver cómo su expresión de auténtico horror se transforma rápido en sorpresa y luego en cachondeo. Bo mira el reloj, vuelve a mirarme a mí y al final baja la vista hacia la mesa de centro, como si estuviera calculando algo antes de mirar el reloj una vez más. Me resulta extrañamente enternecedor lo mucho que le ha afectado la noticia.

—Vale, si empezamos ahora, acabaremos la versión extendida de *La Comunidad del Anillo* antes de las doce de la noche.

—¿De las doce de la noche? —exclamo sin mucho entusiasmo—. Pero ¿cuánto dura?

—Mejor que no lo sepas. —Bo se levanta de un salto, rodea el sofá y se queda parado—. No puedo creer que vaya a tener un hijo con una virgen de *El Señor de los Anillos* —dice casi en un susurro—. Es increíble... —añade antes de salir pitando hacia la habitación.

—¡Estabas menos emocionado cuando te acostaste conmigo que ahora! —le grito mientras desaparece.

—¿La verdad? ¡Puede ser! —grita él desde el pasillo.

Consigo ver dos horas de película antes de apoyar la cabeza en el hombro de Bo y quedarme dormida.

# 18

## Embarazada de dieciséis semanas
## El bebé es del tamaño de un aguacate

En la última semana, Bo y yo hemos creado una especie de rutina.

Tengo turno de mañana todos los días, así que me levanto temprano, preparo una cafetera para que Bo tenga café al despertarse y me voy a trabajar. Al salir voy a nadar al gimnasio y llego a casa justo cuando Bo está empezando a preparar la cena. Comemos juntos en el sofá y nos contamos qué tal ha ido el día, aunque no sabría explicar exactamente a qué se dedica Bo. Suelo desconectar en cuanto pronuncia la palabra «datos».

Aun así, le hace tanta ilusión explayarse sobre su jornada laboral que, siempre y cuando asienta con entusiasmo y sonría, que lo entienda o no es lo de menos. Además, me gusta cómo se le ilumina la cara al hablar de su trabajo. Me motiva para pensar en lo que me gustaría hacer después de tener el bebé. Lo del campamento podría ser mi gran sueño a largo plazo, pero quizá haya un paso intermedio que me llene más.

Después de cenar, lavo los platos con el disco que Bo elija de la colección de su madre como banda sonora. Ayer escuchamos *The Best of Etta James* y la noche anterior *The Joshua Tree*, de U2. Joanna, como su hijo, era una mujer de gustos eclécticos.

La verdad es que últimamente pienso mucho en la madre de Bo mientras escucho la música y friego los platos.

Me pregunto si será posible que sepa lo del bebé, igual que espero que lo sepa Marcie. Me gusta pensar que ambas están en el cielo, en el éter, en el más allá, o como cada uno quiera llamarlo, observando orgullosas cómo avanzamos a tientas hacia la paternidad.

Luego, cuando he acabado de soñar despierta y de recoger, sacamos una pregunta del mazo. Las preguntas son una gran herramienta para atisbar cómo funciona la brillante aunque extraña mente de Bo. Lo que más me llama la atención hasta ahora es que, o pasa de todo, o defiende sus ideas a capa y espada, pero rara vez se posiciona entremedias.

Llevas cuarenta y seis plantas de interior a su casa y ni se inmuta. Pero dices que te gusta el zumo de naranja con pulpa y se pone en pie de guerra.

La pregunta de ayer —«¿cuál es tu opinión más controvertida?»— transformó en cuestión de minutos al Bo habitualmente amable en uno por completo indignado. Y eso que cuando dije que el zumo con pulpa era mucho mejor que el que no la tiene, o al menos igual de bueno, estaba bromeando. Lo último que esperaba era que se pusiera hecho una fiera, pero la verdad es que me lo pasé pipa.

Me encantó ver cómo se apartaba el pelo de la cara y se subía las gafas una y otra vez, mientras daba vueltas por la habitación. Estaba casi histérico, despotricando sobre lo asquerosa que era la pulpa y asegurando, cito textualmente, que «cualquier ser humano con un mínimo de dignidad se negaría a aceptar tropezones en el zumo».

Su opinión más controvertida era que las palomitas del cine estaban sobrevaloradas y que no sabían tan diferentes a las de microondas si se tenía en cuenta el precio.

Casi no sobrevivimos a nuestra primera discusión.

Pero, por muy emocionante que resulte nuestra nueva rutina, esta noche se ha suspendido. Bo ha invitado a unos amigos a casa y todavía no he decidido si saldré a saludar o me quedaré agazapada en la habitación toda la noche.

Me ha preguntado al menos una docena de veces si me parecía bien que vinieran y yo le he asegurado otras tantas que sí. Pero me pone nerviosa conocerlos. Suponiendo que llegue a hacerlo. Tal vez sea mejor dejarlos en paz y no entrometerme. Aunque evitarlos también podría ser de mala educación. ¿Cómo se presenta una en esos casos?

«¡Hola, soy Win! Tu amigo me hizo un bombo. Pero luego se apiadó de mí y ahora compartimos casa. Sí, nos hemos acostado. Y no, aún no he decidido si quiero repetir o si eso lo estropearía todo. Además, es difícil saber cómo actuar, porque las putas hormonas me hacen estar tan cachonda que tengo que cargar el vibrador todas las noches y Bo a veces lleva unas gafas que hace que se me caigan las bragas. Por cierto, no sabréis si sigue enamorado de su ex, ¿verdad? ¿Suele hablar de ella? No tengo muy clara la situación y no sé muy bien cómo sacar el tema. En fin, ¡disfrutad de la noche!».

Igual le vendrían bien algunos retoquillos.

Vienen a jugar a juegos de mesa. O más bien a uno en concreto. Bo murmuró el nombre entre dientes mientras trasteaba en la cocina. Su sonrisa infantil me dejó claro que las evasivas con las que me respondía cada vez que le preguntaba eran intencionadas, así que dejé de intentarlo y decidí encerrarme en mi habitación.

Me pareció muy tierno verlo preparar la casa para cuando llegaran sus amigos: los cuencos de aperitivos en la encimera, la mesa plegable en medio del comedor y el mantel negro que no paraba de recolocar.

Cuanto más observo a Bo en su hábitat natural, más consciente soy de cuánto se preocupa por el bienestar de los demás.

Y no lo digo solo por las cosas importantes, como preparar la casa para los invitados.

Se nota también en la forma en la que habla con sus clientes por teléfono. Responde a todas sus preguntas con amabilidad, seguridad, paciencia y confianza en sí mismo. Nunca con arrogancia o superioridad por tener una serie de habilidades de las que la mayoría de la gente carece. De verdad quiere lo mejor para ellos.

Y luego está todo lo que hace por mí. Como llamar a la puerta de mi habitación todas las noches antes de que me acueste para llevarme un vaso de agua con hielo y un cómic nuevo para leer. O la almohada gigante que me encontré ayer en mi cuarto al volver de trabajar con una nota en la que ponía: «Para la mejor mamá del mundo».

Cuando le pregunté, me dijo que en el libro de paternidad decía que, más o menos a estas alturas del embarazo, empezaría a tener problemas para dormir. La verdad es que, desde que estoy aquí, duermo como un lirón todas las noches. Aun así, fue un detalle muy bonito.

Está claro que Bo es de esas personas a las que les gusta proteger a los demás. Un cuidador nato. Me alegra saber que mi hijo va a tener un padre que se desvive por las personas que le importan.

—Win —dice Bo llamando con suavidad a la puerta.

—¿Sí? —contesto mientras dejo la aguja de ganchillo encima de la cama.

Él abre la puerta lentamente, entra y cierra. Parece a punto de preguntarme algo, cuando se fija en lo que tengo al lado.

—Un momento. ¿Haces punto?

—Ganchillo —respondo.

—¿Qué? —dice alargando la palabra varias sílabas—. Qué pasada. No lo sabía.

—No creo que mucha gente considere que hacer ganchillo sea una pasada —replico con frialdad.

—¿Qué estás haciendo? —me pregunta ignorándome.

—Ah, pues se me había ocurrido hacer una mantita para el bebé. Voy a hacer una fila de puntos por cada semana de embarazo. He elegido este malva tan bonito para las semanas en las que aún no sabía que existía —digo, enseñándole lo que he hecho hasta ahora—. Y luego voy a ir añadiendo colores que representen más o menos cómo ha sido cada semana.

Bo asiente, observando la manta, mientras vuelvo a dejarla sobre la cama.

—¿Cuál ha sido el color de esta semana?

—He elegido el gris —respondo.

Su expresión se ensombrece.

—Pero es un gris precioso —le aseguro—. Como las piedras que tiramos en la playa. He pensado que así recordaría nuestro primer día de convivencia.

Bo coge aire, volviendo a subir los hombros hasta la altura normal.

—Va a ser una manta muy grande.

—Sí —digo resoplando—. Seguramente sería más fácil hacer uno de esos libros sobre el embarazo, como todo el mundo —declaro encogiéndome de hombros.

—No, la manta es más original. Yo puedo hacer el típico de libro del bebé si quieres.

—Vale —contesto con una sonrisa—. ¿Querías algo?

—Ah, sí. —Bo se ríe una sola vez, frotándose la frente, mientras apoya la otra mano en la cadera—. La verdad es que sí. Ya han llegado todos y aún no hemos empezado, pero se me ha ocurrido que a lo mejor... podría presentártelos. Aunque no pasa nada si no te apetece. Es que sé que les encantaría conocerte.

«¡Les ha hablado de ti!». Obvio. Vas a tener un hijo suyo y vives en su casa.

—Sí, claro —digo levantándome.

Salgo con Bo al pasillo. Estamos llegando a la cocina cuando él se gira y se agacha para susurrarme algo.

—No lo vaciles mucho.

—¿Que no vacile a quién? —Me detengo y echo un vistazo a la mesa improvisada que hay en el comedor. A su alrededor hay varios hombres que todavía no conozco y, lo más sorprendente, una cara a la que sí.

—¿Caleb?

Caleb, con una expresión de culpabilidad tremenda y tan encogido que no creo que llegue ni al medio metro de altura, tiene las narices de saludarme.

—Hola, Win —dice desolado.

—Hola... ¿Qué... qué estás haciendo aquí?

Caleb mira al resto de chicos de la mesa, luego a Bo y finalmente a mí otra vez, antes de levantarse de la silla de un salto.

—Disculpad, caballeros. —Se abalanza sobre mí, me agarra del codo y me arrastra hacia el pasillo.

—Oye, Win...

—Caleb —digo con voz ahogada riéndome—. ¿Qué estás...?

—Te lo contaré todo, pero antes tienes que prometerme que no se lo vas a decir a mi mujer. —Cruzo los dedos detrás de la espalda y asiento dos veces seguidas. Por favor, como si fuera a prometerle algo así—. Estoy hablando muy en serio. Hace quince años que somos amigos, Winnifred McNulty. Nunca te he pedido nada, pero necesito que hagas esto por mí. Por favor, no le digas a mi mujer que juego a *Dragones y mazmorras*, te lo suplico. Nunca se cansará de echármelo en cara. Se reirá de mí hasta el día de mi muerte.

—¡Caleb! —Le doy un empujoncito en el hombro con la mano pequeña—. ¿Dónde cree Sarah que estás ahora mismo?

—En el gimnasio.

—¡Qué fuerte! Pero ¡qué mentiroso! ¡Nos has engañado! —exclamo asombrada—. ¿Fingiste que nunca habías estado en casa de Bo cuando me mudé? —susurro escandalizada—. ¿Sobre qué otras cosas has mentido?

—En realidad no dije que no hubiera estado aquí nunca. Esta es la única mentira, te lo juro. Es lo único que te pido; dame un poco de tregua, Win.

—Caleb, ¿de verdad esperas que le mienta a mi mejor amiga sobre el paradero de su marido?

—Eso no es mentir. Solo es... omitir la verdad.

—¡Caleb!

—Oye, ya lo sé, ¿vale? Yo tampoco quiero mentirle, pero... —Se pasa una mano por la frente antes de apoyarla en la cadera—. ¿Recuerdas cuando me compré el Lego de *Star Wars* el verano pasado? ¿El de la Estrella de la Muerte? Que, por cierto, es para adultos... —Suspira agachando la cabeza—. Pues Sarah me estuvo llamando Darth Pringáder durante un mes. Un mes.

Me río entre dientes.

—Bueno, seguro que lo decía en plan cariñoso. Además...

—¿Y la vez que propuse que fuéramos todos a aquella feria

medieval, cuando teníamos..., no sé, dieciocho años? Pues todavía me envía anuncios cuando hay alguna, con emoticonos de caritas llorando de risa. Me ha suscrito a no sé cuántas *newsletters.* Y han pasado diez años.

Bueno, he de reconocer que una de esas suscripciones fue definitivamente cosa mía, pero...

—O aquella vez que...

—Vale, vale, ya lo pillo. Entiendo lo que quieres decir.

—Quiero a mi mujer más que a nadie en el mundo, ya lo sabes. Y sé que burlarse de la gente es su forma de demostrarle cariño. Es una de las cosas que más me gustan de ella... cuando no soy yo el objetivo. Así que preferiría evitarlo, a ser posible. Me gustaría conservar al menos un poco de dignidad. —Yo asiento, con los labios temblando mientras me aguanto la risa. Esto es muy fuerte—. Win. —Caleb pronuncia mi nombre como si fuera una súplica. Se me escapa una pequeña carcajada—. ¡Win!

—¡Vale, perdona! Pero tampoco creo que se fuera a burlar de ti por esto. De hecho, cuando te probaste la armadura de caballero que tenía Bo en el armario, me dio la impresión de que le ponía. —Caleb farfulla algo en voz baja—. ¿Qué has dicho? —Él lo repite, pero sigo sin entenderlo. Pongo los ojos en blanco—. No entiendo nada, tío.

—Que no soy un caballero, ¿vale? Soy... Soy el bardo.

—¿El bardo? ¿De esos que recitan poemas con música?

Caleb levanta las cejas sorprendido.

—Pues sí. Me sorprende que sepas lo que es.

—¿Y qué haces? ¿Cantas? ¿De qué va ese juego?

—Más o menos. Tengo poderes mágicos que controlo... con canciones.

Me tapo la boca con una mano, pero es demasiado tarde.

—¡Win!

—¡Perdona! ¡Es que es muy gracioso! Deberías oír lo gracioso que suena.

—¿Ves? Por eso...

—¡Que sí, ya lo pillo! Prometo no reírme más de ti. Pero ahora tengo que ir a conocer al resto de los chicos, ¿vale? Ya es suficiente con que tú les estés haciendo esperar. Podrían... podrían... —La risa me impide acabar la frase—. Podrían necesitar tus poderes mágicos cantarines.

Caleb levanta ambos brazos, resignado y abatido, antes de echar a andar por el pasillo. Yo lo sigo de cerca mientras saco el móvil para enviarle un mensaje a Sarah: «¡Ven ahora mismo a casa de Bo! Caleb está aquí. FRIKIS mentirosos».

No es mi mejor mensaje, pero tendrá que valer, porque me he quedado sin pasillo y ya estoy ante el grupo de chicos del comedor. Dejan de hablar de repente en cuanto entro. Bo nos mira a Caleb y a mí, negando con la cabeza y sonriendo como un idiota.

—Hola a todos —digo, y me acerco a la mesa con indecisión, mientras observo el mapa que hay en el centro y a los hombres que están a su alrededor.

Al lado de Caleb, que sigue enfurruñado, se encuentra un señor cuya corpulencia, mandíbula cuadrada y entusiasmo me recuerdan a un bulldog inglés. Bo está en la cabecera de la mesa colocando concentrado las piezas del juego y, a mi izquierda, frente a Caleb y el señor mayor, hay otros tres chicos.

El que está más cerca de Bo tiene la tez morena, una sonrisa amable pero aprensiva, el pelo negro y corto y está muy delgado. Los otros tienen pinta de ser pareja, a juzgar por la proximidad de sus sillas y la mano que el hombre que está junto a mí tiene sobre el muslo del otro. Ambos son fuertes y musculosos. Uno de ellos tiene la piel bronceada y el pelo largo y castaño, y el otro la tez pálida y la cabeza totalmente afeitada.

—Soy Win —digo levantando la mano izquierda para saludar—. No quiero interrumpiros, solo venía a...

—Pero bueno, menudo bellezón —dice el señor, que tiene un marcado acento escocés. Se levanta con una sonrisa radiante y viene hacia mí, pasando por detrás de la silla de Caleb—. Bo dijo que eras una muchachita preciosa, pero no le creí.

Suelto una risa tonta y le tiendo la mano mientras él extiende la suya.

—Me llamo Hamish, pero puedes llamarme...

—Bueno, ya está bien —dice Bo, echando los hombros hacia

atrás y cruzándose de brazos al lado de mesa—. Venga, tío... —añade riéndose en voz baja—. Recuerdo perfectamente haberte advertido que no te pasaras de la raya.

El corpulento hombre aprieta los labios y sonríe con malicia.

—Perdona —dice, no con acento escocés, sino cien por cien canadiense—. Me gusta probar mis personajes con gente nueva. ¿Ha colado?

—Totalmente —respondo riéndome y giro un momento la cara hacia Bo con una sonrisa perpleja.

—Soy Walter —dice el hombre, tendiéndome la mano y volviendo a captar mi atención.

Yo se la estrecho.

—Encantada de conocerte, Walter.

—Igualmente. —Me guiña un ojo, radiante de alegría—. Creo que ya conoces al hombre que ha vuelto a la mesa con cara de haber recibido un rodillazo en sus partes, pero te presento a... —Walter hace un gesto hacia el lado opuesto de la mesa con la palma abierta.

—Adamir —dice el más tímido, que está sentado junto a Bo, extendiendo la mano por encima de la mesa y tirando algunas piezas del juego por el camino.

Bo vuelve a colocarlas de inmediato.

—Hola, Adamir —le digo en tono tranquilizador—. Encantada de conocerte.

—Yo soy Jeremiah, pero puedes llamarme Jer —dice el armario empotrado que está al lado de Adamir, tendiéndome la mano—. Y este es mi marido, Kevin.

—Encantada de conoceros —les digo, estrechándoles la mano y disculpándome con la mirada, porque seguramente les habré hecho cosquillas con los deditos curvados al retirarla. Al menos solo se suele dar la mano una vez.

—Tengo que reconocer que eres divina —dice Kevin, apoyando una mano debajo de la barbilla—. ¿Puedo preguntarte una cosa? Es que hemos hecho una apuesta. ¿Conociste a Bo en un sitio con muy poca luz o es que eres un alma muy caritativa?

Bo se ríe desde la cabecera de la mesa, cruzando las manos sobre el pecho y levantando con orgullo la barbilla.

—Fue en un sitio muy bien iluminado —respondo guiñándole fugazmente un ojo a Bo—. La pena fue no haberlo visto antes de que me viera él a mí. —Eso les hace gracia.

—Me gusta —dice Walter, y le da un codazo a Bo mientras vuelve a sentarse.

—Y a mí, por extraño que parezca —dice Bo, mirándome de arriba abajo. Lo dice de una forma tan simple y llana que parece que estoy aquí porque él lo ha decidido, no porque nos hayan obligado las circunstancias. Noto cómo ese sentimiento se atrinchera en el agujero que tengo en el pecho, como si alguien estuviera metiendo leña en una estufa.

Antes de despedirme, echo un último vistazo a la sala. No puedo evitar fijarme en lo variopinto que es el grupo y tengo curiosidad por saber qué los ha unido, qué facetas de Bo conocen y si estarían dispuestos a compartirlas conmigo.

—¿Cómo os conocisteis? —pregunto, sin dirigirme a nadie en particular.

—Yo conocí a Bo en un grupo de apoyo. Por desgracia, tenemos el mismo tipo de cáncer —dice Walter—. Pero los dos seguimos pisando fuerte. Bueno, ahora unos más que otros, porque yo todavía conservo las dos piernas. —Walter empieza a reírse antes incluso de acabar el chiste, con un alegre resoplido que me encanta.

Bo se muerde el labio, negando con la cabeza mientras esboza lentamente una sonrisa.

—Estaba deseando soltar el chistecito —dice Bo, mirándome fijamente mientras se inclina sobre la mesa y pone los dados delante de Caleb. Sé que le ha hecho ilusión que conozca a sus amigos. Está decidiendo si encajo. ¿Lo hago?

—Bo y yo nos conocimos en Waterloo —dice Adamir, levantando la mano para pedir la palabra, como si estuviera en el colegio—. Bo era el asistente de mi profesor de Economía en primero de carrera.

¿Bo profesor? Puede que eso me ponga. Pues sí, acabo de consultarlo con la junta directiva de mi entrepierna y al parecer sí me pone.

—Bo y yo trabajamos juntos —dice escuetamente Jeremiah.

—Jer es mi jefe —explica Bo, poniendo una ficha sobre la mesa—. Se está haciendo el modesto, pero él es el que manda.

—Bueno, sí. Pero aquí solo soy tu compañero de trabajo, tu amigo y... un guerrero —dice con dramatismo, al tiempo que desenvaina una espada imaginaria del cinturón y asesta una estocada.

—¡Ay, yo quiero estar en su equipo! —digo riéndome.

—Uy, lo mismo dije yo cuando empezamos —comenta Kevin a mi lado—. Yo estoy aquí porque Bo necesitaba otro jugador y mi marido me obligó a presentarme voluntario. Pero ahora estoy encantado. Soy muy fan del drama.

—¿Cuándo empezasteis a jugar? —les pregunto, mirando a Caleb con una ceja levantada.

—Creo que exactamente el mensaje fue: «Oye, Jer, tengo cáncer (emoticono de hombros encogidos). Voy a necesitar descansar un tiempo. Puede que eternamente (emoticono de interrogación). Antes de que me preguntes si puedes ayudarme en algo, como hace todo el mundo, podrías jugar conmigo a *Dragones y mazmorras*. Es algo que siempre he querido hacer. Necesito al menos cinco tíos y ya tengo tres. A lo mejor a Kev también le apetece apuntarse. En fin, espero volver pronto al trabajo (emoticono de dedos cruzados)» —dice Jer, antes de que Caleb pueda contestar.

Miro a Bo boquiabierta, sin poder dar crédito, aunque en el fondo me hace un poquito de gracia.

Él me mira, encogiéndose de hombros, superorgulloso de sí mismo.

—No me quedó más remedio.

—¿Les hiciste chantaje emocional a tus amigos con lo del cáncer para que jugaran contigo a *Dragones y mazmorras*?

—Lo que oyes —dice Walter—. Y eso que yo también tenía cáncer.

—A mí me apetecía jugar —dice Adamir en voz baja.

—¿Y tú? —le pregunto a Caleb.

—Me uní en septiembre —murmura—. Ya te lo he dicho. No sabía nada más... hasta que tú le contaste a Sarah todo lo de Bo —dice para chincharme. Puede que me lo merezca, pero aun así lo fulmino con la mirada.

—Había otro amigo del grupo de apoyo que jugaba con nosotros, pero falleció en junio —explica Bo con entereza rascándose la mejilla.

Miro a Walter y a Bo, que intercambian una mirada triste pero serena de consuelo.

—Lo siento —digo en general para toda la mesa.

Walter le da unas palmaditas suaves en la espalda a Bo.

—Lo superaremos. Además, tenemos suerte de contar con Caleb para ocupar su lugar —dice girándose hacia él.

Asiento y vuelvo a mirarlos a todos, sin tener muy claro cuándo marcharme. Adamir está haciendo una torre con los dados delante de él, mientras Kevin y Jer se susurran cosas el uno al otro, mirándose embelesados. Bo coloca una última pieza y asiente, como si la mesa ya estuviera lista. «¿Se lo has contado?», me pregunta Caleb en voz baja. Yo le doy la espalda bruscamente.

—Bueno, ha sido un placer conoceros a todos. Me voy a... —Justo entonces suena el timbre y me deja con la palabra en la boca.

—Parece que la pizza se ha adelantado —dice Bo, que rodea la mesa y pasa a mi lado para ir hacia el salón.

—No es la pizza, ¿verdad? —me susurra Kevin con una sonrisa de emoción. Le encanta el drama. Definitivamente, Kevin me cae bien.

Niego con la cabeza, consiguiendo a duras penas disimular una sonrisa.

—¡Caleb! —grita Sarah detrás de mí, irrumpiendo en el comedor—. ¡Caleb Andrew Linwood, esto no es una clase de kickboxing!

—Hora de retirarme —le digo a Kevin, señalando el pasillo por encima del hombro—. Encantada de conoceros a todos. ¡Dadles una paliza a esos dragones! ¡Y escapad de las mazmorras o lo que sea! —exclamo, corriendo hacia mi habitación antes de que Caleb me fulmine con su mirada asesina.

O con su magia musical y esas cosas.

# 19

No me avergüenza reconocerlo: *Dragones y mazmorras* es una puta pasada.

Cuando Sarah acabó de echarle la bronca a Caleb en público, algo que se merecía por haber estado mintiéndole durante meses, vino a mi habitación y me sacó a rastras para que me sentara con ella a mirar. Sarah no es de las que dejan al público tirado y, a juzgar por las risitas, los «oooh» y los «aaah» que se oían al fondo del pasillo, los hombres de la mesa estaban fascinados con ella.

Durante los primeros diez minutos estuve haciendo ganchillo mientras Sarah se mordía las uñas y le hacía fotos a escondidas a Caleb, riéndose en voz baja cuando le tocaba hablar a él.

Pero entonces, y no sabría determinar el momento exacto aunque quisiera, nos enganchamos. Bo estaba creando una historia tan compleja que Sarah y yo observábamos boquiabiertas pasándonos un cuenco de palomitas, mientras los chicos libraban una batalla contra un cambiante con plumas de cuervo y su pequeño ejército de ladrones para defender una posada local.

«Mi marido es un puñetero héroe», susurraba Sarah, con la boca entreabierta por el asombro.

La verdad es que eran muy convincentes.

En mi caso, la forma en la que Bo dirigía el juego era lo que me hacía sonrojarme y ponerme nerviosa. La facilidad con la que se adaptaba a lo que los jugadores decidieran representar, la sencillez con la que daba instrucciones y dejaba que ellos encauzaran la historia. Y cuando ponía la voz del villano con plumas de cuervo... Madre del amor hermoso. Su expresión malvada, el tono grave de su voz... Me habría quedado embarazada otra vez si fuera posible.

«Esto no dice mucho de nosotras», le susurré a Sarah, al sorprenderla abanicándose.

«Mejor no darle muchas vueltas», contestó ella lanzándole un beso a Caleb, que obviamente ya no iba a dormir en el sofá.

Pasaron tres horas antes de que Bo diera la partida por finalizada y todos abandonaran sus personajes para volver al mundo real. Sarah y yo empezamos a quejarnos, como hacíamos con la televisión cuando nuestras telenovelas acababan en el momento más interesante.

—¿Y la mujer del pantano? ¿Es la princesa muerta? ¿Tiene la espada de la iluminación? ¿Qué va a pasar ahora? —pregunta Sarah con una mirada de desesperación.

—Creo que a partir de ahora vamos a tener público, chicos —dice Walter, guardando los dados en una cajita de madera.

Yo bostezo, estirando los brazos por encima de la cabeza, y Bo levanta la barbilla para guiñarme un ojo, como si mi bostezo fuera una señal no verbal para que todos se marchen. No era mi intención, pero agradezco su preocupación.

—Walter, ¿sigues disponible para hacer de anfitrión el mes que viene? —le pregunta Bo, plegando rápidamente la mesa.

—Bueno, a lo mejor podría organizarlo yo —dice Caleb—. Ahora que... —Deja la frase a medias, mientras mira de reojo a su mujer.

—¿Ahora que no tienes miedo de que tu pareja se entere? —le pregunta Jer riéndose.

Caleb suspira. Al pobre no le dan tregua.

—¡Ay, por favor! ¿Podemos? —pregunta Sarah, sacudiendo a Caleb y dando saltitos a su lado—. ¡Podría sacar algunos adornos de Halloween! Y podríamos poner cerveza y algo temático para picar.

—Por mí perfecto —dice Walter, mirando a mi mejor amiga con cariño.

Caleb sonríe y le da un beso a su mujer en la frente. Cuando va a apartarse, Sarah lo agarra de la camisa y vuelve a tirar de él para besarlo en la boca. Entonces la situación se vuelve un poco incómoda. Sarah gime sobre sus labios mientras Caleb baja las manos por su espalda un pelín de más.

—Vale, vale, vale —digo, yendo hacia ellos para separarlos por los hombros—. Ya está bien.

—¿Sabes, Win? Creo que tenías razón —dice Caleb con suficiencia, colocándose el cuello de la camisa y mirándole el culo a Sarah cuando esta se acerca a hablar con Bo y empieza a bracear mientras comenta la batalla—. A Sarah le pone este rollo.

—¿Qué he hecho...? —me pregunto a mí misma, en voz tan baja que nadie más puede oírme.

Al final, se acaban yendo todos. Charlan durante todo el camino hasta que Bo se queda hablando con ellos desde la entrada, probablemente congelado, mientras se despiden una última vez.

—Parece que esos dos se van a quedar delante de casa —dice Bo cerrando la puerta. Me asomo por la ventana y veo a Caleb y Sarah magreándose sobre el capó del coche.

—Me está bien empleado, por chivarme. Si los vecinos se quejan, asumiré la responsabilidad. —Me acomodo en el sillón y Bo, que iba hacia el comedor, cambia de idea al verme. Se sienta en el brazo del sofá y empieza a frotarse el muslo con un pequeño gesto de dolor, apretando con ambas manos el punto en el que empieza la prótesis.

—¿Estás bien? —le pregunto.

—Sí, todo en orden. Solo que ahora mismo me está apretando un poco. El volumen del muñón varía a lo largo del día. Puedo cambiar la media que llevo por debajo para que me ayude un poco, pero no he tenido ocasión de hacerlo. Y ahora ya es mejor que espere a irme a la cama.

Todavía no he visto a Bo sin la prótesis. Me resulta extraño porque, tras una búsqueda rápida en Google, me enteré de que era bueno ir sin ella siempre que fuera posible, para dejar que todo respirara. Y más teniendo en cuenta que una vez comentó de pasada que la nueva prótesis, redimensionada para que se ajustara y encajara mejor, no iba a llegar hasta finales de marzo. Dijo que iba a ser «su regalo de cumpleaños atrasado».

—Ya sabes que no hace falta que la lleves puesta por mí. Si estás incómodo...

—¿No? ¿No te daría mal rollo verme cojeando por casa? —Las comisuras de sus labios se curvan hacia arriba, pero sus ojos lo delatan. Hay en ellos un atisbo de duda, una pizca de preocupación.

—Para nada —respondo—. Claro que no —aseguro con rotundidad.

Él asiente, pero no hace ademán de quitársela.

—Bueno... —dice en ese tono que usa cuando quiere cambiar de tema y que ya me resulta tan familiar—. Parece que Sarah le ha cogido rápidamente el gusto a *Dragones y mazmorras.*

—Seguro que esta noche suelta alguna barbaridad en la cama —digo con repelús.

Bo se ríe y se pone de lado antes de dejarse caer bocarriba en el sofá con un gruñido y las cuatro extremidades completamente extendidas. Me imagino tumbada encima de él, pienso en la facilidad con la que su cuerpo podría envolver el mío y tengo que parpadear para quitármelo de la cabeza.

—Yo pagaría lo que hiciera falta por que me dijeran unas cuantas guarradas en plan *Dragones y mazmorras* —dice con una sonrisa traviesa.

—Sarah lee algunos libros muy guarros. Será algo creativo a la par que inquietante.

—Parece que le gustó que Caleb salvara al tabernero —comenta Bo con un brillo pícaro en la mirada.

—Uy, sí, dijo que era un héroe.

Su cuello tiembla cuando se echa a reír.

—En octubre hubo una misión paralela en la que Caleb tuvo que seducir a una bruja para conseguir que ella... —Deja la frase a medias, negando con la cabeza—. Da igual.

—No, no, no..., ahora tienes que contármelo —exijo sonriendo de oreja a oreja—. Por favor, necesito saberlo.

—Pero tienes que prometer que no le vas a decir que te lo he contado ni se lo dirás a Sarah, porque hay que ser discreto con estas cosas... No me pueden pillar yéndome de la lengua.

—¡Te lo prometo! —Esta vez lo digo en serio.

—Pues dijo... —Bo empieza a reírse de una forma casi incontrolable, haciendo que toda la parte superior de su cuerpo se agite mientras las manos le rebotan sobre el abdomen. Intenta acabar la frase varias veces, pero le falla la voz cada vez que vuelve a entrarle la risa.

—¡Venga, suéltalo de una vez!

—Me miró fijamente a los ojos y dijo: «Ni el mismísimo rey Arturo podría arrancarme de tu interior».

—¡No! —chillo tapándome la boca con la mano.

—Ni el mismísimo rey Arturo... —dice Bo, rojo como un tomate, intentando recuperar el aliento.

A los dos nos da un ataque de risa tan descomunal que yo estoy a punto de asfixiarme y me agarro la barriga jadeando para intentar coger un poco de aire. Imaginarme a Bo interpretando a una bruja a la que hay que seducir ya me parece la monda, pero creo que esa frase va a ser mi nueva cita favorita. Todavía no tengo ningún tatuaje, pero a lo mejor me planteo hacerme uno. De hecho, puede que acabe siendo mi epitafio, porque me va a matar no poder contárselo a Sarah.

Resistiré.

—Vaya tela... —digo con un hilillo de voz mientras me seco las lágrimas.

—¡No sabía cómo reaccionar! —dice Bo, haciendo un gesto con la mano mientras se vuelve a tumbar—. Tiré los dados por ella y la bruja fue seducida. Así que supongo que funcionó.

—Ahí Caleb lo dio todo. Tengo que reconocerlo. —Intento respirar hondo, pero me vuelve a entrar la risa y me quedo sin aliento otra vez.

—Creía que Adamir se iba a desmayar, el pobre.

—Me caen muy bien tus amigos —digo, volviendo a respirar hondo para tranquilizarme—. Son geniales. Me encanta que sean todos tan peculiares.

—¿Incluido Walter? —pregunta. Se incorpora para mirarme y se queda un poco sorprendido. Me mira tan fijamente que me pilla desprevenida y me quedo sin respiración. Poso las palmas de las manos sobre las mejillas y noto que están calientes. Así que eso es lo que le ha llamado la atención. Me estoy sonrojando.

—Sobre todo Walter —respondo antes de aclararme la garganta—. ¿O debería llamarle «Hamish»?

—A veces te pasa eso —dice Bo, dándose un par de golpecitos con el dedo en la mejilla.

—¿Te refieres a que me sonrojo? —Desvío la mirada, porque la cosa suele empeorar cuando hablo del tema. O cuando algún hombre guapo comenta algo al respecto. Así que, en este caso, dos de dos—. Sí..., como a casi todo el mundo —digo en voz baja.

—Ya, por vergüenza. Pero tú te sonrojas mucho más a menudo..., como cuando estás feliz, por ejemplo.

—Es un coñazo —digo apartándome el pelo del cuello para refrescarme.

—A mí me gusta —se limita a decir Bo. Vuelvo a mirarlo—. Me parece una especie de confirmación. Es la única forma de saber si mi chiste ha tenido gracia o, bueno, ya sabes... —Traga saliva y cierra los ojos, parpadeando varias veces con rapidez.

—¿Qué es lo que sé? —le pregunto ladeando la cabeza.

Bo se pasa una mano por el pelo y se inclina hacia delante frotándose la nuca. Desvía la mirada hacia un lado con cara de fastidio, como si no pudiera creer lo que está a punto de decir.

—Bueno..., en Halloween te ruborizaste. —En Halloween hice muchas cosas. Entorno los ojos y sonrío con más ganas—. Cuando... te corriste —añade antes de apretar los dientes y mirar con fijeza mi cuello, donde sin duda persiste el matiz rosado. «Ah»—. Perdona. —Bo se pellizca las cejas y una arruga profunda se le forma en el medio de la frente—. No sé por qué he dicho eso.

Me gustaría quitarle hierro al asunto con la mayor naturalidad posible, pero creo que se me está cerrando la garganta. Lo único que siento es el latido del pulso en el cuello.

—Mejor nos vamos a la cama —dice Bo sin dejar de mirarme mientras se aleja un poco más de mí, como si se estuviera resistiendo. Diciéndose a sí mismo que no. Levanto una ceja, me pregunto si se habrá dado cuenta de que, tal vez de forma inconsciente, acaba de hacerme una proposición—. No, no digo juntos. Perdona, no... —Apoya la cara entre las manos antes de pasárselas por el pelo y despeinárselo. Está muy gracioso—. Lo siento —dice riéndose—. ¿Ves? Por eso tuviste que tomar tú la iniciativa.

¿Fue por su torpeza? Empezaba a creer que había sido porque no estaba tan interesado. En cualquier caso, no es una buena idea. Trago saliva para intentar bajar el nudo que tengo en la garganta.

—Bueno..., ahora que lo dices..., la verdad es que todavía no hemos hablado del tema. —Bo me mira fijamente como si no supiera a qué me refiero, frunciendo levemente el labio inferior. Mierda, al final voy a tener que decirlo en voz alta. «Respira hondo. Inhala, exhala»—. No creo que sea conveniente que tengamos ningún tipo de relación física de ahora en adelante. —Hala, ya está, así de fácil.

—¿No? —dice Bo como respuesta.

«¿No?».

¿Qué coño significa «no»? ¿Que no está de acuerdo? ¿Qué esperaba que hiciéramos?

—Ya es bastante complicado... —digo lentamente.

—Ya.

—Y creo que el sexo complicaría aún más las cosas.

—Ya. —Bo se humedece los labios, sin dejar de asentir.

—Lo que más me preocupa es que el sexo pueda llevarnos a tener algo más serio y, si eso acabara mal..., podría impedir la coparentalidad o la convivencia.

—Ya —repite él.

—Ya —replico yo, imitándolo con frialdad.

—Perdona —dice volviendo al mundo real—. Aún lo estoy asimilando.

—¿Qué tenías en mente? —le pregunto sin pensar.

Él mira hacia el techo y se frota mecánicamente las manos entre las rodillas. Después de aclararse las ideas, me clava la mirada de una forma tan intensa que casi me hace sentir incómoda. Cada punto de mi cuerpo en el que posa los ojos empieza a arder, de manera que, al cabo de unos instantes, todo mi ser ha entrado en calor.

—La verdad es que no lo sé —contesta, con una mirada insegura, pero sin apartar los ojos de los míos—. Supongo que no se me había ocurrido poner reglas. Todo esto es demasiado nuevo y si te digo la verdad...

—Pero las reglas son buenas, ¿no? —digo cortándolo. Si me fueran las apuestas, apostaría a que esa frase iba a acabar con un «todavía no he olvidado del todo a mi ex», algo que no soportaría oír—. Está bien que hayamos hablado de los límites y todo eso... Para protegernos. —De repente cojo carrerilla y empiezo a hablar a mil por hora, diciendo cosas sin sentido—. Así podemos centrarnos en formar el mejor equipo posible para el bebé. Y simplificar un poco las cosas en una situación que ya de por sí es complicada. Ese es el objetivo, ¿no? Poder compartir la crianza de nuestro hijo sin problemas.

—Ese es el objetivo —replica Bo. Luego aprieta los labios y asiente con energía—. Sin duda alguna.

—Pues entonces, está decidido. Seremos amigos con derecho a feto. —Me recuesto en la silla y me sorbo una vez la nariz. Miro a Bo, que se lleva una mano a la mejilla para rascarse al lado de la oreja. Su boca se acerca un poco más a ella mientras sonríe con disimulo, como si tuviera un secreto—. ¿Qué? —le pregunto—. ¿A qué viene esa miradita?

—A nada —contesta bajando la mano—. Te entiendo. Lo he pillado —dice, y cuando lo hace sube un poco el tono de voz.

—Bo... —digo en voz muy baja. Espero que lo interprete como un «no me mientas».

Él se acaricia el labio inferior con el pulgar y mira hacia el techo.

—Ya que nuestro objetivo es ser solo amigos..., ¿podrías hacerme un favor?

—Claro —le aseguro en un tono de confusión evidente.

—¿Podrías ser más discreta por las noches?

—¿Qué? —exclamo un segundo antes de que el corazón me dé un vuelco y me llegue casi al estómago al darme cuenta de a qué se refiere. Inmediatamente me pongo como un tomate, aunque esta vez es por las razones habituales.

Él se da cuenta y esboza una pequeña sonrisa.

—Es una casa vieja, de paredes finas. Y cuando escucho

unos gemidos que vienen del fondo del pasillo, me entran ganas de tirarme de los pelos.

Esto no puede estar pasando. Prohíbo que esto pase.

Bo se niega a dejar de mirarme y me observa con los ojos entrecerrados mientras yo miro al infinito por encima de su hombro, deseando teletransportarme al puñetero sol. Pues sí, parece que está pasando de verdad; clara, definitiva y efectivamente.

Debo de haber sido lo puto peor en otra vida para merecerme esto. Un magnate del petróleo. Un dictador corrupto de algún minipaís. Un mosquito portador de malaria. El primero al que se le ocurrió poner tubos fluorescentes en los probadores.

Asiento con la boca abierta y la mandíbula encajada.

—Vale —murmuro involuntariamente—. Claro —añado, y me levanto con las piernas temblando.

Yo me largo de aquí. Me abro cagando leches.

Ya verá al niño cuando cumpla dieciocho años, si consigo sobrevivir a este nivel de humillación. Me niego a mirar a Bo mientras paso a su lado para ir hacia el vestíbulo, ponerme las botas y coger el abrigo.

—Win —dice él riéndose cuando viene detrás de mí.

—No —replico en tono cortante con la mano en el pomo de la puerta.

Él pone la suya sobre la mía, impidiéndome escapar.

Paso de mirarlo. Ese megafriki de oído supersónico, cara bonita y manazas calientes puede irse a la mierda. Lo odio.

¿Qué habrá oído?

—Win... —dice Bo, en un tono burlón que me molesta profundamente.

—Por favor, déjame salir y morir congelada. —Apoyo la frente contra la puerta.

—No puedo dejar que hagas eso, cielo.

—¡Que no me llames así! —replico.

—Perdona. —Bo desiste, aparta la mano de la mía y da un paso atrás.

Levanto la frente y la dejo caer de nuevo contra la puerta, girando un poco la cara hacia él.

—¿Qué has oído? —Traducción: «¿Por casualidad me escuchaste la primera vez que se me escapó tu nombre? ¿O la segunda, cuando descubrí que el mero hecho de pronunciarlo me hacía llegar casi a la línea de meta?».

Bo levanta el brazo hacia la parte superior del arco y se apoya en él, acortando la distancia que nos separa en unos tres centímetros. Aunque yo siento su presencia por todas partes.

—Lo suficiente como para saber que tú también piensas en lo de Halloween.

«Mierda, joder, me cago en todo lo que se menea».

—Ya, bueno... —Trato de inventarme alguna excusa, aunque lo que de verdad me apetece es hacerme un ovillo y esperar la muerte—. Fue la última vez que me acosté con alguien. ¿En qué voy a pensar si no?

—En el mejor polvo de tu vida —contesta Bo con socarronería—. A no ser que... —Aparta el brazo y se acerca a mí con arrogancia, inclinándose por la cintura—. Que casualmente fuera el de esa noche.

—Más quisieras —replico.

Él suspira y baja la vista hacia el suelo mientras se endereza, pasándose una mano por la cara.

—Aunque creo que tienes razón —dice con voz distante—. Tanto en lo de las reglas... como en lo de pasar página. Creo que sería lo más adecuado.

«Pero...».

Guardo silencio, con los pies sobre una delicada cuerda floja que me lleva hasta los suyos.

Sin embargo, no hay ningún «pero».

No debería parecerme mal, ¿no? Es absurdo que me parezca mal. He sido yo la que ha puesto esas reglas. Acabo de comunicárselas.

—Vale... —contesto, pegando la oreja a la puerta de la entrada y regalándole unos cuantos centímetros más de mi cara, aunque tardo mucho en poder volver a mirarlo.

—Perdona —dice—. No debería haber abierto la boca.

—¿Y seguir escuchándome? Ni de coña.

Bo me mira con ternura y una sonrisa irónica, mientras respira hondo con aire pensativo y su pecho se eleva.

—Ven aquí —dice tirando de mí para alejarme de la puerta. Me abraza agarrándome por los hombros y me pone la otra mano en la nuca para estrecharme contra él. Yo refunfuño molesta y dejo todo el cuerpo rígido, con los brazos caídos.

Pero no puedo evitar inhalar su olor. Ese aroma a canela y almizcle tan característico de él. Dulce, cálido y seductor. Y eso me recuerda, una vez más, por qué necesitamos esas reglas.

—Lo conseguiremos, Win —dice Bo, apoyando la barbilla en mi cabeza—. Reglas, planes, límites... Todo se solucionará solo. —Suspira estrechándome con más fuerza—. Pero siento haberte tomado el pelo. No debería haberlo hecho. A partir de ahora, haré todo lo que necesites para que te sientas cómoda.

—Lo que necesito son paredes más gruesas —farfullo sobre su pecho.

—Llamaré a un contratista —dice Bo, que me suelta y se aleja.

Sigo sin atreverme a mirarlo, así que analizo las vetas de la madera oscura del suelo que tenemos delante.

—Yo también lo siento —digo con resignación—. Siento que me hayas oído. No es... Son las hormonas del embarazo, que me hacen... —Dejo la frase a medias y niego con la cabeza—. Lo siento.

—Si te digo que me gustó, ¿te sentirías mejor o peor?

«Mejor».

—Peor.

—Pues entonces no me gustó nada. —Bo extiende una mano, me inclina la mandíbula hacia arriba con un nudillo y me sujeta la barbilla con el pulgar. Lentamente, levanto la vista para mirarlo—. Siento muchísimo haberte hecho pasar vergüenza. No hay nada de qué avergonzarse. Me alegra que hayamos dejado las cosas claras. Mantenerme alejado de tu habitación me resultaba casi imposible, pero ahora, con estas reglas...

Lo interrumpo y aparto su mano de mi barbilla temblorosa, retrocediendo hasta chocar con el culo contra la pared de la entrada, donde están colgados los abrigos.

—Por favor... —«Deja de hablar», le suplico con la mirada. Esto no me está ayudando. Inspiro lentamente y cierro los ojos muy despacio.

Pero es peor el remedio que la enfermedad.

En cuanto lo hago, mi mente se llena de imágenes de Bo entrando en mi dormitorio y sujetándome las manos por encima de la cabeza, tirando el vibrador al suelo y sustituyéndolo por su boca. Me imagino sus dientes mordisqueando mi piel, sus labios besando mi vientre y su lengua lamiendo mis pechos. Casi hasta puedo oír los gemidos perfectos que emitió al correrse debajo de mí.

Aprieto las rodillas y abro los ojos con más obstinación que nunca. Intento recordarme a mí misma cuál es la realidad. Lo que sé frente a lo que me gustaría que fuera.

Sé que Bo es un buen tío.

Por desgracia, también sé que es buenísimo en la cama.

Pero también sé que sigue estando, como mínimo, un poco pillado por su ex.

Y sé que mi corazón no soportaría que me volviera a acostar con él. Me resultaría demasiado fácil enamorarme de él ahora, dadas las circunstancias, y estando tan cerca el uno del otro. Y no creo que él esté preparado para lo que eso podría conllevar. No creo que quiera tener eso conmigo. Creo que la quiere a ella. Y puede que el problema sea su exceso de lealtad, lo cual me molesta aún más. Hasta sus defectos son buenos.

No puedo confundir el hecho de estar aquí con el de que me desee.

No puedo autoconvencerme de que me prefiere a mí antes que a su ex.

No puedo permitirme enamorarme de un hombre cuyo corazón pertenece a otra persona.

—Tráete a alguna chica a casa —propongo con falsa indiferencia—. Y que sea muy escandalosa a poder ser. Así estaremos empatados y podremos olvidarnos del tema.

Bo se pone muy serio y frunce el ceño. Nunca había visto esa expresión en su cara. No me gusta. No le pega nada.

—¿Saber que me estoy acostando con otra al fondo del pasillo te haría sentirte mejor? —me pregunta con severidad.

—Pues sí. ¿Por qué no? —replico con una apatía un tanto inapropiada.

Bo se lleva una mano a la cara y suspira pellizcándose el puente de la nariz.

—Es tarde. Deberíamos dormir un poco. —Asiento, y cruzo los brazos sobre el pecho. Intento que mis piernas se muevan, pero pasan de mí—. Lo siento, Win. No pretendía...

—Tranquilo —digo sin dejarle acabar la frase, mientras echo los hombros hacia atrás—. Era un tema peliagudo, pero ya está arreglado. Amigos, ¿no?

Bo empieza a retroceder lentamente hasta que sus pantorrillas chocan contra el respaldo del sofá. Se sienta en él, desolado, mientras asiente.

—Amigos... Eso siempre —contesta con una pequeña sonrisa. Su mirada es tan incómoda como tranquilizadora. Eso me molesta. Me molesta que esté intentando tranquilizarme.

Y, por primera vez en mi vida, me sorprendo deseando que un tío sea un capullo.

—Vale, pues buenas noches —le digo, rozándolo sin querer mientras voy hacia las habitaciones. Una vez en el pasillo, me doy una palmada en la frente y hago una mueca de dolor por culpa del golpe.

En cuanto pongo la mano en el pomo de la puerta de mi dormitorio, me detengo.

Me quedo allí, debatiéndome angustiada entre mis deseos y la realidad. Con la esperanza de que, esa noche, cuando Bo me lleve el vaso de agua con hielo, se meta conmigo en la cama y se me acerque con cautela. Preguntándome desesperadamente si sentirá lo mismo que yo: esta tensión, esta especie de energía, de cuerdas que se enrollan a nuestro alrededor con tanta fuerza. Unas cuerdas que no deberían existir.

Me lo recuerdo mientras, una a una, voy tocando mentalmente cada una de esas cuerdas, cada una de las razones, como si se tratara de un instrumento. Diciéndome a mí misma, como he hecho durante tantos años, que la razón debe vencer a mi corazón temerario.

Así que me voy a la cama. Sola.

Y soy silenciosa como un ratón.

# 20

Esto ayudará. Siempre lo hace.

El brillo deslumbrante de las sombras azules, desiguales y trémulas, reflejadas sobre el fondo de la piscina. El chapoteo del agua entre brazada y brazada mientras levanto la cabeza por encima de la superficie para coger bocanadas rápidas de aire. El olor a cloro y el contacto de mis pies con las baldosas cuando giro para empezar el siguiente largo.

Me repito sin cesar que esto me ayudará, pero cada vez estoy más y más tensa.

Llevo acumulando esa tensión desde ayer por la noche. Después de pasarme horas dando vueltas en la cama, llegué a la conclusión de que el único remedio era ir a primera hora de la mañana a la piscina para intentar aliviar el estrés en la medida de lo posible. Poner a mi cuerpo al límite para relajarme.

Aunque siempre he sido más de aguas abiertas, el mero hecho de nadar suele tranquilizarme, lo haga donde lo haga.

Menos hoy.

Voy por el decimoséptimo largo y todavía no tengo claro cuántos tendré que hacer para volver a sentirme bien, pero el número sigue aumentando con cada viraje. Pienso seguir nadando hasta borrar de mi mente el intenso recuerdo de la conversación que tuve ayer por la noche con Bo. La vergüenza de compartir pasillo con alguien que sabe que te has toqueteado pensando en él y te ha oído hacerlo.

Por otra parte, tampoco pienso salir de aquí hasta que reúna la cantidad considerable de autocontrol que me hace falta para no tomar la decisión imprudente y cortoplacista de volver a acostarme con Bo, aun sabiendo que le gustó escucharme.

Levanto el brazo izquierdo por encima del cuerpo y lo meto en el agua por delante de mí, creando una corriente superrápida, antes de cambiar al derecho. Izquierdo, derecho. Yo no me he acostado con nadie desde Halloween. Pero... ¿y él? ¿Lo habrá hecho? Izquierdo, derecho. Nunca se le ocurriría traer a otra chica a casa, ¿no? Izquierdo, derecho. ¿Y si acepta mi órdago? Izquierdo, derecho.

Cuando llego al borde de la piscina, me pongo de pie para recuperar el aliento mientras me quito las gafas y me tapo los ojos con las manos. Joder. Definitivamente, esto no está funcionando.

No dejo de ver la cara de Bo, su brazo apoyado tranquilamente en lo alto del arco, su figura imponente cerniéndose sobre mí. Sus labios repitiendo una y otra vez «mantenerme alejado de tu habitación me resultaba casi imposible», hasta que me entran ganas de gritar: «¿Y por qué lo has hecho?».

Podría pedirle a Sarah que me deje dormir en su casa..., tomarme un par de días para calmarme. Pero ¿en serio voy a tener que hacer eso cada vez que me sienta atraída por Bo? Soy adulta, por el amor de Dios. Me he acostado con él. No es tan raro que el deseo no haya desaparecido de repente cuando la cosa se ha complicado.

Pero algo va a acabar petando.

Y cada vez estoy más convencida de que podría ser mi autocontrol.

—¿Win? —Una voz grave y afable resuena en la piscina.

Me doy la vuelta, mirando hacia atrás, y veo una cara conocida en el puesto del socorrista.

—¡Cam! —exclamo con una sonrisa radiante.

Formé a Cam hace tres años en Westcliff Point y desde entonces ha vuelto todos los veranos a trabajar de socorrista. Raras veces me tropiezo con «mis amigos de verano» en otra época del año y siempre me desconcierta un poco. Pero Cam es un encanto. Aunque podría habérmelo encontrado en un mejor momento.

—Sabía que eras tú —dice. Sus hoyuelos hacen acto de presencia mientras se aparta el pelo cobrizo de la cara.

—¡Hola! —le digo levantando las piernas para darme la vuelta y ponerme de pie. Me miro el bañador y me pregunto si se fijará en mi barriguita. Es arriesgado, teniendo en cuenta lo ajustado que es el traje de baño, pero, aunque sospeche, dudo mucho que me pregunte nada—. ¿Qué tal te va?

—Bien, bien, estoy bastante liado. Trabajo de socorrista aquí y doy clases particulares de natación. ¿Y a ti?

—Bastante bien —contesto, mientras él empieza a bajar por la escalerilla—. Aún sigo en la cafetería.

Cam se detiene a unos metros de mí, jugueteando con el cordón que lleva alrededor del cuello.

—Es curioso que me haya tropezado contigo... El otro día me acordé de ti. —Vale..., a lo mejor debería decirle que estoy embarazada—. Acabo de empezar a darle clases a un chico que se llama Henry. Tiene una mano como la tuya. Le hablé de ti y le dije que eras la mejor nadadora que conocía. Casi se muere de la emoción.

Frunzo los labios, agradeciéndole el detalle de todo corazón.

—¿Sí? —le pregunto alargando la palabra.

—Sí. Es un niño supermajo. Es muy divertido enseñarle. Estuve hablando con sus padres después de la primera clase y me dijeron que estaban buscando un campamento de verano para él. Me acordé de ti de inmediato por la idea que nos contaste a Casey y a mí el año pasado, el día de la hoguera. Lo del campamento. —Cam vuelve a apartarse el pelo de la cara y se coloca de nuevo el silbato que lleva al cuello mientras mira al infinito, intentando hacer memoria—. ¿Cómo ibas a llamarlo? Campamento...

Campamento Tú Puedes. Vale, un poco obvio, pero era para niños.

—Solo era una idea. —Me encojo de hombros mientras pongo el brazo delante de la tripa y me agarro el codo—. Ya ni me acordaba. Creo que había bebido demasiado. —Seis cervezas. Pero claro que me acuerdo. Me encantó volver a hablar de eso. Fue la única vez que saqué el tema del campamento en los últimos años, aparte de cuando se lo conté a Bo.

—Pues es una pena. A estos padres les encantaría algo así.

Sonrío a pesar de la opresión que siento en el pecho, que insiste en que le haga caso.

—¿Y cómo le va con la natación?

—Bien. Pero, ya que estás aquí, ¿puedo consultarte una cosa?

Asiento con entusiasmo.

—Domina casi toda la técnica, pero compensa demasiado con la mano derecha, que es la que tiene más grande, y eso le desvía un poco. He intentado todo lo habitual, pero sigue estando descompensado. ¿Alguna idea?

—¿En qué estilo?

—En casi todos, pero sobre todo en braza.

—Es difícil darte un consejo sin verlo nadar. ¿Cuándo viene?

—Los martes por la tarde.

—Tengo libre el martes de la semana que viene. Puedo pasarme por aquí si quieres.

—¿En serio? —dice Cam contentísimo, doblando las rodillas y agachándose para poner la cara a la altura de la mía. Cuando asiento, me levanta y me hace girar en el aire, algo que me pilla totalmente por sorpresa—. ¡Sería genial! —exclama, y me suelta y me pone una mano en el hombro para sujetarme mientras recupero el equilibrio.

—¿A qué hora? —le pregunto riéndome.

—¿Puedo enviarte un mensaje para concretar? Aunque creo que no tengo tu número de teléfono.

—Ah, vale. —Espero a que saque el móvil y le apunto mi número. Lo guardo como «Winnie, la Mujer Maravilla Manca», por pura diversión.

De repente, ya no estoy de tan mal humor.

—Le va a encantar conocerte. Y el nombre te va como anillo al dedo —asegura Cam sonriendo, mientras comprueba mi contacto en la pantalla del móvil—. Te he puesto de superheroína para arriba.

—Bueno, esperemos que Henry no se lleve una decepción.

—Venga ya, eso es imposible. —Me guiña un ojo y le echa un vistazo a la piscina—. Joder, menos mal que a nadie le ha dado por ahogarse en este rato. Creo que debería volver a subir —dice señalando hacia atrás con el pulgar.

—Vale, yo voy a hacer unos cuantos largos más para despejarme.

—Deberías pensar en lo del campamento, Win —dice Cam, retrocediendo lentamente—. ¡Creo que podría ser muy guay!

Y vaya si lo hago.

Tanto que se me olvida lo de la noche anterior y lo que podría haber sido. De hecho, una vez duchada, vestida y en el autobús de vuelta a casa, ya no puedo pensar en nada más. Las reflexiones, ideas y preguntas se amontonan en mi cabeza unas sobre otras. Y, de repente, me muero por tener una conversación con Bo totalmente distinta.

Con Bo, el mago de las finanzas.

Que no financiero despiadado, ojo.

Cuando llego a casa, Bo está atendiendo una llamada de un cliente en su mesa mientras da vueltas en la silla y se propina golpecitos con la parte de arriba de un lápiz en el extremo de la ceja. Se inclina hacia atrás extendiendo sus largas extremidades y está a punto de volcar.

Me acerco al escritorio llena de energía, dejando mis cosas en el sofá por el camino.

Él ladea la cabeza con curiosidad y asiente murmurando «mmm» varias veces, mientras la otra persona habla.

—¿Qué? —dice en voz baja, con una sonrisita tan tonta como la mía.

—Tengo una idea —susurro acercándome a él—. Pero... necesito tu ayuda.

Bo mira el reloj y asiente levantando un dedo.

Espero un rato que se me hace eterno y empiezo a morderme la uña del pulgar nerviosa. Él le echa otro vistazo al reloj y se disculpa mirando de reojo el teléfono mientras hace un gesto de «ahora acabo» y apunta con un dedo hacia arriba.

Entonces me doy cuenta de que lo estoy presionando mientras trabaja y se me cae la cara de vergüenza. Me estoy comportando como si tuviera derecho a disponer de su tiempo. Algo que no es así en absoluto. Y menos cuando su tiempo paga gran parte de mis gastos.

—Perdona, da igual. No hay prisa —digo, agitando las manos y retrocediendo.

Él me detiene agarrándome con fuerza por el antebrazo y el lápiz se le cae al suelo.

«Justo cuando acababa de conseguir quitarme esos pensamientos de la cabeza»...

—Oye, Odette. Siento mucho interrumpirte, pero mi compañero Fred me acaba de recordar que tengo una reunión y ya han empezado sin mí, así que tengo que dejarte. —Bo asiente, con los ojos clavados en la pantalla del ordenador, mientras sigue agarrándome con fuerza. Me tomo unos instantes para admirar las venas de sus manos. Su gran tamaño me da envidia hasta en los mejores días, pero su fuerza y definición tampoco me pasan desapercibidas. Sé que resulta irónico esta especie de fetichismo que tengo con las manos, pero en mi defensa he de decir que, antes de conocer a Bo, nunca las había considerado más que simples extremidades. Podría zafarme, pero no lo hago—. Sí. Sí, por supuesto. Seguimos en contacto. Mucha suerte con la mudanza. Vale, sí, adiós. —Bo deja el teléfono en la mesa con un ruido sordo y se gira hacia mí, impaciente y entusiasmado, antes de soltarme el brazo—. ¿Qué pasa? ¿Qué idea es esa?

Cojo una silla plegable que sigue por allí después de la partida de *Dragones y mazmorras* de ayer por la noche y la arrastro hasta su escritorio.

—Quiero que me ayudes con el dinero.

—¿En serio? —Bo se agarra a los brazos de la silla y da una patada con una pierna—. ¡Cojonudo!

Yo me río, un poco ofendida.

—Tampoco soy tan desastre, ¿no?

—No. Perdona, es que… me alegra que me pidas ayuda. Me hace ilusión.

«No te ruborices».

—Quiero saber cómo conseguir un préstamo empresarial, cómo hacer un plan de ahorro y cómo empezar a moverme para lo del campamento. Me da igual que me lleve diez años o más, pero quiero empezar con el proceso ahora. Dime qué tengo que hacer.

Bo esboza una sonrisa cálida, lenta y amable, al tiempo que levanta las cejas. En las comisuras externas de los ojos se le forman unas arruguitas mientras saca la lengua para humedecerse los labios y asiente.

—De puta madre. Vamos a hacer números.

Me reúno con él a primera hora para asegurarme de que no tenga clientes o responsabilidades reales que atender. Luego, cuando le suena el teléfono por segunda vez mientras voy a por algo de picar a la cocina, le pregunto si no tiene que contestar. En ambas ocasiones me ignora educadamente para concentrarse en la hoja de cálculo que está creando.

Tres horas y media después, tengo una carpeta en su escritorio con el nombre de «WinniFRED McNulty», un nuevo presupuesto mensual, un montón de notas adhesivas con cosas que debo hacer antes de ponerme en contacto con los bancos y dos plazos diferentes para solicitar un préstamo, dependiendo de cuánto quiera apretarme el cinturón.

Lo cual ya es algo.

Más que algo.

—Qué emocionante, Win. —Bo cierra el portátil y el monitor se apaga al mismo tiempo.

—De verdad, no sé cómo darte las gracias —digo—. Es la primera vez que alguien se toma en serio esta idea.

—No me lo agradezcas. Te mereces eso y más. No solo es una idea estupenda, sino también un plan de negocio excelente: quien decida invertir, saldrá ganando.

—Entonces, desde tu punto de vista profesional, ¿te parece… factible? —le pregunto, con un optimismo evidente pero vacilante.

—Desde luego. Tú puedes con el campamento Tú Puedes. —Bo se ríe entre dientes, se levanta de la silla y se estira. Según parece, siempre se pone jerséis de punto y vaqueros o pantalones oscuros para trabajar. Suele ir bien vestido, aunque nunca le he visto hacer una videollamada. Me encantaría acariciar con la mejilla su colección de jerséis para comprobar lo suaves que son.

—¿En serio? —Suspiro y suelto una risita mientras lo sigo hasta la cocina.

—Ahora ya tengo derecho a hacer chistes malos, como el resto de los padres —dice metiendo la cabeza en la nevera.

—¿Por qué me da la sensación de que siempre has creído tenerlo?

Bo cierra el frigorífico y me mira torciendo los labios hacia un lado mientras una idea ilumina sus curiosos ojos de color avellana.

—¿Has quedado hoy a mediodía con Sarah?

—Nop —digo marcando la pe—. ¿Por?

—Es que no me apetece nada de lo que hay aquí. ¿Te gustaría salir a comer conmigo?

—Ay, ¿podrían ser hamburguesas? Tengo antojo de kétchup.

—¿Solo de kétchup? —me pregunta Bo, girando la cabeza hacia atrás mientras va por el pasillo hacia su habitación.

—Sí. Una taza llena a poder ser —contesto cuando vuelve a aparecer con la cajita de las cartas en la mano.

—Me llevo esto, que ayer por la noche nos lo saltamos. —Se queda parado un momento—. ¿Has dicho una taza llena?

—¡Oye! —exclamo a la defensiva, protegiéndome la barriga con las manos—. ¡Que te va a oír! No te burles de él.

Bo se agacha con una sonrisa maliciosa.

—Oye, pequeñajo, mejor pídele a mamá helado, zumo de piña o, no sé, pepinillos. Eso del kétchup es muy raro. —Vuelve a levantarse y va hacia la puerta principal. Yo lo sigo, haciéndome la ofendida, con la boca abierta y una mano sobre el pecho.

—¡Qué borde! —exclamo cogiendo las botas de invierno. Bo me sujeta el abrigo y yo meto los brazos en las mangas—. La primera vez que hablas con él ¿y solo se te ocurre humillarlo por su forma de comer?

—No es la primera vez —dice Bo, cogiendo las llaves que están colgadas en la pared y abriendo con energía la puerta principal.

Hasta que me abrocho el cinturón de seguridad en el asiento del copiloto no vuelvo a tenerlo lo bastante cerca como para responderle.

—¿Qué quieres decir? ¿En qué otro momento has hablado con él?

—Cuando te quedaste dormida viendo *El Señor de los Anillos.* A alguien tenía que contarle todos los datos curiosos y chorradas que me sé. Además, cuando acabó la película tuve que explicarle por qué a lo mejor se sentía un poco... oprimido. —Yo lo miro sin entender nada—. ¿Cómo crees que llegaste a la cama? —me pregunta con los ojos entornados.

—Pensaba que andando, medio sonámbula.

—Pues no, te quedaste totalmente frita —dice Bo encendiendo el coche.

—¿Me llevaste a la cama? —pregunto.

—Sí —contesta él, pasando el brazo por detrás de mi reposacabezas para mirar por encima del hombro mientras sale marcha atrás del camino de acceso—. Lo siento, ¿te parece raro? Intenté despertarte.

—No. —Trago saliva y contemplo el perfil anguloso de su mandíbula mientras él mira fijamente la calle que tenemos detrás—. Me parece bien.

Circulamos un buen rato en silencio, salvo por los anuncios de la radio. Cantamos una canción publicitaria a coro, empezando y parando al mismo tiempo, sin hacer ningún comentario al respecto.

—Ya hemos pasado por delante de todas las cadenas de hamburgueserías —señalo a los diez minutos de viaje.

—Venga ya. ¿Creías que iba a llevar a la madre de mi hijo a un McDonald's para una comida de celebración? —Bo chasquea la lengua—. Mujer de poca fe.

—¿De celebración? —pregunto—. ¿Y qué celebramos?

—Tu nuevo proyecto. El niño que estás gestando. Que existes, en general. —Me sonrojo inmediatamente.

Bo se da cuenta y desvía la mirada, apretando la mandíbula mientras se concentra en la carretera con los ojos entornados.

—¿Quieres que hablemos de lo de anoche? —le pregunto justo en ese momento.

—Lo siento —dice Bo.

—No pasa nada —digo con absoluta confianza—. Es normal que haya cierta tensión dadas las circunstancias. Pero creo que lo estamos haciendo genial y que es de esperar que tengamos... algún que otro roce. Seguiremos concentrándonos en conocernos como amigos.

—Aun así, no debí decir lo de...

—Creo que me sentiría mejor si fingiéramos que no lo hiciste.

—Vale —dice él, asintiendo con la cabeza y apretando con fuerza el volante—. ¿Te importa si me disculpo una vez más? —Bo pone cara de circunstancias y se gira hacia mí un instante para mirarme con una timidez enternecedora.

—Venga, la última —acepto.

—Lo siento —dice de inmediato, como si llevara mucho más de unos segundos conteniéndose—. A partir de ahora, fingiremos que lo del bebé fue una concepción inmaculada y tú serás mi colega asexual Fred si eso es lo que quieres.

De repente empiezan a pitarme los oídos. Es el sonido de mi libido suplicando clemencia si no me equivoco.

—Creo que será lo mejor. —Bo cambia de marcha y me roza el lateral del muslo con la parte posterior de los nudillos sin querer. Aun así, no puedo evitar apretar los dientes mientras miro por la ventana.

—¿Quieres que leamos una pregunta antes de llegar al restaurante? —me propone, metiendo la mano dentro del abrigo para sacar el mazo de cartas del bolsillo interior. Luego me lo tiende mientras aparta un momento los ojos de la carretera para mirarme a la cara.

—Vale —respondo mientras cojo las cartas.

# 21

El universo se está burlando de nosotros.

—Oye, que te he visto —dice Bo apartando la vista del coche que tenemos delante para mirarme—. No vale cambiar de carta. ¿Qué ponía?

—Fíate de mí —digo dejando la baraja en mi regazo.

—Si vamos a acabar leyéndolas todas, ¿no?

—Ya, pero...

—No vale saltarse cartas —dice Bo, y pone el intermitente para cambiar de carril—. Nueva regla.

—Vale. —Vuelvo a coger la carta del final del mazo, le doy la vuelta y me la pongo sobre la rodilla, moviendo la pierna rápidamente arriba y abajo—. ¿Cuál fue tu experiencia sexual más significativa? ¿Qué aprendiste de ella?

Bo no se ríe, aunque sé que le encantaría hacerlo.

—Buena pregunta... —dice con sarcasmo.

—Ya te digo. Nada que ver con lo que intentamos evitar.

—Justo en el momento ideal.

—Esta me la sé —digo, dándome golpecitos con la esquina de la tarjeta en la rodilla. Cuanto antes respondamos, antes acabaremos. Y, con un poco de suerte, llegaremos a algún sitio donde haya comida—. A ver..., ¿qué puede haber más significativo que quedarse embarazada? —bromeo en voz baja. Lo que no digo es que ese día tuve el mejor sexo de mi vida. Que nunca había tenido una experiencia tan íntima con alguien a quien casi no conocía. Que me inspiró una confianza absoluta, a pesar de no conocerlo apenas. Que el momento en el que me besó la mano me viene a la mente mucho más a menudo de lo que me gustaría reconocer. Que me hizo sentir tremendamente atractiva. Que tuve la sensación de que no me deseaba a pesar de mis diferencias, sino también por ellas. Pero eso no puedo decirlo; es demasiado íntimo. Demasiado sincero—. Y de ella aprendí a tomarme la píldora de forma puntual, sin lugar a dudas —añado.

—¿Lo habrías hecho? —me pregunta Bo, mirando fijamente al frente.

—¿A qué te refieres?

—Si pudieras volver atrás, ¿te habrías tomado la píldora de forma puntual para evitar esto? —Lo pregunta sin emitir ningún tipo de juicio, solo por curiosidad.

—Bueno... —Me muerdo la uña del pulgar mientras pienso en la respuesta. Por inesperado que haya sido todo esto, por irreconocible que sea mi vida ahora, dudo que cambiara nada. Llevo mucho tiempo perdida. Agachando la cabeza, viviendo al día, sin verdaderos planes de futuro. Pero ahora, tengo la cabeza bien alta. Ansío lo que está por venir, por muy nuevo y aterrador (aunque gratificante) que pueda ser. Planificar una vida que ya nunca será solo mía me ha abierto los ojos.

—Si es una pregunta demasiado fuerte, no...

—No —digo sin dejarle acabar la frase—. A ver, no habría decidido conscientemente quedarme embarazada. Eso no sería justo para ti. Pero si tuviera la opción de volver atrás, no lo haría. Necesitaba algo así. —Es una confesión directa, pero completamente sincera. Lo necesitaba.

Y, en lo más profundo de mi ser, sé que también necesitaba a Bo. A este hombre que, desde que acudí a él, me ha entendido como pocos son capaces de hacerlo. A este hombre tan bueno, comprensivo y trabajador que cree en mí.

Y con eso me basta. Con tener un amigo que crea en mí. No me debe nada más.

—Yo tampoco —dice Bo con decisión, aunque no se lo he preguntado—. Yo tampoco volvería atrás.

Su voz me baña como agua tibia y sedosa, bajando por mi

columna vertebral. Relajando todos mis músculos. Eliminando una preocupación que había mantenido oculta, incluso para mí misma.

—¿Elegirías esto? —le pregunto mientras se me llenan los ojos de lágrimas. Tengo ganas de añadir: «¿A mí? ¿Me elegirías a mí?».

—Sí, creo que sí. Sé que no es lo que se dice el momento ideal, pero si pusiera en fila al resto de personas del mundo con las que podría haber tenido un bebé, volvería a elegirte a ti. Vas a ser una madre fantástica, Win.

«Volvería a elegirte a ti».

«El resto de personas del mundo».

Sé que no lo dice por él, sino por el niño. Pero aun así es bonito que piense que voy a ser tan buena madre cuando yo misma dudo tan a menudo que vaya a serlo.

—Joder —digo secándome una lágrima que me ha rodado por la mejilla antes incluso de que Bo acabara de hablar—. No me digas cosas tan bonitas. Me muero de hambre y este bebé está empeñado en convertirme en un amasijo de sentimientos y emociones. Estoy muy sensible.

—¿Quieres que hagamos otra pregunta? —me propone Bo con una sonrisilla mientras abandona la autopista—. Aún nos quedan cinco minutos más o menos.

—Eh, para el carro, que te veo venir —digo sorbiéndome la nariz—. Tú no has contestado.

Bo se humedece los labios, mirando tímidamente hacia la carretera.

—Respondo lo mismo que tú. Lo nuestro.

Yo he usado muchas más palabras que él para contestar, pero su respuesta tiene más peso en cierto modo. Ignoro la forma en la que se me encoge el corazón. No me queda más remedio.

—¿Por la misma razón? —le pregunto—. ¿Por el bebé?

—Más o menos... El bebé es un factor importante, obviamente. Pero también por lo que significó para mí. —Observo cómo su pecho sube y baja mientras respira hondo.

—¿Qué significó? —le pregunto en voz tan baja que no sé si podrá oírme.

Él aprieta la mandíbula y me mira con una sonrisa nerviosa que vacila antes de desaparecer.

—Ya te había contado que desde la operación no había estado con nadie. Creo que había empezado a autoconvencerme de que quizá nunca volvería a hacerlo. De que ya nadie me querría estando así.

—Pero sigues siendo tú —digo cometiendo el error de interrumpirlo.

Bo levanta la barbilla con una sonrisa arrogante.

—Me encantaría oírte desarrollar esa idea.

—Déjame en paz —le digo con las mejillas encendidas.

Bo afloja la mano que tiene en la parte de arriba del volante y acaricia con ella el cuero.

—Me hiciste sentir muy deseado —dice muy serio, tanto que sus palabras me impactan en el pecho y resuenan como el eco en un túnel abandonado—. Me hiciste sentir... —Se ríe, nervioso—. Joder, ¿por qué es tan difícil describirlo?

Sé a lo que se refiere. Lo que está intentando decir, aunque no le salgan las palabras. Porque yo también lo sentí. Entonces ¿por qué se fue?

—¿Aceptado? —pregunto apretando los puños sobre el regazo.

Él asiente.

—Y comprendido —añade—. Como si... No sé. —Se ríe en voz baja, desviando la vista hacia la izquierda—. Como si estuviera bien tal y como estoy. Tal y como son las cosas.

—Cuando me besaste la mano... yo sentí justo lo mismo. Nadie lo había hecho nunca —susurro. Bo me mira de forma fugaz consternado. Como si deseara no haber sido el primero. Algo que me parece tremendamente generoso. A mí, en cambio, me ha gustado oír que he sido la única con la que se ha sentido así de aceptado. Puede que si le cuento de verdad todo lo que esa noche significó para mí, me redima un poco. En cualquier caso, siento que se merece escucharlo—. Fue la primera vez que alguien prestó atención a esa parte de mi cuerpo durante el sexo. Ni mi ex ni ninguno de mis ligues incluyeron nunca el pack completo en la cama. Contigo tuve la sensación de que me deseabas de pies a cabeza, no solo las mejores partes de mí.

Aparcamos en silencio detrás del restaurante.

—Mereces que todas tus experiencias sean así —dice Bo categóricamente, aparcando el coche y girando el torso para mirarme a la cara. Siento un nudo en la garganta ante la intensidad de su mirada y me mareo un poco—. Gracias por dármelo a mí, cuando a ti nadie te lo había dado.

Lo más curioso es que no creo que yo hiciera nada. Creo que estar con Bo fue una de las cosas más fáciles que he hecho nunca. Lo cual, en una vida llena de desafíos diarios y mundanos, me parece bastante significativo.

—Creo que hemos gestionado esta pregunta con mucha madurez —opino levantando la barbilla e intentando atraer su mirada.

Bo asiente, mientras su actitud habitual relajada y alegre regresa poco a poco, empezando por sus ojos y haciéndolo sonreír.

—Sí, yo también.

—Me muero de hambre —murmuro, y señalo el restaurante con la cabeza.

—Ya, y yo —dice Bo clavando en mí su mirada estoica.

«Deberían darme una medalla olímpica por alcanzar este nivel de autocontrol», pienso mientras abro la puerta del coche.

# 22

Estamos sentados en una mesa al fondo de un restaurante lleno de gente de la zona, es decir, de personas adineradas que al parecer también se visten con ropa deportiva, pero de la cara. Mucho lululemon y L.L.Bean. Básicamente, como yo quiero ser de mayor, cuando tenga más dinero para gastar.

El interior es de ladrillo rojo, con un riel de madera alrededor de todo el restaurante del que cuelgan cuadros de artistas locales, todos a la venta. El techo está lleno de lámparas desparejadas que parecen hechas de cestas viejas. Es una monada.

—¿No hay carta? —pregunto echando un vistazo a la mesa.

—Puedes pedir lo que te apetezca. Hasta una taza de kétchup si quieres.

—¿Qué? ¿Desde cuándo en un restaurante puedes pedir lo que te dé la gana? —le pregunto fijándome en el carrito de bebé que hay en la mesa de al lado, que parece carísimo. Siempre me da un poco de vergüenza desear tener cosas así de bonitas, pero aun así lo hago. Creo que es una consecuencia de haberme criado entre cosas heredadas y hallazgos de tiendas de segunda mano. A veces me entran ganas de despilfarrar un montón de dinero en caprichos. Sobre todo en cosas como la chaqueta fucsia, azul turquesa y verde de la que una mujer de otra mesa se está subiendo la cremallera mientras su familia se prepara para marcharse.

—Tus ojos se mueven a la velocidad de la luz —dice Bo sonriendo—. ¿Qué estás mirando?

—Nada..., solo estoy codiciando los bienes ajenos.

Bo resopla.

—Qué bíblico.

—Puede que esa sea la razón por la que nunca he tenido dinero. Porque el de ahí arriba sabe que lo despilfarraría todo. Pero sí estaría justificado que me gastara parte del dinero del que dispongo ahora en cosas para el bebé, ¿no? Como en ese carrito. Porque es preciosísimo. —Muevo los ojos hacia la izquierda para indicarle a Bo hacia dónde debe mirar.

—¿Sabes? Siempre le llamamos «el bebé» y no dejo de preguntarme si deberíamos ponerle nombre. Tal vez una especie de apodo, hasta que averigüemos el sexo y elijamos el definitivo.

—Creo que me gustaría ponerle un nombre más o menos neutro en cuestión de género. Y también creo que me gustaría que el sexo fuera una sorpresa...

—¿No hemos tenido ya suficientes sorpresas? —pregunta Bo ladeando la cabeza con una sonrisa llena de ironía.

Mis tripas rugen, haciéndome cambiar el foco de atención.

—¿Y cómo pedimos si no hay carta? ¿Esperamos aquí o vamos a la barra? —pregunto.

—Ahora vienen —dice Bo tranquilo—. Entonces ¿no vamos a saberlo?

—Si a ti te parece bien...

—Por supuesto. Lo que tú prefieras.

—¿Hay algún nombre que siempre te haya gustado? —le pregunto.

Bo ladea la cabeza y pone cara de concentración mientras frunce el labio inferior.

—No, aunque definitivamente sí hay nombres que no me gustan en absoluto.

—Lo mismo digo. Nada de nombres de exnovios ni de macarras del colegio. Ni de personajes de televisión deprimentes. Ni de compañeros de trabajo gilipollas. Ni de comerciales malvados de atención al cliente.

—Eso último ha sido muy específico —dice Bo al tiempo que llena dos vasos de agua con la botella que hay sobre la mesa.

—Brittany, la de Staples, sabe perfectamente lo que hizo.

—¿Y nombres de familiares? —pregunta Bo—. ¿Cómo se llamaba la madre de Sarah? Era muy especial para ti, ¿no?

—Marcie. Y sí, lo era. Pero es un tema un poco peliagudo. Mi madre tenía celos de lo unidas que estábamos. Aunque eran muy amigas, creo que podría sentirse excluida si le pusiera su nombre al bebé.

—¿Cómo se llama tu madre? —me pregunta Bo un poco avergonzado. Sé perfectamente cómo se siente. Es incómodo tener una relación tan estrecha con alguien sin saber apenas nada de su vida—. A lo mejor una de estas noches podríamos hacer un árbol genealógico o algo así.

—Se llama June.

—Qué bonito.

—Es mi segundo nombre —digo mientras echo un vistazo en busca del camarero—. ¿Cuál es el tuyo?

—Tengo dos. Robert Hugo August Durand.

Eso capta mi atención.

—¿August? —pregunto.

—Sí, es el mes en el que se conocieron mis padres. En agosto.

El corazón me da un vuelco.

«Es perfecto».

Marcie falleció en agosto. Sarah comentó que, si el bebé nacía en ese mes, dejaría de ser tan triste. Y tanto mi madre como yo nos llamamos como un mes. Así que creo que podría ser el nombre ideal.

Sería un homenaje a todos. A Bo, a sus padres, a mi madre y a mí.

—August. Me encanta —digo.

—August —repite Bo. Luego aprieta los labios y asiente, mientras una sonrisa le ilumina la cara—. ¿Acabamos de...? —Echa los hombros hacia atrás y su cara se ilumina con una expresión de arrogancia suprema—. ¿Acabamos de ponerle nombre a nuestro hijo?

—August —susurro para mí misma, probándolo de nuevo en voz alta.

—Debería estar prohibido ser tan bueno en esto —dice Bo encantado de la vida—. August... Es perfecto, ¿verdad?

—Pues sí —reconozco sonriendo. ¿Cómo ha podido ser tan fácil?

—¡Ahí estáis! —grita alguien desde la puerta de la cocina, que está al otro lado del restaurante, con una voz atronadora que me resulta muy familiar. Levanto la vista inmediatamente y veo a Kevin viniendo hacia nosotros.

—¿Kevin? —le pregunto a Bo con una sonrisa de oreja a oreja mientras me levanto para saludarlo.

—Es su restaurante. Prepárate para comer hasta reventar.

Kevin me da un abrazo enorme antes de volver a dejarme en el suelo.

—Me ha dicho un pajarito que tienes antojo de kétchup, querida.

—Pero ¿cuándo...? —Me dispongo a interrogar a Bo, pero me vuelven a rugir las tripas—. En realidad, creo que el bebé ha cambiado de opinión. Ahora solo quiero queso. Todo el del mundo.

—Aunque es mejor que evites los quesos tiernos —dice Bo, levantando un dedo antes rascarse la oreja con él—. Bueno, todo lo que esté sin pasteurizar. —Yo lo miro con sorna—. Lo ponía en el libro del bebé: nada de quesos tiernos.

Kevin se gira hacia mí con una tranquilidad pasmosa.

—Si quieres, puedo hacer que lo echen.

—Probablemente tenga razón. Se le dan mucho mejor los embarazos que a mí.

—Bueno, pues todos los quesos seguros están a tu disposición. ¿Qué tenías en mente? ¿Una tabla de quesos? ¿Pizza con queso? ¿Un sándwich de queso? ¿Pasta con queso?

—Uy, definitivamente, pasta.

—¿Con salsa de tomate? ¿Servirá también para matar el antojo de kétchup?

—¡Sí! —exclamo balanceándome de un lado a otro—. Si no es demasiada molestia, claro.

—Para nada —asegura él, y me aparta la silla para que me siente—. Bueno, tortolitos, os dejo hablando de vuestras cosas. Ahora os traigo eso y... —Kevin señala a Bo.

—Lo mismo que ella —dice él.

—Entendido.

—Nos ha llamado «tortolitos» —susurro en cuanto Kevin desaparece.

—¿Sí?

Asiento mientras observo cómo la mujer que está a nuestro lado saca al bebé del famoso carrito y se lo acerca al pecho. Lo acuna un poco para calmarlo, sujetándolo pegado a ella con una mano mientras con la otra se sirve la ensalada.

Intento imaginar si yo seré capaz de hacer eso e, inconscientemente, me llevo una mano al hombro.

—¿Estás bien? —me pregunta Bo con dulzura en voz baja.

Doy un respingo y bajo la mano.

—Perdona... Sí, estoy bien.

Bo mira hacia la misma mesa, se fija en el bebé que la mujer tiene en brazos y vuelve a mirarme a mí. Luego frunce los labios asintiendo antes de agachar la cabeza.

—A mí me preocupa que a nuestro hijo le encante el deporte, correr, jugar al fútbol o algo así, y no poder seguirle el ritmo.

Salgo de mi ensoñación y vuelvo a centrarme.

—¿Qué? No digas tonterías, Bo. Ahora mismo llevas una prótesis que no encaja bien y aun así te va genial. Pronto tendrás una que funcione mucho mejor y podrás correr o hacer lo que quieras. Además, tú chutas con el pie derecho, no con el izquierdo. Aunque nos encontremos con alguna barrera, la superaremos.

—Pero me preocupa que se avergüence de mí. De que su padre sea diferente.

—No, porque será hijo nuestro. Será empático, buena persona y... —Me interrumpo al ver la sonrisa de satisfacción de Bo.

—Continúa... —dice burlándose de mí. «Ni de coña»—. ¿Qué estabas diciendo? —me pregunta con una sonrisa pícara mientras bebe agua.

—¿Ha sido un truco para que me convenciera yo solita?

Él asiente, baja los hombros, apoya los codos en la mesa y se inclina hacia delante.

—Puede...

—¿Cómo... cómo te has dado cuenta? Si...

—Porque has fruncido el ceño cuando la mujer ha cogido el tenedor por segunda vez —contesta sin dejarme acabar la frase.

Desvío la mirada, sintiéndome demasiado vulnerable. Aunque, en cierto modo, lo agradezco. Es mucho más fácil hablar de tus inseguridades cuando no necesitas verbalizarlas. ¿No es precisamente eso lo que deseamos? ¿Sentirnos comprendidos y escuchados? Y validados, aunque no seamos capaces de pedirlo.

—Bueno, mi caso es distinto. No es lo mismo.

—¿Por qué?

—Piensa en todas las expresiones que hay en exclusiva para las madres. «Vas a tener trabajo a manos llenas». O «¡Te van a hacer falta otro par de manos!». —Me sujeto el pelo detrás de la oreja—. La verdad es que intimida. Hay un montón de cosas que me cuesta hacerme a mí misma, imagínate a otra persona. Ya me has visto con los botones.

—Buscaremos soluciones, ¿vale? Haremos que funcione. Tú misma dijiste que juntos lo conseguiríamos.

—Sí, ya lo sé —reconozco, aunque soy consciente de que no parezco muy convencida.

—Por muy capaz que me consideres, es mucho menos de lo que te considero yo a ti —replica Bo con obstinación—. A lo mejor lo que nos falta en extremidades lo compensamos con entusiasmo e ingenio. ¿A quién más conoces capaz de ir a nadar, crear un plan de negocio y ponerle nombre a un bebé antes de la hora de la comida?

Vamos a comer bastante tarde a decir verdad.

—La mayoría de esas cosas las hemos hecho juntos, así que difícilmente puedo atribuirme el mérito.

—Y eso es lo que vamos a seguir haciendo. Trabajar juntos. Es el objetivo de esto, ¿no? —dice señalándonos a ambos con la mano—. Formar un buen equipo.

—Sí —reconozco algo más convencida.

—Win, Bo y Gus van a conquistar el mundo —dice Bo, con una voz demasiado dramática y teatral.

—¿Gus? —¿En serio? ¿Hace menos de diez minutos que tiene nombre y ya le ha puesto un apodo rarito?

—¿Qué prefieres? ¿«Aug»? Eso no es un nombre. Suena como el sonido que haría alguien al darse un golpe en el dedo del pie. —Pongo los ojos en blanco y sonrío bajando la vista—. Es verdad —insiste Bo con arrogancia—. Admítelo. Te encanta.

Exhalo un suspiro. No sé si me encanta, o si simplemente me encanta que a él le encante.

—Vale. Es mono.

—Pues claro.

—Si no llega pronto la comida, me voy a comer la otra mano —digo desdoblando la servilleta.

—No digas tonterías —dice Bo con elocuencia—. Puedes comerte la mía. Es mucho más grande.

# 23

## Embarazada de diecisiete semanas
## El bebé es del tamaño de una pera

—¡Vale, colega! —digo arrodillándome en la parte menos profunda de la piscina—. Ahora quiero que cierres el puño. —Ayudo a Henry a doblar la mano más grande—. ¡Perfecto! Y vamos a nadar como siempre, ¿vale? Solo quiero probar una cosa.

Henry asiente y levanta los pulgares de ambas manos antes de ponerse bocabajo y empezar a nadar hacia el otro extremo de la piscina. Cam está en el bordillo, esperándolo y gritándole palabras de ánimo.

La mano pequeña de Henry es muy parecida a la mía, pero con el pulgar menos desarrollado. Además, él la tiene al otro lado del cuerpo, por lo que encontrar un método que le funcione es una cuestión de prueba y error.

Pero al final lo conseguimos.

A los cuarenta minutos de los sesenta que dura la clase particular de natación, ya está nadando recto y puede que incluso más rápido que antes.

Gracias a mí.

—¡Lo has hecho genial, Henry! —le digo, y me arrodillo junto a la piscina mientras él se sacude el agua del pelo alborotado como un perrito riéndose.

—¡He ido superrápido!

—¡Pues sí! —exclamo sonriéndole a Cam, que se acerca, por encima del hombro del pequeño.

—Y ya no me choco con la corchera. ¡He ido recto como una flecha!

—Eso es, exactamente igual que una flecha. —Me duele la cara de tanto sonreír. No puedo evitarlo—. Buen trabajo, campeón.

—¡Gracias, Winnie! —exclama el pequeño, rodeándome el cuello con los brazos—. Voy a ser nadador, como tú —susurra antes de soltarme.

Me levanto y lo observo mientras va hacia la puerta de cristal, donde lo están esperando sus padres. Me despido de Cam con la mano y doy media vuelta para ir hacia los vestuarios femeninos, pero él me lo impide.

—Espera, ven a conocer a sus padres. Seguro que quieren darte las gracias.

—Qué va, si yo no...

—Venga, Win. —Cam levanta la mano en el aire, haciéndome señas para que vaya hacia los padres de Henry. Ellos sin duda lo ven, así que ahora sería una grosería no acercarme.

Lo sigo envolviéndome en una toalla. Cuando llego, los tres están charlando animadamente y Henry parece orgullosísimo mientras su madre lo cubre con una toalla y lo abraza.

—Hola —digo con timidez, saludándolos con la mano.

—Tonya, James..., esta es Win.

—¡Win es la mejor nadadora de todos los tiempos! —grita Henry.

Sus padres se ríen.

—Ya lo hemos visto —dice Tonya sonriéndome—. Muchas gracias por venir. Hemos visto desde aquí la confianza que le ha dado.

—Cam nos ha contado que vas a crear un campamento, ¿no? —me pregunta James.

—Uf, qué va. De momento es solo un sueño. Estamos empezando a planificarlo. El siguiente paso es buscar inversores y luego tenemos que encontrar el sitio adecuado. Se nos va a hacer un poco cuesta arriba, pero... todo llegará —digo. Se decepcionan en el acto—. Lo siento. Sería un privilegio tener a Henry en cualquier campamento. Tal vez en unos años, ¿verdad, campeón?

Henry asiente y me dedica una sonrisa radiante y desdentada con la nariz arrugada.

Su padre, James, se aclara la garganta.

—No suelo hacer esto, pero... —Saca la cartera y me da una tarjeta de visita—. Si necesitas inversores, llámame. —La cojo con indecisión—. Hemos visto lo que puedes hacer en una hora y estoy impresionado. Me gustaría que otros niños tuvieran esta oportunidad.

—Bueno, yo... —Estoy a punto de desacreditarme. Me falta poco para decirles que no estoy cualificada, que no soy una profesional, sino más bien una inútil. Hasta estoy a un paso de devolverle la tarjeta de visita. Pero no lo hago. Me contengo.

Tal vez sea por la esperanza que veo en sus caras y por la sonrisa que todavía ilumina la de Henry.

Tal vez sea por Bo, que me ha recordado lo capaz que soy. Que es posible hacer esto.

Pero, sobre todo, creo que es por mí. Por lo fuerte que me siento últimamente.

Me permito sentirme orgullosa de todo lo que he hecho hoy con Henry, de los años de formación que me han preparado para esto, de la vida que he vivido con mi mano y de las experiencias que he acumulado por el mero hecho de tenerla. Y mantengo la cabeza bien alta.

—Gracias —le digo—. Estaremos en contacto. Gracias —añado otra vez sin poder evitarlo—. Ha sido un placer conocerte, colega. Ya verás qué bien te va con Cam.

—Gracias de nuevo —dice Tonya, mientras acompañan a Henry a los vestuarios.

Cam cierra la puerta y me sonríe con una mirada de «te lo dije».

Me quedo mirando la tarjeta de visita que tengo en la mano y respiro hondo. James Burrough, presidente de Burrough Financial Holdings.

—Win, creo que vas a conseguir tu campamento.

—No sé, a lo mejor cambia de opinión. Todavía tengo que hacer una propuesta y buscar... —Vuelvo a dejar la frase a medias. A veces... simplemente pasan cosas buenas. Puedo pasarme la vida esperando lo peor o puedo empezar a practicar para esperar lo mejor. Para aceptar la gratitud y olvidarme del escepticismo—. Qué fuerte, ¿no? Menuda coincidencia lo de encontrarte aquí, conocer a Henry y a sus padres... Es...

—Muy fuerte —dice Cam, echando a andar hacia los vestuarios—. Por cierto, antes has hablado en plural. ¿Es que tienes un socio o algo?

—¿Sí?

—Sí. Cuando Tonya te ha preguntado, le has dicho que estabais empezando con la planificación.

—Ah... —Pienso en qué somos Bo y yo el uno para el otro y decido simplificarlo al máximo—. Me refería a mi compañero de piso. Es asesor financiero y me está ayudando.

—Ah, vale —dice Cam, esbozando una sonrisa traviesa mientras me mira con los ojos entornados. Ay, madre. Conozco esa mirada—. Entonces ¿te apetece que vayamos a tomar algo? ¿O a cenar, aunque ya sea un poco tarde? —En efecto: ahí está.

Pongo cara de circunstancias, posando una mano sobre el hombro de Cam y dándole una palmadita antes de apartarla.

—Es que lo del compañero de piso es una historia un poquito particular. En realidad...

—Vale, lo pillo —dice Cam riéndose entre dientes—. Es complicado, ¿no?

—Más que complicado.

—Pues entonces ¿te apetece tomar una copa, en plan amistad platónica, para hablar del tema?

Me río mirando hacia el techo.

—La verdad es que tampoco puedo beber.

—Ah —dice Cam, y baja la vista hacia mi tripa.

—Sí.

—¿Del compañero de piso?

—Sí —contesto suspirando.

—Pues sí que es complicado —reconoce con cara de estar algo avergonzado.

—Y tanto —replico.

—Entonces ¿este año no vas a estar en Westcliff? —me pregunta.

Niego con la cabeza frunciendo el ceño.

—Este año no.

—Vaya, pues te vamos a echar de menos.

—Y yo a vosotros.

—¿Sabes? Si te apetece, seguro que los padres de Henry preferirían que le dieras clases tú. Yo ya tengo la agenda bastante llena y podrías hacerte cargo de ellas. Son doscientos pavos a la semana, descontando el alquiler de la piscina.

—¿Doscientos? —exclamo casi gritando—. ¿Por una hora?

—Ya te digo yo que James tiene la pasta para el campamento —comenta Cam, que se agacha para coger la toalla y echársela sobre el hombro.

—Por mí, encantada —le digo—. ¿Estás seguro?

—Acuérdate de mí cuando tengas que contratar gente para el campamento —dice guiñándome un ojo.

—Por supuesto —replico con una sonrisa.

—Pues te mando un mensaje con todos los datos. Hasta luego, Win.

—¡Gracias! —le grito mientras se pierde de vista.

# 24

## Embarazada de diecinueve semanas
## El bebé es del tamaño de un mango

—Si pudieras teletransportarte ahora mismo, ¿a dónde irías? —me pregunta Bo antes de meterse en la boca otra cucharada de helado.

Hace una semana que se nos acabaron las preguntas de las cartas, después de haber estado siguiendo la misma rutina durante el último mes de convivencia. Todas las noches cenamos, recogemos al ritmo de algún disco y luego nos hacemos una pregunta. Los días más tranquilos, cuando Bo pone jazz o rock suave, hace un sudoku en el sofá. Otras veces, cuando la música lo requiere, finge que toca la guitarra o la batería y pulula por la cocina para entretenerme mientras acabo de recoger.

Desde que se nos acabaron, Bo se inventa las preguntas sobre la marcha.

Sin duda alguna, las *Veinte preguntas para enamorarse* surtieron el efecto prometido en la caja.

A estas alturas, ya estoy perdidamente enamorada de Bo. En plan platónico, por supuesto. Bueno, más o menos. Las hormonas primitivas que quieren emparejarme con el padre del bebé a veces no están de acuerdo con la parte platónica. Sobre todo cuando me masajea los pies mientras vemos películas, cuando me mira el escote de tapadillo, o cuando, bueno..., cuando simplemente respira cerca de mí.

Aun así, estamos teniendo un comportamiento ejemplar.

—Ay, esa es buena —digo, cogiendo la cuchara comunitaria, mientras él me ofrece la tarrina—. A algún sitio cálido con playa, eso seguro. Pero no a uno al que haya vuelos baratos, eso podría hacerlo si quisiera. ¿A Grecia, tal vez? Sí, a Grecia.

—Yo también iba a decir Grecia —declara Bo, volviendo a quitarme la cuchara—. Me encantaría ver el Templo de Poseidón.

—Genial —replico riéndome—. Iremos juntos.

—Perfecto —contesta él con la boca llena de helado.

—Por cierto, me ha llamado la doctora Salim. La ecografía es dentro de dos semanas.

—¿Y cómo te sientes? —me pregunta Bo.

—Uf, estoy un poco nerviosa. Pero también emocionada por ver a Gus.

—¿Qué día?

Chasqueo la lengua intentando recordarlo.

—Ay, no estoy segura. Era un viernes. —Me levanto para coger el móvil—. ¿El diez, puede ser?

—Pues entonces mi padre ya estará aquí —dice Bo, engullendo otra cucharada antes de devolverme la tarrina—. Si te sigue pareciendo bien que venga.

—Bo, te he jurado y perjurado un montón de veces que me parece bien. Me hace mucha ilusión conocer a tu padre.

—Solo quería asegurarme —dice él, levantando las palmas de las manos como para defenderse—. Pero he pedido el día libre. Así que a lo mejor podemos dejar a mi padre en algún sitio y recogerlo después de la cita.

—De eso nada, no quiero que pierdas el poco tiempo que tienes para estar con tu padre.

—¿Estás loca? Como si fuera a perderme una ecografía. Ahora es cuando ya tiene forma de bebé, ¿no? Ya no parecerá una judía.

—Sí, creo que sí. —Me como la última cucharada de helado de la tarrina y la dejo encima de la mesa de centro—. Y tú,

¿cómo llevas lo de cumplir treinta, viejuno? —le pregunto extendiendo los pies en su regazo. Él pone los ojos en blanco, tanto por el nuevo apodo como por lo que le estoy pidiendo indirectamente, y empieza a masajearme los pies.

—La verdad es que bien. Anoche estuve dándole vueltas y me siento afortunado por seguir aquí y por todo lo que se avecina. El año pasado, mi cumpleaños fue horrible. Era la época oscura —dice riéndose con frialdad.

Bo ha empezado a referirse al año anterior como «la época oscura». Yo he ido recopilando algunos datos aquí y allá, sin necesidad de indagar demasiado. Cuando le dieron permiso para vivir solo, tres meses después de la operación, su padre regresó a Francia. Y, al parecer, sí que pasó mucho tiempo solo. Quitando lo de jugar a *Dragones y mazmorras* con sus amigos una vez al mes, no veía a nadie.

—Otro año más viejo y más sabio... —digo girando el cuello, mientras él me clava el pulgar en el centro del pie.

—Y más guapo —añade.

Yo resoplo.

—Por supuesto.

Bo me aprieta el talón con fuerza y luego lo suelta. Dejo escapar un gemido no muy sutil, pero estoy disfrutando demasiado como para que me importe.

—¿Así? —me pregunta Bo con sarcasmo.

—Necesito unos zapatos nuevos para el trabajo.

—Lo que necesitas es decirles que estás embarazada —replica Bo.

—Me tratarán de forma diferente...

—¿Quieres decir que te darán un taburete para sentarte? ¿O descansos más largos? Dios no lo quiera.

—Cuidado. Ahora mismo podría darte una patada. —Me dejo caer de espaldas en el sofá y cierro los ojos, mientras Bo pone las manos gigantes alrededor de mis tobillos hinchados y empieza a masajearlos también.

—¿Permiso para cortar el rollo?

—Por supuesto —respondo. Y lo digo en serio. Tengo tantas ganas de saber todo lo que Bo se está guardando que le dejaría decir cualquier cosa. Creo que podría sacar lo peor de sí mismo y yo seguiría ahí sentada, pendiente de todas y cada una de sus palabras.

—No paro de pensar que, después de mi cumpleaños, seré más viejo de lo que lo fue jamás mi madre. Y eso me mata.

Me incorporo lentamente para mirarlo. Contempla absorto la repisa de la chimenea que hay al fondo de la habitación, mientras me masajea los tobillos. Me pregunto si debería apartar los pies de su regazo, pero tengo la sensación de que le viene bien tener las manos ocupadas mientras deja vagar sus pensamientos. Como cuando se puso a lanzar piedras al agua en la playa, hace ya tantas semanas.

Puede que Bo necesite distracciones físicas para abrirse.

—Debe de ser muy raro. Lo siento —digo con dulzura.

—Es extraño vivir más que la persona que te dio la vida... —comenta él con voz distante.

—¿Eso es una cita?

—No. —Bo se encoge de hombros frunciendo el ceño—. Solo es algo que me ha estado rondando por la cabeza.

Me entran ganas de decirle que tiene una mente privilegiada.

—Nunca hemos hablado de cómo murió tu madre. ¿Te apetece? —le pregunto en lugar de ello.

—Ahora mismo no, si no te importa. —Bo sonríe con melancolía, se gira hacia mí y me da unas palmaditas en el tobillo, lo que indica que ha terminado.

Yo me aparto y me siento cruzando las piernas. Apoyo la mejilla en la mano que tengo en el respaldo del sofá.

—Claro. Como quieras.

Él me mira de reojo, agradecido y pidiéndome algo con la mirada. Un cambio de tema, creo.

—¿Te hace ilusión ver a tu padre?

—Sí. Estoy deseando que te conozca.

Se me encoge el corazón y mi expresión se vuelve tensa mientras escondo la cara en la palma de la mano.

—Bueno, espero caerle bien.

Bo sacude la cabeza rascándose la barbilla.

—Le vas a encantar.

De repente siento que podría estallarme el pecho de alegría y me veo obligada a frotármelo para intentar aliviar la tensión. No sé muy bien cuándo esas cosas tan bonitas que me dice Bo empezaron a dolerme un poco, pero últimamente me pasa mucho. Me generan una especie de nostalgia. Son como un recordatorio de las limitaciones y los parámetros a los que tenemos que atenernos. Aun así, es mejor que sonrojarse.

La canción que está sonando en el comedor llega a su fin y el brazo del tocadiscos regresa a su sitio, lo que indica que es el momento de darle la vuelta al disco.

—¿Quieres que lo haga yo? —le pregunto a Bo, señalando hacia atrás por encima del hombro.

—No, ya voy yo —contesta él. Se sienta y se recoloca los pantalones, tirando de la tela que rodea la parte superior de la prótesis. Ahora anda de vez en cuando sin ella por casa. Sobre todo cuando está recién duchado o acaba de despertarse. Me gusta que lo haga. Es como si estuviera cogiendo confianza—. Fred —dice Bo captando mi atención. Observo cómo pone un disco nuevo en el tocadiscos y coloca la aguja. Después gira un dial y la música empieza a sonar. Es una composición musical para instrumentos de cuerda. Se gira hacia mí, con los ojos brillantes pero los labios apretados. Luego me tiende la mano—. Ven a bailar conmigo.

El corazón me da un vuelco y está a punto de salir volando por la habitación dejándome atrás. Razón de más para negarme, probablemente.

—Yo nunca bailo.

—¿Qué? ¿Por qué? ¿Es que tienes dos pies izquierdos? —me pregunta Bo sonriendo con malicia—. Siguen siendo más de lo que tengo yo.

Pongo los ojos en blanco con dramatismo.

—Venga..., por favor.

Estoy perdida.

La escalofriante realidad es que Bo podría conseguir que hiciera casi cualquier cosa añadiendo tan solo un «por favor» así de dulce y sincero al final.

—Si no sé ni qué hacer —digo, acercándome a él justo cuando Frank Sinatra empieza a cantar «Strangers in the Night».

—Pues deja que te lleve yo —dice Bo, agarrándome de la mano pequeña para tirar de mí—. Por una vez en la vida —murmura. Le doy un pequeño empujón en el hombro antes de apoyar la mejilla en su pecho, al lado de la mano que tengo libre.

—¿Así? —le pregunto.

—Perfecto —contesta él, y me rodea la espalda con el otro brazo.

Nos balanceamos de un lado a otro, girando lenta y distraídamente en círculos, mientras suena la canción.

—No está tan mal —susurro.

Siento cómo el pecho de Bo se eleva mientras respira hondo sobre mi mejilla.

Cuando la canción llega al estribillo final, con la batería aumentando el ritmo y los vientos sonando a todo volumen, Bo me agarra con fuerza de la mano pequeña y me lanza hacia fuera, haciéndome girar en círculos delante de él mientras grito y me echo a reír sorprendida.

—Se te da genial —dice, atrayéndome de nuevo hacia él y bajando peligrosamente la mano por mi espalda.

—Ni se te ocurra volver a hacer eso —digo entre risas, mientras vuelvo a pegarme a él.

Resulta muy íntimo que te abracen sin ninguna expectativa o motivación, más allá que la de querer hacerlo. La sensación que tengo mientras Bo y yo movemos nuestros cuerpos en sincronía, sin prisa por separarnos, es de una naturalidad absoluta. El mero hecho de estar entre sus brazos me hace sentir segura.

Puede que Bo se descuide de vez en cuando y me mire fijamente con los dientes apretados, pero ni una sola vez ha intentado nada desde que acordamos seguir siendo solo amigos. Es demasiado respetuoso como para eso. Y estoy segura de que mis miraditas le han hecho mucho más daño a él en las últimas semanas.

Así que, cuando me aprieta todavía más, apoyando la barbilla en mi cabeza y estrechándome entre sus brazos de una forma que recuerda más a un abrazo que a un baile, se lo permito sin dudarlo mientras me relajo en la cálida y reconfortante solidez de su abrazo.

—¿Otra? —me pregunta con voz temblorosa.

Asiento con la cara pegada a él.

Esa «otra» acaba convirtiéndose en cinco, o puede que incluso en más, porque pierdo la cuenta. Al final, cuando el tocadiscos hace «clic», indicando que toca darle la vuelta al disco, ninguno de los dos se mueve. Si acaso, Bo me estrecha con más fuerza.

—¿Estás bien? —susurro sobre su pecho tras unos instantes de silencio.

—Solo estoy intentando encontrar las palabras adecuadas para darte las gracias por todo —dice apoyando la mejilla en la parte superior de mi cabeza y la nariz en el nacimiento de mi pelo, mientras respira de forma rítmica y profunda.

Dice la palabra «todo» como si de verdad se estuviera refiriendo a absolutamente todas las cosas.

Se me llenan los ojos de lágrimas al instante.

—Soy yo la que debería darte las gracias —digo—. Por dejar que me quede aquí, por ser tan amable conmigo, por... —Estoy a punto de decir «por quererme», pero me muerdo la lengua—. Por ser tan buen amigo.

—Win, creo que no lo entiendes. El año pasado celebré mi cumpleaños en soledad absoluta, tirado en el sofá, borracho y hecho polvo. Me sentía tremendamente solo. Como si fuera la mitad de una persona. Estaba... —Bo se atraganta y carraspea—. Estaba desesperado. —Lo oigo sorberse la nariz y resisto la tentación de echarme hacia atrás para mirarlo a la cara. De secarle las lágrimas, si es que hay alguna—. Pero entonces llegaste tú.

—Si tan mal estabas, ¿qué hacías en una fiesta absurda de Halloween? —¿Cómo pude tener tanta suerte?

—¿Alguna vez has estado tan de bajón que ha dejado de importarte todo? Creo que toqué fondo. Se me ocurrió que, ya que nada más funcionaba, podía probar a hacer algo que me daba pavor en una noche en la que podía ser otra persona durante un rato. Ponerme un disfraz para quitarle hierro al asunto.

En cuanto levanto la vista hacia él, vuelve a tirar de mí para abrazarme con fuerza. Me aprieta contra el pecho como si fuera su peluche o su manta favorita, encajándome debajo de su barbilla. Abro los dedos sobre su espalda y me pego más a él, transmitiéndole la misma intensidad. Aferrándome con la misma fuerza.

—Siento que estuvieras tan mal —susurro mientras su jersey me roza la comisura de los labios.

«Ojalá te hubiera conocido antes», pienso.

Habría estado con él en esos momentos de oscuridad. Lo habría acompañado. Hasta hace muy poco, yo también estaba en esa fase. Puede que Bo y yo no seamos más que eso: dos personas dejando atrás la oscuridad y esperando que lleguen tiempos mejores. Pero ¿él está preparado para pasar página?

Porque puede que yo sí lo esté.

—Yo ya no lo siento —dice Bo con una rotundidad sorprendente.

Me suelta y retrocede unos cuantos pasos. Incluso con los ojos enrojecidos y tristes sigue sonriéndome. Y aunque me ha regalado muchísimas sonrisas, esta es diferente. Sin duda hay en ella cierta indecisión, pero lo que más me impresiona es la esperanza que transmite.

«Sí», le digo en silencio, sonriendo con melancolía. Yo también puedo sentirlo. Y sí, da un miedo terrible. Pero vamos a fingir que no lo sentimos. Todavía no. Esta noche no. No hasta que ambos estemos seguros.

—Volvería a vivirlo todo para acabar en esa fiesta —dice Bo—. Para conocerte. Para tener a Gus.

Ay, madre, creo que me voy a desmayar. Niego con la cabeza alucinada. ¿Cómo puedo escucharle decir eso y no enamorarme de él inmediatamente? ¿Cómo autoconvencerme de que no es buenísima persona cuando dice cosas así?

—Bo... —digo bajando la vista.

—Lo haría —insiste con obstinación, y asiente como si quisiera que yo hiciera lo mismo—. ¿Tú no?

—Si no nos hubiéramos conocido... Si esto no hubiera pasado... —respondo, poniendo una mano sobre mi barriga incipiente—. Creo que me habría quedado estancada, yendo sobre seguro el resto de mi vida.

Una lágrima brota de uno de sus ojos y, sin dudarlo, estiro la mano para secársela con el pulgar y acariciarle la mejilla.

—Al final habrías conseguido salir de ahí, Win. —Bo acerca la boca a mi muñeca y exhala un suspiro tembloroso sobre ella—. Eres capaz de hacer cualquier cosa —susurra encima de mi pulso.

Dice «cualquier cosa» como si de verdad se estuviera refiriendo a cualquier cosa sobre la faz de la tierra.

Y yo le creo.

Le creo de verdad.

Siento mis propias lágrimas brotar, lentas y constantes. Para ocultar mi rostro, vuelvo a acercarme a su pecho. Bo me recibe de inmediato, envolviéndome como una coraza.

Y bailamos un poco más, con nuestra abrumadora contención como única música de fondo.

Aceptando que esto es lo mejor que nos podría haber pasado para sacarnos de nuestros respectivos pozos. Para dar sentido a nuestra vida. Para encontrarnos.

Porque, aunque no estemos juntos, ya no puedo imaginar una versión de mi vida en la que no esté Bo. Es encantador, sincero y auténtico. Lo tiene todo.

Entonces ¿por qué sigo teniendo tanto miedo?

Me enfado conmigo misma e intento alejarme de él. Me río en voz baja cuando finge impedírmelo y me agarra con más fuerza mientras me hace balancearme de un lado a otro.

—De eso nada —dice quitándome la mano del hombro para ponérmela en el codo—. ¿Un disco más?

Le doy al menos una docena de manotazos en el hombro mientras niego con la cabeza, sin saber qué otra cosa hacer para evitar que afloren estos sentimientos, verdades y miedos tan abrumadores. Bo sigue con la mirada el movimiento de mi cabeza mientras la sacudo por última vez y me suelta con un suspiro.

Voy directa al baño sin mirar atrás para darme una ducha, con la cabeza gacha y un nudo en la garganta.

Dejando a Bo allí plantado.

Cuando me estoy duchando, la música empieza a sonar de nuevo; apoyo la espalda en los azulejos y dejo que el agua caiga sobre mí mientras imagino a Bo abrazándome también allí dentro.

Y me doy cuenta de que estoy completamente jodida.

# 25

—Joder..., ¡lo sabía! —susurra Sarah a unos centímetros de mi cara, señalándome con el dedo.

—¿Ni un saludo ni nada? —le digo, y echo un vistazo al pasillo al que me ha arrastrado en cuanto Bo y yo hemos entrado por la puerta de su casa para la noche de *Dragones y mazmorras*.

—¿Quieres que te salude? Vale. Hola, ¿qué tal? ¿Cuánto hace que te lo estás tirando? —me pregunta Sarah, sacudiéndome por los hombros y sonriendo de oreja a oreja.

—¿Qué? No digas tonterías —replico zafándome—. ¡Déjame en paz, bicho raro! —farfullo.

Sarah abre la puerta del despacho de Caleb y me mete dentro.

—Cuéntamelo todo.

—No ha pasado absolutamente nada, Sarah —le aseguro, tambaleándome, mientras intento recuperar el equilibrio tras su empujón—. ¿Quieres calmarte? Joder.

—Te ha lanzado una de esas miraditas. Lo he visto —declara, señalando sus propios ojos con elocuencia.

—¿Qué miraditas? —digo mientras me siento en el sofá de dos plazas que hay frente al escritorio de Caleb, delante de una pared con paneles de roble oscuro.

—Habéis entrado y Bo le ha echado un vistazo a la mesa donde está todo preparado. Y luego te ha mirado. Ha ladeado la cabeza, te ha sonreído con cara de cordero degollado y tú has asentido. Te ha pedido permiso para irse con la típica miradita de un hombre atado en corto. ¡De un tío enchochado!

—Por favor, dime que no acabas de decir «enchochado». Por favor, por favor, por favor, dime que no lo has hecho —digo tapándome la cara.

—Así que no lo niegas —dice Sarah, y se sienta en la silla de Caleb para poner los pies sobre el escritorio que hay en el centro de la habitación.

—Sí que lo niego. Lo máximo que hemos hecho desde Halloween es abrazarnos. —Bailar es como abrazarse, pero durante más rato, ¿no? Así que no cuenta.

Sarah me mira con desconfianza.

—La verdad es que das muy buenos abrazos —murmura—. Pero no tan buenos como para eso.

—Bo es una persona educada. Solo quería asegurarse de que estaba bien antes de dejarme para ir con sus amigos. Así de simple.

—¿Me estás diciendo que hace cuarenta años que no te veo... —Solo han pasado doce días—... porque has estado encerrada con él en casa sin chingar?

Decido pasar por alto el uso de la palabra «chingar».

—Hemos estado haciendo otras cosas —digo a la defensiva—. Dando paseos por la playa para hablar. Viendo películas frikis que le gustan a Bo tirados en el sofá. Y además sigo trabajando y haciendo crecer a un ser humano. Así que sí, eso es lo único que hemos estado haciendo. Siento decepcionarte.

—¿Cuánto necesitáis hablar para caer de la burra?

La fulmino con la mirada.

—Teníamos que conocernos, ¿no? Ese era el puñetero objetivo de irnos a vivir juntos.

—¿Y? —pregunta Sarah.

—¿Cómo que «y»?

—¿Ya os conocéis? —Levanta los brazos desesperada.

—Sí.

—¿Y?

—¿Y qué? —replico cruzando los brazos delante del pecho con fuerza.

—¿Es un buen tío?
—Sí, obviamente.
—¿Y?
—Madre mía, ¿qué?
—¿Te sientes segura con él?
—Sí.
—¿Y?
—¿Y qué? —grito.
—¿Estás enamorada de él?
—¡Sí! —Un momento, ¿qué?—. ¡No! —rectifico presa del pánico, pero ya es demasiado tarde. Sarah se levanta de la silla y golpea el escritorio con las palmas de las manos como si fuera un tambor.
—¡Victoria! —exclama, y apunta hacia el techo con las manos en forma de garras.
—Cállate —murmuro mientras me froto la frente—. Por favor, para —le suplico con voz lastimera.
—Yo tenía razón —dice volviendo a sentarse—. Winnifred McNulty está enamorada.
—Sarah, lo adoro, pero no estoy enamorada de él.
—Mentira —dice ella negando con la cabeza.
—En serio —replico con una voz involuntariamente más aguda—. En serio —repito con más firmeza.
Sarah me mira con los ojos entornados y se pasa la lengua por los dientes sin abrir la boca.
—Muy bien. Pues vamos a jugar al peor de los casos.
—¿Por qué? —suspiro.
—Tú sígueme el rollo —me pide, rodando por la habitación en la silla de oficina hasta ponerse justo enfrente de mí, prácticamente rozándome las rodillas con las suyas. Es desquiciante pero divertida. Tengo que reconocerlo—. El peor de los casos, dentro de un año. El bebé está feliz y contento. Piensa solo en ti y contesta sin vacilar.
—A ver… —Vacilar es lo primero que hago.
—¡No! —Sarah me da un coscorrón en un lado de la cabeza y yo la aparto de un manotazo—. ¡Suéltalo!
«Joder».

—Esto es una chorrada —digo cruzándome de brazos.

—No seas infantil. Madura y afronta tus sentimientos. Adoras a Bo. Estás enamorada de él. Admítelo.

—¡No!

—¿Por qué? —grita.

—Porque me hicieron daño, Sarah. Me hicieron mucho daño y tú no sabes ni la mitad. —En cuanto esas palabras salen de mi boca, todo el aire de mis pulmones se va con ellas.

—Pues cuéntamelo, Win. Cuéntamelo para que podamos solucionarlo. Llevo años intentando saber qué pasó. O cuéntaselo a otra persona. A quien sea. A un profesional, a poder ser. O a lo mejor a Bo…, porque él debería saberlo.

—Me hizo sentir pequeña. —Es lo único que consigo decir, mientras las lágrimas amenazan con desbordarse—. Jack me hizo sentir pequeña, tonta e inútil y no quiero volver a sentirme así nunca más. Le puse mi autoestima en una puñetera bandeja de plata y me sorprendí como una gilipollas cuando él la cogió y me devoró de un bocado.

—Jack es un cabrón que va a acabar quemando todos los puentes que construya. Tú no eres ninguna de esas cosas, Win.

—Ya, ahora lo sé. Me ha llevado todos estos años recordar quién soy y qué es lo que no soy después de lo de Jack. Y no quiero… no quiero volver a olvidarlo.

—Y no lo harás.

—¡Podría pasarme perfectamente! Al parecer, tengo tendencia a olvidarme de las cosas. Como, por ejemplo, de que es muy probable que Bo siga enamorado de tu cuñada. La noche que pasamos juntos fue importante para los dos, pero nada más. Solo fue una noche. Con Cora ha estado años. Y aunque ella le rompió el corazón y lo dejó en el peor momento de su vida, todavía la ama. Sigue queriéndola. Le es leal. Tienen una conexión… No puedo pretender que sienta algo más por mí cuando solo llevamos unos meses metidos en este lío. No soporto pensar que pudiera preferir que yo fuera ella. Que yo solo haya sido la que estaba más a mano.

Sarah suspira y me mira fijamente mientras su pecho se deshincha.

—Win…

—No pasa nada. Ya lo he asumido.

—Win…, tienes que hablar con él.

—No puedo —susurro con voz quebrada—. No puedo volver a hacerlo. No puedo hablar con él. No puedo poner mi corazón en otra bandeja y esperar un resultado diferente.

—Dime una cosa. ¿Cuál sería el peor de los casos? —me pregunta Sarah muy seria, con los ojos entornados y los labios fruncidos—. Dentro de un año, un día te despiertas y… —añade, haciéndome señas para que continúe.

Eso es lo que más miedo me da. Al principio, voy a contestar que lo peor sería haberle abierto mi corazón a Bo para acabar comprobando que tenía razón. Una razón que no me gustaría tener. Que él pisoteara mi corazón y mis sentimientos y, dentro de un año, despertarme un día y darme cuenta de que lo había vuelto a hacer, de que había vuelto a enamorarme del hombre equivocado. Pero ahora el problema ya no es ese.

Ahora el peor de los casos es no haber descubierto cómo podría haber sido tener una relación con Bo.

—Que Bo estuviera enamorado de otra persona. Que tuviera una novia guapísima que además adorara a mi hijo, que lo llevaran a pasear por la playa, que bailaran en el comedor y… y que yo estuviera en otro sitio. Sola. Echándolo de menos. Echando de menos lo que podría haber sido. Dándome cuenta de que él ya estaba preparado para pasar página… y que yo no había sido su primera opción.

—¿De verdad crees que Bo dejaría que la cosa acabara así de haberlo sabido? Porque yo creo que ese tío te mira como si fueras su heroína. Mejor dicho, su superheroína. Nunca he visto a nadie mirar a otra persona así.

—No creo que pretenda hacerme daño —susurro como autoconvenciéndome—. Pero no sabemos si él siente lo mismo por mí. Puede que se trate… de simple atracción.

—Lo que hay en sus ojos no es lujuria, Win. Es mucho más que eso.

—¿Y si solo son las hormonas? ¿Y si es solo una parte primitiva de mi cerebro que me recomienda quedarme con el hombre con el que he procreado? ¿Y si cuando tenga al bebé, de repente Bo se convierte en un capullo insufrible?

—¿En serio piensas eso, Win? ¿De verdad crees que las mujeres no somos más que trajes de piel dominados por los bajos instintos y las hormonas? —Sarah pone los ojos en blanco, endereza la espalda y se sienta con las piernas muy abiertas, como si fuera un hombre—. «Las mujeres son demasiado sensibles» —dice con voz grave—. «No pueden estar al mando cuando sus cuerpos las vuelven locas una vez al mes».

—No —digo con elocuencia mirándola fijamente.

—¿Y por qué actuamos como si sus emociones debieran definir las tuyas? Te estoy preguntando lo que sientes tú, no él.

—Ya. Vale —respondo sin demasiado entusiasmo.

—Pues dilo. Dilo en voz alta. Sé sincera contigo misma y conmigo.

Respiro hondo y pongo los hombros rectos. Aun así, solo me sale un tímido hilillo de voz.

—Estoy enamorada de Bo.

—¿Aunque él esté enamorado de otra?

—Sí —admito, sabiendo que suena patético.

—¿Aunque no pueda corresponderte?

Asiento y miro hacia el techo, llevándome las manos al cuello.

—¿No te parece absurdísimo?

—El amor es absurdo, Win —responde Sarah con dulzura—. A ver, ¿qué piensas hacer al respecto?

Me hago un ovillo gimiendo con patetismo.

—¿De verdad crees que opina eso de mí? ¿Estás segura de que...?

—Sí, Win. Sí. Y me encanta. —Sarah se acerca y me descruza los brazos, que estoy apretando contra el pecho. Me agarra ambas manos y me las estrecha—. ¡Te mereces esto! —declara, sacudiéndome un poquito hasta que esbozo una sonrisa, aunque sea forzada—. Y sé que también es cosa del embarazo, pero estás radiante. Pareces mucho más relajada. Cuando habéis entrado aquí juntos, ha sido distinto a hace unos meses. Entonces erais dos personas que se atraían y que tenían un secreto apasionante. Ahora sois la leche.

—Tengo miedo —murmuro, arrugando la nariz y mirándola a los ojos un instante.

—Ya lo sé —dice Sarah mientras me acaricia el dorso de la mano con el pulgar—. Pero creo que, si se lo pides, tendrá cuidado con tu corazón. —Asiento respirando hondo—. Como también creo que ya no eres la chica que pone las cosas en bandeja de plata. Esa versión de ti misma ha quedado atrás. Y otra cosa que también creo es que los capullos como Jack siempre intentan convertir a las personas buenas como tú en algo horrible. Los de su calaña son así. No te culpes por intentar ver su lado bueno. O por no querer estar sola. Tienes que perdonarte por eso.

Pongo los ojos en blanco y me doy cuenta de que se me escapa una lagrimita.

—Joder —gimo medio riendo.

—¿Me he pasado? —me pregunta Sarah, riéndose en voz baja.

Niego con la cabeza, me levanto del sofá y le rodeo los hombros con los brazos.

—Te quiero —le digo.

—Y yo a ti —me responde ella—. Y eso es algo que nunca va a cambiar.

Cuando vuelvo a sentarme, ninguna de las dos se mueve ni habla. Nos limitamos a disfrutar del momento con idénticas sonrisas de aliento.

—Voy a intentarlo —anuncio antes de sorberme la nariz—. No sé muy bien cuándo, porque hacerlo sobria va a ser toda una hazaña, pero voy a decirle lo que siento. Un día de estos. Pronto a poder ser.

—Y yo estaré ahí para soltarte un «te lo dije» cuando ese hombre intente dejarte preñada otra vez.

Pongo los ojos en blanco, pero no puedo evitar sonreír mientras imagino lo que podría llegar a ser. Poniéndome, por una vez, en el mejor de los casos.

Imaginando una versión de mi vida en la que Bo y yo caminamos de la mano hacia algo nuevo para ambos. Lentos, pero seguros y tratándonos con respeto. Una vida en la que a lo mejor volveríamos a hacer esto a propósito; puede que incluso unas cuantas veces si se nos da bien lo de ser padres.

Y puedo visualizarlo con claridad, como si fuera un recuerdo. Construiríamos una casa en un árbol para nuestro hijo en primavera y beberíamos vino en las tranquilas tardes de verano, en el porche trasero. Nos sentaríamos en un columpio agarrados de la mano, mientras lo vemos jugar. Una vida en la que haríamos el amor tanto como pudiéramos, con ardor, fogosidad y pasión. Nos pasaríamos años conociéndonos, desaprendiendo para aprendernos de memoria el uno al otro con el paso de las décadas. Descubriendo todos los entresijos y los recovecos más recónditos, hasta conocernos a fondo. Sería una vida intensa, anárquica, caótica y maravillosa. Una vida en común.

Y me encantaría.

Tanto que me hace tener más miedo todavía.

Aunque no el suficiente como para no intentarlo.

—A lo mejor podrías decirle a Bo lo que sientes por él en su cumpleaños. Átate un lazo alrededor de las tetas y deja que abra el regalo. Debes de estar muriéndote de ganas de empañarle las gafas. —Ya estamos otra vez.

—De hecho, necesito que me ayudes con eso. —Sarah me mira boquiabierta—. No, con eso no —aclaro rápidamente, antes de que pueda decir nada—. Con lo de la fiesta. Voy a pedirle al padre de Bo que lo entretenga durante el día para que yo pueda organizarla e invitar a algunos de sus amigos. Se merece una celebración. ¿Podrías ayudarme?

—¡Pues claro! Ahora Bo es uno de los nuestros. No me pueden pillar holgazaneando en un cumpleaños.

Le sonrío antes de echar un vistazo a la habitación distraídamente. Luego miro hacia la puerta y respiro hondo para calmarme.

—¿Volvemos fuera?

—No, deja que nos echen un poco de menos —dice Sarah sonriendo con picardía—. Uy, con todo este lío se me había olvidado: ya que estás aquí, ¿te apetece darte un baño? He cogido todas tus cosas favoritas por si acaso.

—Ahora mismo te daría un beso —le digo, acercándome para darle unas palmaditas suaves en la mejilla.

—Me lo tomaré como un sí —replica ella, apoyando las manos en las rodillas para levantarse—. Y guárdate los besos para Bo —añade entre risas mientras va hacia la puerta.

# 26

## Embarazada de veinte semanas
## El bebé es del tamaño de un plátano

Aquí estoy, petrificada delante de la puerta principal. Llevo tanto tiempo aquí plantada que una niña ya ha pasado por detrás de mí en bici dos veces.

El clima es engañosamente agradable para el mes de marzo; como una falsa primavera por así decirlo. Los canadienses guardarán los abrigos gruesos y las botas de invierno, y caerán sin remedio en una profunda y oscura depresión cuando la nieve regrese la semana que viene. Todos los años pasa lo mismo y todos los años nos sorprendemos, como si sufriéramos una especie de amnesia colectiva. Aunque eso es lo que más me gusta de los seres humanos: nuestra capacidad para ignorar alegremente las tristes realidades que nos esperan.

Lo cierto es que no estaremos a salvo hasta abril. O puede que incluso hasta después de mi cumpleaños, en mayo.

Aun así, al menos no me estoy quedando congelada en la entrada mientras intento armarme de valor para conocer al padre de Bo.

Ha ido a recogerlo al aeropuerto cuando yo estaba en el trabajo. Va a pasar con nosotros cuatro días antes de volver a Francia: el tiempo suficiente para ver a su hijo entrar en la treintena.

La noche que nos conocimos, Bo llamó a su padre, Robert, que es su mejor amigo.

También es su único familiar vivo. Así que cero presión para impresionarlo. Cero patatero.

«Le vas a encantar».

Dios, eso espero.

Cuando la niña en bicicleta pasa por tercera vez, mirándome con desconfianza, decido que ya está bien.

—¡Hola! —grito entrando por la puerta.

Se oye música procedente del comedor y el ruido de algún tipo de aparato eléctrico en la cocina. Creo que es una batidora. ¿Tenemos de eso? Madre mía, debería ofrecerme a cocinar de vez en cuando.

Me quito el abrigo y los zapatos y sigo el sonido de las risas, que vienen de la cocina.

—Hola, ya estoy aquí —digo al entrar. En la cocina está el hombre más guapo que he visto jamás... y su hijo.

«Madre del amor hermoso». O, mejor dicho: «Padre del amor hermoso».

—¡Hola! —dice Bo, y rodea la encimera para acercarse a mí sonriendo alegremente como siempre—. Win, este es mi padre, Robert. Papá, esta es Win. —Estoy a punto de desmayarme al oír a Bo decir «Robert» con acento francés. No hay suficiente oxígeno en la habitación. Bo debería habérmelo advertido. Debería haberle pedido que me enseñara fotos de su familia.

—Encantado de conocerte, Winnifred —dice Robert, con un acento bastante marcado, mientras levanta las manos cubiertas de harina y masa—. Te daría la mano, pero estoy haciendo pan.

—Mi padre iba a prepararse un sándwich, pero se ha dado cuenta de que nos habíamos quedado sin pan —comenta Bo, antes de agacharse para decirme algo al oído—. Y eso que me he ofrecido a ir a comprarlo.

Robert se parece a Bo en cuanto a altura, encanto natural y complexión, pero su pelo y su barba son más cortos y canosos. Además, sus ojos tienen diferente forma y color: los de Bo son grandes y de un tono avellana y los de Robert pequeños y marrones. Las profundas líneas de expresión y arrugas que Robert tiene alrededor de los labios y de los ojos revelan que, igual que a su hijo, le encanta reírse. Si esto es un adelanto de cómo va a ser Bo dentro de treinta años, es mejor que me dé prisa y lo pesque cagando leches.

Lástima que Bo no tenga acento.

Aunque... a lo mejor estaría dispuesto a hablarme en francés en la cama si se lo pidiera amablemente.

«Madre mía, Win. ¡Céntrate! ¡Te toca hablar a ti!».

—Yo también me alegro de conocerte —digo con voz chillona antes de tragar saliva—. Bo habla maravillas de ti. Y, por favor, llámame Win, o Fred.

No se me escapa la sonrisa burlona de Bo cuando le sugiero a su padre ese apodo que, hasta hace muy poco, no me gustaba nada. Tampoco se me escapa el cariño con el que Robert me mira la tripa.

Luego coge la bola de masa y se la pasa de una mano a otra, observando a su hijo con una ceja levantada y esa sonrisa pícara bajo el bigote que tanto me suena.

—A mí también me ha hablado muy pero que muy bien de ti...

Bo se aclara la garganta.

—¿Qué tal en el trabajo? —me pregunta, pasando por detrás de mí para ir hacia el comedor.

Asomo la cabeza por la puerta y veo que está cogiendo la silla del escritorio para acercármela.

—Ah, bien —contesto mientras él me hace un gesto para que me siente. Es verdad que los pies me están matando, pero esto me parece un pelín exagerado—. El tío del pedido para llevar ha vuelto —digo cayendo en la tentación de sentarme.

—¡Ya es la tercera vez esta semana! —exclama Bo emocionado.

Robert nos mira sin entender nada.

—Hay un hombre que va a la cafetería a pedir comida para llevar, pero luego se queda horas trabajando allí. —En cuanto lo digo en voz alta, me doy cuenta de lo tonto que suena en realidad. Cuando se lo conté a Bo, empezó a montarse una película.

Nos inventamos toda una historia en torno al desconocido. Bo tiene la teoría de que está enamorado en secreto de una clienta y espera el momento adecuado para decírselo, y yo estoy de acuerdo. Algo muy parecido a lo que pasa en nuestra casa, a decir verdad, ahora que lo pienso. En cualquier caso, eso es algo que a Bo se le da genial, coger cualquier cosa insignificante y convertirla en algo significativo e importante. Como ha hecho con cada etapa del embarazo. Y con cada respuesta a nuestras preguntas nocturnas. Para Bo, todo es digno de celebración. Con todo merece la pena emocionarse—. Pero sí, ha sido un buen día. —Me giro para mirar a Robert—. ¿Qué tal el vuelo?

Este asiente varias veces, cubriendo el cuenco de cristal con un paño de cocina.

—Bien, bien, bien. La comida del avión era terrible, pero ha sido un viaje tranquilo.

—Ya veo de dónde ha sacado Bo la maña para la cocina —digo señalando el cuenco.

Robert sonríe orgulloso bajando la vista hacia el suelo.

—Bah…

—Yo no soy ni la mitad de bueno que él —declara Bo, metiéndose una pepita de chocolate en la boca mientras sujeta el tarro de la despensa contra el pecho.

—No sé yo. No puedo parar de pensar en la sopa que hiciste el primer día —comento.

—¿La de calabaza? —me pregunta él. Asiento—. ¿Por qué no me lo has dicho? La habría vuelto a hacer.

—Bueno…, ya cocinas para mí todos los días. Solo faltaba que me pusiera con exigencias.

—La haré esta semana —dice Bo, lanza otra pepita de chocolate al aire y la pilla con los dientes. Yo le aplaudo y él hace una reverencia con el tarro en la mano.

Robert se ríe entre dientes mientras nos echa un vistazo rápido. De pronto me doy cuenta de que seguramente habré interrumpido su momento de intimidad y de que debería largarme.

—Os dejaré un poco de espacio —digo, apoyando las manos en los reposabrazos de la silla para ponerme de pie.

—No. —Robert me detiene frunciendo el ceño, claramente

ofendido—. No, no, no. Siéntate, por favor. Por favor —repite abriendo la nevera—. Robbie y yo siempre hablamos mientras cocinamos. Tienes que quedarte para proporcionarnos un poco de material nuevo —dice, y saca un cartón de huevos y la leche—. ¿Qué tal una *quiche*?

Me acomodo en la silla. Bo me pone una mano en el hombro y me da unas palmaditas suaves antes de acercarse a uno de los armarios, sacar una tabla de cortar, colocarla en la encimera junto a su padre y dejar el tarro de pepitas de chocolate.

—Suena delicioso —contesto, sonriéndoles a ambos mientras doblo las piernas para sentarme sobre ellas y recostarme en la silla.

En efecto, la *quiche* estaba deliciosa. Me he comido tres porciones y podría haberme comido más si el estómago me lo hubiera permitido. Tardaron una hora en prepararla, después de que Bo convenciera a su padre para usar la masa que teníamos en el congelador en lugar de hacerla desde cero. Entretanto, he podido observar con atención la dinámica familiar.

Sus muestras de afecto son extraordinarias para ser padre e hijo. Me he fijado en que suelen ponerse la mano en el hombro al pasar el uno al lado del otro y también he visto varias veces a Robert darle unas palmaditas rápidas a Bo en la mejilla, para animarlo o burlarse de él.

Robert es menos tímido que Bo. Tiene una voz fuerte y gutural y no se corta a la hora de expresarse con las manos. O con todo el cuerpo. Pero parece tan tranquilo como su hijo. La forma en la que interactúan hace que me haga todavía más ilusión tener un niño que añadir a su dinámica. Sería divertidísimo incluir a un tercer personaje en el espectáculo.

Después de cenar, eligen juntos un disco y empiezan a recoger, insistiendo en que descanse un poco más. Voy a mi cuarto para coger un frasquito de pintaúñas y cuando vuelvo me siento en el suelo, delante de la mesa de centro, mientras suena Edith Piaf en la sala de al lado.

Robert se reúne conmigo poco después, tras ser expulsado

de la cocina por su hijo. Entra bailando en el salón, haciendo equilibrios con una copa de vino y moviéndose al ritmo de la música de la dramática cantante francesa.

—Era la favorita de mi mujer —comenta señalando hacia la otra habitación—. Así fue como supe que Joanna era mi media naranja. Tenía un gusto exquisito. Para los hombres también, obviamente —dice Robert. Su voz resuena dentro de la copa de vino.

Me río, doblando un trozo de papel de cocina para ponérmelo debajo de la mano.

—Bo me contó que Joanna y tú os enamorasteis muy rápido. En diez días, ¿no?

—Sí. En diez días pasamos de ser unos perfectos desconocidos a estar casados. —Bebe un buen trago de vino y me mira fijamente con ojos burlones, como los de su hijo—. Parece que vosotros vais un poco más lentos.

Me muerdo el labio y vuelvo a bajar la vista hacia el esmalte de uñas que tengo en la mesa para abrirlo.

—Eso, ignora los comentarios de este viejo chocho. Chica lista.

Sonrío, negando con la cabeza mientras mojo el pincel en el esmalte malva y lo sujeto entre el pulgar y el lateral de la palma de la mano derecha.

—¿Tuviste un accidente? ¿O una enfermedad como Robbie? —me pregunta señalando mi mano derecha.

—No, es de nacimiento.

—Qué raro. Robbie no me lo contó. Y eso que habla muchísimo de ti.

Levanto una ceja y niego con la cabeza ante su descaro.

—Seguro que al final acabaría saliendo el tema. —Pero me encanta que no haya sido así.

—*Dieu, j'adore cette chanson!* —exclama Robert, levantándose de un salto—. *Monte le son, mon fils!*

Aunque dejé el francés en cuarto de secundaria, estoy casi segura de que Robert acaba de decir que le encanta la canción y le ha pedido a Bo que suba el volumen. O eso, o le ha dicho que le encantan los gatos y le ha pedido a Bo un trozo de tarta.

Una de dos. Dado que Bo sale de la cocina y pone la música más alta, creo que he acertado a la primera.

Este se echa un trapo al hombro y se apoya en el arco que da al salón, sonriendo mientras observa la entusiasta actuación de Robert.

Su padre va bailando hacia él y le pone una mano en el hombro mientras la canción llega al estribillo. Entonces los dos empiezan a cantarlo juntos, o más bien a berrearlo. Robert se las apaña para que no se le caiga ni una gota de vino mientras agita los brazos en el aire por encima de la cabeza, utilizando todo el cuerpo como instrumento.

Yo me río, moviendo la cabeza al ritmo de la música, mientras se ponen a bailar una especie de can-can cutre agarrados del brazo.

—¡Tienes que imaginártelo con las cuatro piernas! —me grita Robert por encima de la canción—. Y con las plumas, los collares y todo eso —añade, señalándose el torso.

Bo le arrea un buen puntapié con la pierna ortopédica y Robert se queda mirando alucinado a su hijo, haciendo una mueca de dolor mientras se ríe.

—Pues a mí me parece que funciona bastante bien —dice Bo, que se zafa para volver a la cocina, sonriendo para sí mismo.

Enrosco el tapón del esmalte y empiezo a soplarme las uñas. Robert va hacia el tocadiscos y recorre con el dedo la colección de su mujer, sacando de vez en cuando algún álbum para echarle un vistazo.

Cuando la música deja de sonar, Bo y su padre se reúnen conmigo en el salón. Tras unas cuantas anécdotas sobre la banda de jazz con la que Robert toca en París y varias indirectas sobre mi relación —o no relación— con Bo, Robert se va a la cama, asegurando que ya ha eludido lo suficiente el *jet lag*.

Justo entonces me fijo en la almohada de sobras y en la ropa de cama que hay en el sillón de la esquina y me doy cuenta de que Robert se va a quedar en la habitación de Bo durante los próximos días. Hasta ahora no me había planteado cómo íbamos a arreglárnoslas durante su visita, pero Bo no puede dormir en el sofá ni de broma. Si ni siquiera cabe.

—No te estarás planteando en serio dormir ahí, ¿no?

—No finjas que no has descubierto los poderes mágicos para dormir que tiene ese sofá.

—Puede que esté bien para una siesta, pero no es lo bastante grande para que pases la noche en él. Acabarías con la espalda hecha polvo.

—La verdad es que sí se me ha pasado por la cabeza que ojalá pudiera desenroscarme las dos pantorrillas. —Bo se ríe mientras se lleva el vaso de agua a los labios.

—En serio, lo vas a pasar fatal.

—Mañana, después de la cita con el médico, iré al centro comercial a comprar un colchón hinchable.

—Puedo dormir yo esta noche en el sofá —propongo.

—¿Qué? Ni hablar.

Su rápida negativa me hace poner los ojos en blanco.

—¿Por qué?

—No sé —dice con sarcasmo—. ¿Porque no pienso hacer que mi...? —Bo deja la frase a medias, se pone tenso y, con un rápido movimiento de cabeza, vuelve a empezar. Toda la secuencia de acciones dura menos de un segundo, pero yo la observo con una atención angustiosa. ¿Qué iba a decir? ¿Mi qué?—. Porque no pienso obligar a una mujer embarazada a dormir en el sofá —declara rotundamente.

Vamos, Win. Tres segundos de valentía. Una proposición inocente. Puedes hacerlo.

—Bueno, podríamos dormir los dos en mi cama... —digo con fingida indiferencia. Pero Bo se me queda mirando demasiado fijamente. Tiene el ceño fruncido y la cabeza ladeada. Me cuesta horrores no retractarme o añadir algún comentario nervioso para menospreciar la idea.

—Podríamos —dice Bo asintiendo con la cabeza, sin dejar de mirarme con los ojos entornados—. ¿Estás segura? ¿No te importaría?

«Creo que podría sacrificarme para compartir cama contigo».

—Claro, ¿por qué no?

—¿Segurísima?

—Sí —contesto antes de aclararme la garganta.

—Solo hasta que vaya mañana al centro comercial.

Me encojo de hombros.

—Me parece bien. Voy a darme una ducha antes de acostarme. Puedes meter tus cosas en mi habitación. Yo dormiré en el lado de la pared, que me gusta más. —Tengo que hacer un esfuerzo sobrehumano para no salir pitando al baño, como el Correcaminos, en cuanto acabo de hablar.

# 27

Me cepillo los dientes dos veces y llevo a cabo una rutina de cuidado facial mucho más larga de lo habitual para ganar algo de tiempo y tranquilizarme. Lo único que me hace salir del baño es la preocupación de pensar que cuanto más rato me quede aquí después de ducharme, más posibilidades hay de que Bo piense que estoy evitando compartir cama con él.

Lo cual es verdad, pero no por las razones que él podría imaginar.

Llamo con indecisión a la puerta de mi cuarto después de haber cruzado corriendo el pasillo envuelta únicamente en una toalla.

Oigo un murmullo al otro lado de la puerta, así que entro, armándome de todo el valor posible.

El dormitorio está en penumbra, iluminado solo por la tenue luz de la lámpara de la mesilla. Bo está tumbado en la cama, al lado de ella, encima del edredón gris claro. Tiene el libro de sudokus en una mano y la otra en el pelo, porque se está rascando encima de la oreja. Sujeta un lápiz entre los dientes, lo que transforma sus labios en una línea recta y fina. Lleva una camiseta de color morado oscuro, unos pantalones cortos de baloncesto negros y unas gafas que están diciendo «fóllame». Veo que ha dejado la prótesis apoyada en la pared, al lado de la cómoda y del montón de ropa que he olvidado recoger por la tarde.

Espero que no tenga muy mala opinión de mí por eso.

—¿Qué tal? —me pregunta con falsa naturalidad, mientras se quita el lápiz de la boca para escribir algo, antes de volver a ponérselo entre los dientes. Todavía no ha levantado la vista para saludarme y sonrío para mis adentros al verlo tan a gusto en mi habitación. Como si para él fuera completamente normal estar aquí.

Pero disfruto de lo que sucede cuando por fin se decide a mirarme, seguro que preguntándose por qué he entrado tan sigilosa en la habitación y por qué estoy tan callada. El lápiz se le cae de la boca y aterriza con estrépito en el suelo, mientras Bo me mira boquiabierto, con los ojos fuera de las órbitas. Temblando, aprieta los labios con fuerza, incapaz de dejar de mover los ojos y mirando alternativamente la toalla que tengo alrededor del cuerpo y la que llevo en la cabeza.

—¿Quieres que...? —me pregunta, señalando la puerta, mientras mira de forma imprecisa por encima de mi hombro, como si estuviera en una especie de disociación autoimpuesta.

—No, tranquilo —contesto, echando los hombros hacia atrás—. Me vale con que cierres los ojos un momento. —Cuando lo hace, dejo caer la toalla y saco la única prenda para dormir mínimamente sexy que tengo. Se trata de un simple camisón negro, pero es lo más parecido a una prenda de lencería que hay en este cajón lleno de camisetas rotas holgadas y mallas cortas.

No es que crea que pueda pasar algo si me pongo ese «salto de cama». Dudo mucho que Bo vaya a mover ficha de repente sin una conversación previa, después de haber fijado y mantenido unos límites tan claros. Y desde luego yo tampoco pienso hacerlo. Ya estoy empleando todo mi valor en compartir habitación con él. Se trata más bien de un pequeño recordatorio: «Por cierto, tengo cuerpo. ¿Te gusta?».

Cuando me doy la vuelta, Bo tiene los ojos cerrados y está dándose golpecitos en la frente con la goma del lápiz que ha recogido del suelo.

«Vale, está claro que le gusta».

—Vía libre —digo, apretando los labios para no reírme de la cara de sufrimiento que pone al abrir los ojos y ver el camisón.

Su expresión, antes de que la disimule, es un pequeño y maravilloso recuerdo de lo atractiva que me hizo sentir hace tantos meses. Solo espero que desee mi corazón tanto como parece desear mi cuerpo. Bo se aclara la garganta y vuelve a concentrarse en el libro que tiene en la mano, repiqueteando en una esquina con el lápiz a un ritmo rápido e irregular. Intento meterme en la cama con la mayor delicadeza posible, teniendo en cuenta que me veo obligada a trepar por los pies para llegar hasta la almohada. Me tumbo sobre el costado izquierdo, mirando hacia Bo, recostada sobre la ingente cantidad de almohadas sobre las que duermo últimamente para evitar los ardores de estómago nocturnos. Me cubro la mitad inferior del cuerpo con el edredón y estiro el cuello para echar un vistazo al sudoku.

—Cuatro —digo señalando una casilla vacía—. ¿No?

—Ah, sí —dice Bo distraído—. Gracias —añade rellenando el hueco.

Cuando me aparto, me sigue con la mirada y baja la vista para mirarme el canalillo. Luego se muerde el labio y se desliza hacia arriba por el colchón para sentarse con la espalda pegada al cabecero.

—¿Te molesta la luz? —me pregunta en voz baja—. Puedo apagarla.

—No hace falta —digo cogiendo el móvil.

—Ya casi he acabado.

Hasta que me pillo a mí misma bostezando por tercera vez, no levanto la vista del teléfono. Bo tiene el libro de sudokus cerrado sobre el regazo y sonríe tranquila y perezosamente mientras observa mi móvil.

Estoy mirando cosas para bebés en internet, porque Sarah dice que tengo que elegir unas cuantas para una especie de lista de regalos. La verdad es que no me apetecía nada, pero me he enganchado en cuanto me he dado cuenta de lo real que hace que parezca todo el hecho de ver la cantidad de cosas con las que podría vestir, transportar o envolver a nuestro hijo. Ha hecho que todo gire más en torno a August y menos en torno a mí.

—Perdona. Estaba en mi mundo. ¿Vas a dormir ya? —le pregunto.

—Qué monos —dice Bo, señalando unos patuquitos de ganchillo. Estaba pensando si sería capaz de hacerlos yo misma hasta que me he acordado de la manta que tengo empezada.

—¿Verde oliva o salvia? No me decido.

—Oliva, creo.

Los añado a la lista.

—Te he enviado un enlace para que tú también puedas añadir cosas. No hace falta que lo hagas, pero…

—¿Cómo vamos a hacer para evitar comprar todo eso? —me pregunta Bo quitándome el teléfono de la mano—. ¡Mira qué osito! Gus necesita ese oso —dice añadiéndolo a la lista de deseos.

—¡Ay, espera! Tengo que enseñarte una cosa que he encontrado… —digo, y le arrebato el teléfono para bajar por la lista antes de volver a girarlo hacia él.

—*El abecedario de Dragones y mazmorras* —lee con una sonrisa radiante—. ¿Ya lo has añadido?

—Obviamente.

Bo me mira y veo el brillo de sus ojos aun en la habitación en penumbra.

—Gracias.

Bloqueo el móvil y se lo paso.

—¿Me lo puedes enchufar?

—Claro —contesta mientras lo hace.

Yo me siento, ahueco las almohadas y le doy la espalda para ponerme de cara a la pared, acurrucándome alrededor de la almohada corporal que está pegada a ella.

Tal vez el cuerpo de Bo busque instintivamente el mío durante la noche. Tan solo como un cuerpo que busca calor en otro. O puede que yo reúna el valor necesario para pegar el culo a su regazo y fingir que ha sido un accidente. Ahora somos expertos en ellos.

Bo apaga la luz, se tumba en la cama y se mete debajo de la manta que ha traído. La habitación se queda en silencio absoluto. No hay grillos fuera, ni se oye el tráfico. Solo el sonido de las cabezas cayendo sobre las almohadas de plumas y de las sábanas moviéndose mientras ambos nos acomodamos en la cama.

—Oye... —susurra Bo—. Hoy no nos hemos hecho ninguna pregunta.

Me doy la vuelta y pongo una mano debajo de la mejilla. Mis ojos se adaptan lo suficiente a la oscuridad como para darme cuenta de que nuestras caras están una frente a la otra. Puedo ver el pelo revuelto de Bo y su expresión dulce y soñolienta.

—Pues no, tienes razón —murmuro—. ¿Tienes alguna?

—A ver si se me ocurre algo. —Pone una mano debajo de la almohada y se incorpora ligeramente mientras bosteza—. Es curioso que nunca hayamos hecho esto, ¿verdad? Lo de dormir juntos. Vamos a tener un bebé y vivimos en la misma casa, pero ni siquiera sé si roncas.

—No ronco. —Y tampoco describiría esta situación como «curiosa».

—O puede que hables en sueños —añade.

—¿Tú lo haces? —le pregunto, bajando la vista hacia la mísera cantidad de espacio y ropa de cama que separa nuestros cuerpos.

—Supongo que tendrás que averiguarlo —bromea—. ¿Cómo llevas lo de mañana?

—¿Lo de la ecografía? —pregunto. Bo asiente—. Pues sobre todo estoy emocionada, pero también un poco nerviosa por si algo va mal, como siempre. ¿Y tú?

—Igual. —Bo deja escapar un suspiro profundo y lastimero—. Aunque seguro que todo irá bien.

Justo en ese momento, siento una especie de aleteo en la tripa. Se parece un poco a cuando me ruge el estómago de hambre, pero sin ruido y más parecido a un pequeño espasmo muscular. Bajo la mano para palparlo y la sensación se repite. Hasta la tercera vez no me doy cuenta de que no es mi cuerpo el que se está moviendo.

—Creo... Creo que el bebé está dando pataditas.

—¿En serio? —pregunta Bo, como en un susurro, pero en voz muy alta.

Disimulo una sonrisa vergonzosamente radiante.

—Eso creo. Pero no estoy segura. —Me pongo bocarriba y poso ambas manos sobre la barriga. «Hazlo otra vez», digo a través de ese canal interno indefinible con el que me siento conectada al bebé, como dos latas atadas por un hilo. Entonces vuelve a suceder y ahogo un gritito—. Sí, definitivamente está dando patadas.

—¿Te duele?

—No, para nada. Es como si… me estallaran burbujas por dentro. —Presiono otro punto con la mano, siguiendo la sensación a medida que se va moviendo—. ¿Quieres sentirlas? —le pregunto a Bo.

—¿Puedo?

Se sienta enseguida y aparta las mantas. Le agarro la mano que tiene en el aire y la poso sobre mi barriga para que lo note. La sensación es cálida y pesada. Y muy agradable. Tiene una expresión cautelosa, como si no quisiera asustar al bebé moviéndose o hablando. Su cara de emoción por lo que está a punto de ocurrir y sus ojos abiertos de par en par me hacen desear de todo corazón que vuelva a suceder.

Tras un minuto de espera en silencio, aparto la mano de la suya, pero él no hace lo mismo.

—Deben de haber parado ya. Lo siento.

—¿Un poquito más? —me pregunta con un hililllo de voz—. Por si acaso…

Su angustia ejerce cierto efecto sobre mi corazón. Hace que se me encoja un poco, como cuando se escurre un paño mojado. Lo quiero tanto que me está matando. Es como si cada vez que me resistiera a decirle lo que siento por él, cuando la verdad bulle tan cerca de la superficie, una pequeña parte de mí se marchitara y muriera.

—Claro —contesto en voz baja.

Al cabo de unos segundos, August decide hacer una actuación estelar pegando unas patadas mucho más fuertes que las anteriores, justo debajo de la palma de la mano de Bo.

Y yo decido pedir el osito de peluche al día siguiente a primera hora.

—¿Era... era eso? —me pregunta él, bajando la vista hacia la mano antes de mirarme.

—Sí, lo era —digo alegremente.

—Qué pasada... ¡Eh! ¡Hola! —le grita a mi barriga. Lo hago callar riéndome—. Perdona, perdona. —Bo se aparta con una sonrisa mientras se pasa ambas manos por el pelo—. Ha sido alucinante. No me lo puedo creer.

—Hay una persona ahí dentro —digo.

—A veces se me olvida lo fuerte que es todo esto. Lo que está haciendo tu cuerpo. Lo que estás haciendo tú. Es asombroso...

—¿Sabes lo que descubrí el otro día? —le digo, poniéndome de lado para mirarlo, mientras él hace lo mismo—. Que si el bebé tiene ovarios, también estoy gestando a todos sus futuros hijos. Ahora mismo sería como una muñeca rusa humana.

—Nunca se me había ocurrido —dice Bo atónito—. Hemos creado toda una nueva estirpe en potencia. Un árbol genealógico. Podríamos tener descendientes.

Me río, metiendo las manos entre las almohadas.

—¿Ves lo que te perderías si estuvieras en el sofá? Pataditas de bebé, datos curiosos...

—Ya —dice Bo en tono mucho más serio que el de mi pequeño comentario sarcástico—. Y lo valoro mucho, Win. Es todo un privilegio poder hacer esto contigo.

—¿El qué? ¿Dormir en mi cama? —bromeo muerta de vergüenza.

Casi puedo oírlo poner los ojos en blanco.

—No, estar aquí contigo —replica—. No tener que perderme nada de esto. No tenías por qué haberme contado lo del bebé y mucho menos cambiar de vida para mudarte aquí. Te agradezco que lo hicieras. Siempre te estaré agradecido por haberlo hecho.

—Yo también te lo agradezco... y agradezco tenerte.

—Tu amistad es muy importante para mí, Win —dice Bo, exhalando un suspiro—. Tú eres muy importante para mí.

Cierro los ojos con fuerza. «Venga. Sé valiente. Dile lo que sientes».

—Estoy...

—Esa es la pregunta que iba a hacer esta noche —dice Bo interrumpiéndome—. ¿Quién es la persona más importante del mundo para ti?

—Tú —contesto sin más, esperando que lo entienda. Que entienda lo que he dicho y todo lo que implica.

—Tú —repite él—. Para mí también. Seguida muy de cerca por el número dos —dice bajando la vista hacia mi tripa.

Ojalá fuera más valiente de lo que soy. Ojalá pudiera preguntarle qué quiere decir eso para él. Qué significa para nosotros. Si él también siente en sus entrañas ese deseo que hay entre los dos, tan intenso y profundo que le ha hecho empezar a creer que, al final, sí tenemos alma. Porque yo sé que hay algo en mi interior que es completamente suyo. Algo que estoy convencida de que me acompañaría en la otra vida o en el más allá, aunque abandonara este cuerpo.

Pero no se lo pregunto. Porque mi corazón acaba de echar a volar como si tuviera alas simplemente ante ese pequeño reconocimiento suyo y prefiero no arriesgarme a hacerlo caer en picado.

Por esta noche, me basta con saber que soy importante para él. Bueno, me basta más o menos.

Me arrastro hacia a él, acerco la rodilla doblada a su muslo y lo miro en silencio, pidiéndole su consentimiento. Bo también avanza hasta que nuestros pechos se tocan a través de las sábanas. Bajo el edredón más allá de la cadera y Bo levanta la esquina de su manta como si fuera un ala para envolverme en ella y ponerme el brazo sobre la espalda.

El calor de su cuerpo atraviesa la seda de mi camisón. Me acurruco contra él apoyando la frente en su almohada, haciendo que nuestras narices queden a escasos centímetros de distancia. E inhalo profundamente su olor a canela y almizcle, combinado con el de su camiseta recién lavada. Lo hago una segunda vez con descaro, aspirando su aroma como si me metiera otra dosis de algo mucho mejor que el oxígeno.

Bo tiene el brazo alrededor de mi espalda. Ha apoyado el codo en mi cintura y la mano entre mis omóplatos. El delicado roce de las puntas de sus dedos me abrasa la piel, mientras pega la palma de la mano a la seda que hay entre mis paletillas.

—¿Te parece bien? —pregunta en un tono de voz apenas audible.

Murmuro soñolienta en voz baja para expresar mi aprobación, en lugar de pronunciar la palabra «perfecto».

Y ahí se queda, abrazándome.

Moviendo el pulgar en círculos lentos, como si no tuviera prisa. Como si no esperara nada más.

Como si no hubiera nada que decir. Ninguna promesa que hacer.

Así que lo dejo estar.

Me permito sentirme feliz. Me permito sentirme menos sola. Me permito sentirme segura. Porque lo estoy.

—Te quiero —susurro cuando su respiración rítmica, fuerte y gutural me asegura que ya se ha dormido.

Y, mientras me voy quedando dormida, me siento como si me hubiera quitado un peso de encima.

# 28

Me despierto sola, sin más pruebas de lo de anoche que las gafas de Bo en la mesilla y su prótesis todavía apoyada en la pared.

Me digo a mí misma que no le queda más remedio que volver a por ellas. Así que me estiro, bostezo y vuelvo a cerrar los ojos.

Pero no me quedo así mucho rato. Me espabilo al oír un estrépito de ollas y sartenes procedente del fondo del pasillo que alerta al resto de mis sentidos de la luz que entra por la ventana y del olor a vainilla que inunda la casa.

El débil sonido del agua corriendo también me indica que hay alguien en la ducha. Pienso cuál de los hombres Durand podría estar duchándose y cuál podría estar cocinando y decido que lo más probable es que sea Bo el que está en la ducha, teniendo en cuenta lo que se ha dejado aquí.

Me acurruco de nuevo contra la almohada, envuelta en mi cálido capullo, y decido esperar a que Bo regrese antes de ir a saludar a su padre. Pero, al cabo de unos minutos, mi estómago y mi curiosidad triunfan sobre mi comodidad.

Me pongo un pantalón de chándal y una sudadera con capucha antes de ir hacia la cocina, donde me encuentro a Bo echando masa en la gofrera.

—Buenos días —digo frotándome los ojos—. Creía que estabas en la ducha.

Bo se agarra a la encimera para sujetarse.

—Buenos días —contesta, sacando un poquito la lengua mientras cierra la gofrera concentrado—. Quería levantarme antes que mi padre para evitar cualquier... pregunta. —Señala mi habitación con la barbilla ladeada, sonriendo con timidez—. No es muy sutil, como ya habrás notado.

—Pues sí.

—*Bonjour!* —exclama Robert, que entra en la cocina completamente vestido de negro y secándose el pelo con una toalla de camino al salón.

—*Bonjour* —respondo, sonriéndole con pudor a Bo, como si tuviéramos un secreto mucho más interesante que haber pasado la noche abrazados.

Corto algo de fruta mientras él acaba de hacer los gofres y prepara la cafetera. Desayunamos todos juntos en el sofá mientras Robert se empeña en regañar a Bo por no tener una mesa de comedor. Este asegura que, entre el tocadiscos y el escritorio, no hay espacio suficiente.

Discuten sin parar mientras yo devoro el delicioso desayuno, interviniendo muy de vez en cuando para darle la razón a Robert, con la esperanza de ganármelo.

Después nos preparamos para salir de casa. Más tarde, a petición suya, Bo y yo dejamos a Robert en el mercado de agricultores local antes de ir al hospital para que me hagan la ecografía.

Bo me abre todas las puertas que hay entre el aparcamiento y la clínica. Si fingiera estar nerviosa, ¿también me agarraría de la mano?

Tampoco tendría que fingir mucho.

—¿Estás bien? —me pregunta abriendo la puerta de la clínica.

—Sí —contesto automáticamente, desaprovechando la oportunidad. Entramos y vamos hacia la recepcionista, que está detrás de una mampara de cristal.

—Una ecografía para dos, por favor —le digo, deslizando los papeles por la estrecha ranura. Ella se me queda mirando con una cara de póquer que lo dice todo y suelta el aire por la nariz—. Me lo merezco —murmuro, sacando el carnet de identidad—. Vengo a hacerme la ecografía de las veinte semanas —digo mientras dejo la identificación sobre el mostrador.

Ella la coge y empieza a teclear en silencio.

—Son duras de pelar —me susurra Bo al oído—. La próxima vez te las meterás en el bolsillo —asegura con ironía levantando un pulgar.

Le doy un sopapo con el dorso de la mano.

—La sala de espera es la tercera puerta a la izquierda. La recogerán allí. Entrará sola y llamarán a su marido cuando acaben con las mediciones.

—Gracias —digo volviendo a coger el carnet.

Miro hacia atrás y veo a Bo sonriendo de oreja a oreja.

—Vamos, esposa mía —dice extendiendo el brazo hacia la sala de espera.

Pongo los ojos en blanco y echo a andar.

Nos sentamos en los dos últimos asientos contiguos que quedan libres en la sala abarrotada. Bo juega al cucú-tras con una niña que está en la silla de enfrente. Su madre se lo agradece comiéndoselo con la mirada.

Intento chincharla posando una mano en el brazo de Bo y acercándome a él para hablarle. Pero lo hago antes de pensar qué decirle y ahora él se ha quedado inmóvil, esperando a que le diga algo, con la cabeza inclinada hacia mí.

—Estoy nerviosa —comento. En parte porque es verdad y también porque no soy muy rápida.

—¿Cómo puedo ayudarte? —me pregunta—. ¿Jugamos al cucú-tras?

Sonrío mientras niego con la cabeza.

—Cuéntame algo. Alguna historia sobre ti. Una que me distraiga.

Él asiente, y cruza una pierna sobre la otra.

—Vale... —dice inclinándose hacia mí—. ¿Quieres que te hable de mi primer beso?

—¿Fue vergonzoso?

—Un poco.

—Pues entonces sí, por supuesto.

Él se ríe y se humedece los labios antes de hablar.

—Tenía dieciséis años y era el único de mis amigos que aún no había besado a nadie. No se me ocurrió mentir al respecto, aunque ahora que lo pienso debería haberlo hecho, porque se reían de mí todo el rato. En fin, a los pocos meses de empezar primero de bachillerato, organizamos una recaudación de fondos y nos quedamos todos a dormir en el instituto, mayores y pequeños.

Yo resoplo. ¿En qué momento a alguien le pareció una buena idea?

—Ya —dice Bo—. ¿En qué momento a alguien le pareció una buena idea? —«Oye, justo eso acabo de pensar yo»—. Total, que estaba en la recaudación de fondos, solo en la sala de música, porque todos mis amigos estaban por ahí borrachos y no se me ocurría otra cosa que hacer. Al final, me puse a juguetear con los instrumentos. Con suerte aparecería alguna chica simpática y se dejaría seducir por mi talento con el saxofón.

—Claro —digo interrumpiéndolo.

Él se ríe y se pasa una mano por la cara.

—Entonces entró un grupo de chicas. Una me sonaba de la banda de música de los mayores, pero nunca habíamos hablado. Se sentó en un rincón con sus amigas, que básicamente me ignoraban, pero ella no paraba de mirarme. Así que seguí tocando. Al cabo de una hora, sus amigas se fueron y ella se quedó. Rompió el hielo felicitándome por mi técnica. Genial, ¿verdad? —me pregunta con una risita nerviosa, claramente avergonzado por lo que sea que venga a continuación.

—Sí... —respondo con cautela—. Ay, madre, ¿qué le dijiste?

Bo mira hacia el techo con cara de circunstancias.

—Le dije: «¿Quieres ver qué más son capaces de hacer estos labios?».

Ahogo un gritito.

—¡No!

—Sí —dice él asintiendo con los ojos cerrados.

—¿Y... funcionó?

—Pues sí. —Bo se recuesta en la silla y se cruza de brazos—. Hasta lo de Halloween, esa había sido la vez que más rápido había pillado.

—¿Así que pillaste conmigo?

Él le echa un ojo a la sala, se fija en mi sonrisa pícara y baja la vista hacia mi barriga, levantando una ceja.

—Desde luego, eso parece.

—Pues no te vengas arriba, casanova, que ya has cubierto el cupo de embarazos no deseados.

Bo suelta una carcajada.

—¿Y tú? ¿Cómo fue tu primer beso?

—Pues con un chico llamado Trent, en un *skate park.*

—¿Así que era *skater*?

—Sí.

—¿Y le dijiste *see you later, boy*?

Gimo contra la palma de la mano sonriendo.

—Pues Avril Lavigne estaría muy decepcionada, pero no, no se lo dije.

—A ver, ¿y cómo fue?

—Le pedí que me enseñara algunos truquillos después de clase. En realidad era mejor que él, pero fingí que no. Ahora me parece una tontería, pero en aquella época era un clásico. Me dijo que podía agradecerle la lección con un beso y lo hice. Nunca más volvimos a quedar. No recuerdo por qué, aparte de porque el beso no fue nada del otro mundo, claro.

—¿Cuántos años tenías?

—Catorce.

—¿Crees que habríamos sido amigos en el instituto? —me pregunta Bo.

—Es probable. Seguramente te habrías unido a la legión de frikis de Caleb y Sarah y yo te habríamos conocido a través de él.

—Aunque iría un curso por encima de vosotros.

—Ya, pero así yo podría presumir de salir con un chico mayor. Eso me habría dado muchos puntos.

La cara de Bo se ilumina mientras frunce los labios para intentar no sonreír, asintiendo como un muñeco.

—No me digas —replica alargando todas las sílabas—. Así que habríamos salido juntos.

«Mierda, ¿he dicho eso?».

—¿Qué?

—Has dicho que saldríamos juntos.

—De eso nada. —Cierro los ojos y giro la cabeza hacia otro lado al darme cuenta de que me estoy ruborizando.

—Sí lo has dicho —canturrea Bo—. Habrías salido conmigo en el instituto.

—¿Con ese talento para el saxofón? Por supuesto —digo volviendo a mirarlo. Pero no funciona. Bo está esbozando una sonrisa más radiante que el puñetero sol y que además es contagiosa de narices.

La vergüenza desaparece al ver su cara de esperanza y emoción. Es como si mi pequeño desliz pudiera llevar a Bo a reconocer sus sentimientos, como si fuera una flecha de neón señalando una puerta abierta.

De repente, me siento como si estuviera al borde de un precipicio, a punto de recibir un paracaídas o un yunque. Y, a juzgar por la mirada de Bo, debe de tener un paracaídas que lleva mi nombre. Y otro con el suyo.

«Si tú saltas, yo salto».

Uno de los dos tiene que saltar de una puñetera vez.

—¿Sabes...? Todavía tengo ese saxo...

—¿Winnifred McNulty? —grita la ecografista desde la puerta. Bo se aclara la garganta y su sonrisa flaquea mientras agacha la cabeza un segundo. Yo me pongo de pie, levantando una mano para que me vea, mientras miro hacia atrás para sonreírle a Bo. Él se me queda mirando al tiempo que me alejo, moviendo nervioso una pierna y dedicándome una sonrisa firme y alentadora—. Venga conmigo —me pide amablemente la ecografista cuando llego a la puerta.

Treinta minutos después, la especialista acaba de tomar todas las medidas e imágenes necesarias y va a buscar a Bo a la sala de espera.

Todavía no he visto al bebé, ni he oído los latidos de su corazón, porque la ecografista ha tenido la pantalla girada hacia ella todo el rato. Hemos mantenido una conversación educada y escueta, pero esta ecografía ha sido mucho más profesional que la anterior. Esta vez parece como si el bebé fuera el paciente y yo una especie de incubadora andante. Es una sensación desconcertante, la verdad.

Estoy jugueteando con los pulgares y mirando hacia el techo de paneles cuadrados, cuando oigo que corren la cortina de la entrada de la sala.

Bo se asoma cómicamente por detrás de la ecografista al entrar.

—Bueno, papá, puede sentarse en ese taburete de ahí —dice esta, y señala el lado derecho de mi cama mientras ella va hacia el izquierdo.

Bo le da las gracias con la cabeza y se sienta en el taburete.

—¿Todo bien? —me pregunta Bo con una sonrisa tensa.

—Creo que sí —susurro—. Yo he estado aquí tumbada sin hacer nada mientras ella iba a lo suyo. No me ha comentado nada.

Él asiente nervioso, frotándose un labio contra el otro.

—Oye —digo para que me mire—. No pasa nada —le aseguro sonriendo—. Seguro que todo va bien.

—Se supone que eso debería decirlo yo —replica Bo, esbozando una pequeña sonrisa torcida.

—Bueno —dice la ecografista girando la pantalla hacia nosotros—. Vamos allá. —Coge la sonda, desenreda el cable que está en el escritorio y vuelve a colocarla encima de mi vientre hinchado, presionando sobre el gel frío. Con solo pulsar un botón, el bebé aparece de inmediato en la pantalla. Su silueta es casi perfecta, igual a las que uno se imagina. Ya no es una cosa con forma de alubia o de alienígena, sino una personita por completo formada pero con una cabeza desproporcionadamente grande.

Y juro que nunca he visto nada más bonito.

Pego la mejilla a la cama para no taparle la vista a Bo.

—Ahí está —dice él, exhalando un suspiro de alivio. Alargo la mano más pequeña de forma instintiva, negándome a apartar la vista de la pantalla, y me la envuelve con las suyas.

—¿Quieren saber el sexo?

—No, preferimos que sea una sorpresa —responde Bo por los dos.

Ella asiente y vuelve a mover la sonda.

—El bebé está tal y como debería en esta etapa —dice la ecografista señalando la pantalla—. Su columna vertebral tiene un aspecto estupendo. —Pone la muñeca en otro ángulo, pulsa un botón y, de repente, podemos ver una médula espinal con todo lujo de detalle.

En realidad es un poquito asqueroso.

Cada vez que la ecografista le da a un botón y mueve la sonda, nos enseña alguno de los órganos del bebé. Bo hace unas cuantas preguntas, pero no consigo centrarme en ellas porque estoy mirando extasiada cada pequeño movimiento de la pantalla.

Dudo que alguna vez sea capaz de asimilar que todo esto está ocurriendo dentro de mi cuerpo, pero el mero hecho de planteármelo hace que me sienta superpoderosa.

La cámara se aleja y vuelve a enfocar la carita del bebé, una silueta blanca sobre un fondo oscuro.

—El bebé ha decidido lucirse chupándose el dedo —dice la ecografista señalando el monitor—. Son una monada cuando hacen eso —comenta riéndose.

Me incorporo inconscientemente para acercarme más a la pantalla. La almohada que me sostenía los hombros se mueve y cae al suelo. Bo me suelta la mano para recogerla y dejarla a mi lado sobre la cama.

—¿Estás bien? —me pregunta, poniéndome una mano en la rodilla.

—No puedo ver... No logro distinguir la forma de la mano.

—Señora McNulty —dice la ecografista mirándome atentamente. Retira la sonda y la coloca en la funda, que está pegada al monitor.

Recupero la compostura y me recuesto en el colchón.

—Lo siento.

—¿Se encuentra bien?

El estómago me da un vuelco, como si tuviera náuseas pero mucho peor. La ansiedad se extiende por mi abdomen, me oprime el pecho y se acumula en la base de mi garganta, haciendo que mis siguientes palabras suenen como una disculpa.

—¿Tienen dedos? ¿En… en ambas manos?

—Ah, sí —dice la ecografista con un optimismo que, sorprendentemente, sigue intacto—. Tiene los diez dedos de las manos y de los pies. —Teclea algo en el ordenador antes de apagarlo. Luego coge el historial que tiene al lado de la mesa y se lo mete debajo del brazo.

La disculpa se me atraganta una y otra vez mientras me pongo roja como un tomate. «¿Por qué le he preguntado eso?».

—Les daremos unas fotos al salir y, en los próximos días, la doctora la llamará si hay que revisar algo, pero… —La ecografista ladea la cabeza para intentar que la mire a los ojos—… el bebé se está desarrollando bien —asegura con un asentimiento mientras nos mira a Bo y a mí—. No hay por qué preocuparse.

—Gracias —dice Bo a mi lado.

Observo cómo la ecografista va hacia la pared, pulsa el dispensador del desinfectante y se gira hacia mí, frotándose las manos.

—Mucha suerte —añade antes de esquivar la cortina y salir de la habitación.

Cierro los ojos con fuerza, intentando calmar mi respiración agitada.

Antes creía saber lo que significaba «agridulce». Precisamente, así es como han sido en gran medida estos últimos meses: maravillosos, aunque con cierto trasfondo doloroso.

Pero esto… Ahora sé lo que significa realmente esa palabra.

«Los diez dedos de las manos y de los pies».

A la sensación de alivio le sigue súbitamente la vergüenza.

A la vergüenza la recibe la confusión.

Y la confusión da paso a la culpa.

Enseguida intento autoconvencerme de que no habría querido menos al bebé si hubiera tenido mi mano. De que no me quiero menos a mí misma por no tener dos manos perfectamente formadas. Aunque ya sepa que esas cosas son ciertas, sigo sintiendo la necesidad de repetírmelo una y otra vez.

Pero la primera reacción ha sido de alivio.

Me alegro de que el bebé no lo vaya a pasar tan mal como yo.

Me alegro por él. Luego me planteo que a lo mejor no debería hacerlo.

Después, lamento la experiencia vital que se va a perder.

Nunca sabrá hasta qué punto el hecho de vivir en un cuerpo para el que el mundo no está diseñado puede hacerte empatizar con otras personas que están viviendo lo mismo por diferentes razones. La determinación y la resiliencia que proporciona. Cuánto une eso.

El vínculo único que podríamos haber compartido.

Ese pensamiento viene acompañado de otra punzada de culpabilidad. Por haber lamentado, aunque solo haya sido por un instante, esa pérdida de similitud. El narcisismo inherente de querer que mi hijo sea como yo. Porque eso es lo que deberían hacer los padres, ¿no? Disociar a sus hijos de sí mismos y de sus propias experiencias, darles espacio para que puedan ser ellos mismos. Y, entretanto, aceptarlos y ofrecerles amor incondicional.

Ahora me doy cuenta de que nos va a tocar a Bo y a mí inculcarle eso. Sin un curso intensivo a base de experiencias en primera persona, tendremos que ser nosotros los que enseñemos a nuestro hijo a desenvolverse en el mundo con esa empatía. A ver sus privilegios como una herramienta que puede usar para ayudar a los demás.

Pero también a no dejar que nuestras cargas lo abrumen.

Un equilibrio complicado.

Y, a medida que los pensamientos, la confusión y la culpa se van calmando, como mi respiración, decido confiar en que estamos preparados para ese reto.

Abro los ojos, cojo la toalla que me han dejado al lado y me limpio el gel de la ecografía de la barriga. Luego me giro hacia Bo y le dedico una sonrisa tímida algo avergonzada.

—Bueno… —suspira Bo. La seriedad de su voz no encaja con la sonrisa que tiene en los labios—. Obviamente lo querremos igual, aunque tenga cuatro extremidades —dice poniendo cara de circunstancias.

Exhalo un largo suspiro, agradeciendo que le quite hierro al asunto.

—¿Decepcionado? —le pregunto bajándome lentamente la camiseta y sentándome en la cama.

Bo esboza una sonrisa melancólica mientras me levanta la mano derecha del colchón y me la aprieta una única vez.

—No…, pero tampoco aliviado.

—Como yo —digo, parpadeando para contener las lágrimas.

—Para mí no habría supuesto ninguna diferencia —declara él, acariciándome la muñeca con el pulgar—. Lo sabes, ¿no?

Asiento, sorbiéndome la nariz mientras se me escapa un sollozo.

—Soy una boba por haber preguntado.

Bo se levanta y se sienta en el borde de la cama de hospital, mirándome a la cara.

—Oye… —dice con dulzura—. Está bien que hayas querido saberlo. Solo intentas estar preparada. —Me agarra la mano pequeña por la muñeca y la observa. Luego me acaricia la palma con el pulgar concentrado—. Te he mentido —dice a continuación, riendo con amargura. Su expresión se suaviza mientras sigue con la mirada el recorrido del dedo con el que está volviendo a acariciarme—. Puede que sí esté un poco decepcionado.

Yo resoplo, agitándome, mientras esbozo una sonrisa.

—Venga ya, no lo dices en serio.

—Eres perfecta, Win —dice Bo con toda la naturalidad del mundo—. ¿Cómo no iba a querer que fuera idéntico a ti?

Es increíble la fuerza con la que sus palabras impactan en mi pecho. Si no estuviera tan concentrada en hacer que sus ojos sigan clavados en los míos, me desmayaría.

Me siento como si estuviera al borde de un precipicio. Es obvio que va a besarme. Lo sé por su mirada. No es la primera vez que veo esos ojos entornados y vidriosos. Esa forma de mirarme fugazmente la boca. Me preparo, me humedezco los labios y trago saliva. Pero no ocurre nada. Y a cada segundo que pasa me parece menos probable que ocurra. Finalmente, Bo aprieta la mandíbula y se levanta, posando con suavidad mi mano a un lado del colchón.

Ya lo echo de menos, aunque lo tenga justo delante.

—Creo que deberíamos irnos ya —dice mirando hacia la cortina que está delante de la puerta—. Mi padre no para de mandarme mensajes —añade rascándose la barbilla. Parece inquieto—. Estos días vamos a comer como reyes. Ha comprado medio mercado. —Me coge la chaqueta y el bolso de la percha de la pared y me los deja al lado, evitando mirarme a los ojos—. Creo que está paseando por el centro con una langosta viva en la bolsa...

Asiento, y me río en voz baja mientras me bajo de un salto y me quedo de pie al lado de la cama, agarrándome a ella con fuerza para mantener el equilibrio. La cabeza me da vueltas.

—¿Estás bien? —me pregunta Bo, poniéndome la mano en el antebrazo para sujetarme.

Le digo que sí con la cabeza y lo aparto para ponerme la chaqueta. Me suelto el pelo, que se me ha enganchado con la parte de atrás, y busco aturdida el bolso antes de darme cuenta de que Bo me lo está tendiendo. Esbozo una sonrisa forzada y lo cojo mientras él me observa, cada vez más preocupado.

—Estoy bien. Es que... me siento... —Me río frotándome la cara—. No sé. Creo que tengo hambre —miento. Bueno, tampoco es que sea mentira. Sí tengo hambre. Últimamente siempre la tengo.

Bo asiente, arañándose con los dientes el labio inferior.

—Vale. Podemos pillar algo de camino a casa.

«Mierda».

—Uy, es que... —Había olvidado por completo decirle que necesitaba que me dejara en casa de Sarah después de ir al médico. Me va a acompañar al centro comercial a comprar todas las cosas de la fiesta de mañana y luego volveremos para hacer una tarta—. Tengo planes con Sarah esta tarde. ¿Podrías dejarme en su casa después de recoger a tu padre y a sus nuevas mascotas, las langostas?

—Ah, sí, claro. —A Bo le cambia la cara y su sonrisa desaparece.

Se me encoge el corazón a verlo fruncir el ceño, mientras baja la vista hacia el suelo.

Pero un poco de espacio nos vendrá bien a los dos. Al menos tengo claro que a mí no me vendrían mal un baño y una larga conversación con Sarah.

—Por cierto... —digo tragando saliva—. Puede que duerma allí esta noche.

Bo abre la boca y la cierra con la misma rapidez. Traga saliva con fuerza mientras sus cejas se juntan.

—Entonces ¿nos vemos mañana? En mi... —Bo vacila y mira hacia el techo como si no pudiera creer que tuviera que decir eso en voz alta—. ¿En mi cumpleaños?

El objetivo de una fiesta sorpresa es, obviamente, que sea sorpresa. Pero tengo que hacer un esfuerzo sobrehumano para no cagarla cuando veo la cara de póquer que está intentando poner para ocultar su evidente decepción.

—Había jurado guardar el secreto, pero tu padre quiere hacer algo contigo mañana. —Porque yo se lo he pedido—. Estaré en casa cuando volváis. —Con seis personas más.

—¿Me lo prometes? —me pregunta Bo, demasiado rápido como para que haya sido algo meditado.

Frunzo el ceño y asiento.

—Sí, claro.

—Vale —contesta él esbozando una pequeña sonrisa, con los ojos todavía clavados en el suelo—. Me parece bien —dice, y levanta la cabeza y la gira para mirar hacia la puerta.

—¿Lista?

—Sí —respondo, con mucho menos entusiasmo del que me gustaría.

# 29

—Caleb, te juro por Dios que como te comas otro rollito antes de que llegue Bo, te dejo los dedos como los de Win —dice Sarah, apoyando una jarra de limonada sobre la mesa.

Caleb se mete la mano en el bolsillo y se aleja lentamente de la comida.

—Están a dos minutos —informo a la sala llena de invitados, antes de dejar el móvil sobre la encimera, al lado de la tarta que Sarah y yo hemos hecho en forma de puerta hobbit con un treinta enorme en el centro.

Bo lleva fuera con su padre desde esta mañana. Sé que han empezado por ir a comer y han acabado en una cervecería, pero no tengo ni idea de a dónde han ido entremedias. La única pista de la que dispongo es la foto que Bo me ha enviado en una silla de barbero, cubierto de toallas blancas y con un mensaje que decía: «Acabo de cumplir treinta y ya parezco una momia».

Me he tirado un buen rato mirando la foto, a pesar de todo el ajetreo de organizar la fiesta. Adoro a ese tontorrón.

Y pienso soltárselo esta misma noche.

Sarah y yo hablamos del tema ayer y llegamos a una conclusión: me resulta materialmente imposible vivir en su casa con él un segundo más sin decírselo. Así que tendré que dar un salto de fe y esperar que él sienta lo mismo.

Además, aunque Bo no haya superado del todo su relación anterior, creo que podría estar dispuesto a empezar algo nuevo.

Ayer hubo muchos momentos que me hicieron pensar que podía sentir lo mismo por mí que yo por él. Lo de la sala de espera, su decepción cuando le pedí que me llevara a casa de Sarah, su mirada cuando me dijo que era perfecta...

Creo que incluso aceptaría que Bo tuviera el corazón dividido. Sinceramente, llegados a este punto, creo que me conformaría con la mitad de su cariño. Tengo la sensación de que Bo me amaría más entregándose a medias que cualquier otra persona dándolo todo.

Kevin y Jeremiah entran apresurados por la puerta, disculpándose por llegar tarde, mientras se quitan rápidamente las bufandas y los abrigos.

—Los hemos visto aparcando en la calle, pero no nos han pillado. Hemos dejado el coche a la vuelta de la esquina, como habíamos quedado —dice Kevin, pasándole una bandeja con comida a Jeremiah, mientras se quita aparatosamente los zapatos, los lanza dentro del armario y viene disparado hacia mí.

—¿Dónde dejo esto? —me pregunta Jer, mientras su marido me da un abrazo.

—En la mesa, por favor —chillo espachurrada entre los brazos de Kevin.

—¿Cómo estás? —me pregunta Kevin, soltándome por fin.

—¡Bien!

Él me mira con una sonrisa cómplice.

—Pues pareces nerviosa.

—Es que quiero que Bo flipe con la fiesta...

—Sí, claro..., con la fiesta —dice Kevin, dándome una palmadita en el hombro—. ¡Sarah! —exclama yendo hacia ella—. He hecho las vieiras con beicon que te había comentado... —Pierdo el hilo de la conversación cuando Walter levanta la mano y señala la ventana.

—Ya están aquí —dice dejando caer la cortina. Adamir apaga las luces mientras yo bajo la música y todos los demás se esconden detrás de los muebles o de las paredes.

Voy hacia el centro del arco que separa el comedor del salón y espero con los latidos del corazón retumbándome en los oídos.

El padre de Bo abre la puerta principal y entra corriendo para esconderse en la sala, al otro lado del arco. Me mira entusiasmado sonriendo de oreja a oreja.

Yo le guiño un ojo con una sonrisa nerviosa y cada vez más radiante.

—¡Papá! —grita Bo desde la puerta, antes de entrar en el vestíbulo medio riéndose, completamente desconcertado.

Entonces me ve con el ridículo gorrito de fiesta en forma de cono y el vestido de lino morado y deja caer los hombros sonriendo satisfecho.

Los segundos me parecen minutos mientras nos miramos fijamente de un extremo a otro de la habitación.

Pero de repente el caos estalla a nuestro alrededor cuando Sarah vuelve a encender la música y todo el mundo grita «¡sorpresa!» mientras sale de su escondite.

Bo retrocede de un salto y está a punto de caerse de culo. Se lleva una mano al pecho riéndose y recupera el equilibrio apoyando la otra en la pared.

—Madre mía —exclama casi sin aliento, medio inclinado hacia delante—. Hola a todos... —añade enderezándose y mirándome fijamente.

—Feliz cumpleaños —digo con cara de culpabilidad.

Él niega con la cabeza y esboza una gran sonrisa mientras cruza la habitación para venir hacia mí, esquivando muebles y personas a su paso. Sin previo aviso, me levanta del suelo y me aprieta contra él en un fuerte abrazo que me deja los pies colgando.

—Cuánto me alegro de que estés aquí —murmura acercando la boca a la base de mi cuello.

Le rodeo los hombros con los brazos y me aferro a él.

—Ya te dije que estaría —respondo en un susurro.

—¿Lo has organizado todo tú? —me pregunta con voz menos temblorosa, pero no del todo firme.

—Sí.

Bo suspira y noto su aliento caliente en el cuello.

—Gracias.

—Así que esto es lo que se ve desde aquí arriba —comento,

mientras disfruto de las nuevas vistas por encima del hombro de Bo—. Me gusta.

—Te he echado de menos —dice, y me baja para que pueda volver a poner los dos pies en el suelo.

Extiendo la mano para coger un gorrito de fiesta y se lo ofrezco.

—Solo ha sido una noche —replico.

Bo se dobla por la cintura para que se lo ponga en la cabeza.

—Feliz cumpleaños —repito esta vez solo para él.

—No me has respondido al mensaje —dice, sonriendo con recelo—. Creía que estabas...

Lo miro con los ojos entrecerrados y me fijo en su cara triste, tan poco habitual en él, y en su pelo alborotado, que suele ser signo de preocupación. Le han arreglado y recortado la barba, pero me alegro de que no haya dejado que el barbero le tocara el pelo. Me gusta más largo.

—Lo siento. Estaba ocupada con todo este lío y olvidé contestarte.

—No te disculpes. Esto es increíble. Estoy... —Bo intenta recuperar la compostura mientras me atrae hacia él—. Hola —dice estrechándome de nuevo contra su pecho.

Yo me río y lo abrazo.

—Bo, ¿estás bien? Hay otras personas aquí que...

—Estoy un poquito borracho —reconoce, enderezándose y secándose la frente con la manga del jersey gris—. No bebía desde que me contaste lo del bebé, por aquello de solidarizarme contigo, pero ahora no aguanto ni un asalto. —Traga saliva bajando la barbilla—. Hemos estado catando unas cuantas cervezas y al final ha tenido que conducir mi padre para volver a casa. —Bo se rasca la mandíbula y mira a su alrededor con una sonrisa amable—. Todo el mundo está mirando hacia aquí... —susurra.

Asiento con elocuencia intentando no reírme.

—¿Crees que serás capaz de recuperarte, campeón?

Él asiente, humedeciéndose los labios.

—Voy a comer algo. Me vendrá bien.

—Buena idea. —Le doy unas palmaditas en la espalda mientras se acerca a la mesa de la comida y saluda a unos cuantos amigos más, antes de meterse varias cosas diferentes juntas en la boca, pasando olímpicamente de los platos.

Sarah me mira con los ojos muy abiertos y los labios apretados, mientras me reúno con ella en la cocina.

—Esa sí que ha sido una entrada triunfal.

—Al parecer va un poco pedo. —Pongo cara de circunstancias riéndome.

—Creía que iba a arrastrarte por toda la fiesta, como si fueras su juguete favorito —comenta, ofreciéndome una copa llena de limonada—. Parecía un poco angustiado cuando te vio. Deberías acabar con su sufrimiento. A no ser que te vaya ese rollo, claro.

—Creía que estaba enfadada con él —le explico—. No le contesté al mensaje y... después de lo de ayer, debe de sentirse tan incómodo como yo.

—Bueno, pues definitivamente deberías demostrarle lo poco enfadada que estás —señala Sarah, soltando una risita dentro de la copa de merlot.

—Cuando se le pase la cogorza —digo riéndome.

Kevin se acerca a nosotras bebiendo un trago de vino y observamos cómo Bo les presenta a su padre a Walter, Jeremiah y Adamir.

—El padre de Bo está buenísimo, ¿no? —susurra Kevin.

—Pues sí, da un poco de cosa, la verdad —respondo bajando hacia el pecho la mano que tengo en el cuello.

—¿Te sentirías incómoda si le propusiera hacer un trío? —me pregunta Sarah, que se gira hacia mí con una sonrisa—. Seguro que puedo convencer a Caleb.

—¡Ni se te ocurra! —exclamo escupiendo la limonada.

—Creo que sería capaz de arriesgar nuestra amistad por él —murmura.

—No me digas.

—*Oui, oui* —dice Sarah, riéndose con la copa de vino en la mano.

La fiesta ha sido todo un éxito.

Bo ha estado toda la noche con sus amigos, devorando una cantidad de comida verdaderamente asombrosa. Sarah ha retado a Walter a un concurso de *playbacks* y ha recibido una paliza de seis votos contra uno. Caleb, cómo no, ha votado con el corazón.

Robert se ha tirado casi toda la noche hablando de cocina francesa con Jeremiah y Kevin. Adamir y yo hemos estado charlando de nuestra afición común a las plantas y, aunque se ha escabullido pronto, ha vuelto a casa con un montón de esquejes para plantar.

Y, después de una noche realmente increíble, la fiesta ha llegado a su fin poco después de las doce. Walter se ha ido a casa con Jeremiah y Kevin, y Caleb y Sarah se han quedado para ayudarme a recoger. Aunque Sarah no nos está sirviendo de mucho, dado su estado actual.

—Ha estado superbién, Win —declara Caleb cerrando una bolsa de basura.

—Yo me lo he pasado genial —digo desde el fregadero, donde estoy lavando las copas de vino—. Y espero que Bo también.

—Yo diría que sí —opina él asomándose al salón—. Pero ya es hora de que nos vayamos. ¿Todo controlado?

—Totalmente. Mañana acabo de hacer todo lo demás —digo mientras me seco las manos con un paño de cocina—. Gracias por ayudarme.

—De nada —dice Caleb, y me rodea con un brazo al tiempo que entramos en el salón. Me tumbo junto a Sarah en el sofá y le aparto el pelo de la cara—. Hora de irse, nena —le susurro—. A dormir en tu cama calentita. —Sarah se sienta con un gemido.

—¿Lista, cariño? —le pregunta Caleb, asomándose por encima del respaldo del sofá. Sarah se le acerca dando tumbos y le da unas palmaditas en la mejilla mientras él sacude la cabeza con ternura—. Ya veo que sí. Vale, pues vamos allá. —La acompaña a la entrada con una mano en la parte baja de la espalda y le ayuda a ponerse los zapatos y el abrigo.

—Chaaao —canturrea Sarah, despidiéndose desde la puerta casi con los ojos cerrados—. Robert, ha sido un placer conocerte. Bo, feliz cumpleaños, eres lo más. Win... —Entreabre un párpado y me dedica una sonrisita—. Mucha suerte en tus futuros proyectos —dice con un hipido.

—Bien dicho —replica Caleb con dulzura, frotándole la espalda—. Adiós, chicos. Feliz cumpleaños, tío.

—Gracias —les dice Bo a ambos—. Gracias por venir —repite.

—¡Os quiero mucho! —les grito mientras Caleb cierra la puerta.

—Tienes un buen grupo de amigos, Robbie —dice el padre de Bo con un suspiro—. Me alegra comprobarlo.

Yo los miro a los dos, pero ellos se giran con lentitud hacia mí, sonriendo agradecidos.

—Tengo mucha suerte —susurra Bo, mirándome fijamente. Yo me sonrojo, pero espero que la tenue luz de la habitación consiga disimularlo bien—. Voy a darme una ducha antes de acostarme . ¿Estás bien? —me pregunta.

—Perfectamente —contesto sonriendo.

En cuanto Bo sale de la habitación, Robert se levanta y se sienta en el otro extremo del sofá.

—Gracias —me dice muy serio—. Es un alivio saber que cuidan bien de mi hijo.

—Bueno, solo ha sido una fiesta.

—No, no es verdad. Ahora es feliz. El año pasado no lo era. Y con razón.

—A veces me gustaría haberlo conocido entonces —reconozco—. No soporto que se sintiera tan solo.

Robert ladea la cabeza sobre la palma de la mano y me escucha con una sonrisa tierna, casi con cara de orgullo.

—A Joanna le habrías encantado. Eres igual de dulce que ella. Sé que la vida no siempre ha sido fácil ni agradable para ti, pero no has permitido que eso te endurezca. Que te convierta en una piedra. Te has vuelto como el agua. Fluyes con todo. Eres suave... pero fuerte.

Me veo obligada a parpadear para contener las lágrimas, mientras niego con la cabeza.

—Vaya —digo, sorbiéndome la nariz—. Esas cosas son...

—Las reflexiones raras de un francés borracho, *oui*.

—Nada de eso..., es muy bonito. Muchas gracias. Por lo que cuenta Bo, Joanna era una persona maravillosa. Y admiro muchísimo sus gustos musicales —añado para quitarle un poco de hierro al asunto.

—¿Qué te ha contado Robbie de su madre?

Pongo cara de circunstancias, porque no quiero hacer quedar a Bo como una persona fría o insensible. Pero tampoco quiero mentir.

—Poca cosa, la verdad. Solo... cómo os conocisteis. Lo mucho que la echáis de menos. Lo de la música y...

—¿Cómo murió? —pregunta Robert sin dejarme acabar la frase.

Sacudo la cabeza en silencio.

Él gime y asiente con suavidad.

—Joanna sufría mucho, como tantos otros artistas. A menudo sus sentimientos eran demasiado intensos como para controlarlos. Demasiado abrumadores. Pero eso la hacía grande. Le apasionaba la música. —Robert se humedece los labios, recostándose en el sofá—. Cuando decidimos tener hijos, ya llevábamos ocho años casados. Teníamos un piso precioso en Toronto. Tocábamos juntos todos los días y éramos muy felices. Todo eran alegría y risas y... yo creía que lo mejor aún estaba por llegar. —Robert se emociona y se lleva automáticamente la mano al cuello. Yo lo imito sin pensarlo. El corazón empieza a latirme con fuerza en el pecho, pendiente de cada una de sus palabras—. Por aquel entonces, no existía ninguna palabra para describir la forma en la que Joanna se perdió durante el embarazo. Se volvió... como un fantasma. Intenté ayudarla. Intenté buscarle ayuda, pero... —Robert suspira, mirando hacia el techo mientras sacude la cabeza—. Fue demasiado para ella. Dejó una nota diciendo que lo sentía. Que nos quería. Que no podía explicar por qué no podía quedarse... y se quitó la vida. Robbie solo tenía doce semanas.

Inhalo bruscamente con labios temblorosos y me tapo la boca.

—Lo siento muchísimo —susurro—. No tenía ni idea. Estoy...

—Todos los días deseo haber podido ayudarla más.

—Seguro que hiciste todo lo posible. —Le pongo una mano en la rodilla.

Él me da un par de palmaditas en ella y me doy cuenta de que está temblando. Luego se lleva la mano a la barbilla y se la frota de un lado a otro.

—Unos veranos después de su muerte, cuando Robbie aún era pequeño y acababa de cumplir cinco años, lo dejé con la hermana de Joanna una semana. Tenía que dar un concierto fuera de Canadá y pensé... —Se le quiebra la voz e inspira profundamente—. Esa arpía le contó lo que pasó. Le contó la verdad sobre la muerte de Joanna. Y... tengo la sensación de que, desde entonces, Robbie asumió cierta responsabilidad. De que, en parte, se siente culpable de lo sucedido. Y eso me duele muchísimo. —Me tiembla la mandíbula y entreabro la boca mientras se me llenan los ojos de lágrimas, pensando en ese niño que se ha convertido en el hombre que conozco. Me doy cuenta de por qué cada paso de este embarazo es tan importante para Bo. Mis emociones, mi casa, mi dinero, mi salud. Todo por lo que le pasó a su madre. Por esa culpa que siente. Ojalá me lo hubiera dicho, pero entiendo por qué no lo hizo, o por qué no pudo hacerlo. No puedo ni imaginar ese nivel de dolor—. Cuando me llamó para hablarme del bebé..., de ti..., creo que sentía casi como si le hubieran dado otra oportunidad. Intenté hablar con él del tema. Intenté decirle que no le correspondía a él soportar esa carga, sino a mí. Pero es difícil hacerlo. Robbie siempre se preocupa antes de los demás que de sí mismo. Siempre ha sido así.

—Pero... pero yo estoy bien —le aseguro, porque en el fondo creo que Robert también necesita oírlo—. No hacía falta que él...

—Ya —dice—. Creo que al principio pensó que debía tenerte cerca por tu bien. Para que no se repitiera la historia. Pero ahora... la cosa ha cambiado. Creo que ahora es él quien te necesita.

—Bo... Bo es... maravilloso.

—Pues sí —coincide Robert—. Pero es de corazón blando,

como su madre. Y como tú. Tenéis que portaros bien el uno con el otro, ¿de acuerdo? —Y también como su padre al parecer.

—Sí —respondo con un hilillo de voz.

—Bueno... —Robert suspira, levantándose lentamente—. Me temo que he echado a perder la noche con mis tristes divagaciones.

—No, de eso nada...

—Hoy la echo especialmente de menos. Nuestro hijo cumple treinta años. Ella debería estar aquí.

—Puede que lo esté, aunque no podamos verla.

—Tal vez —dice Robert, tambaleándose y apoyando una mano en el respaldo del sofá para sujetarse—. Gracias por lo de esta noche, Win. Y lo más importante, por darle a Robbie una razón para volver a celebrar este día.

—Buenas noches —digo por encima del hombro, mientras Robert pasa por detrás del sofá para ir hacia el cuarto de su hijo.

Y luego me seco los ojos, dispuesta a ir a buscar a Bo para abrazarlo todo el tiempo que me lo permita.

# 30

Cuando Bo entra después de ducharse, lleva puestos la sudadera con capucha beis y los pantalones cortos negros habituales, además de las gafas. Tiene el pelo recién lavado y se lo ha secado con la toalla. Me encuentra sentada en la cama, esperándolo, con un jersey blanco de cuello redondo y unas mallas cortas negras.

—Hola —susurra mirándome, mientras deja la prótesis al lado de la cajonera—. Creía que ya estarías dormida.

—Hola —digo—. Es que quería hablar contigo...

—¿Va todo bien? —me pregunta, y se sienta en el borde de la cama, de espaldas a mí. Lo observo mientras se quita las gafas y las deja en la mesilla, al lado del móvil.

Tomo aire entrecortadamente y me abalanzo sobre él, rodeándole la cintura con los brazos y apoyando la cabeza entre sus omóplatos.

—Oye —dice Bo con dulzura, girando el cuello todo lo que puede para mirar hacia atrás—. ¿Qué pasa?

—Nada —respondo con la voz ahogada por su jersey—. Solo necesitaba abrazarte.

—Vale —dice él, poniendo la mano encima de la mía, sobre sus costillas—. Deja que me tumbe para que ambos podamos participar. —Asiento, apartándome.

Bo se gira y se escurre hacia abajo hasta quedarse tumbado bocarriba. Luego me hace un gesto con el brazo extendido para que me acurruque a su lado. Pero en vez de eso, me pongo encima de él, a horcajadas sobre sus caderas, y hundo la cara en su pecho.

—Win... —dice Bo, posando sus manos enormes sobre mis hombros y empezando a frotarme la espalda, arriba y abajo—. Cuéntame qué te pasa, cielo. ¿Ha ocurrido algo?

—Cuando te has ido a la ducha, tu padre y yo nos hemos quedado charlando un rato.

—¿Ha dicho algo que te haya molestado?

—No... —digo girando la cabeza hacia un lado. Me limpio la cara con la manga del jersey y me sorbo las lágrimas—. Pero me ha hablado de tu madre. —Mi voz se vuelve más aguda y está a punto de quebrarse—. De cómo murió y... Bo, lo siento muchísimo.

—Ah. —Bo exhala y sus manos se quedan inmóviles sobre mi espalda—. Iba a contártelo, Win. Pero es que...

—No, no. —Me incorporo con lágrimas en los ojos para mirarlo. Pero, cuando lo hago, su expresión no es la que me esperaba. Casi parece asustado. No triste, ni apenado, sino asustado. Aprieta la mandíbula y sus ojos dulces me miran con una preocupación que hace que me entren ganas de alisarle con el pulgar la arruga que tiene entre las cejas. Es más, me encantaría coger su alma y alisársela también, quitarle todas las arrugas, pliegues y manchas, y devolvérsela impoluta—. No me molesta que no me lo hayas contado. Pero... ojalá lo hubiera sabido —digo—. Para poder ayudar de alguna forma.

Bo se incorpora y me obliga a levantarme de la parte baja de su abdomen para sentarse con la espalda apoyada en el cabecero. Estoy a punto de acomodarme a su lado en el colchón cuando vuelve a ponerme sobre su regazo, agarrándome por las caderas.

Con nuestras caras a solo unos centímetros de distancia, Bo me pone una mano en el cuello y me acaricia dulcemente la mandíbula con el pulgar cerca de la oreja, recorriendo con delicadeza su forma con la mirada.

«Ábreme tu corazón —me siento tentada de decir para romper el silencio—. Quiéreme. Confía en mí. No te defraudaré. Te lo prometo».

—Me daba miedo contarte cómo murió mi madre por si creías que había hecho esto por las razones equivocadas —dice, hinchando el pecho y clavando sus ojos llorosos en mi mandíbula con inseguridad—. No quería que pensaras que te había pedido que vinieras a vivir conmigo para poder vigilarte o algo así. Y... —Bo suspira y apoya la frente en mi barbilla, mientras se le saltan las lágrimas.

—No pasa nada... —digo poniéndole una mano en el cuello y acariciándole el pelo—. No tienes por qué darme explicaciones. No pasa nada...

—Me autoconvencí de que no serías sincera conmigo sobre cómo te sentías si sabías lo que había pasado. No quería poner en riesgo tu seguridad porque te preocuparan más mis sentimientos que los tuyos. —Noto cómo baja las manos hacia mis caderas y cómo se me estira el jersey cuando aprieta el tejido dentro de los puños a ambos lados de mi cuerpo—. Pero sí quería contártelo, Win. No quiero que haya secretos entre nosotros. Eso se ha acabado.

Asiento con la cabeza sobre el nacimiento de su pelo y me doy cuenta de que me tiemblan los labios. Él se estremece con un suave sollozo y encorva los hombros hacia delante.

—Tranquilo... —le repito una y otra vez—. Lo que sucedió no fue culpa tuya. No fue culpa de nadie. Solo eras un bebé. Tú no tuviste la culpa.

—Creo que... —Bo se aclara la garganta y se incorpora para poner la cara a la altura de la mía—. Creo que tener a August me está ayudando a darme cuenta de eso. —Respira hondo y se seca rápidamente con el hombro la lágrima que rueda por su mejilla izquierda.

—Bien. —Le pongo la mano en la mejilla, obligándolo a mirarme y a escucharme—. Porque nunca le echaríamos la culpa, ¿verdad? —Bo niega con la cabeza, mirándome fijamente a los ojos.

—Me has dado muchísimas cosas, Win.

—Yo no...

—Desde que te conocí, es como si me hubieras ido sanando poco a poco. ¿Lo sabías? ¿Sabías que tienes ese efecto sobre la gente?

Asiento. No como respuesta a su pregunta, sino porque entiendo lo que quiere decir.

—Creo que ambos necesitábamos otra oportunidad para empezar de cero. Y creo que nos la hemos dado mutuamente.

Bo empieza a mover las manos sobre mis caderas, acariciándome con los pulgares la barriga mientras baja la vista.

—Es algo más que eso, Win. —Levanta la cabeza para mirarme con ojos suplicantes—. Al menos para mí. —Trago saliva con dificultad, sin mover las manos de su nuca—. No sé muy bien cómo bajar el ritmo. Cómo ir más despacio para que puedas alcanzarme —susurra.

—¿Alcanzarte? —pregunto con un escalofrío.

—Creo que ambos sabemos cómo va a acabar esto —dice Bo con voz ronca—. Solo me falta averiguar cómo hacer para que lleguemos los dos a la vez a ese punto.

—Pero... ¿y Cora? —tartamudeo.

Bo se echa hacia atrás, mirándome atentamente con los labios fruncidos y una ceja levantada.

—¿Qué pasa con Cora?

Bajo la vista y le quito las manos del cuello.

—Aquel día, en la playa... Dijiste que la querías. Dijiste que no habías pasado página. Parecía que aún...

—La llamé en cuanto llegamos a casa, Win —dice interrumpiéndome.

—¿Qué? —balbuceo.

—Cuando volvimos de la playa, no podía parar de pensar que algo nuevo y maravilloso estaba empezando y que yo aún seguía atrapado en el pasado. Me di cuenta de que no podía seguir poniendo excusas. De que no podía dejar las cosas sin resolver, por el bien de todos. Tú te merecías algo mejor que eso. El bebé merecía algo mejor que eso. Me hiciste darme cuenta de que yo merecía algo mejor que eso. Así que la llamé.

—No... No lo sabía.

Bo se humedece los labios y desvía la mirada hacia un lado.

—Estuvimos horas hablando. Yo me disculpé por haberme aferrado a lo nuestro tanto tiempo por miedo y ella se disculpó por..., bueno, por todo lo demás. Creo que esperaba que la llamara. Me dio la impresión de que no le sorprendió. Ambos nos dijimos lo que nos queríamos decir y luego me preguntó cómo estaba. Y después... le hablé de ti.

—¿De mí?

Bo niega con la cabeza sonriendo.

—Llevo meses hablándole de ti básicamente a todo el que quiere escucharme —revela, riéndose en voz baja—. Creía que lo sabías, Win. Pensaba que era evidente lo que siento por ti y qué es lo que quiero. Creía que por eso habías puesto unos límites tan claros. Tenía la sensación de que tú no sentías lo mismo. —Me tapo la boca con la mano para ocultar una sonrisa vacilante. «Me quiere»—. Estoy pendiente de cada palabra que dices, con la esperanza de que me des luz verde. No quiero presionarte. Lo último que querría es que te sintieras incómoda, pero... no creo que pueda seguir fingien...

Entonces lo beso. Porque no puedo evitarlo. Porque me da la gana. Porque ya era hora. Él me corresponde con pasión pero con dulzura y es como si los miles de horas que hemos pasado deseándonos se desbordaran entre ambos. Bo me quita las manos de las caderas para subirlas hasta mi pelo y se aferra a mí.

—¿Estás segura? —me pregunta echándose hacia atrás.

Yo me río, pegada a sus labios.

—Claro que sí, Bo. Llevo muchísimo tiempo deseándolo.

—Vale... ¿Hablamos después?

—Sí, mejor —contesto mientras sigo riéndome, atontada, aliviada y feliz.

Rápidamente nuestro beso se vuelve febril, adquiriendo una intensidad que nunca antes había sentido.

No pienso en si esto es lo que Bo quiere, porque acaba de decirme que sí. Tampoco me planteo si es una buena o una mala idea, ni me preocupo por todo lo que podríamos echar a perder. Porque, cuando quieres tanto a alguien, cuando has visto su dolor, conoces su corazón y los reconoces como propios, no te queda más remedio que entregarte a él. Además, ya estoy harta de tener miedo. Me muero por ser amada por un hombre como Bo. Y me muero por amarlo como se merece.

Creo que nuestras almas estaban conectadas hace ya mucho tiempo. Solo que hasta ahora no habíamos querido admitirlo ante el otro.

Bo se gira y se tumba en paralelo al cabecero, sosteniéndome con fuerza encima de él. Ambos sonreímos cuando nuestros labios se vuelven a encontrar, pero dejamos de hacerlo cuando me rodea la nuca con la mano y me pega a él todavía más, aunque parece imposible.

Yo también siento esa necesidad de fusionar nuestros cuerpos, de convertirnos en un solo ser.

Me incorporo y bajo las manos hacia la parte inferior del jersey, pero Bo me lo quita y lo lanza hacia el otro lado de la habitación. Me peleo con su sudadera y él intenta incorporarse un poco para que pueda agarrarla bien. Los dos nos reímos en voz baja, dando tirones, sacudidas y moviéndonos hasta que nos quedamos con el torso desnudo, pegados el uno al otro. Bo nos gira a ambos para ponerme bocarriba sobre el colchón y colocarse entre mis piernas.

—Ahora mismo están supersensibles —susurro con las manos en los pechos, mientras él me quita el pantalón corto y la ropa interior.

Bo se echa sobre el hombro uno de mis pies y empieza a besarme la cara interna del muslo.

—¿Para bien o para mal? —me pregunta, mordisqueándome el lateral de la rodilla, mientras observa mis manos con deseo.

—Para muy bien —digo pellizcándome los pezones—. Tanto que por las noches no puedo dejar de imaginarte acariciándomelos.

Bo sonríe despacio y me mira fijamente las tetas humedeciéndose los labios. Sigue besándome el interior del muslo mientras me sujeta la pierna sobre el hombro y va bajando hasta la entrepierna. Me pone la otra mano en el pecho, cubriendo la puntiaguda cresta carnosa y estrujándola sin piedad.

Entonces se aparta y me agarra la pantorrilla con ambas manos mientras niega con la cabeza y recorre con la mirada todo mi cuerpo.

—Dios, no sé por dónde empezar. Echaba tanto de menos tu cuerpo... Ojalá tuviera más manos.

Levanto una ceja y él asiente con los labios apretados.

—Vale, perdón.

—Tenemos tiempo de sobra —digo excitada—. Pero necesito que me toques en algún sitio.

Bo asiente y se arrodilla al lado de la cama.

Luego se inclina hacia el colchón y los tendones de sus brazos se hinchan mientras me agarra por los costados para tirar de mí hacia el borde.

Yo grito y me muerdo el labio con una sonrisa, disfrutando de su brusquedad.

—Ya me he decidido —susurra mordiéndome el muslo opuesto mientras me separa las piernas con las manos.

—Vale —murmuro—. Buena decisión...

Bo se ríe con malicia, posando la boca sobre mi entrepierna, antes de deslizar la lengua con destreza desde mi húmeda entrada hasta mi clítoris.

Yo grito, tapándome la boca con el antebrazo.

—Sí —digo—. Justo ahí.

Bo me lame, pasando la lengua por el mismo sitio hasta que empiezo a jadear, aferrándome a las sábanas y a su pelo. De camino al clímax y perdiendo los papeles por completo.

Él aparta la boca e introduce un par de dedos en mi interior girándolos, antes de empezar a moverlos a un ritmo absolutamente perfecto. Acompaño cada movimiento con gemidos, chillidos y jadeos incontrolables.

—Dios... —gimo sonriendo a medida que aumenta la presión.

—Joder... —La voz grave y firme de Bo contrasta radicalmente con la forma en la que me siento, como si estuviera flotando por encima de todo—. ¿Tienes idea de lo sexy que eres? ¿De lo bien que sabes? ¿De cuántas veces te he imaginado así?
—Yo grito, mordiéndome el labio inferior mientras intento acercarme más a ese maravilloso abandono—. Imagino mi

nombre saliendo de esos labios perfectos cada puta noche, cuando te oigo al final del pasillo. Por favor, Win. Por favor. Pronuncia mi nombre.

—Bo —digo como si fuera una promesa—. Bo —exclamo de todo corazón—. Fóllame —le pido—. Por favor —gimo echándome hacia atrás.

—Todavía no, cielo. Antes quiero que te corras con mis dedos dentro. Me muero de ganas, créeme. Pero antes necesito que hagas esto. Necesito verte. —Me pone una mano en la tripa y me mira con los párpados caídos—. Antes me encantaba tu cuerpo, pero ahora... Ahora creo que me vuelve loco. Estás impresionante. Eres la puta perfección personificada.

—Creo... que me voy a correr —digo, apretando los dientes e intentando cerrar las piernas. Bo me sujeta la rodilla con el hombro, manteniéndome abierta ante él mientras empiezo a temblar.

—Eso es, cielo. Córrete para mí. Por favor.

El orgasmo es tan intenso que me zumban los oídos mientras mi cuerpo se tensa, se contrae y se sacude por todas partes. Grito tapándome la boca con la muñeca para intentar ahogar el sonido lo máximo posible.

Cuando mi cuerpo se calma y mi respiración se vuelve más lenta, Bo empieza a besar con ternura mi sexo palpitante. Me cuesta soportarlo, pero aprieto los labios y me obligo a relajarme.

Él deja escapar un sonido hambriento y gutural mientras lame hasta la última gota de mi orgasmo.

—Joder, qué bien sabes —murmura antes de besarme con suavidad el clítoris por última vez, haciendo que mi cuerpo sobreestimulado se sacuda.

—Demuéstramelo —lo desafío, girando el cuello para mirarlo—. Bésame —digo con una sonrisa de suficiencia.

—Con mucho gusto —dice Bo, impulsándose con los brazos para levantarse del suelo.

Me giro para tumbarme a lo largo de la cama y le hago sitio para que se acueste a mi lado. Una vez que se acomoda, me apoyo en su pecho y lo beso sin prisas.

—Esto es lo que más me gusta de todo —dice pegado a mis labios, pasándome el pulgar por la mejilla antes de bajar un dedo perezoso por mi cuello hasta el pecho y acariciarme el canalillo teñido de rosa—. Tenía miedo de no volver a ver este rubor en ti.

Me acerco para besarlo de nuevo. Bo me pone una mano en la mejilla mientras le mordisqueo el labio inferior, tirando de él con los dientes y soltándolo cuando me alejo para apoyar la frente en la suya. Gimo de frustración, enfadada por no poder estar más cerca de él.

—Ojalá pudiera... —digo, sin saber cómo quiero acabar la frase. Lo que quiero decir es que necesito tenerlo dentro de mí. Pero no solo de la forma en la que, inevitablemente, pronto acabará estando, sino marcándome a fuego por dentro. Como cuando un rayo cae sobre un árbol y lo hace arder desde el interior. Quiero que él, su vida, sus lecciones, su alma y sus impresiones queden grabadas bajo mi piel—. Devorarte. —Es la palabra más aproximada que encuentro.

—Eso está mal visto, cielo —dice Bo mientras paso una pierna por encima de su regazo para sentarme a horcajadas sobre él.

—Si te lo pidiera amablemente, ¿me dejarías? —le pregunto al tiempo que él posa las manos en la parte baja de mi espalda, las desliza hasta mis nalgas y clava los dedos en ellas.

—Ya sabes que sí —dice riéndose.

Me agacho para seguir besándolo un rato más, mientras disfruto del roce de mis pezones contra su pecho.

—Date la vuelta —me pide Bo, arañándome la mandíbula con los dientes—. Quiero que te sientes en mi regazo y te recuestes contra mí, ¿vale?

Asiento y me pongo en posición. Bo me rodea la cintura con la mano, incorporándose para sentarse debajo de mí. Me da un beso en el hombro y apoya la frente en mi nuca mientras yo me pongo de rodillas y desciendo sobre su miembro.

—Joder —susurro, entreabriendo los labios y respirando de forma entrecortada. Da igual cuántas veces haya recordado la noche que pasamos juntos, en el fondo sabía que ni siquiera se acercaba a la realidad. Nada podría haberme preparado para lo increíblemente bien que estoy volviendo a sentirme.

—Win... —jadea Bo con voz ahogada—. ¿Cómo puede ser todavía mejor esta vez?

—Porque ahora estamos juntos —respondo susurrando a través de una densa bruma de deseo. Sigo sus instrucciones y me recuesto contra su pecho. Él me envuelve en un fuerte abrazo y me pone una mano en el abdomen para sujetarme. Con la otra me estruja un pecho con fuerza. Yo me mezo sobre él con las rodillas apoyadas en el colchón—. ¿Así?

Bo sisea con los dientes en mi oreja.

—Sí —dice bruscamente—. Joder... —Empieza a bajar poco a poco la mano desde mi vientre hasta mi entrepierna, poniéndome la piel de gallina a su paso.

—No puedo —digo, mientras empieza a acariciarme el clítoris y hace que me estremezca—. No puedo moverme mientras haces eso. Me gusta demasiado.

—No lo hagas —me ordena con severidad—. Quiero sentir cómo te corres en mi polla antes de perder la puta cabeza.

—Bo —exclamo, subiendo la mano para tocar uno de mis pechos—. Me siento tan llena... —digo mientras mi cuerpo se sacude y se tensa alrededor de él. Dejo caer el cuello hacia atrás y apoyo la nuca en su clavícula.

—Eso es, cielo. Relájate. Estoy aquí —dice Bo, rozándome la frente con los labios.

Empiezo a mover las caderas en pequeños círculos, pegando el culo a su abdomen.

Él suelta un gruñido entrecortado y ronco, acariciándome el pelo con su cálido aliento.

—¿Puedes correrte conmigo? —le pregunto, tragando saliva, mientras una gota de sudor me resbala entre los omóplatos.

Bo suelta una risa seca.

—Win, eso es precisamente lo que estaba intentando evitar.

—Por favor —le pido—. Por favor, ya estoy a punto. Y quiero que lo hagamos juntos.

Él me oprime con más fuerza el clítoris, sin dejar de moverse rítmicamente mientras yo sigo meciendo las caderas. Luego acerca la nariz a mi pelo e inspira profundo mientras vuelve a gemir.

—Me encanta —dice con una especie de quejido.

—Casi... —murmuro excitada.

—Casi —dice él también con voz rasgada.

—Sí —jadeo. Bo gruñe, impulsándose hacia arriba. Siento en el estómago la tensión previa a la caída y el corazón me da un vuelco antes de que el placer invada todo mi ser—. Ya —consigo gritar, a pesar de que me falta el aire.

—Win —dice Bo, dividiendo mi nombre en dos sílabas. Siento cómo su calor se derrama dentro de mí, sumiéndome aún más en el éxtasis.

Me estremezco pegada a su cuerpo y él me abraza todavía con más fuerza.

—Joder —jadea antes de desplomarse hacia atrás, arrastrándome a mí también. Cae de espaldas sobre el colchón y yo caigo sobre él. El sudor que me corre por la espalda se encuentra con la piel caliente de su abdomen, debajo de mí.

—Madre mía —digo recuperando el aliento con la oreja pegada a su cuello. El corazón le late casi tan rápido como a mí.

Bo suelta una carcajada.

—Qué pasada.

—Sí —replico sonriendo para mis adentros y cerrando los ojos con cada exhalación.

Siento su respiración agitada bajo mi espalda y levanto las manos por encima de la cabeza para tocarle la cara.

—Buen trabajo, cielo —digo robándole el apodo, mientras le doy unas palmaditas en la mejilla.

—¿Quién ha dicho que haya terminado? —me pregunta él con sorna, levantando las caderas para recordarme que todavía sigue muy dentro de mí y que se le está volviendo a poner dura—. Llevo mucho tiempo esperando esto..., cielo.

# 31

Tras dos asaltos más, exigí una ducha y un respiro. Bo cedió con la condición de que durmiera desnuda y encima de él. No había descansado tan bien en toda mi vida. Cuando nos hemos despertado esta mañana, la habitación seguía a oscuras y fuera llovía a cántaros.

Pero nunca había estado tan feliz.

Bo se revuelve a mi lado con la nariz pegada a la almohada. Se despierta, parpadea y vuelve a cerrar los ojos. Lo observo sin pudor mientras duerme, fijándome en el suave movimiento de sus cejas, en su respiración, a veces agitada y otras tranquila, y en el sube y baja de su pecho. Memorizo cada detalle de su rostro. El arco de su labio superior, oculto bajo una suave capa de vello facial dorado, y las veintiuna pecas que tiene en la frente, en las mejillas y en la nariz. Las pocas que tiene en los párpados son mis favoritas.

Después, una vez satisfecha, me siento a su lado con la espalda apoyada en el cabecero y la manta enrollada alrededor del torso. Lo despierto acariciándole con suavidad la barba. Él abre un ojo y levanta la vista con una sonrisa somnolienta buscándome.

—Buenos días, preciosa —susurra con voz ronca. Me pasa un brazo por encima del regazo, me agarra por la cadera y se pone encima de mí, apoyando la cabeza en mis muslos—. Cinco minutitos más —dice, bostezando y acurrucándose sobre mis piernas.

No sé si habrá sido su voz tan cerca de mi tripa o mi corazón desbocado lo que ha alertado al bebé, pero ahora también está despierto. Me saluda con unas pataditas en el lado izquierdo. Pongo una mano donde creo que está y la otra en un lateral de la cabeza de Bo para acariciarle el pelo con los dedos pequeños.

Y pienso que la vida nunca ha sido tan maravillosa como lo es en este preciso instante. Lo único que me falta es decirle lo mucho que lo quiero... y no puedo esperar ni cinco minutos más.

—Bo... —Pronuncio su nombre como si nunca lo hubiera hecho antes. Como si fuera algo desconocido para mí, con todos estos sentimientos nuevos y la profundidad que posee ahora—. Bo, tengo que decirte una cosa.

—Pues vas a tener que esperar —refunfuña él, hablando por el lado de la boca que tiene aplastada contra mi regazo—. Quiero decírtelo yo primero, pero estoy demasiado cansado para hacerlo como es debido. Más tarde.

Sonrío de oreja a oreja, echando la cabeza hacia atrás para mirar hacia el techo.

—¿Qué es lo que quieres decirme tú primero? —le pregunto, retirándole el pelo para deslizar el pulgar desde la parte alta de su oreja hasta su cuello.

—Dos palabras importantísimas. Sabes cuáles son, ¿no?

—No, lo siento, no tengo ni idea. Será mejor que te despiertes y me las digas.

—Te mereces algo más que una confesión de alcoba. Debería haber espectáculo —dice sonriendo para sí mismo con los ojos aún cerrados—. Y *glamour* —añade suspirando.

—No me hace falta ningún espectáculo. —«Solo me haces falta tú».

Bo gime mientras se incorpora con la cabeza caída. Finalmente gira el cuello y me dedica una de esas típicas sonrisitas de niño travieso que me vuelven loca.

—Buenos días —dice tirando más del edredón para taparse la parte inferior del cuerpo.

—Vaya, buenos días —susurro, inclinándome hacia delante para apoderarme de sus labios con un único beso perezoso—. ¿Te han despertado?

—Mmm —gime Bo, frotándose un ojo con la parte inferior de la palma de la mano—. No esperaba tener resaca. Estaba sobrio cuando me metí en la cama.

—Cariño, es que ya tienes treinta años.

Él ladea la cabeza lentamente y el pelo se le cae hacia un lado.

—Qué maravilla —dice sonriendo.

—¿El qué?

—Que la chica de mis sueños esté en la cama conmigo y me llame «cariño».

—Conque la chica de tus sueños, ¿eh? —digo cubriéndome el pecho con el edredón al ver que baja la mirada. Necesito que se concentre.

—¿Cómo puedes estar tan despierta? —me pregunta, abriendo los ojos y parpadeando con lentitud—. Yo me siento como si hubiera estado comiendo piedras.

—Pues porque no puedo beber, ¿has olvidado lo del bebé? —bromeo, deslizando la mano desde su hombro hasta su cuello y levantándole la cabeza para que me mire—. Despierta. —Necesito que me diga cómo se siente. Porque yo estoy a punto de estallar—. Si no me lo dices tú primero, lo haré yo.

Él se ríe y vuelve a agachar la cabeza.

—¿Sabes? Tienes una forma muy peculiar de tenerme en vilo. Hasta ahora había estado controlándome porque decías que solo podíamos ser amigos. Y, de repente, pasamos una noche juntos y quieres que ponga todas las cartas sobre la mesa. ¿Sabes lo mal que lo he pasado todos estos días sin poder decírtelo? A lo mejor debería hacerte esperar —dice entrecerrando los ojos con picardía.

Tiene razón. Hasta el momento he sido yo la que ha marcado el ritmo. Yo he puesto los límites y las reglas. Y él me ha acompañado gustosa y respetuosamente en cada paso del camino. Creo que esa es una de las muchas razones por las que estoy tan enamorada de él. Además, no me importaría dejar que me torturara un poco, dado que, sin saberlo, se lo he hecho pasar fatal todo este tiempo.

Pero él es mejor persona que yo.

Extiendo el brazo para agarrarlo de la mano, le envuelvo los dedos con los míos y se los aprieto. Aunque sigue esbozando una sonrisa soñolienta, sus ojos ya parecen más despiertos. Espero a que me conceda permiso con la mirada, a ver un pequeño atisbo de ternura en sus ojos que me diga «adelante»...

—Te quiero —le digo, apretándole de nuevo los dedos—. Estoy total, loca, profunda e innegablemente enamorada de ti. —Bo relaja los hombros y respira hondo, como si estuviera interiorizando mis palabras. Parece satisfecho, tranquilo y muy muy feliz—. Me daba muchísimo miedo volver a sentirme así otra vez. Desde que nos conocimos, he estado cuestionando mi sensatez, mis intenciones y mi cordura, pero durante todo este tiempo me has demostrado cada día con pequeños detalles que puedo confiar en ti. Y esas pequeñas dosis de bondad, generosidad, apoyo y dulzura han ido derribando el duro muro que construí alrededor de mi corazón. Nunca me has exigido nada. Nunca me has presionado. Tú... —Trago saliva, intentando eliminar el nudo de emoción que me obstruye la garganta—. Tú me comprendes. Me entiendes como nunca nadie me había entendido. Y ahora yo también te comprendo a ti. Veo lo maravilloso que eres. Y lo que es más importante, me lo creo. Sé que vas a tratar bien mi corazón.

Bo parpadea rápidamente y baja la vista con mirada trémula para llevarse mi mano a la boca y besarme los nudillos. Luego apoya la mejilla en la palma y, mientras se la acaricio, me doy cuenta de que le tiembla la mandíbula.

—Te quiero, Win. Te quiero tanto que tengo la sensación de que, hasta ahora, había odiado todo lo demás. Nada es comparable a lo que siento por ti. Ni de lejos.

—Gracias —susurro pegando la frente a la suya.

—Gracias a ti —replica él.

Tengo ganas de gritar. De bailar. De quedarme entre sus brazos todo el día, todo el año. Pero, sobre todo, quiero besar cada centímetro de su cuerpo y demostrarle lo mucho que lo quiero una y otra vez.

—Bésame —le pido.

El dulce beso posterior a su confesión se topa con mi deseo

ávido y voraz. Bo se ríe sobre mi boca, sin aliento, mientras empiezo a bajar para besarle la parte delantera del cuello.

—¿Otra vez, cielo?

—Vete acostumbrando, cielo.

Bo aparta el edredón de mi pecho y de su regazo, antes de atraerme hacia él con tanta energía que me entra la risa floja cuando nos chocamos.

—Muy bien —dice levantándome por las caderas con sus fuertes manos para ponerme a horcajadas sobre él—. A ver cuántas veces podemos hacerlo antes del desayuno.

Dicho lo cual, mete los brazos bajo mis muslos y me levanta entrelazando las manos detrás de mí para soportar todo mi peso.

—¿Te he dicho ya cuánto te quiero? —le suelto, en tono provocativo mientras se prepara para penetrarme. Dejo caer la cabeza hacia atrás excitada.

—Si lo hago bien, no tardaré en oírte gritarlo.

Cruzo fugaz el pasillo para ir al baño, envuelta únicamente en una toalla, mientras Bo va a comprobar si su padre ya se ha despertado. Si es así, va a tener que dar algunas explicaciones. Y puede que también inventarse unas cuantas disculpas. Es una casa vieja, las paredes son muy finas y esas cosas.

En cualquier caso, a mí esa conversación no me incumbe. Lo que sí hago es mandarle un mensaje a Sarah para contarle que Bo y yo hemos pasado la noche y la mañana juntos, antes de meterme en la ducha llena de vapor. Me encanta ver cómo mi teléfono suena y se ilumina tantas veces sobre la encimera del baño que acaba resbalando y cayendo dentro del lavabo vacío.

Cuando termino, me seco el pelo, me echo crema en la tripa, que va creciendo poco a poco, me lavo los dientes y regreso a hurtadillas al otro lado del pasillo. Una vez allí, me encuentro sobre la cómoda una taza de café que Bo acaba de preparar. Hasta ha hecho la cama. Yo no recuerdo haberla hecho nunca, pero agradezco el detalle.

Me pongo unas mallas negras gruesas, mi sudadera favorita

verde esmeralda de Westcliff y unos calcetines de lana. Luego me recojo el pelo en un moño despeinado y, café en mano, sigo el olor de algo delicioso que viene del fondo del pasillo.

—Buenos días —digo entrando en la cocina.

—Estoy solo —contesta Bo, que le da la vuelta a una tortita delante de los fogones—. Mi padre debe de haber bebido demasiado.

—¿Deberíamos despertarlo? ¿A qué hora sale el avión?

—Tengo que llevarlo a las nueve. Es un vuelo nocturno. Mejor lo dejamos dormir.

—¿Le has pedido que venga a visitarnos cuando nazca el bebé? —le pregunto echando agua de la nevera en un vaso.

—No. La verdad es que estaba pensando... que a lo mejor podríamos ir nosotros. A pasar unas minivacaciones en familia... ¿Has estado alguna vez en París?

Sonrío negando con la cabeza. «En familia». Porque eso es exactamente lo que somos.

—Siempre he querido ir, pero no. Podríamos hacer una pequeña gira mundial y pasar también por casa de mi madre.

—¿Todavía no sabe si podrá venir en agosto?

—No... Tiene que pagar la entrada del nuevo negocio que está montando o algo así... Según ella la va a amortizar pronto, pero... ¿quién sabe? —digo encogiéndome de hombros.

—¿Tu madre está al tanto de...? —Bo nos señala a ambos con la espátula.

Sonrío y le doy un buen trago al café.

—La verdad es que lo supo antes que tú. Le mentí un poquito al principio, evitando contarle con exactitud qué tipo de relación teníamos. Pero supongo que ahora ya puedo decírselo abiertamente —comento, poniéndome de puntillas para darle un beso en la mejilla.

Bo le da la vuelta a otra tortita, asintiendo ensimismado.

—He estado pensando...

Miro con sarcasmo hacia el baño del pasillo antes de volver a mirarlo a él.

—¿En los últimos diez minutos? ¿Te he dejado solo demasiado tiempo?

—Me gustaría que dejaras la cafetería.

—Bo. —Pongo los ojos en blanco con cariño—. A mí también me gusta estar en casa, pero necesito dinero para el campamento y también para pagar mi parte del alquiler. —Le paso la mano por el cuello y le acaricio el hombro. Me encanta poder tocarle con total libertad. Y me encanta sentirme como si siempre hubiera podido hacerlo—. Además, acabaría haciendo que te despidieran... —digo en voz baja—. Esos jerséis y las gafas que te pones para trabajar me vuelven loca.

Bo se ríe y traga saliva, pasando una tortita de la sartén a un plato lleno de ellas antes de apagar el fuego.

—Seguirías trabajando. Pero no en la cafetería.

—Yo también creo que el trabajo sexual es una forma honrada de ganarse la vida, pero, cariño, ya puedes ir olvidándote.

Bo pone la palma de la mano en la encimera para apoyarse en ella.

—James Burrough, el inversor, me ha enviado un correo electrónico hoy por la mañana. Bueno, en realidad ayer por la noche. Pero estaba ocupado. —Me guiña un ojo—. Lo he leído esta mañana.

Dejo la taza en la encimera con tanto ímpetu que estoy a punto de cargármela.

—Y... —digo levantando las manos.

—Y quiere invertir. Nos ha ofrecido el setenta y ocho por ciento de lo que necesitamos.

Me cubro la cara con ambas manos ahogando un grito.

—¡Qué fuerte! —Rodeo los hombros de Bo en un abrazo. Él se queda inmóvil, limitándose a apoyar la barbilla en mi hombro—. Un momento. Pero aun así...

—Me gustaría aportar lo que falta, Win. Pero necesito saber que mi «inversión» no estará agobiada con dos trabajos —dice, tamborileando con los dedos sobre la encimera—. Te quedan cuatro meses antes de que nazca el bebé y creo que, si te centraras en lo del campamento, podrías avanzar muchísimo.

—Bo, eso es... —Trato de calcularlo mentalmente, pero soy incapaz—. Eso es...

—Ciento treinta y ocho mil seiscientos dólares.

—¡No puedes tener tanto dinero! —exclamo boquiabierta.
—¿No? —Bo frunce los labios—. Pues yo creo que sí.
—Bo... —susurro mirándolo de reojo—. ¿Eres rico?
—No me va mal.
—«No me va mal» es la típica frase de rico. Sé que tienes un trabajo muy bueno, pero eso es mucho dinero.
—He tenido suerte con algunas inversiones. Adamir se puso en contacto conmigo para pedirme consejo al terminar sus estudios y acabé siendo su socio en una aplicación que creó. La vendimos hace poco más de un año por casi tres millones.
—Y cuando dices «socio», quieres decir...
—Que a mí me correspondió más o menos el treinta por ciento.
Me pongo la mano en la frente riéndome en silencio.
—Demasiadas matemáticas para estas horas de la mañana.
Bo levanta la mano de la encimera y me la pone en la espalda para atraerme hacia él.
—Ha habido muchas cosas que tenía ganas de contarte y de decirte en los últimos meses, pero he estado esperando «pacientemente», por decir algo. Esta es una de ellas. Ahora que confías en mí... —Bo me levanta la barbilla, al ver que bajo la vista hacia el suelo—, quiero que me dejes ayudarte, ¿vale? —Asiente mirándome a los ojos, como si quisiera que lo imitara—. Ahora te toca a ti, Win.
—¿A mí? —pregunto con un hilillo de voz.
—Todo lo que invertiste en aquella relación con ese... —A Bo se le enciende la mirada de rabia y respira hondo para calmarse—. Aún no me lo has contado todo y me gustaría hablar más del tema cuando estés preparada, pero cuando me dijiste que habías apoyado económicamente a ese gilipollas durante la universidad sin recibir nada a cambio, me sentí fatal. Así que ahora te toca a ti. Es el momento de que recuperes ese tiempo perdido. De que llegues a donde te gustaría estar. A donde mereces estar. Y no solo por ti, sino también por niños como Henry. Niños como nosotros que necesitan ese campamento. Así que, por favor, déjame formar parte de él.
—No te corresponde a ti arreglar los errores de Jack...

—No —replica Bo, inclinándose para darme un beso y rozarme la nariz con la suya—. Pero sí me corresponde amarte como te mereces de ahora en adelante. —Pega la frente a la mía, exhalando lentamente—. Permíteme hacerlo, cielo.

—Vale —susurro inhalando su aliento. Bo se endereza sin dejar de mirarme—. Pero ¿me prometes que no es solo porque al fin nos hemos acostado? —le pregunto con cara de circunstancias.

Bo se ríe, jugueteando con el pelo que me cae sobre el hombro y retorciéndolo distraídamente.

—Por muy bueno que sea el sexo contigo, no. Se trata de algo mucho más importante que eso.

—Entonces... ¿dejo el trabajo? ¿Así, sin más? —le pregunto, abrazándolo por la cintura y apoyando la barbilla en su pecho mientras lo miro con adoración—. Al final tenía razón. Sí que querías una mujer florero.

—Cuanto antes renuncies, antes podrás centrarte en el campamento —dice Bo—. Además, pronto dejaremos de estar los dos solos. Y aunque me hace muchísima ilusión tener a August, me gustaría que pudiéramos pasar un poco más de tiempo a solas antes.

—Mmm. Y dormir —digo asintiendo.

—Eso también.

—Entonces... ¿le mandamos un e-mail a James? ¿Le contamos el plan?

—Bueno, vamos a tener que hacer muchos más números, porque ninguno de los planes que habíamos hecho sirven ya. Pero más tarde, sí.

—Me encanta que me digas cochinadas —bromeo levantando las cejas.

—Antes de nada, vamos a desayunar. —Bo se gira entre mis brazos y me pasa un plato, guiñándome un ojo con malicia—. Tienes que estar bien alimentada para luego —dice rozándome la sien con la nariz.

Tengo la sensación de que «luego» voy a disfrutar mucho.

—Claro, para hacer todos esos números.

—Exacto.

# 32

## Embarazada de veintiséis semanas
## El bebé es del tamaño de una berenjena

—¿Me estás tomando el pelo? —grito persiguiendo a Bo por el pasillo hecha una furia—. ¡El día de los inocentes fue hace dos semanas, así que si esto es una broma, que sepas que ni me hace gracia, ni es el momento!

Bo se mete rápidamente en su habitación. Perdón, en nuestra habitación. Siempre me olvido.

Yo entro detrás de él, viendo cómo me da la espalda. El muy capullo se está riendo.

—Si quieres discutir conmigo, me parece bien, pero ¿podrías esperar a que se fueran los instaladores? Así al menos podríamos echar un polvo de reconciliación cuando se te pase el cabreo. —Bo se detiene al llegar a la pared. Lo acorralo, clavándole el dedo con fuerza en el pecho.

—Dijiste que no me harías más regalos —digo, hincándolo en sus pectorales antes de cada palabra.

Él me aparta la mano, la agarra con fuerza y me da un beso en la palma sonriendo.

—Yo no dije eso. Lo dijiste tú.

—¡Robert! —Aparto la mano, cayendo por un instante en la trampa dulce y embaucadora de sus tiernos besos.

—¡Winnifred! —replica él riéndose con los ojos fruncidos.

Menuda cara tiene este tío.

—¡No! —exclamo, cruzándome de brazos.

Bo exhala con suavidad contrariado, y su expresión se vuelve un poco más seria, aunque todavía no es todo lo sincera que me gustaría. Se echa hacia atrás el pelo con una mano y se lo vuelve a dejar caer sobre la cara.

No se lo ha cortado desde que lo conozco y he de admitir que me encanta que se lo haya dejado más largo. Así puedo agarrarlo mejor en la cama y juguetear con él cuando pone la cabeza sobre mi regazo en el sofá, mientras vemos otra película más durante la que inevitablemente acabaré quedándome dormida.

—Cielo, solo es una bañera. Acabaríamos necesitándola de todas formas. ¿Dónde pensabas bañar a August durante los próximos cuatro años? ¿En el lavabo? ¿En un cubo? Tú la quieres y yo también. ¿Cuál es el problema?

—El problema es que no me lo hayas consultado antes para haber tenido la opción de decir que no. Cada vez que haces algo así, me siento a un paso más de convertirme en una princesa mimada sin trabajo que…

—Sí tienes trabajo —me interrumpe Bo, poniéndome una mano en la tripa. Sabe que, cuando me pongo así, August da pataditas. Maldita sea, me resulta mucho más difícil seguir enfadada cuando me mira la barriga sonriendo y me escucha distraído, esperando a que el bebé se mueva.

—Con un trabajo no remunerado —rectifico, bajándole la mano hacia el punto donde el bebé ya estaba dando patadas—. Alguien a quien tienen en palmitas y no aporta nada. No dejas de hacer cosas increíbles por mí y me siento incómoda. Ya te lo he dicho. Primero, lo del préstamo del campamento…

—No es un préstamo. Es una inversión —aclara Bo abriendo más los dedos sobre mi tripa.

—Luego lo del cobertizo. —Entrecomillo con efusividad la palabra «cobertizo», en un cómico intento de hacerlo también con los meñiques.

Cuando Bo me dijo que iba a comprar un cobertizo para el patio trasero en el que meter las herramientas de jardinería y cosas así, no le di mucha importancia, aunque tenía la ligera sospecha de que guardaba algún tipo de relación con mis preguntas sobre qué flores saldrían en el jardín en primavera. Había pensado empezar a hacer un pequeño huerto y, de repente, me convertí en la orgullosa propietaria de un invernadero. No de un cobertizo. Sino de un precioso invernadero de cristal con agua corriente y electricidad.

Porque este hombre es un exagerado.

—En mi defensa he de decir que lo hice por egoísmo. Así pudimos sacar algunas de las plantas del salón y...

—¡Y ahora una puñetera bañera! —grito antes de respirar hondo para calmarme mientras él intenta no reírse de mi arrebato, algo que me molesta bastante—. Bo, tienes una buena ducha. Una ducha a ras de suelo, diseñada para satisfacer tus necesidades. Esto es absurdo. No es seguro —digo bajando la vista hacia mi vientre, donde Bo tiene las manos cómodamente apoyadas.

—Fred... —dice Bo, y acerca una mano a mi mandíbula para levantarme la cara hacia la suya. Hacia la suya y hacia su sonrisa estúpidamente bonita, aunque bastante condescendiente—. Es una bañera con puerta. Repito: con puerta. Tiene lo mejor de ambos mundos. Necesitas poder darte tus baños, cielo. Sarah y yo...

—¡Ese es otro de los putos problemas! —exclamo clavándole un dedo en la barbilla. Bo baja la vista hacia él con las cejas fruncidas y se ríe con sarcasmo sorprendido—. Deja de consultarle a Sarah todas esas cosas antes de hablar conmigo. A ella le gusta que la mimen. Esa es su dinámica con Caleb, no la nuestra.

—No es un regalo —dice Bo, inclinándose para darme besitos en la frente como un pájaro carpintero entre palabra y palabra—. Un regalo sería algo que quieres, no algo que necesitas —dice, yendo hacia el rincón de la habitación en el que he puesto una kentia—. ¿Es nueva? —Contesto con un gruñido y doy media vuelta para tirarme en la cama como una dramática estrella de mar. Bo cierra la puerta en silencio. Luego viene y se sienta en el borde del colchón, al lado de mi cadera. Sin duda está esperando a que lo mire, porque no dice nada. Pero yo me niego a hacerlo—. Si de verdad es lo que quieres, la devolveré. Aunque cabe la posibilidad de que a estas alturas ya sea demasiado tarde. He visto cómo se llevaban la mampara de la ducha.

Me tapo la cara con las manos gimiendo.

Me encanta bañarme. Lo echo de menos. Y tengo que reconocer que estoy deseando hacerlo aquí, en mi casa. Quiero que Bo se siente a mi lado con su sudoku mientras yo me pongo a remojo hasta quedarme como una pasa, escuchando música y contándonos qué tal ha ido el día. Quiero que me mire deseando que las burbujas se conviertan en una película blanca y sedosa que le permita ver mejor mi cuerpo a través del agua. Quiero que me saque de allí para secarme con la lengua. Quiero sumergirme en agua caliente cuando me ponga de parto y pasar las primeras contracciones en el lugar en el que más relajada me siento.

Pero lo que no quiero es esta balanza inclinada.

Este marcador desigual. Este recuento que aún no tengo claro que no se esté llevando a cabo. El contraste entre las cosas que me regala Bo, sus buenas acciones y su generosidad y lo que yo hago. Esta competición que creo que estoy perdiendo.

—No quiero que la devuelvas —digo, tapándome la cara con las manos, que amortiguan mi voz.

—¿Y qué quieres? ¿Algo para picar?

—No estoy de mal humor porque tenga hambre —replico, apartándolas para mirarlo enfurecida.

Él frunce los labios y asiente con sarcasmo.

—¿Tú? Por supuesto que no. Nunca.

—Dime cómo cuidarte yo a ti —le pido con un mohín—. Y no se te ocurra decir que chupándotela... —Bo cierra la boca tan rápido como la ha abierto, sonriendo tímidamente mientras se rasca encima de la ceja—. Solo quiero que esto sea justo, Bo. Es lo único que siempre he querido.

Él vuelve a ponerme la palma de la mano sobre la tripa y exhala con fuerza un largo suspiro. Me acaricia con el pulgar, encogiendo y estirando mi camiseta. O más bien su camiseta. La mayoría de la ropa no me cabe desde que me ha salido la barriga. Y me niego a comprarme cosas nuevas. Me gusta ponerme la ropa de Bo porque a él le altera un poco. Supongo que porque es casi como ir pregonando por ahí que soy suya. Su chica, la que lleva dentro a su bebé y por fuera su ropa.

Además, me gusta que huela a él.

—Ya lo sé, Win. Pero, para mí, esto nunca será justo. Por mucho que yo haga, tú eres la que está gestando a...

—Lo del campamento va a llevar años, Bo. Años. Si es que llega a materializarse. Porque ¿quién sabe? Las cosas podrían salir mal. Puede que no encontremos un sitio adecuado. O puede que lo hagamos y no venga nadie. Puede que sea un fracaso. ¿Y entonces qué?

—Yo creo en ti y en esa idea —responde Bo, acercándose un poco más—. Pero, si no sale bien, jamás se me ocurriría reprochártelo. Esto es lo que quiero para nosotros. Y seguro que algún día no muy lejano estarás ganando más que yo haciendo lo que siempre has querido hacer.

—Pero eso no significa que tengas que malcriarme.

—Quiero que te guste estar aquí tanto como a mí me gusta que estés.

—Y te lo agradezco, pero todas estas cosas me parecen recordatorios no demasiado sutiles de lo poco que tengo que dar.

—Cielo. —Bo se ríe con sarcasmo, mirándome con lástima—. Me lo estás dando todo.

—Bueno..., tú consúltalo conmigo antes de decidir hacer cualquier otra cosa así de importante, ¿vale? Ni con Sarah, ni con tu padre, ni con Caleb, ni con los otros chicos. Conmigo. No me gustan las sorpresas.

—Esta sí te gustó —dice Bo, poniendo la barbilla encima de mi barriga y mirándome con ojitos de cordero degollado mientras apoya una mejilla sobre ella—. ¿No?

Pongo los ojos en blanco y disimulo una sonrisa.

—Sí —reconozco a regañadientes.

—Y la de anoche... Esa sí que fue una sorpresa —dice Bo, humedeciéndose los labios mientras se agacha para besarme todo el cuerpo por encima de la ropa.

Obviamente, está hablando del juguetito nuevo que me ha regalado. Bueno, es para los dos. Después de que Bo me dijera que me había oído desde el pasillo, no fui capaz de volver a ver mi vibrador de la misma forma. Al final, acabé tirándolo. Pero resulta que a Bo le ponía esa fantasía y me regaló uno nuevo para poder ver cómo lo usaba. Quería saber si su imaginación estaba a la altura de la realidad.

Y, a juzgar por lo enloquecido que estaba después, yo diría que sí.

Luego me tocó a mí hacer realidad la fantasía que me había estado guardando de usar la cuerda negra de seda que tenía en el armario. En realidad la había comprado para un disfraz o algo así, pero eso no importa. Cumplió con su cometido a la perfección.

—Vale —digo jugueteando con su pelo mientras me besa la tripa—. Las sorpresas de menos de cincuenta dólares están permitidas.

—¿Y de quinientos?

—¿Qué has hecho? —Me incorporo y lo obligo a apartarse tan bruscamente que casi se cae de la cama.

—¡Nada! —exclama poniéndose a la defensiva. Levanto una ceja—. Nada que pueda devolver...

—Nueva regla. A partir de hoy, cincuenta —digo, dejándome caer de nuevo sobre el colchón.

Bo sonríe con malicia mientras va subiendo por mi cuerpo y me da un beso en la boca.

—De acuerdo —susurra sobre mis labios—. La verdad es que me encanta ver cuánto tardas en romper tus propias reglas —añade besándome con dulzura el cuello y bajando hacia el pecho.

Enseguida mis pezones se endurecen y reclaman su atención a través de las finas capas de algodón del sujetador y la camiseta. Malditas hormonas. Últimamente, o estoy cabreada o estoy cachonda. Poco más hay entremedias.

Por otra parte, tengo todo el cuerpo dolorido e hinchado. Aun así, Bo me deja bien claro que no podría sentirse más atraído por mí. De hecho, empiezo a creer que me prefiere preñada.

—Nos van a oír... —digo jadeando, mientras Bo me toca un pecho y me lame el pezón del otro, mojando el tejido con la lengua. Aprieto los muslos, en un intento por dominar el deseo irrefrenable de hacerlo mío ahora mismo.

—Pues asegúrate de decir mi nombre en voz bien alta, cielo. Quiero que les quede claro quién está haciendo salir todos esos sonidos maravillosos de tu boca. —Bo se levanta y me baja las mallas de un tirón. Se pone mis piernas por encima de los hombros y se arrodilla a los pies de la cama.

—No, ven aquí —le pido—. Duro y rápido.

—¿Tienes que ir a algún sitio? —me pregunta Bo con la boca a unos milímetros de mi clítoris, provocándome con su proximidad. Me dedica una mirada lasciva, llena de lujuria. Inconscientemente, giro las caderas y las levanto hacia él.

Pero entonces recuerdo que en realidad sí tengo que ir a algún sitio.

—Sí —respondo jadeando—. Me habías pedido cita para...

—¿Para probar el carrito? —me pregunta besándome la cara interna del muslo.

—Sí —contesto riéndome, porque me hace cosquillas en la pierna con la barba—. Para —susurro.

—No pasa nada si llegas un poco tarde —replica antes de pasar la lengua por mi hendidura. Gime mientras aprieta la boca contra mí, haciendo que me estremezca.

Me incorporo y veo cómo pone los ojos en blanco para después cerrarlos con fuerza.

—Además, se supone que deberías estar trabajando —alego, pasándole la mano por el pelo.

Me da unos cuantos golpecitos con la lengua, antes de levantar la vista hacia mí con una gran sonrisa.

—Estoy intentando hacer uno de mis mejores trabajos.

Subo un poco más hacia el cabecero de la cama y me alejo de él.

—Por favor —le pido educadamente—. Necesito tenerte dentro de mí. Quiero sentirte. Quiero... Quiero un polvo duro. —Me pongo de rodillas en el centro de la cama y me quito la camiseta.

Bo se levanta, se desabrocha los botones de los vaqueros, se los quita y los tira al suelo.

—Vale, tú lo has querido. —Avanza hacia mí con una sonrisa malvada y una mirada perversa, extendiendo los brazos—. Ven aquí, cielo —me dice con arrogancia, haciéndome un gesto con los dedos para que lo siga.

—¿Seremos capaces? —le pregunto, mordiéndome el labio inferior. Sé que Bo está mucho más cómodo de pie desde que tiene la nueva prótesis, pero aún no hemos intentado hacerlo así. Además, ahora que estoy en el tercer trimestre, ya no soy tan ligera como antes.

—Vamos a averiguarlo —contesta él, encogiéndose de hombros, mientras se inclina sobre la cama para tirar de mí.

—No me sueltes —le digo, arrastrándome hacia él encantada.

Bo me levanta sin esfuerzo y yo me enrosco en torno a él, enganchando las piernas en sus caderas y los brazos alrededor de su cuello. Da unos cuantos pasos hacia atrás mientras nos besamos y se gira para apoyarme la espalda contra la pared con el grado de brusquedad perfecto.

Una vez en equilibrio, Bo empieza a frotarse contra mí y yo jadeo, presa de un deseo embriagador. Bajo una mano para apartarme las bragas y lo agarro a través de los calzoncillos. Lo acaricio, sintiendo cómo se le pone dura y cómo se sacude debajo de mí. Entretanto, él me besa la cara, el cuello y el hombro. Me estoy impacientando y la fina capa de algodón que me separa de lo que deseo está a punto de desquiciarme.

Vuelvo a poner el brazo alrededor del hombro de Bo y me sujeto con más fuerza para no caerme.

—Quítatelo ya.

Bo asiente y aleja la cara de mi cuello medio segundo antes de que sus calzoncillos aterricen en el suelo. Luego vuelve a hundir las manos en mis muslos y me levanta un poco más para ponerme en posición.

—¿Estás preparada, cielo? —me pregunta, sujetándome tan cerca de la punta de su polla que, literalmente, hace que me estremezca de excitación. Entonces inclina las caderas y me penetra. Gimo patéticamente, suplicándole—. Te he preguntado si estás preparada. Porque no pienso tener piedad.

—Sí, sí, estoy preparada. Por favor —contesto con los ojos fuertemente cerrados, esperándolo.

—Mírame —me ordena—. Abre los ojos.

Yo los abro, aunque me cuesta tanto esfuerzo como respirar.

—Por favor —susurro, humedeciéndome los labios—. Para —gimo cuando vuelve a provocarme.

—Dime que quieres la bañera —me pide muy serio—. Dime que la quieres.

Abro la boca para hablar, pero solo logro emitir un grito ahogado mientras me baja, un poco inclinada, para apretarme contra su miembro erecto. Aunque resulta de lo más agradable, no es eso lo que quiero. No está dentro de mí.

—Bo... —susurro frotándome contra él.

—Sé que no estás acostumbrada, pero mientras esté contigo, pienso cuidar de ti —dice con voz grave y áspera—. A partir de ahora será para mí un trabajo y un privilegio. ¿Quieres que las cosas sean justas? Yo también. Confía en mí cuando te digo que sé lo que es justo. Confía en que cuidaré de ti, Win. Confía en que te cuidaré como necesito hacerlo.

Me levanta antes de embestirme, llenándome de tal forma que me deja sin aliento.

—Dímelo —susurra sobre mi cuello, mientras dejo caer la cabeza contra la pared—. Dime quién va a cuidar de ti —me pide con la boca pegada a mi mejilla.

—Tú —contesto jadeando—. Tú lo vas a hacer. —Le agarro la cara y se la giro para que me bese. Bo se aleja de mí, me levanta y me pone los brazos por detrás de las rodillas, separándome más los muslos para introducir las caderas entre ellos.

—Agárrate a mí, cielo —me dice, penetrándome lentamente.

—Joder... —gimo, mordiéndome el labio inferior—. Sí —murmuro cada vez que avanza un glorioso centímetro.

—Recuerda: ya que van a oírnos, que escuchen mi nombre —dice Bo entre gruñidos de esfuerzo, o puede que de contención—. Diles quién se ocupa de ti —gime, arañándome la mandíbula con los dientes.

Me muerdo tan fuerte el labio que estoy a punto de hacerme sangre mientras Bo empieza a embestirme despiadadamente, alcanzando ese punto que hay en lo más profundo de mi ser y que me produce un placer casi insoportable.

—¡Joder! —exclamo, y su cuello amortigua el grito. Tengo toda la piel caliente y ruborizada. Siento vergüenza, pero también excitación al pensar que puede que nos estén oyendo. Le muerdo el hombro a Bo, utilizándolo para ahogar los sonidos de placer que a duras penas logro reprimir.

Él gruñe, me sujeta contra él y da un paso hacia la derecha. Me rodea el muslo con una mano, mientras con la otra barre la parte superior de la cómoda. Un montón de objetos caen al suelo, pero ninguno de los dos nos inmutamos.

Me deja sobre la dura superficie y el impacto hace que choque con la espalda contra la pared. Entonces empieza a mover las caderas adelante y atrás con una lentitud agónica, mirando fijamente el punto en el que estamos unidos con ojos lujuriosos, mientras me abre para él agarrándome una rodilla con la mano.

Y entonces Bo me sorprende.

Me tapa la boca bruscamente con la mano que tiene libre, pegándome la parte de atrás de la cabeza contra la pared. Me mira con los párpados caídos, a la espera de una señal.

Asiento, como diciendo en silencio: «Sí, señor».

—¿No quieres que nos oigan? —me pregunta, acercándose tanto que tengo que abrir más los ojos para verlo. Niego con la cabeza—. Vale —dice ahuecando la mano sobre mi cara—. Tranquila —dice saliendo de mí por completo—. Agárrate, princesa.

Bo empieza a follarme con tal violencia que la cómoda choca contra la pared al ritmo de cada embestida, haciendo que se caigan aún más cosas al suelo. Entretanto, me regala el oído con voz tensa, en un monólogo lleno de frases obscenas: «Buena chica. Me encanta follar contigo. Tu coño es perfecto. Toda tú eres perfecta, joder. Te quiero». Viniendo de Bo, me parece pura poesía. Son unos cumplidos tan bonitos, auténticos y sinceros que los atesoro todos y me los guardo en el corazón. Encojo los dedos de los pies al tiempo que el placer arrecia como un vendaval en mi vientre. La intensidad con la que me mira

Bo mientras usa mi cuerpo me hace sentir una lujuria profunda y desgarradora. Sin previo aviso, me quita la mano de la boca y me la pone en la cadera, aferrándose a ella mientras me penetra.

—Por favor —me suplica. Sé lo que quiere. A lo mejor es que me ha follado hasta hacerme perder la vergüenza, pero ya todo me da igual. Asiento y él sonríe mientras me arrastra hasta el borde de la cómoda, colocándome en el ángulo perfecto.

Yo gimo y echo la cabeza hacia atrás mientras el orgasmo me inunda como una brisa cálida y sutil, pero absolutamente perfecta. Un clímax que nace en las profundidades de mi ser y me recorre de pies a cabeza, poseyéndome en cuerpo y alma.

—¡Bo! —exclamo y ahogo un grito al sentir cómo se corre, quedándose inmóvil entre mis piernas antes de retirarse.

Bajo la cabeza y observo cómo vuelve a introducir su semen dentro de mí con dos dedos.

No sé por qué me pone tanto, pero es así. Hay algo muy primitivo en ese acto. Es como si quisiera volver a llenarme, a pesar de que ya estoy embarazada. Como si me estuviera diciendo, no muy sutilmente, que lo haría de nuevo si pudiera. Que se alegra de que sea así.

Retira los dedos y yo abro la boca, sonriendo perversamente cuando me los mete entre los labios y los chupo hasta dejarlos completamente limpios.

Bo suelta una risita agridulce, como si fuera demasiado bueno como para creérselo, mientras yo echo los hombros hacia atrás orgullosa.

—Bueno... —digo entre jadeos, mirando hacia arriba sonriendo y con el pecho agitado—. Al parecer, sí podemos hacerlo de pie.

Da la sensación de que a Bo se le va a salir el corazón por la boca, a juzgar por lo rápido que respira, pero aun así esboza una gran sonrisa mientras levanta la vista hacia el techo.

—Eso parece —susurra, más por el agotamiento que por evitar hacer ruido. Ese barco zarpó hace ya mucho tiempo.

Cuando baja la vista hacia mí con una sonrisa infantil y una mirada arrogante de satisfacción, lo beso.

Lo beso porque me siento agradecida, aunque a veces se me da fatal demostrarlo.

Lo beso porque de verdad quiere cuidar de mí.

Lo beso porque creo que voy a permitirle que lo haga.

Lo beso porque le quiero. Cada día más y más.

# 33

## Embarazada de treinta y tres semanas
## El bebé es del tamaño de una piña

Respiro hondo para calmar mi frustración mientras me miro fijamente en el espejo.

Llevo puesto ese vestido tan bonito que Sarah insistió en que me comprara en la sección de premamá y que se adapta como es debido a mi cuerpo en expansión. Es un vestido largo de color verde salvia con flores blancas cosidas a mano. Se ata a la espalda, creando la ilusión de una pequeña cintura por encima de mi prominente barriga. Y realza mis tetas nuevas, dos tallas más grandes que las anteriores.

Tanto Bo como yo somos grandes fans de ellas.

También me he maquillado. Aunque inclinarme sobre el lavabo para aplicarme el rímel me ha causado ventosidades. Ha sido patético.

Pero lo que me frustra es mi pelo.

Pensaba hacerme una trenza, un recogido informal que quedara bien con el estilo bohemio del vestido, pero no ha habido manera.

Me he retorcido y contorsionado de todas las formas posibles, intentando verme en el espejo mientras estiro los brazos hacia atrás sobre los hombros. Pero, haga lo que haga, mi mano derecha no quiere cooperar y se me cae todo el rato el tercer mechón de pelo.

Cuando le dije a Bo que no quería más sorpresas, me confesó una que él y Sarah llevaban preparando desde su cumpleaños. Una fiesta de cumpleaños para mí. Solo que, conociéndome como me conocen, decidieron matar dos pájaros de un tiro y combinarla con la *baby shower*.

Bo se empeñó en que así podría autoconvencerme de que la fiesta era para August y, en cierto modo, también para él, así que cedí.

Pero ahora seguramente voy a llegar tarde y parece que nunca he cogido un cepillo en mis veintinueve años de vida. Estoy a punto de hacerme una coleta baja, maldecir mi frente rectangular y pasar de todo cuando Bo llama con suavidad a la puerta del baño.

—¿Necesitas que te eche una mano? —bromea apoyándose en el marco de la puerta.

Pongo los ojos en blanco y le sonrío en el espejo mientras viene hacia mí. Lleva una camiseta gris de manga larga de algodón gofrado y unos vaqueros negros, y está tan guapo como siempre.

—Muy original —replico negando con la cabeza.

—Los clásicos nunca pasan de moda —declara él, y me da un beso en la mejilla.

—He intentado hacerme una trenza y mira qué pinta —digo señalando la que he liado—. Nunca he sido capaz de hacerlas, no sé por qué he pensado que hoy iba a ser diferente.

Bo apoya la barbilla sobre mi cabeza y cruza los brazos por delante de mi pecho, estrechándome contra él.

—Estás guapísima, Fred.

—¿Tenías que cargarte el piropo? —digo acariciándole los antebrazos—. A partir de ahora, pienso llamarte Bob.

—Estás guapísima, despampanante y tremendamente etérea..., Fred.

—Pues a lo mejor me afeito la cabeza —lloriqueo, haciendo un pucherito—. ¿Tú me querrías igual?

—¿Es como la pregunta del gusano que me hiciste la semana pasada? ¿También hay una respuesta correcta que debería saber? Sí, te seguiría queriendo aunque fueras un gusano, calva o…

—¿A qué hora tenemos que salir? —le pregunto interrumpiéndolo.

—Pues ya, más o menos.

—¿Más o menos?

—Hace diez minutos, más bien. Pero no pasa nada porque llegues un poco tarde. —Bo me da un beso en la coronilla y deja de abrazarme para acercar las manos a mi pelo y soltármelo del todo—. ¿Me dejas probar? —Asiento tímidamente. Bo me divide el cabello en tres mechones, los peina con sus largos dedos y los desenreda. Luego empieza a trenzarlos. Abro la boca para preguntarle por qué sabe hacer eso, pero él me lee la mente—. En el instituto aprendí a hacer pulseras de la amistad porque había una chica muy guapa en mi clase a la que se le daban muy bien. Al parecer es algo que no se olvida.

—Hay que ver lo que hacemos por amor… —Suspiro, mirándome en el espejo mientras Bo extiende la mano por encima de mi hombro para coger el coletero que está en la encimera.

—Listo —anuncia, dejándome caer la trenza por la espalda—. Creo que está bien. —Le ha quedado perfecta. Hasta ha dejado algunos pelitos sueltos en los puntos estratégicos. Estoy a punto de echarme a llorar. En realidad, como estoy embarazadísima y enamoradísima de este tío, me echo a llorar de verdad—. Una cosa menos —dice, dejándome sola en el baño con los ojos enrojecidos.

Me recompongo y me despeino el flequillo en el espejo antes de colocarme de perfil para verme bien la barriga. Poso ambas manos sobre ella y la froto adelante y atrás para tranquilizarnos a ambos, a mí y espero que también a August. Cada día estoy más grande que el anterior y tengo más ganas de conocerlo. Y a cada gramo que gano, Bo y yo nos sentimos más preparados.

Después de trasladar algunas de mis cosas al dormitorio principal —y algunas de las de Bo a otro sitio, para hacer más espacio—, encontramos un término medio satisfactorio para el resto de la casa, decorándola al gusto de ambos y fusionando nuestros estilos en uno solo. Una vez terminamos, nos pusimos con el cuarto del bebé.

Bo montó una cuna de bambú sostenible que pedimos por internet y yo pinté las paredes de color verde claro. Pusimos allí mi fiel cómoda vieja de color malva y compramos una mecedora gris tan cómoda que ahora a los dos nos gusta dormir la siesta en ella. Y, cómo no, movimos allí algunas de mis plantas. Bo colgó unas cuantas estanterías para los libros y yo he ido reuniendo poco a poco algunos adornitos en las tiendas de segunda mano. Está quedando preciosa.

Bo dice que es como la madriguera de un hobbit, pero a mí me parece más bien una casita inspirada en la naturaleza. En cualquier caso, ambos tenemos razón.

Y supongo que, después de hoy, tendremos muchas más cosas con las que llenarla.

Deslizo un dedo desde el punto más abultado de mi tripa hasta mi pecho, sonriendo para mí misma mientras avanzo. Cuando levanto la vista, veo a Bo apoyado en la puerta con un ramo enorme de flores silvestres.

—Iba a dártelas más tarde, pero creo que estas te quedarían bien en el pelo. —Saca un tallo de paniculata, rompe cuatro ramitas y se pone detrás de mí. Uno a uno, va colocando pequeños ramilletes de flores blancas entre los mechones de la trenza, mirándome muy concentrado y arreglándolos para que queden justo como deberían—. Perfecto —dice, y endereza la espalda y se mete las manos en los bolsillos.

—Me encanta —confieso, girándome como puedo para mirarla en el espejo. Veo que Bo hace lo mismo—. Pero a ti también te hace falta algo. —Cojo un ranúnculo morado del ramo, le corto el tallo y se lo pongo detrás de la oreja—. Hala —digo dándole un beso—. Ahora ya vamos a juego.

Él me sonríe con los ojos brillantes.

—¿Preparada?

—Preparada.

Salimos a la calle agarrados de la mano. Es un día de mayo precioso. Los pájaros cantan, el cielo azul está salpicado por la cantidad perfecta de nubes blancas y la brisa huele a fresco. A hierba recién cortada y a rayos de sol filtrándose entre los árboles en flor. Después de un invierno que se me ha hecho eterno, es agradable poder disfrutar de la primavera cada vez que salimos a la calle.

Aun así, tengo que agradecerle a este invierno lo que me ha traído.

Bo enciende la radio del coche, pero vamos charlando con ella de fondo, como siempre. Nos pasamos el día hablando de cosas importantes y de trivialidades. Compartimos nuestros pensamientos, sentimientos y recuerdos hasta caer rendidos. Nos contamos nuestras vidas el uno al otro hasta que nuestro pasado y nuestras historias empiezan a parecerse cada vez menos a una pizarra en blanco y más a un tapiz entretejido del que también forman parte los pequeños detalles. Los comentarios insignificantes y las anécdotas tontas que a nadie más le interesarían, pero que son igualmente esenciales.

Cuando aparcamos delante de la casa de Sarah y Caleb, le acaricio el pelo y la mejilla a Bo, disfrutando del mero hecho de que sea real. De que alguien pueda amarme tanto. De que haya elegido llenarme en vez de vaciarme. Encender un fuego para calentarme y no para quemarme.

Hay veces en que decir «te quiero» no me parece suficiente. Y menos cuando toda mi vida ha cambiado gracias a este hombre.

Bo me quiere de forma desinteresada.

Sin expectativas. Sin exigencias. Sin una pizca de egoísmo.

«Te quiero», pienso, acariciándole la mejilla con el pulgar mientras él me sonríe con timidez.

«Yo también te quiero», me responde sin palabras, guiñándome un ojo antes de abrir la puerta del coche y venir corriendo a abrirme la mía, sin darme la oportunidad de hacerlo por mí misma.

—Sarah no sabe que lo sé, ¿verdad? —susurro mientras caminamos hacia la puerta.

—No, se empeñó en que fuera una sorpresa.

—Vale —digo deteniéndome justo delante de los escalones

del porche—. ¿Qué tal así, entonces? —le pregunto, antes de poner la mejor cara de sorpresa que puedo, con una mano delante de los labios entreabiertos.

Bo se ríe y su cuello vibra mientras sube los escalones de dos en dos.

—Genial. Muy convincente. —Pulsa el timbre de la puerta y esperamos un buen rato hasta que por fin nos abren.

Pero no es Sarah la que aparece en el umbral.

—¡Mamá! —exclamo con voz ahogada, tapándome la boca entreabierta con una mano temblorosa.

—Casi igualito que antes —murmura Bo para sí mismo.

Mi madre, que hace poco me dijo que no podría venir hasta Navidades, está de pie delante de mí. Con su pelo rubio teñido peinado en largos tirabuzones, su bronceado anaranjado y su vestido blanco ajustado de encaje. Con la misma sonrisa cálida y familiar que dudo que algún día deje de echar de menos.

—Hola, cariño —me dice, abriendo los brazos cuando me abalanzo sobre ella.

—¿Qué...? ¿Cómo...? ¿Cuándo...?

—¡Pregúntale a tu chico! —dice riéndose, y me abraza con fuerza mientras me hace balancearme de un lado a otro. Miro por encima de su hombro y veo a un Bo satisfecho y orgulloso que nos hace una foto y después se guarda el móvil en el bolsillo.

—¿Cuándo? —le pregunto.

—¿Recuerdas aquella compra de la que te hablé el día que nos pusieron la bañera nueva? ¿La que te dije que no podía devolver antes de que hiciéramos el pacto de las sorpresas?

Retrocedo con las manos sobre los hombros de mi madre. Es un poco más baja que yo, pero sus tacones hacen que estemos casi a la misma altura. Le doy un repaso de arriba abajo.

—Estás increíble, mamá —le digo al ver lo guapa que está.

—Bueno, la primera impresión es importante —replica ella, señalando con la cabeza a Bo.

—¡Ay, sí, perdona! Bo, esta es mi madre, June. Mamá... —digo, esquivándola para rodear a Bo por la cintura—. Este es... mi Bo.

—Encantado de conocerla, señora McNulty —dice él tendiéndole la mano.

—¿Nunca te han dicho que eres altísimo? —le pregunta mi madre riéndose mientras le estrecha la mano entre las suyas.

—Su hija, un par de veces al día.

—Y, por favor, llámame June. Ahora somos de la familia. —Mi madre frunce los labios y sonríe, observando a Bo con demasiada atención. Me doy cuenta de que todavía no le ha soltado la mano y bajo la vista hacia el suelo sonriendo—. Win no me había dicho lo guapo…

—Cuánto me alegro de verte, mamá —digo, obligándola a apartar el brazo para entrelazarlo con el mío—. Te echaba de menos —declaro, mucho más de corazón de lo que esperaba, exhalando un suspiro.

Mi madre se detiene un momento y me mira con una sonrisa dulce que pocas veces he visto en ella. Debe de ser de orgullo.

—Qué bien te veo, cariño. Estás radiante —comenta, dándome unos golpecitos en la nariz con el dedo.

—Gracias por venir —le digo, arrugando la nariz mientras intento contener las lágrimas—. Perdona, ahora mismo se me pasa —aseguro, abanicándome la cara y exhalando un largo suspiro—. Últimamente estoy muy sensible.

—No llores, cariño. Se te va a emborronar el maquillaje.

Me río con cierta nostalgia, pero sobre todo con alegría. Mi madre no va a cambiar nunca.

—¿Cómo estás? —me pregunta, mirándome fijamente la barriga.

—Muy pero que muy embarazada —respondo con sinceridad, haciendo que Bo suelte una risilla. Se está portando genial, pero el tercer trimestre no es ninguna broma. Estoy hipersensible y me duele todo. Me paso todo el día de mala leche, hinchada, muerta de hambre e irascible. Aun así, Bo se toma con filosofía mis cambios de humor y mis antojos.

Mi madre asiente.

—Vamos a por una silla para que te sientes.

—Espera —digo bruscamente, haciendo que mi madre y Bo se queden paralizados—. ¿Cómo está la cosa de intensa ahí dentro?

La sonrisa de mi madre flaquea.

—Ya sabes cómo es Sarah, pero aún es temprano. Creo que quería que vinieras antes que los demás para que pudieras aclimatarte antes de que lleguen. Y estamos en el jardín trasero. Ha pensado que te gustaría.

Vuelvo a contener las lágrimas. Porque Sarah es la reina del espectáculo. El momento sorpresa de una fiesta sorpresa. Y, sin embargo, me ha permitido hacer una entrada discreta, ha dejado que mi madre me reciba en la puerta y me ha dado tiempo para aclimatarme.

Asiento echando los hombros hacia atrás.

—Estoy preparada.

# 34

Echo un vistazo al jardín trasero de Sarah alucinada.

—¡Win! —grita ella, viniendo hacia mí con su vestido rosa fucsia—. ¡Sorpresa!

Pero yo me quedo callada. Todavía no soy capaz de articular palabra. Bo tiene la mano en la parte baja de mi espalda pero, de no ser por eso, es como si estuviera completamente desconectada de la realidad mientras asimilo lo que estoy viendo. Es precioso.

Hay una mesa larga, como mucho para unas veinte personas, cubierta de flores silvestres y manteles de color verde claro. También una cuerda de tender la ropa con peleles de bebé colgados y un arco de globos verde pálido sobre una mesa llena de comida y bebida. Además de otra mesa prácticamente vacía, con un único regalo envuelto encima.

—Sarah, esto es…

—Antes de que digas nada, que sepas que quería hacer algo mucho más grande, pero me he contenido. Así que como me digas que es demasiado, te mato.

—Me encanta —declaro, mirando a mi mejor amiga con los ojos llenos de lágrimas—. Iba a decirte que me encanta. Gracias, es perfecto.

—¿En serio? ¿Así de fácil? —Sarah sonríe orgullosa, aunque con cierta inseguridad.

Asiento sonriendo de oreja a oreja.

—Es precioso, Sar —le aseguro, tirando de ella para abrazarla—. Gracias —susurro sobre su hombro.

—No lo he hecho yo sola, eh —revela antes de soltarme. Mira a Bo con una ceja levantada y luego vuelve a centrarse en mí.

Yo le sigo el rollo y lo observo con los ojos entornados.

—¿Tú lo sabías? —le pregunto, intentando no reírme.

—Culpable —dice Bo, levantando las manos en el aire y mirando a Sarah con timidez.

—Él se ha ocupado de los recuerdos de la fiesta —dice Sarah, cogiendo uno y entregándomelo.

Es una cajita blanca en la que pone «Flores de Fred», con la letra de Bo. Le doy unas cuantas vueltas en la mano.

—¿Las has hecho tú? —le pregunto sorprendida de verdad.

Él se encoge de hombros, sonriendo con falsa modestia.

—Prefería una temática pirata, pero Sarah se ha negado.

—Pensé que no te apetecería tener que explicar precisamente esa broma interna una y otra vez —dice ella sonriendo—. Además, ya le he dejado incluir una cosa de piratas. —Señala hacia la mesa donde está el regalo, en la que pone «bebé a la vista» con cubos apilables de letras.

—Qué pasada —digo sonriéndoles a los dos—. En serio, es justo como yo lo habría hecho. Gracias.

—Formamos un buen equipo —dice Sarah, dándole un codazo a Bo.

—Lo dice porque soy muy obediente —me susurra Bo al oído.

—Ya, eres un pedazo de pan —le susurro, acariciándole la mejilla.

La tarde transcurrió como una especie de vorágine agradable, bulliciosa y tierna.

Los invitados empezaron a llegar poco a poco pasadas las doce. Mi madre se encargó de recibirlos y acompañarlos al jardín, presentándose orgullosa como la abuela June una y otra vez. Los amigos de Bo, que a estas alturas espero poder considerar también míos, hicieron buenas migas con algunos de mis compañeros de Westcliff y con mis ex compañeros de trabajo de la cafetería, que Sarah y Bo consiguieron localizar. Henry y sus padres, Tonya y James, también vinieron, y a Henry le encantó ser el único niño de la fiesta. Sarah hizo unas magdalenas preciosas, cada una decorada con una flor diferente. Y Caleb hizo lo que mejor se le da, ayudar donde más se lo necesitaba. Que casualmente fue en las inmediaciones de la mesa de la comida, junto a Bo, la mayor parte de la tarde.

Conseguí ruborizarme solo media docena de veces mientras Bo y yo abríamos los regalos. Y fue realmente precioso sentir todo ese amor por un bebé al que aún no conocen. Y que, como dijo Bo en su discurso, ha sido una sorpresa tan agradable como necesaria.

Cuando el sol de la tarde empezó a dejar paso a una fría noche de primavera, los pocos que quedábamos trasladamos la fiesta al interior, con ganas de alargar el día. Llamamos al padre de Bo para que viera cuánto lo echábamos de menos y para presentarle a mi madre. Mi madre acaparó el teléfono durante un buen rato, sentada en el sofá al lado de Sarah. Cómo no, hizo demasiadas bromas sobre que ambos eran unos abuelos solteros y muy sexis. O *GILFS*, en sus propias palabras, lo que hizo que a Sarah le diera un ataque de risa.

Al final, Bo y yo nos despedimos, cargamos el coche con una cantidad ingente de regalos y volvimos a casa solos, porque mi madre dijo que prefería quedarse en casa de Sarah. Reconozco que me sentí aliviada. Me alegro mucho de que mi madre esté aquí, pero estoy descubriendo que ella y yo nos llevamos mejor en pequeñas dosis.

—¿Te lo has pasado bien? —me pregunta Bo, poniéndome una mano en el muslo, mientras entramos en nuestra calle.

—De maravilla —le digo girándome para sonreírle—. ¿Y tú?

—También —declara aparcando el coche en la entrada—. Genial.

—Tengo un regalo para ti —digo con orgullo—. No lo he llevado porque no quería que lo vieras, pero yo también deseaba darte algo.

—Yo también tengo una cosa para ti —dice Bo mientras apaga el coche.

—Seguro que lo mío es mejor —bromeo desabrochándome el cinturón.

Bo sonríe, niega con la cabeza, sale del coche, viene hacia mi puerta y me ayuda a salir. Caminamos agarrados de la mano hacia la puerta y entramos en casa.

Bo me observa, con una mirada dulce pero con una sonrisa seria, mientras me quito los zapatos y me tiro en el sofá.

—¿Qué? —le pregunto, mirándolo con los ojos entornados.

—Nada —dice devolviéndome la mirada pensativo—. ¿Esto parará alguna vez? —me pregunta lentamente.

—¿El qué? —digo, poniendo las manos sobre la barriga—. ¿De crecer? —Me río dejándome caer hacia atrás—. No creo que pueda ponerme más grande.

—No —dice Bo, deteniéndose al lado del sofá. Me levanta los pies, se sienta y se los coloca en el regazo—. No me refiero a eso.

—¿Y a qué te refieres? —le pregunto.

—Al deseo que siento por ti.

Levanto una ceja.

—¿Tú quieres que pare?

Él niega con la cabeza antes de pegar una oreja a mi tripa. Levanto una mano y le acaricio el pelo con cariño.

—Entonces no creo que lo haga.

—Es agotador —dice pegando los labios a mi barriga.

—Vaya, pues lo siento mucho —digo riéndome.

—No me refería a eso. Me refiero a que es como si tuviera el corazón fuera del cuerpo —susurra—. Y te echo un montón de menos aunque estés solo a unos metros de distancia. Pienso en ti cada segundo del día y me cuesta centrarme en otras cosas. Lo que te dije la primera noche iba en serio. Me vuelves loco.

Le paso los dedos por el pelo, dejándolo caer sobre el dorso de los nudillos.

—Ya. Yo siento lo mismo. Pero a la vez es maravilloso, ¿no?

Bo se incorpora tras darme un beso en la tripa y saca una caja de debajo de la mesa de centro. Es del mismo tamaño que las de zapatos, pero de madera oscura y con un cierre dorado.

—¿Qué es eso? —le pregunto, y me siento con entusiasmo y giro para poner los pies en el suelo.

—Pues es... Bueno, supongo que somos nosotros —dice, entregándomelo—. Hasta ahora. —Me lo pongo en el regazo, observando la madera y acariciándola con la palma de la mano—. Cuando me contaste lo del bebé, empecé a pensar mucho más en mi madre. Aunque no tenía demasiados recuerdos, mi padre atesoraba... muchos retazos de ella. Lo guardó todo. Así que cada vez que necesitaba conocer alguna faceta de mi madre, sabía que podía acudir a él y me enseñaría algo nuevo. —Bo se gira y apoya la rodilla en el sofá para mirarme—. Tenía una caja debajo de la cama llena de fotos y tesoros. De cosas insignificantes, como botones que se le habían caído del abrigo o moneditas que había encontrado en la calle. Además de todos los cuadernos de mi madre con la música que había escrito... y diarios, notas, cartas... —dice Bo, mirando hacia el comedor por encima de mi hombro. Extiendo la mano derecha para posarla sobre su rodilla y se la aprieto todo lo que puedo. Bo sonríe con nostalgia, respira hondo y vuelve a mirarme—. Y a través de esas cosas, a través de esos trocitos de ella, aprendí que su historia era algo más que la forma en la que había acabado. Me ayudaron a conocer su vida. Al ver todos los vestigios de ella que papá guardaba, me di cuenta de lo profundamente que se habían amado. —Traga saliva, humedeciéndose los labios—. Quería que nuestro bebé también tuviera algo así. Aunque en ese momento no estuviéramos enamorados. Aunque el bebé fuera inesperado..., quería que tuviera algo a lo que aferrarse. Algunos recuerdos tangibles. Algo a lo que, si alguno de los dos... —Baja la barbilla y se le quiebra la voz—. Si yo volviera a enfermar...

Le pongo la mano en la mejilla y le acaricio suavemente la línea de la barba con el pulgar.

—Tú no vas a ir a ninguna parte —digo con firmeza, asintiendo con la cabeza para que él haga lo mismo.

Bo sonríe, acercando los labios a mi mano.

—Ya lo sé. Lo tengo prohibido.

—Eso es —susurro con voz temblorosa.

—De todos modos, quería que tuviera esto —dice Bo, señalando el cierre de la caja—. Pero ahora creo que también quiero que lo veas tú. Porque… siempre me pregunté si mi madre sabía que mi padre guardaba todas esas cosas. Que estaba tan locamente enamorado de ella que la homenajeaba incluso antes de que se hubiera ido.

Desengancho el cierre y abro la caja, revelando la colección de tesoros que contiene.

—La mayor parte son tonterías… —dice Bo, frotándose la nuca, mientras saco un tíquet y le echo un vistazo.

—¿De… de la cafetería de Cosgrove? —le pregunto.

—Del día que me contaste lo del bebé.

Vuelvo a meter la mano y saco un tarro de piedras y cristales marinos de color turquesa.

—De nuestros paseos por la playa —dice Bo.

Me echo a reír y se me saltan las lágrimas al ver la foto que nos hicimos antes de la primera ecografía: mi sonrisa desconcertada y confusa contrasta con el entusiasmo de Bo, en la entrada de la clínica. Debajo hay una foto mía que no sabía que me había hecho. Estoy trabajando en el jardín, con la cara manchada de tierra y la barriga asomando por debajo de la camiseta. Tiene que haber sido hace menos de una semana.

—¿Y esto? —le pregunto, riéndome, mientras levanto un trocito de plástico rectangular.

—Puede que me quedara con algunas piezas del *Catán*… la primera noche que jugamos —dice Bo, encogiendo un hombro—. No se lo digas a Sarah.

Saco el libro del futuro padre que Sarah le regaló y que ahora está lleno de anotaciones en los márgenes y de páginas marcadas con pestañitas de color rosa fosforito. Lo hojeo y me doy cuenta de que le ha dejado notas al bebé entre las páginas, contándole lo emocionado que está en cada etapa y las ganas que tiene de conocerlo. «Tu madre te está criando de maravilla —leo—. Va a ser una mamá increíble».

Cada detallito que saco a partir de ese momento me va llenando más y más el corazón. El taco de veinte preguntas, con breves resúmenes de nuestras respuestas escritos en el reverso de cada tarjeta. Sus copias de las imágenes de la ecografía, trozos de papel, más fotos mías..., de mi barriga, pasando de ser imperceptible a gigantesca.

—Es un regalo precioso, Bo —digo secándome las lágrimas. Dejo la caja a mi lado sobre el sofá para abrazarlo—. Lo siento —susurro llorando—. Yo solo te he hecho unos calcetines.

—Me encantan los calcetines.

—Y a mí me encantas tú —digo.

—Tengo una cosa más.

—¿Mmm? —pregunto, apartándome mientras me seco las lágrimas.

—¿Recuerdas que el primer día te dije que había escondido algo para que no lo encontraras husmeando? —Mete la mano en el lateral del sofá—. Lo he metido aquí antes, por cierto. Este no era su escondite.

—Qué misterioso... —digo, y mi sonrisa se transforma en confusión cuando saca... Venga ya.

—No tengo ninguna explicación para esto —reconoce Bo, sacando la bandana roja que perdí en Halloween—. Lo guardé antes de saber nada del bebé. Antes de saber que me iba a enamorar de ti. Porque está claro que en el fondo ya estaba enamorado. —Me tapo la boca mirando la mano en la que sujeta con fuerza el pañuelo, mientras mi cerebro se pone a la altura de mi corazón desbocado—. Creo que me di cuenta de que necesitaba un pedacito de ti al que aferrarme. Al salir de la habitación vi esto en la silla, al lado de la puerta y..., no sé. Quería llevarme parte de esa noche conmigo.

—Pero... si te marchaste.

—Dijiste que no querías nada serio, Win.

—De verdad, tienes que dejar de hacerme caso —digo, rompiendo a llorar de nuevo.

—Tomo nota —replica Bo con una sonrisa burlona. Respira hondo, esta vez con más calma, mientras me mira a los ojos—. Me tiré semanas pensando en ti a diario. Pensaba en tu sonrisa. En tu risa. En tus ojos... y en tu boca. Estuve a punto de pedirle tu número a Caleb, pero tenía miedo. Después de lo de Cora, lo del cáncer y todo eso…, temía no estar a la altura. No ser lo bastante bueno como para que te plantearas ir más allá de un rollo de una noche y tener conmigo algo más serio. —Niego con la cabeza, resistiéndome a aceptar que pudiera sentirse así, deseando haberlo sabido, y pongo la mano sobre la suya para apretársela con fuerza—. Y entonces, un día de diciembre como otro cualquiera, me mandaste un mensaje. Me sentí como si me hubiera tocado la lotería. —Me río, poniendo los ojos en blanco, mientras Bo se lleva mi mano a la boca y me besa la muñeca—. Desde entonces, me he ido enamorando cada vez más y más de ti. De tu corazón, de tu bondad, de tu fortaleza, de tu alegría, de tu generosidad. —Extiende la mano y deja caer el pañuelo en la caja junto con el resto de nuestra maravillosa, aunque poco convencional, historia.

—Bo, yo…

Él se gira y vuelve a meter la mano en el sofá, sonriendo con picardía.

—Una cosa más…

—A partir de ahora, pienso registrar el sofá —digo, limpiándome una lágrima de la mejilla—. Tendrás que buscar otro escondite.

Se da la vuelta, tapando con la palma de la mano algo que se ha puesto en el regazo. Algo que sospecho que brilla y que va en una caja más pequeña que la que tengo al lado. Me llevo una mano a la barriga inconscientemente, sintiendo al bebé dar pataditas al ritmo de mi corazón acelerado.

—Bo —digo con voz ahogada.

—Tú eres mi prioridad absoluta, Win. Conocerte, quererte, formar una familia contigo, cuidarte a diario, verte brillar y conseguir todas las cosas buenas que te mereces en esta vida. —Bo agacha la cabeza, me enseña la cajita de cuero que tiene en las manos y la abre para mostrarme un sencillo pero impresionante anillo de oro.

—Sí —digo automáticamente, levantando la vista hacia él—. Sí —repito.

Él se ríe entre dientes, negando con la cabeza.

—¿Me dejas preguntártelo antes?

—Ay, sí. Perdona. —Le hago señas para que siga, sonriendo mientras las lágrimas se deslizan por las comisuras de mis labios sonrientes.

—Winnifred June McNulty, amor de mi vida y madre de mi hijo, ¿me harías el favor de casarte conmigo?

—Por supuesto —le digo abalanzándome sobre él—. Claro que sí. Y que sepas que yo también pienso declararme.

—Me parece perfecto —dice Bo, con los labios temblando sobre los míos.

—Es precioso —digo, comiéndomelo a besos mientras intenta ponerme el anillo en el dedo—. Pero me queda demasiado pequeño, cielo. Estoy embarazadísima.

—Haremos que te lo ajusten cuando le pongamos la piedra —dice entregándomelo.

Deslizo el anillo en el dedo anular de la mano derecha, que es demasiado grande para él.

—Era de mi madre —dice Bo, cogiéndome de la mano y acariciándola con el pulgar—. Espero que te parezca bien.

—Pues claro —le digo, enfatizándolo con un beso—. Me encanta que haya sido suyo.

Durante el resto de la noche, llevo el anillo en el pulgar más pequeño, negándome a quitármelo. Comemos en pijama las sobras de la *baby shower* y después bailamos al ritmo de Frank Sinatra en el comedor, con mi prominente barriga entre ambos.

Me paso la noche mirando la casa, mirando a mi prometido, mirándome la tripa y sonriendo superagradecida. Pensando en cuántas ganas tengo de vivir lo que venga a partir de ahora. Y en lo capaz que me siento de afrontarlo con Bo a mi lado.

August Durand nació el 31 de julio a las once y cincuenta y seis de la noche, solo cuatro minutos antes que su tocayo. Su madre decidió ponerle Sarah como segundo nombre y su padre decidió que nunca había visto nada más maravilloso que a su futura esposa dando a luz. Fue un parto corto e intenso —llegaron por los pelos al hospital—, pero estuvieron agarrados de la mano todo el rato y recibieron a su hija con lágrimas en los ojos. De hecho, como padres primerizos, lloraron mucho más que la pequeña August cuando las enfermeras la pusieron sobre el pecho de su madre por primera vez. Se tumbaron el uno junto al otro, acurrucándose en la estrecha cama del hospital, mirando a su hija embobados, completamente extasiados por la perfección de todos y cada uno de sus rasgos. Aquellos piececitos tan monos, aunque un poquito morados. Aquellas preciosas manitas que no podían dejar de agarrar. Aquella cabecita pelona y aquellos ojos oscuros, que les hacían dudar de a quién se parecería más. En esos primeros momentos, hasta llegaron a comentar entre ellos que seguramente ningún bebé había sido ni sería nunca tan inteligente como August. La observaron mientras parecía asimilar todo lo que la rodeaba con los ojos muy abiertos y extraordinariamente atentos, levantando la cabeza con una fuerza que sorprendió incluso a las enfermeras. «Es tan lista como su padre», dijo su madre en voz baja. «Es tan fuerte como su madre», dijo su padre en voz alta para que todos lo oyeran. «Te queremos», le susurraron una y otra vez. «Gracias», añadió su padre besando a su madre. «Lo he conseguido», murmuró su madre devolviéndole el beso.

# Epílogo

*Diez años después*

—¡Gus! —grito, tropezando con sus zapatillas de deporte moradas al entrar por la puerta—. ¡Las zapatillas! ¡Estoy harta de repetírtelo!

Charlie, nuestra hija de cinco años, viene corriendo hacia mí en cuanto me ve entrar. Aparto el calzado de una patada, cierro la puerta con la cadera y dejo la maleta en el suelo.

—¿Te ayudo? —me pregunta extendiendo ambas manos. Yo le sonrío arrugando la nariz y ella me imita. Tiene pecas, como su padre y su hermana mayor. A veces me entran ganas de pintarme unas antes de salir de casa, para no desentonar. Joey, nuestra hija de dos años, se parece más a mí, con su pelo negro, sus ojos azules y su ausencia de pecas, por el momento. Y sus babas y su afición a los chistes de caca, como a Bo le gusta señalar.

—Hola, cariño. Gracias. —Le doy a Charlie la bolsa de papel marrón del supermercado, que pesa tanto que casi la hace caerse de culo—. ¿Seguro que puedes? ¿Papá está...?

—¡Aquí! —grita Bo, entrando en el salón con Joey en brazos, como siempre. La pequeña sonríe de oreja a oreja, embadurnada en chocolate para cobertura, y Bo tiene el jersey azul marino y los pantalones completamente llenos de harina.

—Llevamos un poco de retraso. Las niñas dijeron que me

ayudarían a hacerte una tarta de bienvenida, pero Joey ha sido la única que ha cumplido. Ninguna se ha puesto todavía el disfraz y al parecer August este año no quiere ir de pirata. Así que el bizcocho sigue aún en el horno, ninguna se ha vestido para que podamos salir a tiempo y ni siquiera sé si...

Me pongo de puntillas para besarlo y le agarro la cara para tirar de él hacia mí.

—Feliz aniversario, cariño. —Le doy unas palmaditas en la mejilla y lo miro a los ojos hasta que respira hondo, cosa que necesita urgentemente—. Te he echado de menos.

Bo se tranquiliza y su pecho de deshincha.

—Hola, cielo. Perdona. —Se acerca a mí y vuelve a besarme—. ¿Qué tal el viaje? Nosotros también te hemos echado de menos. Sobre todo yo.

—¡Mamá, casa! —dice Joey, extendiendo sus manitas sucias hacia mí. La cojo y le besuqueo toda la cara mientras chilla. Bo se pone detrás de mí y me aparta el pelo para que al menos esa parte no se me llene de chocolate. No tenemos tiempo para ducharnos antes de la fiesta de Halloween de Sarah.

—He comprado más caramelos para dejarlos en el porche —digo al tiempo que señalo la bolsa que Charlie está intentando arrastrar por el suelo hacia la cocina—. Creo que alguien debería ayudarla... —murmuro siguiendo a Bo. Él se agacha para recoger la bolsa de la compra y a Charlie por el camino. La niña se ríe, agitándose como un pez entre sus brazos.

—Bueno, ¿qué tal el viaje? —me pregunta, mirando hacia atrás, mientras deposita la bolsa en la encimera, pero sin dejar de estrujar a Charlie con más fuerza.

Obviamente, no tenemos favoritismos, pero Charlie es igualita a Bo en todos los sentidos. Aunque este comparte con August el pelo rubio, los ojos color avellana y las pecas, Charlie tiene exactamente su mismo carácter. August posee una fuerte energía de primogénita. Esa niña ha sido la reina de la casa desde que nació. Qué narices, ya era la reina de nuestras vidas antes de nacer.

Pero Charlie es la hija tranquila, amable y curiosa. Hace un millón de preguntas al día, sobre todo antes de irse a dormir. Es una táctica para retrasar la hora de retirarse, claro, pero las preguntas son tan interesantes que no podemos evitar caer en la trampa. Sobre todo Bo. Se tumba a su lado, con su largo cuerpo embutido en la pequeña cama individual, y reflexionan juntos sobre la vida.

«¿Por qué hay tantas personas en la Tierra? ¿Alguna vez seremos demasiadas? ¿Hay gente en otros planetas? ¿Y en otras galaxias? ¿También tienen chocolate?».

Además es tan golosa como él.

Bueno, todas lo son.

—Cielo, ¿el viaje? —me pregunta Bo, sonriendo con dulzura.

Pongo fin a mis cavilaciones.

—Perdona, sí. Ha ido genial. El campamento Piyette es impresionante. He tomado fotos de algunas cosas que creo que deberíamos intentar incluir en el presupuesto del verano que viene. Además, han hecho mejoras para poder abrir todo el año y creo que nosotros también deberíamos plantearnos seriamente...

—¡Mamá! —grita August, que sale del baño, quitándose los auriculares, para volver a su habitación—. ¿Cuándo has llegado? —pregunta corriendo hacia mí.

—¡Hola! —exclamo mientras se estrella contra mi costado, en la cadera opuesta a la de su hermanita. August me rodea la cintura con los brazos y me estruja. Porque, de repente, es lo bastante grande como para rodear completamente a su madre y poder hacer eso.

En un abrir y cerrar de ojos se ha convertido en una chica grande y fuerte, llena de ideas inteligentes y opiniones firmes.

—Yo también te he echado de menos, peque —le digo, apoyando la barbilla en la parte superior de su cabeza—. Estos cuatro días se me han hecho larguísimos.

—¡Espera! ¡Yo también quiero! —dice Charlie, tirándole del cuello a Bo. Él se acerca a nosotras con una sonrisa y me la pone sobre los hombros.

—¡Feliz Halloween, diablillos! —digo riéndome, mientras hago malabares con las tres—. ¿Os habéis portado bien con papá? ¿Podemos ir a la fiesta de la tía Sarah esta noche? —Miro a Bo, a la espera de una respuesta.

Él sonríe orgulloso, bajando la barbilla mientras mira a todas sus chicas.

—Pues la cosa se puso un poco fea por un momento. Tuvimos un pequeño incidente con un mordisco —dice, señalando a Joey mientras frunce el ceño de una forma muy poco creíble—. Y a alguien se le olvidó decirme que tenía deberes de Matemáticas hasta la noche anterior.

—August Sarah Durand, sabes que a tu padre no le gusta nada que le ocultemos los deberes de Matemáticas.

August pone los ojos en blanco.

—Se me olvidó. Pero saqué un sobresaliente.

—Cómo no, marisabidilla. ¿Y la señorita Charlie? —pregunto, encogiéndome de hombros para hacerla rebotar—. ¿Cómo se ha portado?

—Pues como siempre —dice Bo con una gran sonrisa—. Nos ha tenido a todos a raya.

—Y he encontrado un nido de pájaros en el jardín. Está vacío..., de momento —me comunica Charlie, por encima de mi cabeza.

—¿Un nido de pájaros? ¡Qué pasada!

—¿Me bajas? —le pide a Bo. Este asiente y se acerca para levantarla y dejarla en el suelo. Charlie vuelve a su habitación dando saltitos. Cojo a Joey en brazos, pero ella extiende las manos hacia Bo, que tiene una toallita preparada para limpiarla.

—Bueno... —digo centrando toda mi atención en August—. ¿Así que este año no quieres ir de pirata? —le pregunto apartándole el pelo de la cara. Paso el pulgar por la pequeña cicatriz descolorida que tiene en la frente. Chocó de cabeza contra la mesa de centro poco después de cumplir un año. Bo la convirtió en leña al día siguiente. Entonces éramos unos padres muy novatos. Montábamos un drama por cualquier corte, golpe o magulladura. Aunque ese fue horrible—. ¿Es el momento de dejar atrás nuestra pequeña tradición?

—¿Os parecería muy mal? —me pregunta August, mirándonos con recelo.

—No, claro que no, cariño. Pero ¿de qué te vas a disfrazar? Es un poco tarde para ir de compras.

—Creo que de fantasma. Si no te importa que recorte una sábana...

Pillo al vuelo su titubeo. No sé cómo, pero eso de hacer las cosas primero y pedir perdón después lo ha heredado de su tía Sarah. Miro a Bo y él levanta la vista desde el suelo, donde está agachado limpiando a Joey. Pone cara de circunstancias y enseguida me doy cuenta de que faltan las tijeras del bloque de cuchillos que hay sobre la encimera.

—Bueno, eso depende, cariño. ¿La has recortado ya?

—Puede. —Gus esboza una sonrisa pícara mientras se balancea de un lado a otro. Su cara de culpabilidad se parece tanto a la de su padre que me resulta muy difícil enfadarme tanto con ella como seguramente debería. Pero acabo de llegar a casa. No puedo convertirme ya en el poli malo. Y si me lo hubiera preguntado antes, le habría dado permiso. Cierro los ojos, asintiendo y respirando hondo—. Lo siento —susurra ella—. Era una vieja que había en el armario.

—Pero la próxima vez pregunta antes, peque. Ve a arreglarte. Tenemos que salir en diez minutos. —Le doy un beso en la frente y me agacho para coger a Joey del suelo, que ahora está desnuda y limpia—. Vamos a prepararte a ti también, chiquitina.

Bo saca del horno el bizcocho, que huele de maravilla, mientras yo salgo al pasillo para llevar a Joey al dormitorio que ella y Charlie comparten. Cuando entro en la habitación, que es una explosión de flores y tonos anaranjados, veo que Charlie ya está a medio vestir, con las mayas de rayas blancas y negras puestas, y que se está metiendo el vestido de pirata por la cabeza.

—¡A la orden, mi capitana Charlie!

—¡A la orden, mami! —me contesta ella riéndose, mientras desenvaina una espada imaginaria que supuestamente lleva en la trabilla del cinturón.

—La espada está en el armario —le digo.

—¡Win! —grita Bo desde la cocina—. Ha llamado tu madre. Quiere ver los disfraces de las niñas.

—¡Voy a vestir a Joey! —digo, sujetando a Joanna entre las

rodillas para obligarla a estarse quieta. Es mucho más activa que nuestras otras hijas a su edad. Si tuviera la oportunidad, sería capaz de escalar una pared—. ¡Dile que la llamamos cuando estén todas vestidas! —Bo aparece en la puerta con el teléfono, extendiendo la mano hacia nosotras mientras se disculpa en silencio con una sonrisa torcida—. ¡Hola, mamá! Perdona, ahora mismo estoy un poco liada —digo, sonriéndole a Bo como si quisiera matarlo.

—Charlie June, ¿otra vez de pirata? —le pregunta mi madre. Siempre la llama «Charlie June». En cuanto le dijimos que ese era su segundo nombre, la abuela June decidió que Charlie tenía dos nombres de pila.

—Sí, abuela —dice Charlie, corriendo hacia el teléfono—. Pero August no. Esta vez va de fantasma.

—¿Y Joey?

—De loro —digo, acercándola a la pantalla. Lleva puesto la monada de disfraz que todas nuestras hijas llevaron en sus primeros Halloweens—. Está claro que es el último año que le va a servir a alguna. —Hago un mohín mirando a Bo, que está fuera de la pantalla—. Me ha costado un montón subirle la cremallera.

—Pues nada, habrá que tener otra hija —dice Bo, dándole el teléfono a August cuando pasa por detrás de él en el pasillo. Gus lo coge y desaparece charlando animadamente con la abuela, con los agujeros de los ojos fatal recortados.

—¿Y dónde piensas meterla exactamente? —le pregunto a Bo, rodeándole el cuello con los brazos.

Esta pequeña casa ya está tan llena de muebles, niñas y amor como es posible. Pero somos unos sentimentales. Ninguno de los dos quiere abandonar el hogar donde nos enamoramos y al que trajimos a nuestras hijas. Empezamos a marcar la altura de las niñas en la puerta de la habitación desde que empezaron a ponerse de pie. Plantamos un manzano en el jardín trasero, al lado de su casa del árbol improvisada, que está empezando a dar frutos. La naturaleza ha hecho suyo el invernadero y lo ha cubierto de hiedra. Y yo me siento igual; esta casa me ha hecho suya.

Bo gime, hundiendo la cara en mi cuello e inhalando mi olor.

—Te he echado de menos.

—No esquives la pregunta —le digo mientras me da un beso en la mandíbula—. Y tampoco me distraigas. —Suelto una risita.

—¿No te has enterado? Mi mujer está forrada. Podría comprarnos un casoplón —dice, y baja las manos por mi espalda.

—¿Ah, sí? —le pregunto acercándome para besarlo.

—A lo mejor si se lo pido amablemente... —propone, y después me muerde el labio y tira de él—. ¿O no tan amablemente?

—Yo también te he echado de menos —le digo, apartándole el pelo de la cara. Ha seguido dejándose el pelo y la barba largos todos estos años y la verdad es que me gustan así. Le sientan bien. También ha renunciado a las lentillas y ahora usa siempre gafas, después de que yo se lo suplicara durante años—. Pero ya puedes ir olvidándote de la casa nueva. No pienso moverme de aquí. Este es nuestro hogar. ¿Cómo vamos a marcharnos? Ya es bastante duro pasar todo el verano en el campamento.

—Bueno, pues excavaremos el sótano.

—Claro. Y meteremos a las niñas en la bodega.

—Envejecerían como el buen vino —dice Bo sonriendo—. ¿No quieres tener otra? —me pregunta, agarrándome por mis carnosas caderas, como si estuviera dispuesto a ponerse manos a la obra.

—¿De verdad crees que podríamos apañárnoslas con otra? Acabas de pasar cuatro días a solas con ellas, ¿en serio quieres más?

—Ya sabes que sí, cielo —contesta, pegando la nariz a la mía—. ¿Quieres que juguemos al peor de los casos? —me pregunta, acariciándome suavemente los labios con la boca—. ¿O... al mejor?

Después de que el campamento fuera un éxito rotundo por quinto año consecutivo —y Bo no pudiera resistirse a dejarme embarazada por tercera vez—, decidió renunciar a su trabajo y convertirse en padre a jornada completa. Nunca había sido tan feliz. Aun así, tres hijas ya son muchas hijas.

Miro el reloj y gimo, besándolo por última vez. Pero él no se da por aludido.

—Para, Bo —le digo mientras le beso y sonrío sobre su boca—. Vamos a llegar tarde.

—Pues deja que te ayude a vestirte —me pide, y me coge en volandas y me pone como un saco sobre el hombro mientras yo me río a carcajadas—. Creo recordar que un año llevabas medias de rejilla. ¿Podemos recuperarlas? —me pregunta, llevándome hacia el pasillo.

—¡Papá! —grita Joey al lado de Charlie, que me está mirando con los ojos entornados—. ¡No!

—Nos han pillado —susurro, aferrándome a Bo con todas mis fuerzas mientras él echa a correr.

—¡Baja a mamá! —dice Charlie riéndose, mientras le pega a Bo en las pantorrillas con la espada de gomaespuma.

—¡Jamás! —grita él.

Sí, es un caos. Y no paramos ni un segundo. Pero es una vida perfecta. Una vida preciosa y feliz. Pasamos horas junto al lago, cuando podemos. Días acurrucados en el sofá, cuando lo necesitamos. Bailando en el comedor, siempre que queremos.

Y cuando August aparece y se apoya en la pared, negando con la cabeza al ver lo locos que están sus padres y sus hermanas, le doy las gracias en silencio por todo lo que me ha dado.

Por todo lo que me ha enseñado. Por unirnos a su padre y a mí. Por hacer que me dé cuenta de lo capaz que soy. Por todas las cosas maravillosas que han pasado desde que entró en nuestras vidas y las puso patas arriba.

Y tengo la certeza de que volvería a hacerlo todo igual.

# La boda de Win y Bo

## Bo

—*Quelle classe, mon fils.*

—Tú tampoco estás nada mal —respondo, mirando a mi padre en el espejo de pie frente al que nos encontramos.

Se está abrochando un sencillo gemelo de plata en el puño derecho y luego se alisa la solapa de la chaqueta negra. Como nunca le han gustado las corbatas, lleva desabrochados los dos primeros botones de la camisa blanca. Una vez más, confirmo que mi padre es mucho más interesante de lo que yo podré llegar a ser nunca.

Me inclino hacia delante, entorno los ojos y me concentro en colocarme la pajarita de color verde claro por enésima vez. Una vez solucionado, corrijo la postura y empiezo a tirar de las puntas de la chaqueta de pana marrón del traje, girándome para mirarla desde todos los ángulos en el espejo.

—¿Has acabado de una vez? —me pregunta, tumbándose en el sofá y dándole un mordisco a una manzana—. La tradición es que sea la novia la que llegue tarde, no el novio —añade.

Pongo los ojos en blanco, dándome cuenta de que parecen un poco más cansados de lo que me habría gustado en un día tan importante. Nada sería capaz de cargarse nuestra boda, pero Gus no pensó mucho en los demás cuando la semana pasada decidió retroceder en el tiempo y volver a dormir como cuando tenía tres meses. Me he pasado las últimas dos noches en vela con ella, ahora que por fin quiere el biberón, y las bolsas que tengo debajo de los ojos dan fe de ello.

—Hay tiempo de sobra —digo, justo cuando Caleb entra por la puerta principal.

—¡Buenos días, chicos! —Veo en el espejo como Caleb se detiene detrás de mí y se lleva suavemente una mano al pecho—. Estás… impresionante —dice en tono burlón, pero aun así sonriendo con sinceridad.

—Tienes los anillos, ¿no? —le pregunto, antes de soltar un gruñido y volver a desatarme la pajarita para empezar de cero. Al ver que no responde de inmediato, me doy la vuelta dispuesto a echarle la bronca por habérselos olvidado después de todas las veces que se lo he recordado. Al girarme hacia él, veo que Caleb me está mirando medio harto, medio con cara de estar disfrutando, mientras me tiende una cajita de cuero con las dos alianzas.

—Por enésima vez: sí, tengo los anillos —contesta cerrando la caja—. ¿Quién iba a decir que te pondrías en plan novia histérica el día de tu boda? —comenta mientras se guarda los anillos en el bolsillo interior de la chaqueta azul marino.

Agacho la cabeza avergonzado y me acerco a él. Nos fundimos en un abrazo y, cuando nos separamos, le agarro un hombro con fuerza.

—Perdona, tío. Buenos días, muchas gracias y tú también estás muy guapo.

—Hola, Robert —dice Caleb, saludando a mi padre con la cabeza mientras yo vuelvo al espejo para arreglarme la pajarita una vez más.

—Hola, Caleb —responde mi padre afablemente—. Me alegra verte un poco menos pálido.

Me río con un resoplido mientras sacudo la cabeza. El fin de semana pasado mi padre y Caleb me organizaron una pequeña despedida de soltero. Caleb empezó a competir con mi padre por el número de copas que podían tomarse y aprendió por las malas que nunca hay que intentar beber más que un francés.

—¿Ya has visto a Win con el vestido? —me pregunta Caleb, sacando el móvil del bolsillo para escribir algo. Conociéndolo, seguro que será un correo electrónico del trabajo.

—No —respondo—. Win y August se han ido a primera hora de la mañana. La madre de Win se las ha llevado a tu casa para que se arreglaran. —Me giro, entornando los ojos con suspicacia—. ¿Tú sí?

Él asiente con orgullo, sonriéndose mientras guarda el teléfono.

—Sí. Se lo ha probado antes de que me fuera.

Respiro hondo, sintiendo una oleada de emoción y nerviosismo.

—¿Y?

—Y estaré ahí para sujetarte, si te falla la pierna —dice riéndose—. ¿La expresión «caerse de culo patas arriba» serviría, aunque solo tengas una? ¿O sería más adecuado «quedarse patidifuso»?

Me río entre dientes.

—Sí, claro. —Acabo de hacerme el nudo de la pajarita y, aunque creo que me había quedado mejor la vez anterior, llego a la conclusión de que no puedo esperar ni un segundo más para salir hacia el lugar del evento y empezar el día.

Noventa minutos después, tras un pequeño percance con unas piedras del jardín torcidas y el paso de un nubarrón amenazante, está a punto de empezar la ceremonia. Jer y Kevin han llegado a la vez que mi padre, Caleb y yo para ultimar los detalles del banquete. Kevin, o más bien su restaurante, no suele organizar eventos, pero no ha sido capaz de decirle que no a Win. Además, solo hay veinte invitados a los que alimentar, así que tampoco ha sido para tanto.

Win y yo queríamos una boda pequeña. Comenzar esta nueva etapa rodeados exclusivamente de nuestros seres queridos. Algo sencillo y bonito, como cuando me enamoré de mi futura esposa.

Cuando empezamos a pensar dónde casarnos, Win tenía

un lugar en mente: su tienda de plantas favorita. Al idiota perdidamente enamorado en el que me ha convertido le pareció bien la idea y fuimos juntos a preguntarle a la encargada si sería posible. Pero se negó en redondo. Por suerte para nosotros, tenía unos abuelos que vivían cerca con un jardín que, según ella, sería perfecto para una boda pequeña como la nuestra, así que los llamó. Seguramente como un favor a cambio de la fortuna que Win se ha gastado en su tienda a lo largo de los años.

En cuanto vi la cara de fascinación de Win mientras rodeábamos aquella vivienda centenaria para ir hacia el jardín, decidí que, si era necesario, le compraría la casa entera. Por fortuna, no fue necesario llegar a ese extremo.

Los propietarios de la casa, Mavis y Roger, accedieron a dejarnos utilizar los jardines para la ceremonia y el invernadero victoriano para el banquete, por un módico precio. Pronunciaremos nuestros votos rodeados de una vegetación exuberante, de rosales y de sauces llorones, con el invernadero cubierto de hiedra como telón de fondo. No soy tan aficionado a las plantas como Win, pero hasta yo reconozco la suerte que hemos tenido al encontrar este mágico oasis ajardinado.

A partir de ese día, volvimos varias veces para ayudarlos a vaciar el invernadero, colgar algunas luces y visitar a Mavis y Roger, que enseguida se convirtieron en parte de la familia. Son grandes fans de Gus, como su madre y yo, y ha sido estupendo contar con sus consejos mientras atravesábamos las diferentes etapas de la paternidad sin nuestros padres cerca. A cambio de una invitación para la boda y de una pseudobisnieta, han dejado que los invitados utilicen el baño de la planta baja y le han permitido a Kevin usar la cocina. Así que todo solucionado.

—Buenas tardes —dice mi padre con voz atronadora, ya en su papel de oficiante, logrando captar mi atención y la de todos los que estamos al fondo del jardín, bebiendo champán y escuchando a Mavis y Roger hablar poéticamente de la historia de su casa con entusiasmo—. Si queréis ir tomando asiento, estamos casi a punto de empezar —declara, metiéndose una mano en el bolsillo del pantalón mientras señala con la otra las hileras vacías de sillas de madera. Inmediatamente, los invitados empiezan a ir hacia el lugar de la ceremonia. Caleb se acerca para situarse a mi lado mientras veo salir a la fotógrafa por la puerta de atrás de la casa de Roger y Mavis para ponerse en posición.

Mi pecho se eleva mientras respiro hondo de forma consciente y miro por instinto a mi padre, en busca de apoyo. Él sonríe y me guiña un ojo desde el altar. Cuando todos los invitados han ocupado sus asientos, el dúo de violonchelistas que hemos contratado coge los arcos y empieza a tocar una melodía familiar que al principio no consigo identificar. En cuanto reconozco la canción, vuelvo a buscar con la mirada los ojos de mi padre.

Veo que entreabre un poco los labios y percibo el sutil temblor de su mandíbula, antes de que se tape la boca y la barbilla con la mano. Yo lo imito sin querer, mientras el volumen de la música va en aumento.

De niño, recopilaba datos sobre mi madre igual que los demás recogen conchas en la playa. Vivió muy poco tiempo después de que yo naciera y, como fue una época difícil tanto para ella como para mi padre, hay pocos recuerdos agradables de nosotros dos juntos que mi padre pudiera compartir conmigo. Pero siempre me cuenta que me cantaba «Moon River» para que me calmara.

Mucho después de su muerte, se convirtió en la canción que mi padre me ponía cada vez que tenía una pesadilla y necesitaba ayuda para volver a dormirme. Yo cerraba los ojos e imaginaba que la voz de Audrey Hepburn era la de mi madre y, en efecto, me quedaba dormido. Win no sabía nada de eso hasta que empecé a cantársela a August la noche que la trajimos del hospital. Después, ella empezó a cantársela también.

Mi Win, siempre tan atenta, maravillosa y sensible, ha invitado a mi madre a estar hoy aquí con nosotros de la mejor forma que se le ha ocurrido. Otro regalo más de esa mujer increíble a la que tengo el privilegio de amar.

Caleb me pone una mano en el hombro para captar mi atención y me hace un gesto para que me acerque al altar. Yo obedezco, seguido de cerca por él, y me detengo delante de mi padre justo cuando acaba la canción.

—La canción de mamá —me susurra él con los ojos brillantes—. Gracias.

—Ha sido Win —respondo emocionado—. Ha sido todo cosa de ella —añado en voz baja.

Mi padre frunce las cejas y asiente una sola vez. Una lágrima rueda por su mejilla. Se la seca y se aclara la garganta. Luego endereza la espalda y se pone mirando hacia el pasillo, entre el lugar que pronto ocupará Win y el mío, con las manos entrelazadas por debajo de las caderas. Yo lo imito.

Más allá de las hileras de sillas plegables de madera y del serpenteante camino de piedra, se abre la puerta trasera de la casa de Mavis y Roger. Los violonchelistas empiezan a tocar una melodía clásica que no logro identificar mientras June, la madre de Win, sale por la puerta con nuestra hija en brazos, que está profundamente dormida y seguro que babeando sobre el hombro de su abuela. Esbozo una pequeña sonrisa que se vuelve mucho más amplia cuando June intenta despertar sin éxito a Gus, acariciándole la suave piel de la mejilla. Una vez que se duerme, no hay quien la despierte. Al menos durante el día.

June deja de intentar despertarla y en su lugar recoloca a Gus para pegársela más al pecho. Luego cruza con cuidado los jardines y el pasillo hasta llegar a la primera fila. Cuando me tiende la mano, alargo la mía y se la estrecho. Nos agarramos con fuerza mientras nuestras miradas se encuentran, compartiendo un gesto silencioso de afecto, y ella me la aprieta una vez más antes de soltarme e ir a sentarse. No puedo evitar sonreírle a mi hija, que, aunque no recordará este día, es sin duda la razón por la que estamos todos aquí.

La música vuelve a cambiar y Sarah sale por la puerta de atrás. Está guapísima, con un vestido verde salvia y un ramo de flores silvestres que Win y ella crearon a conciencia ayer en nuestro jardín.

Yo estaba sentado en la mecedora con una taza de té en la

mano, sintiéndome tremendamente afortunado, mientras veía cómo Win le daba el pecho a Gus y escuchaba con atención las divagaciones de su mejor amiga, que estaba haciendo un prendido para la solapa. Durante este último año, he descubierto que observar a Win realizando tareas cotidianas y mundanas me entretiene más que cualquier otra cosa. Podría pasarme la vida mirándola desde la barrera y aun así llegar al fin de mis días completamente feliz.

Sarah también se ha convertido en una de mis mejores amigas. Su continuo apoyo a Win, su experiencia en la organización de eventos y la auténtica pasión que siente por su sobrina han sido factores determinantes en nuestras vidas durante los últimos tres meses, mientras intentábamos hacer realidad el día de hoy con una recién nacida en casa.

Algunos invitados contienen la respiración cuando Sarah pisa con el tacón fuera de una de las losas del jardín y se tropieza con el dobladillo del vestido. Pero esta rectifica con rapidez el paso sin caerse. Oigo a Caleb soltar un suspiro de alivio a mi lado mientras Sarah recupera el equilibrio y pone cara de circunstancias, mirando fijamente a su marido con picardía.

—Estaba convencido de que te ibas a caer —le susurro, burlándome, cuando se pone a mi derecha.

Ella levanta las cejas con actitud desafiante.

—Protesto —replica, mientras los violonchelistas tocan la larga nota final de la canción.

El corazón se me acelera automáticamente al darme cuenta de quién va a ser la próxima en salir por la puerta de atrás.

Tengo la sensación de que el tiempo se ralentiza a mi alrededor mientras la expectación alcanza su punto culminante. El viento que se cuela entre las ramas del sauce parece amainar, haciendo que sus movimientos sean mucho más delicados que hasta entonces. Mi padre dice: «Por favor, poneos de pie», mientras las hojas caídas de octubre vuelan sobre el suelo empedrado y sobre la hierba, como despejando el camino para que pase Win.

Todo el aire de mis pulmones me abandona en cuanto la mujer más guapa del mundo sale al son de las primeras notas de

«Strangers in the Night», de Frank Sinatra. Un gemido involuntario se me escapa entre los labios. Oigo a Sarah suspirar con melancolía mientras mi padre me pone suavemente la mano en el hombro. Puedo sentir su orgullo cuando me lo aprieta durante un breve instante.

—Vaya —exclama Caleb, diciendo en voz alta lo que todos debemos de estar pensando.

Parece que ellos también pueden verla, así que debe de ser real.

Mi mejor amiga levanta la barbilla y los hombros mientras toma aire en una inspiración larguísima. Entonces, sus ojos se encuentran con los míos y es como si el resto del mundo desapareciera.

Lleva un vestido blanco hasta los pies cubierto de cientos de flores bordadas en suaves tonos azules, morados, rojos, naranjas y amarillos. Tiene unas mangas transparentes hasta el codo, escote cuadrado y la falda cae desde la curva perfecta de su cintura. Le sienta de maravilla y encaja con ella a la perfección. La cola corta roza con suavidad el suelo a su paso, mientras camina sola por el sendero del jardín hacia el pasillo. Cuando llega al principio de este, extiende una mano hacia mi padre, que de repente echa a andar hacia ella.

Entonces se me escapa un sollozo tan feo que no puedo evitar reírme, al tiempo que las lágrimas empiezan a rodar por mis mejillas.

—Toma, chavalote —me dice Caleb, pasándome un pañuelo blanco. Reprimo el impulso de agitarlo como una bandera. Ten piedad de mí, Fred. Sarah me sonríe con empatía, también con los ojos llorosos.

—Es perfecta —susurro, sin dirigirme a nadie en particular... o quizá a todos en general. Estoy demasiado distraído viendo como Win entrelaza su brazo con el de mi padre. Respiro hondo, y me estremezco mientras parpadeo para contener las lágrimas, esperando que estas me den un respiro, pero no es así.

La adoro con todas mis puñeteras fuerzas. Tanto que casi no puedo soportarlo. Adoro este lugar. Adoro a nuestros amigos. Adoro este día y todo lo que ha pasado en el último año.

Adoro a mi pequeña y al resto de hijos que espero compartir algún día con Win. Y ahora también adoro mi vida, gracias a ella. Porque gracias a ella, ahora tengo una vida.

A medida que avanza por el pasillo, la oigo reír emocionada, aunque también un poco nerviosa. Su sonrisa es tan radiante y su risa tan alegre y contagiosa que no puedo evitar empezar a reírme yo también.

—Cielo —digo tiernamente con voz trémula cuando ella y mi padre se detienen delante de mí—. Joder —añado, resoplando, mientras me seco unas cuantas lágrimas más.

—No está mal, ¿eh? —me dice mirándome ilusionada.

—Estás espectacular —respondo con sinceridad.

Ella esboza una sonrisa antes de girarse y entregarle el ramo a Sarah, que también está acabando de secarse las lágrimas. Después, cuando la música llega a su fin, mi padre vuelve a su sitio y Win y yo nos agarramos de la mano.

—Hola —susurra, mientras observa nerviosa la multitud.

—Hola —le contesto, mirándola fijamente y tratando de reprimir una nueva oleada de emociones.

Mi padre está hablando a mi derecha y oigo cómo la gente responde de vez en cuando con risas y murmullos de aprobación a mi izquierda. Pero, sinceramente, no tengo ni idea de lo que está diciendo. Estoy concentrado en la cara de esa persona que creí que nunca encontraría y que está radiante de felicidad. En el amor de mi vida, que pensaba que no viviría lo suficiente para conocer.

Ambos hemos decidido escribir nuestros propios votos y decírnoslos antes en privado, así que solo tendremos que pronunciar el tradicional «sí, quiero» delante de nuestra familia y amigos. Y menos mal, porque creo que no sería capaz de mantener la compostura ni aunque me fuera la vida en ello.

—¿Bo? —dice mi padre, en un tono que revela que no es la primera vez que tiene que repetir mi nombre.

—Perdón. —Trago saliva, bajando la vista hacia el suelo.

—Concéntrate, cariño —se burla Win, mirándome con la nariz arrugada.

—Robert Hugo August Durand, ¿quieres recibir a Winnifred June McNulty como esposa y prometes serle fiel en la prosperidad y la adversidad, en la salud y en la enfermedad, y así amarla y respetarla todos los días de tu vida?

Es la pregunta más fácil que me han hecho nunca.

—Sí, quiero —digo, luchando contra el impulso de arrastrar a Win hacia mí y besarla hasta dejarla sin sentido.

—Winnifred June McNulty, ¿quieres recibir a Robert Hugo August Durand como esposo y prometes serle fiel en la prosperidad y la adversidad, en la salud y en la enfermedad, y así amarlo y respetarlo todos los días de tu vida?

—Por supuesto —dice Win con una gran sonrisa—. Sí, claro que quiero.

—Pues entonces, por el poder que me confiere el hecho de que ya hayáis firmado todo el papeleo legal en el registro municipal la semana pasada, yo os declaro, públicamente, marido y mujer. Hijo, puedes besar a la novia.

Con el sonido de los vítores de fondo, tiro de mi mujer. Y aunque habíamos practicado un primer beso mucho más casto, algo se apodera de mí y la levanto en el aire, girando con ella mientras nuestros labios se encuentran en un beso largo y desinhibido.

—Gracias —le digo, llenando de besos la cara sonriente de Win mientras vuelvo a dejarla en el suelo.

—Gracias a ti —responde ella, sonriendo con malicia, y los violonchelistas empiezan a tocar de nuevo otro tema que me resulta familiar.

—¡No! —digo con una risa incrédula.

—Había que hacerlo —dice Win, encogiéndose de hombros, mientras vuelve a coger el ramo y me agarra de la mano con la que le queda libre.

—Por favor, dime que esta no va a ser nuestra canción. Y menos sabiendo la obscenidad en la que está inspirada... —le susurro al oído.

—¡Feliz aniversario! —exclama ella por encima de la música y los aplausos de los invitados, antes de dar un fuerte grito de alegría. Acto seguido, levanta nuestras manos entrelazadas en el aire y los invitados empiezan a lanzar confeti.

Damos nuestro primer paseo cogidos de la mano como marido y mujer con una versión insólitamente bonita de «Monster Mash» como banda sonora. Y mientras corremos hacia la casa para una sesión rápida de besos previamente acordada, me doy cuenta de que no me gustaría que hubiera sido de ninguna otra forma.

# Agradecimientos

¡Muchísimas gracias por leer *A un paso de ti*! Esta novela tiene mucho de mí y te agradezco que hayas invertido tu tiempo en ella. Si te has saltado la nota de la autora del principio, te animo a que la leas, porque explica lo importante que ha sido para mí escribir esta historia.

Nunca me había apoyado tanto en mis amigos, mi familia y mi comunidad virtual como al escribir este libro. Creo que en parte se debió al intenso momento vital que estábamos atravesando mi marido, mis hijos y yo, pero también a lo tremendamente personal que es esta historia. Muchas veces tengo la sensación de dejar demasiada huella en las páginas y dudo si será entretenido o le gustará al lector. Así que, esta vez, decidí incluir en el proceso a un montón de amigos y miembros de la comunidad romántica que accedieron a prestarme sus ojos, oídos y opiniones.

Es decir, que convertí este libro en un problema colectivo.

Así que muchísimas gracias a mi increíble red de apoyo, a mi familia, a mis amigos, a los lectores alfa y beta, y a todos los que me aguantaron enviando constantemente mensajes de audio sobre los personajes. Sobre todo a Sophie, que se pasó tres horas conmigo al teléfono planificando y desarrollando la trama y tranquilizándome; este libro no existiría sin vosotros. Gracias a Tabitha y Tarah por su amistad, apoyo y orientación: os quiero con todas mis fuerzas. A Millie, por su amabilidad, entusiasmo y amistad durante todo este proceso (y por invitarme a ver a Taylor Swift con ella, porque fue la mejor noche de mi vida). A Esther y Laura, por estar dispuestas a aguantar mis tonterías y quererme a pesar de todo. A Natasha, Meg, Marianne, Taylor Smith, Kelsey, Janni, Gracie y Zarin (doctora Salim), por ser tan fieles defensoras mías y de mi trabajo y por haber leído este libro en todas sus etapas. A Christina, por ser mi primera amiga escritora y una de las mejores personas que conozco. A Clare Gilmore, Taylor Torres, Julie Olivia, R. M. Derrick y Lindsey Lanza, por hacer de la comunidad de autores un lugar más hermoso y por apoyarme en este proyecto. Y a Abi, por ser la Sarah de mi Win (aunque no nos parezcamos demasiado a ellas en la vida real).

Gracias a mi editora (y salvadora) Beth, a la diseñadora de mis cubiertas, Mary Scarlett, y a la increíble Kelsey, creadora de la portadilla. Soy muy muy afortunada de poder trabajar con todas vosotras.

A las comunidades de Bookstagram y BookTok, que han acogido tan bien mis libros y me han permitido convertir esto de la escritura en mi profesión; os estoy infinitamente agradecida. Me habéis cambiado la vida y, lo que es más importante, les habéis cambiado la vida a mis hijos. Internet puede ser un lugar increíble, seguro, agradable y motivador cuando las buenas personas hacen que lo sea, y el rincón literario de internet es lo más de lo más.

Y ahora le toca el turno al homenajeado: Ben. Te he dedicado este libro (mi favorito hasta la fecha) por una razón. Te quiero tanto que la verdad es que hasta da un poco de asco. Creo que eres la persona más divertida, buena, sexy y comprometida que jamás haya existido. Cuando mi cerebro empezó a jugarme malas pasadas durante este proceso, te lo tomaste con calma y seguiste queriéndome como necesitaba, como has hecho durante doce años. Gracias por hacerme sentir tan capaz, fuerte y maravillosa. Siento haber tomado prestada parte de tu vena friki, o más bien toda, para Bo. Lo he hecho con todo el cariño del mundo. Gracias por atarme los cordones, por hacerme trenzas, por ayudarme con los botones y por todas las cosas que haces para que no me sienta tan frustrada.

Y, si has llegado hasta aquí, gracias a ti también, querido lector. Tanto si este es tu primer libro mío como si llevas aquí desde el principio, agradezco que dediques tu tiempo a mis personajes. Es un verdadero placer escribirlos para ti.

Por último, gracias a mis compañeros discapacitados de todas las formas, tamaños, capacidades y entendimientos: nosotros también merecemos amor. Nosotros, más que nadie, merecemos ser amados. Pero no olvidéis quereros antes a vosotros mismos.

## Actualizado tras la reedición:

Cuando publiqué esta novela de forma independiente en julio de 2023, nunca imaginé que se encontraría con unos lectores tan maravillosos. Me siento muy afortunada de que este libro que escribí con el corazón haya llegado al de tantos de vosotros. Gracias por dedicarnos a mi obra y a mí vuestro tiempo y entusiasmo. Me encantaría dar las gracias a la extraordinaria agente y superheroína antiansiedad Jessica Álvarez, y también a Shauna Summers y a todo el equipo de Dell: Mae, Brianna, Taylor, Megan y a tantas otras personas que han hecho posible estas reediciones. También me gustaría expresar mi agradecimiento a Leni Kauffman, por la maravillosa cubierta que ha diseñado, y a Sarah Adams y Clare Gilmore, por sus generosas palabras de apoyo.